中外文学交流史

钱林森　周宁　主编

中国－葡萄牙卷

姚风　著

山东教育出版社

目录

总序   1

前言   1

第一章   最初的相遇   1

第一节 海始于斯   3

第二节 中国人眼中的"佛郎机"   11

第三节 葡萄牙人和中国人的最初接触   16

第四节 航海大发现时期的葡萄牙文学   19

第五节 16 世纪的中国文学   23

第二章   对异国的想象和书写   27

第一节 皮莱资的《东方概说》以及中国之行   29

第二节 狱中来信   33

第三节 加里奥特·佩雷拉：赞美中国   39

第四节 若昂·德·巴洛斯笔下的中国   45

第五节 加斯帕尔·达·克鲁斯：在中国描写中国   48

第六节 在真实与想象中旅行   53

第七节 人在中国：曾德昭与安文思   66

第八节 泥泞的北京   80

第九节　埃萨·德·盖罗斯与中国　　　　　　　　　　　　　83

第十节　《七千海里漫游》讲述的中国　　　　　　　　　　94

第十一节　被忽视的"他者"　　　　　　　　　　　　　　99

第三章　　　葡萄牙文学在中国　　　　　　　　　　　　103

第一节　语言的交汇　　　　　　　　　　　　　　　　　105

第二节　中国内地对葡萄牙文学的译介　　　　　　　　　108

第三节　首届葡萄牙文学研讨会　　　　　　　　　　　　113

第四节　若泽·萨拉马戈在中国　　　　　　　　　　　　115

第五节　佩索阿：我的心略大于宇宙　　　　　　　　　　121

第六节　安德拉德：用诗歌去爱　　　　　　　　　　　　130

第七节　索菲娅：你的步履是路的完美　　　　　　　　　145

第四章　　　中国文学在葡萄牙　　　　　　　　　　　　149

第一节　费诺与《中国诗歌选》　　　　　　　　　　　　151

第二节　庇山耶与《中国挽歌》　　　　　　　　　　　　154

第三节　安东尼以及其他诗歌翻译家　　　　　　　　　　161

第四节　处于边缘的中国文学　　　　　　　　　　　　　167

第五节　神州在望：葡萄牙作家的中国情结　　　　　　　169

第五章　　从澳门看中葡文学交流　　191

第一节 镜海扬波：中西文化交流的肇始　　193

第二节 "互相错过"的文学　　198

第三节 卡蒙斯：真实与传说　　206

第四节 澳门文化学会与文学出版　　217

第五节 《葡语作家丛书》　　225

第六节 戈振东神父与他的翻译　　229

第七节 土生葡人作家　　232

第八节 文化活动促进交流　　240

第九节 澳门的华文文学　　244

附录　　249

1. 中葡文学交流大事记　　249

2. 中文里的葡萄牙作家（译成中文的作品及其作者）　　259

参考文献　　267

编后记　　275

总序

一

中外文学关系的研究，是中国比较文学学术传统最丰厚的领域，前辈学者开拓性的建树，大多集中在这一领域的研究，如范存忠、钱锺书、方重等之于中英文学关系，吴宓之于中美，梁宗岱之于中法，陈铨之于中德，季羡林之于中印，戈宝权之于中俄文学关系的研究，等等。20世纪中国比较文学研究前后两个高峰，世纪前半叶的高峰，主要成就就在中外文学关系研究上。20世纪后半叶，比较文学在新时期复兴，30多年来推进我国比较文学学科发展的支撑领域，同时也是本学科取得最多实绩的研究领域，依旧在中外文学关系研究。中外文学关系研究所获得的丰硕成果，被学术史家视为真正"体现了'我们自己的比较文学'的特色和成就"[1]，成为我国比较文学复兴发展的一个重要标志[2]。

> 1. 王向远：《中国比较文学研究二十年·前言》，南昌：江西教育出版社，2003年版。

学术传统是众多学者不断努力、众多成果不断积累而成的。在中外文学关系研究领域，从

> 2. 王向远教授在其28章的大著《中国比较文学研究二十年》中，从第2章到第10章论述国别文学关系研究，如果加上第17、18"中外文艺思潮与中国文学关系"、"中外文学关系史的总体研究"两章，整整占11章，可谓是"半壁江山"。

20世纪80年代中期开始，先后已有三套丛书标志其阶段性进展。首先是乐黛云教授主编的比较文学丛书中的《中日古代文学交流史稿》（严绍璗著）、《近代中日文学交流史稿》（王晓平著）、《中印文学关系源流》（郁龙余编）。乐黛云教授和这套丛书的相关作者，既是继承者，又是开拓者。他们继承老一辈学者的研究，同时又开创了新的论题与研究方法。

其次是20世纪90年代初，北京大学和南京大学联合推出《中国文学在国外》丛书（10卷集，乐黛云、钱林森主编，花城出版社），扩大了研究论题的覆盖面，在理论与方法上也有所创新。再其后就是经过20年积累、在新世纪初期密集出现的三套大型比较文学丛书：《外国作家与中国文化》（10卷集，钱林森主编，宁夏人民出版社）、《跨文化沟通个案研究》丛书（乐黛云主编，北京出版社）、国别文学文化关系丛书《人文日本新书》（王晓平主编，宁夏人民出版社），这些成果细化深化了该研究领域，在研究范式的探究和方法论革新方面，也取得较大进展。

从某种意义上说，中外文学关系研究带动了整个中国比较文学研究。从"20世纪中国文学

的世界性因素”的讨论，到中外文学关系探究中的“文学发生学”理论的建构；从中外文学关系的哲学审视和跨文化对话中激活中外文化文学精魂的尝试，到比较文学形象学与后殖民主义文化批判……所有这一切探索成果的出现，不仅推动了中国比较文学学科深入发展，反过来对中外文学关系问题的研究，也有了问题视野与理论方法的启示。

二

在丰厚的研究基础上，如何进一步推进中外文学交流研究，成为学术史上的一项重要使命。2005 年 7 月初，南京大学比较文学与比较文化研究所与山东教育出版社在南京新纪元大酒店，举行《中外文学交流史》丛书首届编委会暨学术研讨会，正式启动大型丛书《中外文学交流史》的编写工作，以创设一套涵盖中国与欧洲、亚洲、美洲等世界主要国家及地区的文学交流史。

中外文学交流史研究既是一项研究，又是关于此项研究的反思，这是学科自觉的标志。学者应该对自己的研究有清醒的问题意识，明确“研究什么”、“如何研究”和“为何研究”。

20 世纪末以来，国际比较文学研究一直面临着范式转型的问题，不同研究范型的出现与转换的意义在于其背后问题脉络的转变。产生自西方民族国家体系确立时代的比较文学学科，本身就是民族国家意识形态的产物。影响研究的真正命题是确定文学“宗主”，特定文学传统如何影响他人，他人如何从“外国文学”中汲取营养并借鉴经验与技巧；平行研究兴盛于“冷战”时代，试图超越文学关系的外在的、历史的关联，集中探讨不同文学传统的内在的、美学的、共同的意义与价值。“继之而起的新模式没有一个公认的名称，但是和所谓的后殖民批评有着明显的关系，甚至可以把后殖民批评称为比较研究的第三种模式。这种模式从后结构理论吸取了‘话语’、‘权力’等概念，致力于清算伴随着资本主义扩张的帝国主义和殖民主义，尤其是其文化方面的问题。这种批评的所谓‘后’字既有‘反对’的意思，也有‘在……之后’的意思。”“后殖民批评的假设前提是正式的帝国 / 殖民主义时代已然成为历史。在第二次世界大战之后这一点已经成为普遍的共识，当时不同政治阵营能够加之于对方的最严厉的谴责莫过于'帝国主义'了。这种共识是后殖民批评能够立于不败之地的先决条件。"[1]

1. 陈燕谷：《比较文学与"新帝国文明"》，载《中国社会科学院院报》，2004年2月24日。

伴随着后殖民主义文化批评在1970年代后期的兴起，西方比较文学界对社会文本的关注似乎开始压倒既往的文学文本。翻译、妇女、生态、少数族裔、性别、电影、新媒体、身份政治、亚文化、"新帝国治下的比较研究"[2]等问题几乎彻底更新了比较文学的格局。比如知

2. 陈燕谷指出："现在我们也许有理由提出比较研究的第四种模式，也就是'新帝国治下的比较研究'。……当'帝国'去而复返……自然意味着后殖民批

名文化翻译学者苏珊·巴斯奈特在1993年出版的专著《比较文学批评导论》（Comparative

评不再具有不证自明的有效性。今天这种情况正在发生，比较研究必须在新帝国条件下重新界定自己的任务和方向。"陈燕谷：《比较文学与"新帝国文明"》。

Literature: A Critical Introduction）中就明确指出："后殖民"用最恰当的术语来表达，就是近年来出现的新跨文化批评，而"除此之外，比较文学已无其他名称可以替代"。[3]

3. Susan Bassnett, Comparative Literature: A Critical Introduction, Oxford and Cambridge: Blackwell, 1993, p.10.

本世纪初，比较文学的学科理论建设工作似乎依然徘徊在突围西方中心主义的方向和路径上。2000年，蜚声北美、亚洲理论界的明星级学者G.C.斯皮瓦克将其在加州大学厄湾分校的"韦勒克文学讲座"系列讲稿结集出版，取了个惊世骇俗的名字《一门学科的死亡》（Death of A Discipline），这门学科就是比较文学。其实斯皮瓦克并无意宣布比较文学的终结，而是在指出当前的欧美比较文学的困境，即文学越界交流过程中的不均衡局面，以及该学科依然留存着欧美文化的主导意识并分享了对人文主义主体无从判定的恐惧等问题后，希望促成比较文学的转型，开创一种容纳文化研究的新的比较文学范型，迎接全球化语境的文化挑战。[4]

4. Gayatri C. Spivak, Death of A Discipline, New York: Columbia University Press, 2003.

然而，我们也要清楚地看到，后殖民主义文化批判试图颠覆比较文学研究的价值体系，却没有超越比较文学的理论前提。因为比较研究尽管关注不同民族、不同国家文学之间的关系，但其理论前提却是，不同民族、国家的文学是以语言为疆界的相互独立、自成系统的主体。而且，比较文学研究总是以本国本民族文学为立场，假设比较研究视野内文学之间的关系是一种自我与他者的关系，只不过影响研究表示顺从与和解，后殖民主义文化批判强调反写与对抗。对于"他性"的肯定，依然没有着落。

坦率地说，中外文学关系研究仍属于传统范型，面临着新问题与新观念的挑战。我们在第三种甚至第四种模式的时代留守在类似于巴斯奈特所谓的"史前恐龙"[5]的第一种模式的研究

5. Susan Bassnett, Comparative Literature: A Critical Introduction, p.5.

领域，是需要勇气与毅力的。伴随着国际学术共同体间的密切互动与交流，北美比较文学的越界意识也在20世纪末期旅行到了中国。虽然目前国内比较文学也整合了文化批评的理论方法，跨越了既往单一的文学学科疆界，开掘了许多富于活力和前景的学术领域，但这些年来比较文学领域并不景气：一方面是研究的疆界在扩大也在不断消解，另一方面是不断出现危机警示与

研究者的出走。在这个大背景下，从事我们这套丛书写作的作者大多是一些忠诚的留守者，大家之所以继续这个领域的研究，不是因为盲目保守，而是因为"有所不为"。首先，在前辈学人累积的深厚学术传统上，埋头静心、勤勤恳恳地在"我们自己的比较文学"领地里精心耕作，在喧嚣热闹的当下，这本身就是一种别具意味的学术姿态。同时，在硕果纷呈的比较文学研究领域，中外文学关系问题始终是一个基础但又重要的问题，不断引起关注，不断催生深入研究，又不断呈现最新成果，正如目前已推出的这套丛书所展示的，其研究写作不仅在扎实的根基上，对中外文学交流史的论题领域有所拓展，在理论与方法探索上也通过积极吸收、整合其他领域的成果而有所推进。最后，在中国作为新崛起的世界经济大国的关键历史节点上重新思考中外文学关系问题，直接关涉到中外文学关系研究的学科自觉。这事实上是一个如何在世界文学图景中重新测绘"中国文学"的问题，也即当代中国文学如何在世界中重新创造自己的身份和位置。通过中外文学关系研究，我们可以重新提炼和塑造中国文学、文化的精神感召力、使命感和认同感，在当代世界的共同关注点上，以文学为价值载体去发现不同文化之间交往的可能和协商空间，进而参与全球新的世界观的形成。

三

中外文学关系研究，就学科本质属性而言，属实证范畴，从比较文学研究传统内部分类和研究范式来看，归于"影响研究"，所以重"事实"和"材料"的梳理。对中外文学关系史、交流史的整体开发，就是要在占有充分、完整材料的基础上，对双向"交流"、"关系""史"的演变、沿革、发展作总体描述，从而揭示出可资今人借鉴、发展民族文学的历史经验和历史规律，因此它要求拥有可信的第一手思想素材，要求资料的整一性和真实性。

中外文学关系研究的开发、深化和创新，离不开研究理论方法的提升与原理范式的探讨。某种新的研究理念和理论思路，有助于重新理解与发掘新的文学关系史料，而新的阐释角度和策略又能重构与凸显中外文学交流的历史图景，从而将中外文学关系的研究向新的深度开掘。早在新时期我国比较文学举步之时和复兴之初，我国前辈学者季羡林、钱锺书等就卓有识见地强调"清理"中外文学关系的重要性和必要性，把它提到中国比较文学特色建设和拥有比较文

学研究"话语权"的高度。[1] 30 年来，我国学者在这方面不断努力，在研究的观念与方法上进

1.20 世纪 80 年代初，钱锺书先生就提出："要发展我们自己的比较文学研究，重要的任务之一就是清理一下中国文学与外国文学的相互关系。"季羡林在《资料工作是影响研究的基础》一文中强调："我们一定先做点扎扎实实的工作，从研究直接影响入手，努力细致地去收集材料，在西方各国之间、在东方各国之间，特别是在东方与西方之间，从民间文学一直到文人学士的个人著作中去搜寻直接影响的证据，爬罗剔抉、刮垢磨光，一定要有根有据，决不能捕风捉影。然后在这个基础上归纳出有规律性的东西。"他明确反对"那些一无基础、二无材料，完全靠着自己的'天才'、'灵感'，率而下笔，大言不惭，说句难听的话，就是自欺欺人的所谓平行发展的研究"。参见王向远：《中国比较文学研究二十年》，第 9 页，南昌：江西教育出版社，2003 年版。

行了深入的探讨。钱林森教授主持的《外国作家与中国文化》丛书，曾经就中外文学关系研究中的哲学观照和跨文化文学对话的观念与方法进行过有益的尝试与实践。其具体思路主要体现在如下五个方面：

1) 依托于人类文明交流互补基点上的中外文化和文学关系课题，从根本上来说，是中外哲学观、价值观交流互补的问题，是某一种形式的精神交流的课题。从这个意义上看，研究中外文化、文学相互影响，说到底，就是研究中外思想、哲学精神相互渗透、影响的问题，必须作哲学层面的审视。2) 考察两者接受和影响关系时，必须从原创性材料出发，不但要考察外国作家、外国文学对中国文化精神的追寻，努力捕捉他们提取中国文化（思想）滋养，在其创造中到底呈现怎样的文学景观，还要审察作为这种文学景观"新构体"的外乡作品，又怎样反转过来向中国文学施于新的文化反馈。3) 今日中外文学关系史建构，不是往昔文学史的分支研究，而是多元文化共存、东西哲学互渗时代的跨文化比较文学研究重构。比较不是理由，比较中达到对话并且通过对话获得互识、互证、互补的成果，才是中外文学关系研究学理层面的应有之义。4) 中外文学和文化关系研究课题，应以对话为方法论基点，应当遵循"平等对话"的原则。对研究者来说，对话不止是具体操作的方法论，也是研究者一种坚定的立场和世界观，一种学术信仰，其研究实践既是研究者与研究对象跨时空跨文化的对话，也是研究者与潜在的读者共时性的对话，通过多层面、多向度的个案考察与双向互动的观照、对话，激活文化精魂，进一步提升和丰富影响研究的层次。5) 对话作为方法论基点来考量的意义在于，它对以往"影响研究"、"平行研究"两种模式的超越。这对所有致力于中外文学关系的研究者来说，都是一种富有创意的、富有挑战性的学术探索。

从学术史角度看，同一课题的探讨经常表现为研究不断深化、理路不断明晰的过程。中外文学关系史研究在中国比较文学界已有多年的历史，具有丰厚的学术基础。《中外文学交流史》丛书是在以往研究基础上的又一次推进，具有更高标准的理论追求。钱林森主编在 2005 年编委会上将丛书的学术宗旨具体表述为：

　　丛书立足于世界文学与世界文化的宏观视野，展现中外文学与文化的双向多层次交流的历程，在跨文化对话、全球一体化与文化多元化发展的背景中，把握中外文学

相互碰撞与交融的精神实质：1）外国作家如何接受中国文学，中国文学如何对外国作家产生冲击与影响？具体涉及到外国作家对中国文学的收纳与评说，外国作家眼中的中国形象及其误读、误释，中国文学在外国的流布与影响，外国作家笔下的中国题材与异国情调等等。2）与此相对的是，中国作家如何接受外国文学，对中国作家接纳外来影响时的重整和创造，进行双向的考察和审视。3）在不同文化语境中，展示出中外文学家就相关的思想命题所进行的同步思考及其所作的不同观照，可以结合中外作品参照考析，互识、互证、互补，从而在深层次上探讨出中外文学的各自特质。

4）从外国作家作品在中国文化语境（尤其是 20 世纪）中的传播与接受着眼，试图勾勒出中国读者（包括评论家）眼中的外国形象，探析中国读者借鉴外国文学时，在多大程度上、何种层面上受制于本土文化的制约，以及外国文学在中国文化范式中的改塑和重整。5）论从史出，关注问题意识。在丰富的史料基础上提炼出展示文学交流实质与规律的重要问题，以问题剪裁史料，构建各国别语种文学交流史的阐释框架。

6）丛书撰写应力求反映出国际比较文学界近半个世纪相关研究成果和我国比较文学 20 多年来发展的新成果。

四

在已有成果基础上从事中外文学关系史研究，要求我们要有所反思与开辟。这是该丛书从规划到研究，再到写作，整个过程中贯穿的思路。中外文学关系研究，涉及基本概念、史料与研究范型三方面的问题。

首先是基本概念。

中外文学关系，顾名思义，研究的是"关系"，其问题的重心在中国文学的世界性与现代性问题。在此前提下进行细分，所谓中外文学关系的历史叙述，应该在三个层次上展开：1）中国与不同国家、地区、语种文学在历史中的交流，其中包括作家作品与思潮理论的译介、作家阅读与创作的"想象图书馆"、个人与团体的交游互访等具体活动等。2）中外文学相互影响相互创造的双向过程，诸如中国文学接受外国文学并从与外国文学的交流中获得自我构建与自我确认基础，中国文学以民族文学与文学的民族个性贡献并参与不同国家、地区、语种文学创造等。3）存在于中外文学不同国家、地区、语种文学之间的世界文学格局，提出"跨文学空间"的概念，并将世界文学建立在这样一种关系概念上，而不是任何一种国家、地区、语种文学的普世性霸权上。

中外文学关系研究"中外文学"的关系，另一个必须厘清的概念是"中外文学"：1）中外文学关系不仅是研究"之间"的关系，更重要的是研究不同国家、地区、语种文学各自的文学史，比如研究法国文学对中国现代文学的影响，真正的问题在中国现代文学，反之亦然。2）中外文学关系在"中"与"外"二元对立框架内强调双向交流的同时，也不能回避中国立场。首先，中外文学研究表面上看是双向的、中立的，实际上却有不可否认的中国立场甚至可以说是中国中心。因此"中外文学"提出问题的角度与落脚点都应是中国文学。3）中国立场的中外文学关系研究的理论指归在于中国文学的世界性与现代性问题。它包括两个层次的意义：中国在历史上是如何启发、创造外国文学的；外国文学是如何构筑中国文学的世界性与现代性的。

中外文学关系基本概念涉及的最后一个问题是"史"。中外文学关系史属于文学史的范畴，它关系到某种时间、经验与意义的整体性。纯粹编年性地记录曾经发生过的文学交流事件，像文学旅行线路图或文学流水账单之类，还不能够成为文学交流史。中外文学交流史"史"的最基本的要求在于：1）文学交流史必须有一种时间向度的研究观念，以该观念为尺度，或者说是编码原则，确定文学交流史的起点、主要问题、基本规律与某种预设性的方向与价值。2）可能成为中外文学关系史的研究观念的，是中国文学的世界性与现代性问题。中国文学是何时、如何参与、如何接受或影响世界文学的，世界性因素是何时并如何塑造中国文学的。3）中外文学交流史表现为中国文学在中外文学交流中实现世界性与现代性的过程。中国文学的世界化分两个阶段，汉字文化圈内东亚化与近代以来真正的世界化，中国文学的世界化是与中国文学的"现代化"同时出现的。

其次是史料问题。

史料是研究的基础。研究的成败，从某种意义上说，取决于史料的丰富与准确程度。史料是多年研究积累的成果，丰富是量上的要求；史料需要辨伪甄别，尽量收集第一手资料，这是对史料的质上的要求。史料自然越丰富越好，但史料的发现往往是没有止境的，所以史料的丰富与完备是相对的，关键看它是否可以支撑起论述。因此，研究中处理史料的方式，不仅是收集，还有在特定研究观念下剪裁史料、分析史料。

没有史料不行，仅有史料又不够。中外文学关系史研究在国内，已有多年的历史，但大多数研究只停留在史料的收集与叙述上，丛书要在研究上上一个层次，就不能只满足于史料的收集、整理、叙述。中外文学关系的研究与写作应该分为三个层次：第一个层次，掌握资料来源并尽量收集第一手的资料，对资料进行整理、分析、阐释，从中发现一些最基本的"可研究的"问题。第二个层次是编年史式资料复述，其中没有逻辑的起点与终点，发现的最早的资料就是起点，该起点是临时的，随着新资料的发现不断向前推，重点也是临时的，写到哪里就在哪里结束。第三个层次是使文学交流史具有一种"思想的结构"。在史料研究基础上形成不同专题的文学交流史的"观念"，并以此为线索框架设计文学交流史的"叙事"。

最后，中外文学交流研究的第三大问题是研究范型。学术创新的途径，不外乎新史料的发现、新观念与新的研究范型的提出。

研究范型是从基本概念的确立与史料的把握中来的。问题从何处来，研究往何处去。研究模式包括基本概念的确立、史料的收集与阐发、研究方法的选择等内容。任何一项研究，都应该首先清醒地意识到研究模式，说到底，就是应该明确"研究什么"和"如何研究"。研究的基本概念划定了我们研究的范围，而从史料问题开始，我们已经在思考"如何研究"了。

中外文学交流作为一个走向成熟的研究领域，必须自觉到撰写原则或述史立场：首先应该明确"研究什么"。有狭义的文学交流与广义的中外文学交流。狭义的文学交流，仅研究文学与文学的交流，也就是说文学范围内作家作品、思潮流派的交流，更多属于形式研究范畴，诸如英美意象派与中国古典诗词、《雷雨》与《俄狄浦斯王》；广义的文学交流史，则包括文学涉及的广泛的社会文化内容，文本是文学的，但内容与问题远超出文学之外，比如"启蒙作家的中国文化观"。本书的研究范围，无疑属于广义的中外文学交流。所谓中外文化交流表现在文学活动中的种种经验、事实与问题，都在研究之列。

但是，我们不能始终在积极意义上讨论影响研究，或者说在积极意义上使用影响概念，似乎影响与交流总是值得肯定的。实际上，对文学活动中中外文化交流的研究，现有两种范型：一种是肯定影响的积极意义的研究范型，它以启蒙主义与现代民族文学观念作为文学交流史叙事的价值原则，该视野内出现的问题，主要是一种文学传统内作家作品与社团思潮如何译介、传播到另一种文学传统，关注的是不同语种文学可交流性侧面，乐观地期待亲和理解、平等互惠的积极方面，甚至在潜意识中，将民族主义自豪感的确认寄寓在文学世界主义想象中，看中国文学如何影响世界。我们以往的中外文学关系研究，大多是在这个范型内进行的。另一种范型关注影响的负面意义，解构影响中的"霸权"因素。这种范型以后现代主义或后殖民主义观念为价值原则，关注不同文学传统的不可交流性、误读与霸权侧面。怀疑双向与平等交流的乐观假设，比如特定文学传统之间一方对另一方影响越大，反向影响就越小，文学交流往往是动摇文学传统的霸权化过程；揭示不同语种文学接触交流中的"背叛性"因素与反双向性的等级结构，并试图解构其产生的社会文化机制。

中外文学关系研究的开发、深化和创新，离不开研究理论方法的提升与原理范式的研讨。某种新的研究理念和理论思路，有助于重新理解与发掘新的文学关系史料，而新的阐释角度和策略又能重构与凸显中外文学交流的历史图景，从而将中外文学关系的"清理"和研究向新的深度开掘。以往的中外文学交流研究，关注更多的是第一种范型内的问题，对第二种范型内的问题似乎注意不够。丛书希望能够兼顾两种范型内的问题。"平等对话"是一种道德化的学术理想，我们不能为此掩盖历史问题，掩盖中外文学交流上的种种"不平等"现象，应分析其霸权与压制、他者化与自我他者化、自觉与"反写"（Write Back）的潜在结构。

同时，这也让我们警觉到我们的研究范型中可能潜在着的一个矛盾：怎能一边认同所谓"中国立场"或"中国中心"，一边又提倡"世界文学"或"跨文学空间"？二者之间是否存在着某种对立？实际上在中国文学的世界性与现代性问题前提下叙述中外文学交流，中国文学本身就处于某种劣势，针对西方国家所谓影响的"逆差"是明显的。比如说，关于中国文学对西方文学的影响，我们可以以一个专题写成一本书，而西方文学对中国现代文学的影响，则是覆盖性的，几乎可写成整部文学史。我们强调"中国立场"本身就是一种"反写"。另外，文学史述实际上根本不存在一个超越国别民族文学的普世立场。启蒙神话中的"世界文学"或"总体文学"，包含着西方中心主义的霸权。或许提倡"跨文学空间"更合理。我们在"交流"或"关系"这一"公共空间"内讨论问题，假设世界文学是一个多元发展、相互作用的系统进程，形成于跨文化跨语种的"文学之际"的"公共领域"或"公共空间"中。不仅西方文学塑造中国现代文学，中国文学也在某种程度上参与构建塑造西方现代文学。尽管不同国家、民族、地区的文学交流存在着"不平等"的现实，但任何国家、民族、地区的文学都以自身独特的立场参与塑造世界文学，而世界文学不可能成为任何一个国家、民族或语种文学扩张的结果。

　　我们一直在试图反思、辨析、确立中外文学交流研究的基本概念、方法与理论范型，并在学术史上为本套丛书定位。所谓研究领域的拓展、史料的丰富、问题域的明确、问题研究的深入、中外文学交流整体框架的建构，都将是本套丛书的学术价值所在。我们希望本套丛书的完成，能够推进中国比较文学界中外文学关系研究领域走向成熟。这不仅是个人研究的自我超越问题，也是整个比较文学研究界的自我超越问题。

五

　　钱林森教授将中外文学交流研究的问题细化为五大类，前文已述。这五大类问题构成中外文学交流史的基本问题域，每一卷的写作，都离不开这五大类基本问题。反思这套丛书的研究与写作，可以使我们对中外文学交流史的研究范型有一个基本的把握。在丛书写作的过程中，钱林森教授不断主持有关中外文学关系史的笔谈，反思中外文学关系研究的基本问题与理论范式，大部分参与丛书写作的学者都从不同角度发表了具有建设性的思考，引起了国内学术界的关注。

　　其中，王宁教授从国家文化战略的高度理解中外文学关系史研究，认为："探讨中国文化和文学在国外的接受和传播，应该是新世纪中国比较文学学者研究的一个重要课题，通过这一课题的研究，不仅可以从根本上打破中外文学关系研究领域内长期存在的西方中心主义思维定势，使得中国学者的民族自尊心和自豪感大大地提升，而且也有助于中国文化走出去战略的实施。在这方面，比较文学学者应该先行一步。"王宁先生高蹈，叶隽先生务实，追问作为科学范式的文学关系研究的普遍有效性问题，他从三个方面质疑比较文学学科的合法性：一是比较文学的整体学术史意识，二是比较文学的思想史高度，三是比较文学作为一门具体学科的"文史根基"与方寸。葛桂录教授曾对史料问题做过三方面的深入论述：一是文献史料，二是问题域，三是阐释立场。"从比较文学学科的传统研究范式来看，中外文学关系研究属于'影响研究'

范畴，非常关注'事实材料'的获取与阐释。就其学科领域的本质属性来说，它又属于史学范畴。而文献史料的搜集、鉴辨、理解与运用，是一切历史研究的基础性工作。力求广泛而全面地占有史料，尽可能将史料放在它形成和演变的整个历史进程中动态地考察，分辨其主次源流，辨明其价值与真伪，是中外文学关系研究永远的起点和基础。"缺少史料固然不行，仅有史料又十分不够。中外文学关系研究"问题意识"必不可少，问题是研究的先导与指南。葛桂录教授进一步论述："能否在原典文献史料研究基础上，形成由一个个问题构成的有研究价值的不同专题，则成为考量文学关系研究者成熟与否的试金石。在文学关系研究的'问题域'中进而思考中外文学交往史的整体'史述'框架，展现文学交流的历史经验与历史规律，揭示出可资后人借鉴、发展本民族文学的重要路径，又构成中外文学关系研究的基本目标。"

文献史料、问题域、阐释立场是中外文学关系研究的三大要素。文献史料的丰富、问题域的确证、研究领域的拓展、观念思考的深入，最终都要受研究者阐释立场的制约。中外文学关系研究，理论上讲当然应该是双向的、互动的。但如要追寻这种双向交流的精神实质，不可避免地要带有某种主体评价与判断。对中国学者来说，就是展现着中国问题意识的中国文化立场。"中外文学"提出问题的出发点与归宿都指向中国文学。这样看来，中外文学关系研究的理论关注点，在于回答中国文学的世界性与现代性问题。也就是，中国文学（文化）在漫长的东西方交流史上是如何滋养、启迪外国文学的；外国文学是如何激活、构建中国文学的世界性与现代性的。这是我们思考中外文学交流史的重要前提，尤其是要考虑处于中外文学交流进程中的中国文学是如何显示其世界性，构建其现代性的。

六

乐黛云先生在致该丛书编委会的信中，提出该丛书作为中外文学关系研究的"第三波"的高标："如果说《中国文学在国外》丛书是第一波，《外国作家与中国文化》是第二波，那么，《中外文学交流史》则应是第三波。作为第三波，我想它的特点首先应体现在'交流'二字上。它不单是以中国文学为核心，研究其在国外的影响，也不只是以外国作家为核心讨论其对中国文化的接受，而是要着眼于'双向阐发'，这不仅要求新的视角，也要求新的方法；特别是总的说来，中国文学对其他文学的影响多集中于古代文学，而外国文学对中国文学的影响却集中于现代文学。如何将二者连缀成'史'实在是一大难点，也是'交流史'能否成功的关键。"

本套丛书承载着中国比较文学百年学术史的重要使命，它的宏愿不仅在描述中国与世界主要国家的文学关系，还在以汉语文学为立场，建构一个"文学想象的世界体系"。中外文学交流史的研究要点在"文学交流"，因此研究的核心问题是"双向阐发"，带着这个问题进入研究，中外文学关系就不是一个简单的译介、传播的问题，中外文学相互认知、相互影响与创造才是问题的关键。严绍璗先生在致主编钱林森的信中，进一步表达了他对本丛书的学术期望，文学交流史研究应该"从一般的'表象事实'的描述深入到'文学事实'内具的各种'本相'的探讨和表达"：

> 我期待本书各卷能够是以事实真相为基础，既充分展现中华文化向世界的传播，又能够实事求是地表述世界各个民族文化对中华文化和中华文明丰富多彩性的积极的影响，把"中外文学关系"正确地表述为中国和世界文化互动的历史性探讨。"文学关系"的研究，习惯上经常把它界定在"传播学"和"接受学"的层面上考量，三十年来比较文学的研究，特别是中国比较文学研究，事实上已经突破了这样一些层面而推进到了"发生学"、"形象学"、"符号学"、"阐释学"和"叙事学"等等的层面中。在这些层面中推进的研究，或许能够更加接近文学关系的事实真相并呈现文学关系的内具生命力的场面。我期待着新撰的《中外文学交流史》各卷，能够从一般的"表象事实"的描述深入到"文学事实"内具的各种"本相"的探讨和表达。

2005 年南京会议之后，丛书的编写工作正式启动，国内著名学者吕同六、李明滨、赵振江、郁龙余、郅溥浩、王晓平等先生慷慨加盟，连同其他各位中青年学者，共同分担《中外文学交流史》丛书的写作。吕同六先生曾主持中意文学交流卷，却在丛书启动不久仙逝，为本丛书留下巨大的遗憾。在丛书编写过程中，有人去了有人来，张西平、刘顺利、梁丽芳、马佳、齐宏伟、杜心源、叶隽先生先后加入本套丛书，并贡献出他们出色的成果。

在整个研究写作过程中，国内外许多同行都给予我们实际的支持与指导，我们受用良多。南京会议之后，编委会又先后在济南、北京、厦门、南京召开过四次编委会，就丛书编写的具体问题进行讨论，得到山东教育出版社的一贯支持。丛书最初计划五年的写作时间，当时觉得已足够宽裕，不料最终竟然用了九年才完成，学术研究之漫长艰辛，由此可见一斑。丛书完成了，各卷与作者如下：

(1)《中国 - 阿拉伯卷》（郅溥浩、丁淑红、宗笑飞 著）

(2)《中国 - 北欧卷》（叶隽 著）

(3)《中国 - 朝韩卷》（刘顺利 著）

(4)《中国 - 德国卷》（卫茂平、陈虹嫣等 著）

(5)《中国 - 东南亚卷》（郭惠芬 著）

(6)《中国 - 俄苏卷》（李明滨、查晓燕 著）

(7)《中国 - 法国卷》（钱林森 著）

(8)《中国 - 加拿大卷》（梁丽芳、马佳 主编）

(9)《中国 - 美国卷》（周宁、朱徽、贺昌盛、周云龙 著）

(10)《中国 - 葡萄牙卷》（姚风 著）

(11)《中国 - 日本卷》（王晓平 著）

(12)《中国 - 希腊、希伯来卷》（齐宏伟、杜心源、杨巧 著）

(13)《中国 - 西班牙语国家卷》（赵振江、滕威 著）

(14)《中国 - 意大利卷》（张西平、马西尼 主编）

(15)《中国 - 印度卷》（郁龙余、刘朝华 著）

(16)《中国 - 英国卷》（葛桂录 著）

(17)《中国 - 中东欧卷》（丁超、宋炳辉 著）

本套丛书的意义，就在于调动本学科研究者的共同智慧，对已有成果进行咀嚼和消化，对已有的研究范式、方法、理论和已有的探索、尝试进行重估和反思，进行过滤、选择，去伪存真，以期对中外文学关系本身，进行深入研究和全方位的开发，创造出新的局面。

钱林森、周宁

前言

　　1998 年，澳门即将回归中国的前一年，葡萄牙导演若泽·奥利维拉（José Carlos Oliveira）在澳门拍摄根据葡萄牙知名作家安杰业（João Aguiar）同名小说改编的五集电视剧《烟龙》（*Dragão de Fumo*），他邀请从未演过戏的我饰演剧中的华人医生严国文。我糊里糊涂地接受了邀请，我想我的演出是糟糕的，以至于我惭愧地没有看过自己的表演录像，但我还依稀记得那个场景：严国文医生不惧黑社会射来的子弹，舍身救美，于是从里斯本来澳门教书的葡萄牙女教师丽达幸免一死，两人模棱两可的恋情经过危难的洗礼也获得了延续下去的基础。在丽达的父亲阿德里诺看来，女儿俘获了一条"烟龙"。华人医生严国文和葡萄牙女教师是否可以战胜种种困难和障碍而进入心心相印的境界呢？影片的结局是浪漫的，但彼此的交流是困难的，前景也充满了不确定性。由此，我不由地想到中葡两个国家和民族的交往。

　　葡萄牙是最早与中国进行交往的欧洲国家之一，而且曾在澳门进行过长达 400 多年的殖民或者说准殖民统治；在弹丸之地的澳门，两个民族鸡犬相闻，朝夕相处，但又各自为政，鲜有密切的来往和深切的交流，双方始终没有做到真正地相互了解，更遑论心有灵犀了，诚如曾经对 18、19 世纪生活在澳门的族群进行过深入研究的潘日明（Benjamin Videira Pires）神父所描述的："葡萄牙和中国两个社会隔墙相望，和睦共存。"[1] 两个民族、两种文化只是"和谐共存"

1. 潘日明：《殊路同归——澳门的文化交融》，苏勤译，澳门：澳门文化司署，1992 年，第 197 页。

而已，并没有做到相互促进的"你中有我，我中有你"的文化交融。对澳门历史研究深有心得的吴志良博士这样概括澳门的中西文化交流：

　　　　澳门历史的双轨——道德和价值观的双重标准，虽造就了一个潜在的文化冲突的世界，但是华洋依然可以共处分治，和睦相邻，其根本原因仍在于双轨保持长期均衡平行。换言之，华洋社群在澳门共存数百年而未有发生致命的危机，是由于两种不同的道德和价值观没有产生真正的交融和正面剧烈的冲突，在一种近乎完美的双轨单行模式中发展并进。假如这种分析正确的话，又如何解释"澳门是中西文化最恒久的交汇点"这一似是似非的共识？[2]

2. 吴志良：《东西交汇看澳门》，澳门：澳门基金会，1996 年，第 66 页。

　　然而，根据潘日明神父的研究，仅从民族性格上来说，中葡两个民族竟然还有些相似或接近之处：

　　　　在我们从心理学角度分析中国人和西方人时，将会注意到与其他欧洲人相比，葡国人较少形而上学，更多抒情成分，因此更接近中国人。唯美主义的表现手法，对大自然的倾心，喜好历史，具有生活节奏的艺术（意在逃避严厉家规），以田园生活作为理想，酷爱和平，对政治的冷漠，由缺乏法律保护以及当权者自私所引起的处世态度，生活方式简单，节俭，修身养性，对偏激狂热及幼稚的革命热情持怀疑态度……这些都是中国人和葡国人的相似之处，举不胜举。…… 在人类本性这问题上，我们和中国人亦没有区别。实际上，我们的奋斗同样是他们的奋斗，我们的追求和征服也是他们的追求和征服。很容易夸张和缩小这些区别。因此，"中庸之道"是孔教和基督教之伦理道德。"中庸之道"是中国经典著作，也是打开神秘世界的金钥匙。"想入非非"和"虎头蛇尾"是葡国人和中国人所共有的两个特征，这种闲散倾向部分来自缺乏科学方法和无计划性，经常心血来潮或临时抱佛脚。[1]

　　1. 潘日明：《殊路同归—— 澳门的文化交融》，苏勤译，澳门：澳门文化司署，1992 年，第 60—61 页。

　　这是潘日明神父的一家之言。莫非正是这些"有些相似或接近之处"使得彼此双方失去了沟通与交流的热情和愿望？原因其实是多方面的，我们在后面的章节里会有所涉及。所谓"交流"，按照《现代汉语词典》的解释是"彼此把自己有的供给对方"，比如"物资交流"、"文化交流"等，因此从这个层面来讲，"交流"对彼此双方的要求是很高的，它要求彼此双方的参与和"供给"。虽然在历史上以传教士为首的西方人通过澳门这个窗口向中国输入了他们的宗教思想、人文精神及科学知识，而我们中国人又向对方"供给"了什么呢？如果说我们的儒家思想、道家学说被介绍到了西方，甚至我们的审美观念影响了欧洲，以至于在欧洲一时兴起了"中国风"，又或者我们科举考试对欧洲的文官制度产生过积极的影响，但这些"供给"的中介基本上也是西方人自己，也就是说，我们一直是被别人观察，被别人赞赏，被别人学习，被别人借鉴，最后被别人蔑视，被别人侵略。当欧洲这个"他者"远涉重洋走到我们面前，我们是被动的，根本没有主动地把自己已有的向对方"供给"。所谓"澳门是中西文化最恒久的交汇点"已成为人们津津乐道的套话,在这一过程中中国人扮演的不过是次要角色。

在几百年的接触和碰撞中,中国不可避免地成为葡萄牙政治、外交和文化中的一个主题,政治家、外交家、传教士、旅行家、冒险家、小说家、诗人甚至普通百姓留下了为数众多的有关中国的文字。他们在不同的时间和空间中,根据自己的想象、体验、经历或者时代的需要,记述各自眼中的中国,塑造了中国这个在时间的推移中不断变化的"他者",其中既有怀着热情、诗意和敬畏的赞美文字,也有轻蔑的否定和嘲笑。特别是在 16 世纪,相比欧洲其他国家而言,葡萄牙可以说是关于中国的最活跃的书写者。

相比之下,中国对外部世界的记述实在少得可怜,因为中国缺乏兴趣和好奇心。斯塔夫里阿诺斯(L.S. Stavrianos)在谈到中国的闭关自守时写道:"事实上,中国人对外部世界毫无兴趣。这表现在他们对欧洲和欧洲人一无所知方面。他们几乎不知道欧洲的位置,而且也少有问津。关于欧洲的各个民族,他们完全混淆不清,只是笼统地将他们称为'长鼻子的蛮族'。"[1]

1. 斯塔夫里阿诺斯:《全球通史——1500年以后的世界》,吴象婴、梁赤民译,上海:上海科学出版社,1999 年,第 464 页。

张哲俊在《中国古代文学中的日本形象研究》一书中,考察了中国对日本形象的塑造,给人印象深刻的是中国对待日本的态度,作者写道:"文化中心主义表现出十足的文化优越感,但恰恰是文化的优越感造成了中国文化的封闭性,中国文化显然缺乏对外认识的能力。如果考察一下几千年认识日本的过程,就会发现中国人不断地重复着前人对于日本的认识,在相当长的时间内没有什么新的发展。相同的记述一遍遍不厌其烦地重复、转述于各种文献,似乎总是停滞在同一层面上。尽管中日关系有几千年的历史,然而中国人真正准确地认识邻国,了解日本,是始于近代。如果说中国人用了几千年时间,都没有能够正确地认识邻国日本,这难道不是一个令人反思的问题吗?"[2]中国对日本的态度也反映了中国对其他国家的态度,如果说我们没

2. 张哲俊:《中国古代文学中的日本形象研究》,北京:北京大学出版社,2004 年,第 8 页。

有写出像《菊与刀》那样深刻揭示日本人民族性格和日本文化双重性的著作,那么对这些在我们卧榻之侧存在了四百多年的葡萄牙人,也是知之不多,迄今为止还没有写出一部认真剖析其民族性格和精神的深刻作品。当然,也不能说葡萄牙人对中国有多么深入的认知,虽然他们描述中国的文字远多过我们。或许,马马虎虎、不求甚解、得过且过真的是两个民族的相似之处。

至于说到中葡文学交流,不能说没有,但绝没有贯穿于两个民族整个交往的历史;两个民族都会以文学的形式去描述自己对面的"他者",但基本上都是各自表述。由于彼此,特别是我们,缺少足够的好奇心和热情去探知对方的文学世界,加之"鸡同鸭讲"的语言沟通障碍,

文学翻译活动一直十分凋零，直到 20 世纪 80 年代才渐趋活跃，文学交流活动也开始增多。因此，与其说把这部书称作"交流史"，不如说它试图呈现中葡作家是如何各自表述的。

本书涉及的时空跨度较大，在资料收集上困难重重，加之孤军奋战，又心有旁骛，因此用功不深，疏漏和不足之处在所难免，恳请方家不吝赐教。

最后，衷心感谢钱林森教授、周宁教授和祝丽女士的长期关心和守护，是他们的"不离不弃"才使我没有半途而废，终于完成了这块"土坯"。希望待它烧制出来，可以抛砖引玉。

第一章　　最初的相遇

第一节 海始于斯

距离里斯本 20 公里的地方，有一个名叫罗卡角（Cabo da Roca）的悬崖峭壁，这就是著名的"欧洲之角"，几块岩石砌成的简陋纪念碑上，铭刻着葡萄牙有史以来历史上最伟大的诗人路易斯·德·卡蒙斯（Luís de Camões）的诗句："陆止于此，海始于斯。"欧亚大陆在此斩断自己，把自己交给波涛汹涌的大海。大海，既是阻碍，也是最辽阔的道路，葡萄牙人就是在向大海的眺望与想象中，开始了改变世界历史进程的海上冒险——航海大发现。从此，一个位于欧洲最南端的蕞尔小国征服了凶险莫测的海洋，绕过好望角，抵达了东方，并成为最早与中国接触的欧洲国家之一。

罗卡角

位于里斯本帝国广场的热罗尼姆修道院里，安放着达·伽马的大理石灵柩，正是他，发现了前往印度的海上之路。与达·伽马的灵柩安放在一起的还有两位诗人——卡蒙斯和佩索阿（Fernando Pessoa）——的大理石灵柩，前者以壮怀激烈的史诗歌颂了葡萄牙人的航海壮举，而后者则幻想着延续葡萄牙的历史辉煌，创建文化的第五共和国，以文化的力量来振兴早已衰落的帝国。世界上没有哪一个民族把航海家和诗人提高到如此尊崇的地位，作为民族的象征，他们接受着普通民众的景仰和祭拜，到访的国家元首也到此向他们表示敬意。无论在历史上，还是在现实中，航海大发现对葡萄牙人来说都是最重要的一段历史，最辉煌的一次壮举，甚至成为安慰心灵的一剂精神的药膏。

在里斯本帝国广场的前方，特茹河畔，屹立着一座高大挺拔的白色大理石纪念碑——航海大发现纪念碑，也叫"恩里克王子纪念碑"。纪念碑呈一面破浪航行的风帆的形状，纪念碑的基座上伫立着两排昂首向前的人物浮雕的群像，他们都是参与航海大发现的功臣和英雄，其中站在最前面的就是恩里克王子（Infante D. Henrique）。纪念碑建于 1960 年，是为纪念葡萄牙航海大发现奠基人恩里克王子逝世 500 周年而建。葡萄牙航海的壮举始于恩里克王子，他是葡萄牙航海大发现的推动者和组织者。自 15 世纪初开始，葡萄牙人积极开展对非洲的航海探险和殖民活动，经过几代人的努力，终于开通绕道非洲南端直达印度的新航路，对此，恩里克王子功不可没。历史学家评价说，无论对葡萄牙还是对整个欧洲，他的一生及其事业的重要性是无法估量的。从他的航海时代起，每一个从事地理大发现的人，都是沿着他的足迹前进的。恩里克王子年轻时感觉到"天降大任于斯人"，他的一生必须完成一项特殊的使命。他抛弃了结婚和家庭生活的念头，把全部的时间和精力都用来思考和组织航海事业。在他的策划和领导下，葡萄牙的航海发现取得了巨大的成就并震惊欧洲。恩里克不仅为葡萄牙人所景仰，也受到整个欧洲的尊重。他对人类的贡献远远超过历史上任何一位航海家的丰功伟绩，"他在历史上的地位是永远确定了的"[1]。

1. 查·爱·诺埃尔：《葡萄牙史》，南京师范学院教育系翻译组译，香港：香港商务印书馆，1979 年，第 51 页。

恩里克王子

葡萄牙历史学家雅依梅·科尔特桑（Jaime Cortesã）这样评价葡萄牙的航海大发现："我们不能忘记这一事件的世界意义，因为它与过去有联系，也就是说，葡萄牙人从其他民族以往的经验中得到了启迪，它的后果是对新人类的诞生起到了极大的推动作用。"[2]如果没有航海大发现，葡萄牙将是永远被人忽视的小国，而 1500 年作为世界近代史的开端，却和这个国家不

2. 雅依梅·科尔特桑：《葡萄牙的发现》第一卷，邓兰珍等译，北京：中国对外翻译出版公司，1996 年，第 32 页。

无关系。亚当·斯密（Adam Smith）认为："美洲发现、经由好望角前往东印度的航线的发现，是人类历史上所记载的最伟大、最重要的事件。"[3]西方的史学家把欧洲 16 世纪的海外扩张当

3. 引自斯塔夫里阿诺斯：《全球通史——1500 年以后的世界》，吴象婴、梁赤民译，上海：上海社会科学院出版社，1999 年，第 123 页。

作人类历史的一个重要转折点，认为它是人类从封闭时期走向开放时期的分界线，这一观点虽然是从欧洲中心主义的视角出发的，但无法否认东西方两种文明由此开始了接触、碰撞和较量的过程，世界发生了根本性的变化。在这段历史中，葡萄牙人扮演着认识世界的先驱者的角色，成为最早在非洲、美洲、亚洲留下足迹的民族。位于欧洲边缘，政治、经济和文化都相对落后的葡萄牙却先于其他国家开始了庞大的冒险事业，四处拓展疆域，占领比其本土大几十倍的世界版图，这是世界历史上一个不可思议的奇迹。难怪葡萄牙人为此感到十分骄傲，正是航海大发现的壮举让一个默默无闻的弱小民族载入了世界史册，因此在葡萄牙的出版物、影像、纪念物、研讨会、文化活动中，随时可见与航海大发现有关的主题。

在地理上，葡萄牙和西班牙占据着伊比利亚半岛，葡萄牙位于半岛的西南侧，国土面积狭小，只有9万多平方公里。在古希腊罗马时代，地理学家把西班牙的西部（即现代葡萄牙中部和西班牙西部）叫做"卢济塔尼亚"，至今葡萄牙人仍把自己称作"卢济塔尼亚人"。葡萄牙是欧洲最早出现的独立国家，第一任国王阿丰索·恩里克斯统治了国家近60年，为这个国家奠定了牢固的基础。他的功劳是摆脱了对西班牙的臣属关系，自立为葡萄牙国王。他还打败了摩尔人，向南扩张，清楚地描画出未来葡萄牙的国家轮廓。葡萄牙资源匮乏，除小麦、葡萄、油橄榄、软木等，几乎没有其他物产，然而却有漫长的海岸线，大部分国土濒临大西洋，这决定了葡萄牙人为了求得更大的生存和发展空间，只能去探索茫茫无际的大海。

航海大发现的动机有经济的原因。当时整个欧洲，特别是葡萄牙，都苦于黄金不足，原因是从十字军时代起，欧洲从东方输入香料和奢侈品，付出了大量黄金，而欧洲又没有什么金矿。因此，葡萄牙的海上扩张与寻找金矿有关。除了上述原因，自然环境也是迫使葡萄牙走向大海的推手。葡萄牙是一块狭长的沿海土地，几乎没有什么内陆地区，国家的疆界早就形成了，东部强大的西班牙堵塞了它在陆地上进行任何扩张的可能性。

如果说航海大发现的动机是出于对外部世界的好奇，是为了摆脱地理上的孤独，是为了得到更大的生存空间，那么可以说宗教热情也是葡萄牙人航海大发现背后的巨大驱动力。葡萄牙人曾经受到穆斯林人的侵占和压迫，后来经过反对伊斯兰教徒的胜利斗争，收复了失地。他们听说东方也有信仰基督的教徒，因此希望与信仰基督教的东方君主联合起来，共同夹击信仰伊斯兰教的教徒。欧洲人曾经花了两个世纪的时间去寻找这个神秘的信奉基督教的东方君主，并打算与他结盟来共同抵抗穆斯林。因此，反对伊斯兰教、宏扬基督教信念，成为寻求东方新航路的一种精神动力，为此，葡萄牙人的船帆都绣有巨大的十字。15 世纪，所有欧洲国家都有严重的内部问题亟需解决，唯独葡萄牙已经做好了迈向地理大发现的准备。因此，对于葡萄牙人来说，航海大发现是人和神的共同事业。诗人卡蒙斯把它归纳为："传播信仰，扩展帝国。"

1460 年，恩里克王子因病在他的航海基地萨格雷斯（Sagres）谢世，终年 66 岁，但他的航海事业并没有终止。1484 年，迪亚斯率领船队成功绕过了好望角，为后来的航海活动积累了经验，迪亚斯的航海图和资料在达·伽马后来远航印度时发挥了重要作用。1497 年，达·伽马率领约 170 名船员，分乘 4 艘船，从里斯本的特茹河出发，艰难地穿越了印度洋，并在 1498 年抵达印度西海岸的卡利卡特。

此时是唐·曼努埃尔一世（D·Manuel Ⅰ）在位时期，他雄心勃勃，极力扩展战果。1510 年，葡萄牙人占领了印度海岸的果阿；次年，攻占了马来半岛的马六甲（明朝称作满剌加）。满剌加地处东西方海上贸易的必经之路，也是明朝朝贡体系中的重要一环。正是在满剌加，葡萄牙人和中国人开始有了初步的接触。

达·伽马

航海大发现把世界历史带入一个前所未有的新局面。不过，葡萄牙人对自己航海大发现的功绩被忽视耿耿于怀，葡萄牙史学家雅伊梅·科尔特桑悻悻地写道："应该指出，在近代初期，意大利文艺复兴和印刷术的作用被夸大了，这是人们未能充分认识伊比利亚半岛人在航海方面的作用。如果说其他国家以其发现对在那个时代开始的人类复兴作出了自己的贡献——否认这一点显然是不公平的，那么就这一点而言，我们同样可以宣布：是葡萄牙人在 16 世纪前 25 年打开了新世纪辉煌的大门。"[1]

1. 雅伊梅·科尔特桑：《葡萄牙的发现》第六卷，王庆祝等译，澳门：纪念葡萄牙发现事业委员会，1998 年，第 1431 页。

雅伊梅·科尔特桑并不认为航海大发现仅仅是一个"集体的勇敢行为"，不仅仅依靠长矛、护身甲、大口径舰炮以及使用它们的激情，依靠的是"条理、地图、等高仪、科学方法、严格的组织纪律性，说到底，是依靠着的文化素质和组织者的智慧"。[2]然而，葡萄牙的航海大发

2. 雅伊梅·科尔特桑：《葡萄牙的发现》第六卷，王庆祝等译，澳门：纪念葡萄牙发现事业委员会出版，1998 年，第 1431 页。

现是矛盾的，一方面，人文主义使他们具备了新的世界观去发现和发掘人的潜能；另一方面，它具有浓厚的宗教色彩，使航海活动戴上了宗教的光环。事实上，葡萄牙人的航海大发现事业很快就进入了衰败，被其他资本主义发展迅速的国家所取代，其原因之一在于资本主义没有在葡萄牙萌芽，没有建立起资本主义的贸易和生产关系。

大海对葡萄牙人的性格塑造至关重要，大海也成为葡萄牙文学作品中的一个重要主题。而且大海不仅向葡萄牙人提供食物，刺激他们去探险，给予他们梦想和希望，同时也给他们以诗歌的灵感。葡萄牙现代主义文学开创者佩索阿这样概括经历航海大发现的葡萄牙人的形象：

多盐的大海，你的盐粒

多少溶成了葡萄牙人的泪水！

为了穿越你，多少儿子徒然地

守夜，多少母亲痛哭！

多少待嫁的新娘终老闺中！

这一切，都是为了让你属于我们，大海！

值得吗？完全值得

如果灵魂不渺小。

无论谁，想要越过海岬

必受双重的烦扰。

上帝把历险和深渊赋予大海，

也让它映照出天堂。

在佩索阿的笔下，大海变成了葡萄牙的大海，它是苦涩的，因为葡萄牙人的眼泪给了它太多的盐。多少只船被波涛埋葬，多少双等待的眼睛望穿了大海，而这一切苦难，都被诗人升华到崇高精神的层面：如果灵魂不是渺小的，那么一切苦难都值得承受。葡萄牙人被塑造成天降大任、志向高远的英雄好汉，自以为担负着"普世帝国"的梦想，要把基督教神圣的声音传遍全球。因此，在上帝的注视下，葡萄牙人必须"苦其心志，劳其筋骨"，他们经过苦难的深渊才能得到回报——大海映照的天堂。

虽然到了 18 世纪，葡萄牙唐·若昂五世（D.João IV）国王的全称仍然丈量着帝国的疆域："本人，唐·若昂五世，奉天承运，葡萄牙、阿尔加维、非洲、海内外之土、几内亚及埃塞俄比亚、阿拉伯、波斯及印度等地征服、航行及贸易之主。"但是葡萄牙的兴盛不过是昙花一现，16 世纪末，葡萄牙帝国开始急速衰落。海外扩张耗费了大量的人力物力，而葡萄牙资源有限，没有强大的经济实力作后盾，更主要的是没有资本主义的商业意识作配合。幸运、地理位置、航海技术和骑士冒险精神等结合在一起，使葡萄牙人在初期一路领先，但是不能长久保持，"这个国家缺少一个巨大而殷实的中产阶级来承担冒险事业中贸易方面的主力，它也缺少像意大利、德国和低地国家所能配备的那样大量有经验的银行家"[1]。世界太大，而葡萄牙又太小；葡萄牙人是最棒的水手，却是最糟糕的管家。葡萄牙很难控制自己建立起来的庞大的帝国，只能艰难地经营，得到有限的回报却要付出巨大的代价，最大的受益者主要是外国的投资者。作家若泽·萨拉马戈认为葡萄牙从来没有建立起自己的帝国，没有从海外扩张中获得很多好处。

> 1. 查·爱·诺埃尔：《葡萄牙史》，第 157 页。

葡萄牙的衰败以国王塞巴斯蒂昂（Sebastião）战死摩洛哥为标志。这位称为"骑士国王"的君主年轻、热情、充满理想，他意识到国家的衰颓，立志要领导国家复兴。1578 年他计划了一次对摩洛哥的十字军远征，而且由他亲自统帅，但是他的部队在阿尔卡色基比尔（Alcacer-Quibir）几乎全军覆灭，他也命归黄泉。如果说葡萄牙历史、文化和文学中有许多难以破解的神话，那么这位国王的生死便构筑了一个最为离奇的神话。由于从战场回来的人没有一个亲眼看见国王丧命，因此人们想象他还活着，不久就要回到人民中来，继续完成复兴国家的大业。这个想象后来引发了"期盼塞巴斯蒂昂回国主义"的思潮，人们自欺欺人，盼望着不可能归来的塞巴斯蒂昂突然归来了，他横刀立马，继续领导着拯救民族和国家的宏伟事业。"期盼塞巴斯蒂昂回国主义"在人们的思想意识中持久地存在着，它是安慰伤口的药膏，是没有希望的希

望，它使人们相信在国家处于危难之时，总会有人来拯救
他们，不管他是谁或来自何方。这种思潮甚至融入国民的
性格和本能，成为生活的一种常态，正如若泽·赫尔曼诺·萨
拉伊瓦所说："'国王在一个大雾弥漫的清晨会回来的'，
这句话成了今天人们的口头语。在说这句话时，没有人是
一本正经的。这句话多少用来表达一种无法名状的思想状
态：相信自己由衷盼望的事情必定会发生，但同时希望它
的发生不要我们花费力量，而且又不牵涉到我们的责任。"[1]

1. 若泽·赫尔曼诺·萨拉伊瓦：《葡萄牙简史》，李均报、王全礼译，北京：中国展望出版社，
1988 年，第 166 页。

塞巴斯蒂昂国王

　　这种思潮的盛行只是证明了人们对国家衰败的意识，
塞巴斯蒂昂归来是不真实的，真实的是这种意识。这种真
实的意识使葡萄牙人变得忧伤而自卑，他们乐于制造并相
信神话，把希望寄托在虚无缥缈的力量之上。这种思潮在
文学上也产生了持久的回响，佩索阿曾在作品中幻想塞巴
斯蒂昂回国之后，建立起第五帝国。根据他迷狂的设想，
葡萄牙将成为一个统治世界的"文化帝国"和"精神力量"；
这个帝国将用"诗人的帝国主义"和"语法家的帝国主义"
来抗衡那些政客、将军们"滑稽可笑、陈旧过时的帝国主
义"。[2]

2.José Augusto Seabra, *Fernando Pessoa e o Espírito dos Descobrimentos*, in O Correio, Unesco, Junho/1989, p.38.

　　塞巴斯蒂昂再没有回来，回来的只是他的青铜雕像，
站在里斯本的广场上打量着过往的行人。塞巴斯蒂昂死后
不久，葡萄牙被西班牙占领，到 1668 年才重获独立。葡萄
牙光辉散尽，在世界扩张中的角色先后被荷兰人和英国人
取代。葡萄牙被冷落在欧洲的角落，犹如一只沉船，被生
锈的铁锚拖入了大海深处的黑暗。从此之后，在欧洲的舞
台上，葡萄牙发出的声音是微弱的，甚至很多次无法主宰
自己的命运。它很少标新立异，更多的时候是一个追随者。

在海外扩张时期，出现过像卡蒙斯这样慷慨激昂的诗人，此后只能出现像佩索阿这样敏感孤僻、内心分裂的诗人，他们有难以释怀的忧伤，那是辉煌历史的重压无法卸下，让人依旧感到痛苦。他们只能以自己的方式来面对现实，爱德华多·洛伦索这样写道：

> 在所有的表现中，我们文化中最深厚最持久的东西无非是铸造了我们与世界，或者说与自然的浓厚的融合关系，同时伴随着我们对自身的软弱、对在悲伤中快乐、在快乐中悲伤的强烈意识。总之，葡萄牙人的这种特有的感知生活的方式，他们用一个在自己的文化中带有神话色彩的词来概括：*saudade*。[1]
>
> 1.Eduardo Lourenço, *A Nau de Ícaro*, Gradiva, Lisboa, 1999, p.38.

葡萄牙文的"saudade"被认为是一个难以翻译的词，它具有乡愁、怀念的意思，同时还有遗憾、缺失、无助的含义，但又伴随着虚无缥缈的希望。文学上曾出现过"怀念主义"思潮。其实这种怀念是对历史的怀念，是对塞巴斯蒂昂的怀念，也是对自身现实的不可能的超拔和忘记。"saudade"是萦绕在葡萄牙人心中挥之不去的心绪，是他们一种温柔而又无奈的武器，同时也是葡萄牙文学中一个永存的基调：

> 这些走向大海的人
>
> 在大海中埋葬了他们黑色的船
>
> 犹如埋葬了一把利剑
>
> 然后靠少许的面包和月光生存[2]
>
> 2. 索非娅·安德雷森：《卢济塔尼亚》，见《葡萄牙现代诗选》，姚京明、孙成敖译，北京：中国对外翻译出版公司，1993 年，第 89 页。

壮怀激烈的时代已变得遥远，那些拔剑四顾、叱咤风云的英雄豪杰已随风消逝，只有航海大发现纪念碑上的英雄雕像还站在船头，面朝大海的潮起潮落。学习咀嚼简朴的面包，习惯庸常无为的生活，用月光缝补思念的碎片，或者把梦想寄托在另一类英雄的身上——那在绿茵场上奔跑射门的球星费戈或 C·罗纳尔多令全世界的球迷为他们迷狂，他们不就是昔日英雄的化身吗？

或许正是这段历史的辉煌以及辉煌之后的黯淡让葡萄牙人背上了沉重的包袱，甚至在他们的民族性格也打下了深刻的烙印，正如安东尼奥·平托·雷特（António Pinto Leite）在一篇题为《葡萄牙：都是大海惹的祸》一文中所写到的："是大海把一切变得相对，把一切变得渺小。大海使我们把目光放在终点，而不是起点和过程。我们被界限所吸引，却不屑于基本；我们渴望成功，却鄙视经营；我们渴求无人能及之功，却不愿做力所能及之事。"[1]

1.António Pinto Leite, *A Culpa é do Mar*, in *Expresso*, 26 de Agosto de 1996.

　　史学家查·爱·诺埃尔写道："四百年前，他们的祖先比任何其他民族更有资格获得'优秀种族'这个称号，如果当时人们已经使用这样的名称的话。"[2]葡萄牙建立了比自己本国的

2.查·爱·诺埃尔：《葡萄牙史》，第3页。

国土大几十倍的殖民地，他们传播自己的语言和宗教，同时也对当地的风土人情和人民进行仔细的观察，留下了为数众多的文字记录。文学批评家亚辛多·科埃略（Jacinto do Prado Coelho）不无自豪地写道："我们，葡萄牙人，是伟大的旅行家，多种原因，如经济压力、政治野心、宗教热情、爱好冒险使得我们把中世纪的骑士精神变成在世界各地的行走和扩张"，因此，"随着观察和倾听，我们学习了先人们所预感的那些东西；随着我们揭示了具体世界和精神世界的诸多秘密，我们在纸页上严谨地印下了有关事物的消息，不仅为了纪念，也为了有益于他人"。[3]的确，葡萄牙人在海外扩张时期留下大量有关异国的记述，使游记文学获得了

3.Jacinto do Prado Coelho, *Ao Contrário de Penélope*, Lisboa: Bertrand, 1976, p.22.

空前的繁荣，它是葡萄牙文学中无法分割的组成部分。亚辛多·科埃略特别强调这些文字所反映的人文主义精神，"其价值不仅仅在于为好奇者提供了具体的、色彩缤纷的、实用的实质性内容，或者为文人墨客提供了丰富的写作资料，而是在于它们所折射出来的人文主义热情，反映出葡萄牙人在这个世界上的存在方式，但许多人草率地把他们归结为抒情的梦游者、模糊的理想主义者或者以泪洗面的人"[4]。

4.Jacinto do Prado Coelho, *Ao Contrário de Penélope*, p.22.

第二节　中国人眼中的"佛郎机"

　　由于东西海路的贯通，经历了数千年隔绝的欧亚两种文化首次面对面地会合了，这无疑具有划时代的意义，斯塔夫里阿诺斯在谈到这一会合的性质时写道："欧洲人是好斗的进入者。他们夺取并保持着主动权，直到渐渐地但不可抗拒地上升为世界各地的主人。这种对世界的前

所未有的统治，乍看起来是难以理解的。为什么只有大约 200 万人口的葡萄牙能把自己的意志
强加于文明的、拥有大得多的人力物力资源的亚洲诸国家呢？"[1] 作者把葡萄牙人的成功归结

1. 引自斯塔夫里阿诺斯：《全球通史——1500 年以后的世界》，第 133 页。

为葡萄牙运气好，印度次大陆上的国家不团结，葡萄牙拥有海上力量的优势。[2] 其实，重要的

2. 参阅斯塔夫里阿诺斯：《全球通史——1500 年以后的世界》，第 133—135 页。

原因还包括亚洲国家闭关锁国，对外部世界认知有限，中国就是一个很好的例子。

16 世纪的明王朝，不过是历代中国王朝的翻版，其世界观、宇宙观还停留在"自古帝王君
临天下，中国属内以制夷狄，夷狄属外以奉中"这种大中国中心主义的观念上。虽然已经改朝
换代，但换汤不换药，明王朝的中国并没有本质性的进步，仍停滞在封建社会体制中，仍在建
立王朝，逐渐腐败堕落被推翻，再建立王朝的历史怪圈中循环踏步。明王朝同历代王朝一样，
初期诸帝尚能勤政图治，后在明治、正德、嘉靖、隆庆、万历诸朝统治的一百年间，便由盛转衰，
渐呈危机征兆。明王朝中叶以后，皇帝或深居宫中，或巡游四方，耽于享受，不理政事，群臣
罕见皇帝颜色，任凭近侍太监操持政柄。

正当葡萄牙人积极地进行海上扩张，逐渐从阿拉伯人手里赢得海上贸易权的时候，明王朝
却对大海充满了恐惧，极力封锁大海。明王朝自太祖时起，就厉行海禁政策，严格限制自己的
国民移民海外，"片板不许下海"，甚至诏令出国的中国人返回家乡，逾期不得回返。1405 年
至 1433 年，郑和受明成祖朱棣及明宣宗朱瞻基的派遣，先后七次率领船队远下西洋，经历了亚
非 30 多个国家和地区，虽为世界航海史上的盛举，但并没有以经济和贸易作为主要目的，
而是以"帝王居中，抚驭万国"的心态去弘扬封建帝国的声威，因此没有对人类的历史进程产
生任何影响，但又几乎是和欧洲的海外扩张同时开始的。斯塔夫里阿诺斯指出："中国人虽曾
航海数千哩，但完全是出于非经济方面的原因。他们对贸易毫无兴趣，只是将诸如长颈鹿一类
的奇珍异兽带回自给自足的祖国，以取悦他们的皇上。由于明显的地理方面的原因，欧洲完全
做不到自给自足，它迫切需要香料和其他外国产品。这一需要与迅速发展的经济活动及蓬勃的
经济活力一起，最终使欧洲人航行于各大洋，使欧洲商人遍布每一个港口。"[3] 根据《明史》卷

3. 斯塔夫里阿诺斯：《全球通史—1500 年以后的世界》，第 21 页。

三〇四《郑和传》记载："成祖疑惠帝亡海外，欲踪迹之，且欲耀兵异域，示中国富强。永乐
三年六月，命和及其侪王景弘等通使西洋。将士卒二万七千八百余人，多赍金币。造大舶，修
四十四丈、广十八丈者六十二。自苏州刘家河泛海至福建，复自福建五虎门扬帆，首达占城，
以次遍历诸番国，宣天子诏，因给赐其君长，不服则以武慑之。五年九月，和等还，诸国使者

随和朝见。"由此可见，郑和下西洋没有脱离在四海范围内宣威羁縻，维护朝贡秩序的目的。明王朝害怕民间海外贸易引起内外勾结，危害自身统治；只有中国的朝贡国，明朝才允许来华贸易。历史表明，以农业和土地为文明基础的中国，重农轻商，对海外贸易始终缺少热情和兴趣，也没有像葡萄牙人那样对外部世界充满了好奇和想象，像他们那样开展海外活动而从中获得更大的生存空间。大海长期被忽视着，被"浪费"着，历代皇帝无不惧怕大海，虽然有时感到好奇，也是寻仙问药，祈求长生不老，因此，由于对大海无知而出现的传奇志怪代替了科学和真实。即使曹操"东临碣石，以观沧海"，抒发的也是在内陆完成一统"天下"的霸业志向。中国始终在"天涯海角"的局限意识之中想象和描绘着世界。大海，数千年来始终拍打着漫长的海岸线潮涨潮落，却很少有人去响应它的呼唤。总之，中国自给自足的农业经济、对贸易的缺少兴趣和封闭的文化系统，使其没有发现新世界的热情和动机，虽然它同样拥有高超的航海技术。郑和下西洋之后的中国沿海，除了埋葬过北洋水师的军舰之外，就是等待着西方列强的炮舰划破沉寂。

明王朝沿袭历朝的朝贡模式来处理中外关系：海外各国名义上臣服，由明朝册封，颁授印绶，由此建立起以中国为"家长"的国际秩序，维护周边国际环境的和平与稳定。明朝吸取元朝以武力征服临近国家如日本等的失败教训，明太祖为有明一代对外政策奠定了和平基调。在《皇明祖训》中，明太祖还列举了"不征之国"的名字，把它们按方位罗列出来：

东北	朝鲜国
正东偏北	日本国
正南偏东	大琉球国、小琉球国
西南	安南国、真腊国、伊罗国、占城国、苏门答剌国、西洋国、爪哇国、溢享国、白花国、三佛齐国、渤泥国[1]

1. 引自万明：《中葡早期关系史》，北京：社会科学文献出版社，2001年，第8页。

总共是 15 个朝贡国，这实际上是明朝初年已知范围内的全部海外国家，也是"泱泱大国"所认知的整个世界，爪哇以南的世界就不存在了，因此当葡萄牙人从大西洋的海岸来到中国南方，中国的饱学之士对他们来自何方竟一无所知时，也就不足为怪了。即使郑和下西洋，也没有拓展中国对世界的浅薄有限的认知。郑和远航事业停止之后，航海档案付之一炬，他是如何七下西洋的，使用了怎样的航海技术，是否留下一份翔实描写异域的地图或者航海报告，后人无从知晓，流行的反而是像充满鬼怪故事的《三宝太监西洋记通俗演义》。[1] 而在 1584 年，

1. 参见周宁：《中西最初的遭遇与相遇》，北京：学苑出版社，2000 年，第 265 页。

葡萄牙人路易斯·巴尔布达 (Luiz Jorge de Barbuda) 已经绘制出包括中国 15 省份在内的中国地图。

自视为世界的中心的泱泱中国，并不清楚世界的真实面貌，也不相信世界是圆的。根据利玛窦的记载，中国人可能无法了解地球怎么会是圆的。因此，"中国地图的绘制大都是根据一个平坦的大地，即地球是平面的，转移过程只是将真实世界缩小以符合书的一页大小或卷轴的大小，已不存在变形问题，也不需要数学公式以配合地球表面的弯曲"[2]。万历年间，

2. 参见余定国《中国地图学史》，姜道章译，北京：北京大学出版社，2006 年，第 202 页。

利玛窦向万历皇帝献上一份世界地图——《万国全图》，但中国人对这份地图半信半疑。斯塔夫里阿诺斯精辟地指出："中国是一个没有与之相竞争的国家或政府的世界体系中心。纳贡关系是他们唯一承认的处理国际关系的一种方式。诸国家法律上平等的思想，对他们来说，难以理解。因此，中国人关于国际关系的观念，与欧洲的原始国际法直接相抵触。中国与西方世界没有共同的立场可作为它们之间关系的基础。"[3] 鉴于思维方式和世界观的巨大差异，

3. 斯塔夫里阿诺斯：《全球通史——1500 年以后的世界》，第 76 页。

再加上中国对外部世界的一无所知，因此当葡萄牙人第一次与中国人相遇时，不免发生误解、矛盾和冲突。

葡萄牙人来到中国之时，明代对于欧陆诸国所知甚少，近乎空白状态，这种无知从《明史》中的《佛郎机传》中就可窥见一斑。《佛郎机传》首句"佛郎机近满刺加"令人费解，显示明朝人对欧洲列国的认知是建立在臆测之上的，毫无科学根据可言。明朝文献中的"满刺加"有时又作"麻六甲"，即今天的"马六甲"，而近马六甲的"佛朗机"指哪个国家呢？满朝文武不清楚"佛郎机"位于何方，传言此国"近满刺加"而已。只要"前代不通中国"，便无从知晓，当时也没有资料可资查证，"外来人"只能自我介绍，或者已在东南亚沿海一带活动的华裔商民的间接介绍，新知与讹误混杂，甚至稀奇古怪的传说也大行其道。后来葡人占领满刺加，又说该国"近满刺加"，但历代朝贡国中，不见一个叫佛郎机的。回回叫他们"佛郎机"，他们又称是"蒲丽都家"(Portugal)，国人不信，"蒲丽都家"是葡文"葡萄牙"的音译。我们不知道也从未听说过。"蒲丽都家"一定是假冒的佛郎机，就像他们冒充满刺加一样。[4]

4. 参见周宁：《中西最初的遭遇与冲突》，第 268 页。

"佛郎机"已经东来一个世纪，国人不知道其由来，因此只能胡乱猜测，制造稀奇古怪的

传说，又说佛郎机是喃勃利国更名，在古传"狼徐鬼国"或"邦都鬼国"的对面："别有番国佛郎机者，前代不同中国，或云此喃勃利国之更名者也。古有狼徐鬼国，分为二洲，皆能食人。爪哇之先，鬼啖人肉，佛郎机国与之相对。"[1] 佛郎机变成了鬼国，亦有"鬼啖人肉"嗜好。

1. 《殊域周咨录》卷 9，转引自张星烺编著《中西交通史料汇编》第一册，北京：中华书局，2003 年，第 449 页。

各种文献中多说到葡人"掠小儿为食"，虽属臆度荒诞，"啖人肉"之说流传甚广，可见国人孤陋寡闻，对陌生来人满怀恐惧，不惜妖魔化之。李文凤《月山丛谈》、严从简《殊域周咨录》等书对此均有详细记载："嘉靖初，佛郎机国遣使来贡……其人好食小儿，云其国惟国君得食之，臣僚以下，皆不能得也。至是潜市十余岁小儿食之，每一儿市金钱百文。广之恶少，掠小儿竞趋途，所食无算。其法以巨镬煎滚滚汤，以铁笼盛小儿置之镬上，蒸之出汗，尽乃取出，用铁刷刷去苦皮。其儿尤活，乃杀而剖其腹，去肠胃蒸食之。"[2] 甚至堂堂正史也记载了这种猜疑，

2. 引自张维华：《明史欧洲四国传注释》，上海：上海古籍出版社，1982 年，第 7 页。

认为葡萄牙人野蛮残忍，抢劫过往旅客商人，甚至以小儿肉为食："其人久留不去，剽劫行旅，至掠小儿为食。……其留怀远驿者，益掠买良民，筑室立寨，为久居计。"[3]

3. 《明史》卷 325《佛郎机传》。

葡萄牙人来华的本意在于通商，明人对此还是很明白的："其时，大西洋人来中国，亦居此澳。盖番人本求市易，初无不轨谋，中朝疑之过甚，迄不许其朝贡，又无力以制之，故议者纷然。然终明之世，此番固未尝为变也。"但对天主教就认识有限了，根据《明皇世法录》记载，明人称佛郎机人"俗信佛，喜诵经，每六日一礼佛。……无媒妁，诣佛我前相配，以佛为证，谓之交印"。[4] 将天主教和佛教混为一谈。在这些猜测、疑惧、诬蔑之中，也不乏赞许，他们

4. 《明皇世法录》卷 82，引自张星烺编著《中西交通史料汇编》第一册，北京：中华书局，2003 年，第 448 页。

衣着干净，讲究诚信："衣服华洁，贵者冠，贱者笠，见尊长辄去之。初奉佛教，后奉天主教。市易但伸指示数，虽累千金不立约契，有事指天为誓，不相负。"[5]

5. 《明史》卷 325《佛郎机传》。

实际上，明人对欧洲人为何来中国，颇感疑惑，将航海而来的探险者、传教士、通商者一厢情愿地误作为对于天朝上国的"朝贡请封"，如《四国传》就说佛郎机的初次到来就是"贡方物，请封"。这都表明朝廷和官僚知识分子的思维误区，用明朝朝贡体制下的习惯性思维臆度完全不同于东南亚沿海小国，也根本不属于明朝帝国朝贡国的欧洲新兴国家。正德皇帝后来把葡王的使者皮莱资（Tomé Pires）当作东南亚一般朝贡国的使臣对待，态度怠慢且马虎。

总之，明朝的中国人还认为自己是世界的中心，朝贡体制使得他们养成了优越感；他们深信中华帝国无论在国力地位上，还是在文化程度上，都具有宗主国的优越性。这种因闭塞无知所造成的优越感后来受到西方国家的挑战，逐渐丧失，历史学家这样评论当时的中国："有史

以来，从未有过一个民族面对未来竟然如此自信，却又如此缺乏根据。"[1]

1. 斯塔夫里阿诺斯：《全球通史——1500 年以后的世界》，第 76 页。

在中国深入生活过的利玛窦经过观察发现，中国人"是按照它自己的标准来衡量所有其他人的，他们深信他们所不知道的，世上其余的人也都不知道"[2]。无知构成愚昧，再加上夜郎自

2. 利玛窦、金尼阁：《利玛窦中国札记》，何高济译，中华书局，1983 年，第 183 页。

大，因此只能因循守旧，对理想社会的构建既缺少冀望和思考，也缺少乌托邦式的想象力，中国一次又一次的革命都是因民不聊生而直接引起的揭竿而起，其理想也无非是物质层面的"均贫富"，缺少对人的尊严、平等和自由的追求，从而造成几千年以来中国社会总是在农耕文明的黄土上原地踏步，每一次的所谓破旧立"新"，只是新的皇帝而已，根本没有思想与精神上的腾跃，因此也就谈不上制度上的根本变革与创新。

第三节　葡萄牙人和中国人的最初接触

葡萄牙人是最早与中国人接触的西方人之一，他们对中国最初的认知，可能来自马可波罗的《马可波罗游记》。虽然葡文版《马可波罗游记》在 1502 年达·伽马第二次远航印度之前才面世，但在国王杜亚特的藏书室，人们发现有两部拉丁文的抄本。学者考证后，认为是唐·佩德罗（D. Pedro）王子 1428 年访问威尼斯和罗马时所购。这部书无疑对其弟恩里克（D. Henrique）的航海事业带来启示和鼓舞。达·伽马第二次远航印度之前，这部书的葡文版在里斯本出版。出版者在前言中如此评介当时的葡萄牙人对东方的认识："想往东方的全部愿望，都是来自想要前去中国。航向遥远的印度洋，拨旺了对那片叫做中国（Syne Serica）[3]

3. 通常翻译成"赛里斯"，早期的历史学家对与丝绸相关的国家和民族的称呼，一般认为指当时中国或中国附近地区。

的未知世界的向往，那就是要寻找契丹（Catayo）。"[4] 虽然至此中国只是一个名称而已，有

4. 引自万明：《中葡早期关系史》，第 17 页。

关中国的情况也甚为含糊和不尽不实，但已为葡萄牙王室所深切关注。

整个欧洲都想了解中国，葡萄牙国王更计划开辟一条海上航线来代替丝绸之路，把中国的商品直接运送到里斯本。1508 年，唐·曼努埃尔国王派遣迪哥·塞格拉(Diogo Lopes de Sequeira) 率领船队前往马六甲，并下达指令指示探听查明秦人（Chins）的情况：

你必须探明有关秦人的情况，他们来自何方？路途有多远？他们何时到马六甲或

他们进行贸易的其他地方？带来些什么货物？他们的船每年来多少艘？他们的船只的

形式和大小如何？他们是否在来的当年就回国？他们在马六甲或其他任何国家是否有

代理商或商栈？他们是富商吗？他们是懦弱的还是强悍的？他们有无武器或火炮？他

们穿着什么样的衣服？他们的身体是否高大？还有其他一切有关他们的情况。他们是

基督徒还是异教徒？他们的国家大吗？国内是否不止一个国王？是否有不遵奉他们的

法律和信仰的摩尔人或其他任何民族和他们一道居住？还有，倘若他们不是基督徒，

那么他们信奉的是什么？崇拜的是什么？他们遵守的是什么样的风俗习惯？他们的国

土扩展到什么地方？与哪些国家为邻？[1]

1. 吴志良：《生存之道》，澳门：澳门成人教育出版社，1998年，第19页。

虽然这一串问题的提出反映了葡萄牙国王对中国的一无所知，但和中国的皇帝不同，他对探寻遥远的地域表现出强烈的好奇心，渴望更多地了解传说的"赛里斯"中国人，而且此时的葡萄牙人已经接受用 Chins 这个词来称呼中国。

迭哥·塞格拉 1509 年来到马六甲海域，他的船队停泊在离马六甲不远的一个小岛上。中国船只经常往来于马六甲，特别是在郑和下西洋的年代，马六甲与中国保持着经常性的贸易关系，哪怕在郑和停止下西洋之后，也常有来自广东和福建的船只。在马六甲，葡萄牙人和中国人进行了第一次接触。一位无名氏作者根据一位亲历者的口头叙述撰写了一本《发现志》，记录了这次接触。根据作者描述，"这些秦人身材高大，均匀，不留胡子，但有髭须，小眼睛，颌骨离鼻子较远，长发，面孔扁而黧黑。"[2] 书中还记载了中国船长邀请葡萄牙人到他们的船

2. Rui Manuel Loureiro, *Fidalgos, Missionários e Mandarins–Portugal e a China no Século XVI*, Fundação Oriente, Lisboa, 2000, p.124.

上共进晚餐的情景，他写道，"中国人吃得很多，但饮酒不多，菜肴放了许多香料和大蒜，他们用叉子吃饭"；晚餐的食物则有"鸡、烧猪肉、用蜂蜜和糖制作的糕点、许多水果，他们使用银制的勺子，用瓷器盛白色的酒"。两个初步相识的民族，只会留下外表、生活习惯这些方面的印象。不管怎么说，首次的接触是友善的，中国人在葡萄牙人心中留下良好的印象。中国人还充当了葡萄牙人的顾问，告诫他们"不要相信这些人，因为他们很虚伪"，马来人"贪婪、虚伪，天生就是背叛者"。[3]

3. Rui Manuel Loureiro, *Fidalgos, Missionários e Mandarins–Portugal e a China no Século XVI*, p.126.

事实上，迭哥·塞格拉未能占领马六甲，他的船队遭到当地人的袭击，不得不启程归航。

葡萄牙人在短暂的相遇中，不可能对中国人有更深入的了解，当然无法获得足够的信息来回答国王的全部问题。

1511 年，阿丰索·德·阿尔布克尔克（Afonso de Albuquerque）征服马六甲这个交通要津后，情况开始有所改变。马六甲是通往中国的一个重要通道，虽然中国实施海禁，但还是常有从中国来往当地的商船，城里也住有中国商人，在这里葡萄牙人与中国人进行了更多的接触。葡萄牙人试图以马六甲为基地，沿着中国广东、福建沿海进行海上贸易，但由于明朝实行封闭政策，他们只能在中国沿海的岛屿活动，难以进入中国内陆。因此，他们对中国谈不上了解，对中国人的认识也很表面化，对他们而言，中国不过是一个可以进行贸易但还没有开发的市场，他们"寻找的是能纳入其市场系统的资源和商品交换"[1]，甚至

1. 戴维·亚诺尔德：《大发现时代》，范维信译，澳门：澳门东方文萃出版社，1994 年，第 14 页。

不知道这就是《马可波罗游记》所描述的契丹。但是，葡萄牙人收集了大量关于中国的资料，因为他们对中国有浓厚的兴趣，他们无法抹掉头脑中"富饶中国"的集体记忆。

位于澳门市中心的欧维治雕像

1513 年，欧维治（Jorge Álvares）成为第一个抵达中国的葡萄牙人，他从马六甲航行至珠江口的屯门进行贸易，得以在中国登陆，第二年他回到马六甲，带回有关中国的第一手消息，引起葡萄牙人进一步探知的热情，葡人纷至沓来。大约 1513 年，航海家和地理学家罗德里格斯（Francisco Rodriguês）把收集到的关于印度半岛和中国沿海的航海资料和地图，撰写成《东方地理志》，此书成为中国海域航行的指南，而在其大约在 1519 年撰写的著作《中国之路》中的一幅地图上，首次使用 China 一词。[2]

2. 参见吴志良：《16 世纪葡萄牙的中国观》，载《澳门——东西交汇第一门》，北京：中国友谊出版公司，1998 年，第 45—51 页。

1517 年，费尔南·安德拉德（Fernão Andrade）率领另一

支船队抵达广州，随行人员包括由驻印度总督任命的赴华使节皮莱资。他先到印度，之后来到马六甲，足迹遍及苏门答腊和爪哇。根据在东方的所见所闻，他在 1512—1515 年间撰写了《东方志》一书。这部书是东西方接触初期，由葡萄牙人撰写的第一部描述东方状况的书籍，反映出葡萄牙人对中国的最初认知。

第四节 航海大发现时期的葡萄牙文学

葡萄牙文学是欧洲最早出现的文学之一，但其初期并未表现出强烈的民族性，是航海大发现塑造了其特性，玛丽亚·阿尔奇拉·赛伊萨斯(Maria Alzira Seixo)教授说："葡萄牙文学的根本特点表现为，因其文明在地理上和历史方面的接近而融入欧洲和西方体系，通过与其他文学的文学交流而融入其中，但同时又有其固有的特点和独特的存在形式，这种现象使它与相近的文学：（拉丁语系中的）西班牙文学、法国文学、意大利文学、英国文学、德国文学以及属于欧洲文化母体的所有其他文学区别开来。"[1] 葡萄牙人由于航海大发现而抵达了世界不同的

1. 玛丽亚·阿尔齐拉·赛伊萨斯：《一种独具特色的文学》，见《中国首届葡萄牙文学研讨会论文集》，上海：上海译文出版社，1998 年，第 24 页。

地域，有机会接触到不同地域的文化，因此葡萄牙文学表现出吸收不同文化元素的能力，从而使得葡萄牙文学变得更为丰富。16 世纪，葡萄牙经济繁荣一时，有力促进了文化的发展，这一时期的文学史上称为"黄金时代"，其主导思想是反对封建势力、主张宗教改革和倡导人文主义思想。不同体裁的作品，尤其是戏剧和史诗，都达到了鼎盛状态，出现了在文学史上出类拔萃的作品。

葡萄牙最初的文学中心是宫廷，宫廷会收留诗人，而最初的几个国王也喜欢写诗，比如葡萄牙王朝的第二个国王唐·桑帕约写过情诗，第六任国王唐·迪尼斯不仅自己写诗，而且命令把流传的爱情诗歌编辑成精美的《友情诗歌集》。统治者之所以重视诗歌，是因为诗歌修养与宗教文化一样，是统治阶级表现聪明才智的最起码的条件，而他们的作品并非附庸风雅之作，而是不乏名符其实的杰作。

行吟诗人是葡萄牙文学的开山鼻祖，但在 13 世纪之后，行吟诗人的口头文学已经过时，

代之而起的是编辑成册的抒情诗和骑士小说。葡萄牙的行吟诗人给抒情诗和史诗创造了条件，当时的这些抒情诗后来被收入《古代诗歌集》中。《古代诗歌集》类似我国的《诗经》，它分为"友谊之歌"和"爱情诗歌"，一般描绘男女之间的爱情，或抒发对自然景物的亲切情感。"骑士小说"一般歌颂的是文武双全、举止优雅、甘愿为女士效力的英雄人物。

在整个 16 世纪，葡萄牙在世界各地进行海外扩张，葡萄牙的航海家、传教士和商人足迹遍及非洲和美洲，甚至远至印度、中国和日本。与此同时，经济上出现了一时的繁荣，文化也得到空前的发展。15 世纪兴起的文学艺术运动在 16 世纪也得到蓬勃的发展，文艺复兴运动也为葡萄牙文学艺术的发展注入了活力。各种体裁的作品，尤其是戏剧和诗歌的创作，十分兴盛，这标志着葡萄牙文学进入黄金时期。这一时期出版了大约 1200 部书籍，可谓史无前例；作家也是层出不穷，出现了吉尔·维森特（Gil Vicente）、萨·德·米兰达（Sá de Miranda）、费尔南·门德斯·平托（Fernão Mendes Pinto）、若昂·德·巴罗斯（João de Barros）、卡蒙斯、安东尼奥·费雷拉（António Ferreira）、贝尔纳丁·里贝罗（Bernadim Reibeiro）以及迪奥戈·贝尔南德斯（Diogo Bernardes）等优秀的作家和诗人。

航海大发现之前，葡萄牙和整个欧洲一样，封建势力日渐腐朽，危机重重；农民不堪忍受苛捐杂税的剥削，反抗的声音此起彼伏。工商资产阶级的力量逐渐壮大，他们努力打破王室贵族和教会在国家经济上的垄断地位，在经贸领域以及海外扩张中发挥越来越重要的作用，已经成为一支具有强大经济实力的社会力量。在商品经济逐渐取代自然经济的情况下，新兴的工商资产阶级需要一种新的思想来反对固有的封建的和宗教的精神禁锢，这成为文艺复兴运动兴起的重要的原因，其直接的文化动因是重新发现和利用古希腊罗马文化。作为欧洲文化与文学源头的古希腊罗马文化，具有与中世纪宗教文化不同的人文精神，文艺复兴旨在借助古代史文化精神摧毁以"神"为中心的封建宗教意识形态，强调人的自身的力量，主张建立以"人"为中心的人文主义的思想文化体系，它借助古典文化中现实主义、人本主义、自由思想、个性独立等形式来表达，借复古创立在对神的批判和对人的自身认识基础上的人文文化，因此具有浓厚的"人性"色彩。文艺复兴运动也波及到葡萄牙，但由于其自身的政治、社会和经济条件的不同，呈现出不同的特点。葡萄牙对文艺复兴的贡献是通过航海大发现的活动，以行动证明了人的无穷的力量，改变了世人对地球的看法，新航路、新大陆带来了新的世界观。此外，葡萄牙文艺复兴的一个重要贡献是发展了航海科学和技术，解决了在大西洋航海中出现的难题。

葡萄牙当时的文化中心依旧是宫廷，因此以宫廷和科英布拉大学为中心，兴起了崇尚文学艺术的风气。文艺复兴滥觞于意大利的时代，其对文化的深刻影响也波及到葡萄牙，葡萄牙的民族文化因吸收了意大利的新文化而发生了内容和形式的变化。意大利诗歌也深深地影响了葡萄牙，在诗歌中体现出主张宗教改革、凸显个人情感世界的人文主义思想。葡萄牙文学从思想上和表现形式以及体裁上都跳出传统模式，呈现出新的思想意识和向意大利诗歌模式转变的新局面。葡萄牙的殖民地领土超过了葡萄牙本土面积的一百倍，海外贸易给国家带来了财富，但真正拥有财富的人只是少数，寻金梦成为人们最大的追求，剧烈的社会变化导致人们奢侈无度，道德败坏，这突如其来的社会变化成为写作的主题，由此催生了一批诸如吉尔·维森特、米兰达等杰出的人文主义作家，而葡萄牙古典文学"黄金世纪"的真正标志无疑是一代巨匠卡蒙斯。

吉尔·维森特（1465—1536）是葡萄牙文艺复兴时期代表人物，但对于他的身世人们却不是很清楚，只知道他曾在宫廷担任晚会宾宴和庆祝活动的礼仪官，他在文学和舞台上显露的才华使其保住这一职务，然而留给世人的是他的戏剧作品。1502 年他写出第一部戏剧，之后先后创作了 30 部戏剧作品，其中著名的有《印度》、《谁得到麸皮？》，三部曲《地狱之舟》、《炼狱之舟》、《光荣之舟》，以及《灵魂》、《伊内斯·佩雷拉》、《鳏夫的戏剧》等。他的剧作种类多种多样，既有专为宫廷编写的宗教剧及世俗剧，也有嬉笑怒骂的讽刺剧、骑士剧以及喜剧。维森特的戏剧还没有具备现代戏剧的元素，比如，不太注意围绕主要人物制造戏剧性格，情节也缺少统一性，一般由譬喻的场面组成，由形形色色的人物串联故事，很多时候他们之间的联系是松散的。"如果从现代的戏剧观点来看，维森特原始的戏剧技巧不适合人类的激情和冲突，但是，他的戏剧用来讽刺和抨击社会的事态风气却很犀利。"[1] 讽刺是维森特戏剧的最

1. 安东尼奥·若泽·萨拉伊瓦：《葡萄牙文学史》，路修远、林柝译，北京：中国社会科学院外国文学研究所出版，1983 年，第 42 页。

大的特点，在他设计的舞台上，聚集着三教九流各色人等，其中有教士、公侯、地主、农民、妓女等，他们各有自己的习惯、幻想、恶习，维森特对他们时而讥笑，时而鞭笞，时而悲悯，通过这些人物画廊再现了当时的整个社会现实。而教会被维森特的锋芒刺得最深，因为他是宗教改革的支持者。他同情农民的悲惨遭遇，会写到他们辛苦劳作一年最后的收成还是被债主拿走了，因此他让《炼狱之舟》的农夫以诗歌形式说出这样的话："我们是他人生命的生命，是自己

生命的死亡。"[1] 此外，他也讽刺那些肤浅无脑的女性，在《伊内斯·佩雷拉》、《谁得到麸皮？》

1.António Saraiva e Oscar Lopes, *História da Literatura Portuguesa*, Porto: Porto Editor, 1987, p.206.

中，女主人公都是生活在远离宫廷的村姑，却梦想寻找机会结识权贵，以改变自己的社会地位。在名为《印度》的戏剧中，女主人趁丈夫远赴印度服兵役的空当与他人风流快活。红杏出墙一直是民间文学中喜闻乐见的题材，经过维森特的提炼，这一题材在他的戏剧中获得了新的面貌。

　　文艺复兴期间，葡萄牙与意大利的文化交往十分紧密，许多葡萄牙人来到意大利周游，或者学习法律和人文学，其中包括萨·德·米兰达（1481—1558）。他在意大利周游数年，从意大利带回新的诗歌理念，这是一种比五七音节诗更容易掌握的十音节诗，名为"温柔新体"，诗人们在音律的运用上更加自如，在题材的选择上也更加自由，除了咏唱爱情，也涉及英雄事迹、道德说教、哲理训诫等。诗人的角色也不再像游吟诗人那样被动刻板，而是变得积极主动，成为一种新的抒情诗的形式。他还以两部喜剧《陌生人》、《维利亚班多人》以及一部悲剧《克莱奥帕特拉》掀起了古典主义戏剧的热潮。米兰达是意大利诗歌的倡导者和先锋实践者。他甚至指出，印度和香料贸易将是葡萄牙走向衰退的一个因素。[2] 在里斯本，他无

2.António Saraiva e Oscar Lopes, *História da Literatura Portuguesa*, p.154.

法适应宫廷的氛围，不习惯来自东方的肉桂气味弥漫的港口，也看不惯因航海大发现而造成的世风日下，淫靡颓废；人心浮躁，人们都不再想在乡村安分守己地劳动和生活，而是不择手段通过冒险而发财致富；农人为了发财放弃了农田，他讽刺说那些四处漂泊的水手在船缆上爬上爬下，宛如猴子一般。他最后逃隐到葡萄牙古老的乡村。他的诗歌虽然受到意大利诗歌的影响，但没有脱离葡萄牙传统的诗体和伊比利亚的文学传统，他用古葡萄牙语写作牧歌、颂歌和十四行诗，也写作戏剧。

　　另一位作家若昂·德·巴罗斯大约1497年生于一个官宦之家，和王室关系密切，为国王写过赞颂的文字，也写过骑士小说。他著作甚丰，题材多变，也许是葡萄牙文艺复兴思潮最全面的代表。作为文学家和历史学家，他给后人留下大量著作，其中鸿篇巨制《年代》以百科全书的方式叙述了葡萄牙的历史及其在全世界范围内扩张的业绩。全书共分《欧洲》、《亚洲》、《非洲》和《巴西》卷，其中《亚洲》又按年代分成四卷，《第一年代》和《第二年代》分别发表于1552年和1563年，《第三年代》发表于1563年，《第四年代》发表于1614年。这部书是为葡萄牙人在东方的业绩树碑立传，它传达的是官方的思想，即航海大发现是信仰的征战，而葡萄牙是基督精神的代表，必须去抗击穆斯林人的敌对势力，他们在土耳其的支持下，正在

通过地中海威胁着欧洲。

安东尼奥·费雷拉(1528—1580)是米兰达追随者，他和米兰达一样厌恶战争和贸易，提倡古典文化，主张诗歌要表现自由和现实生活，他的诗歌凝练，言简意赅，很像墓志铭。除诗歌外，他也写作戏剧，杰出的作品是悲剧《卡斯特罗》。

航海大发现使得游记文学得以兴起，许多旅行者用文字把旅行的见闻记录下来，例如佩洛·瓦斯·德·卡米尼亚(Pêro Vaz de Caminha)的《发现巴西信札》、阿瓦罗·韦略(Álvaro Velho)的《达·迦马航海日志》、费尔南·门德斯·平托的《周游记》，这些文字基本上都是真实的记录，描写了旅行的艰难困苦，异域的自然风情，对陌生的"他者"的对视与交往，以及对其他种族风俗习惯的描述，其中不乏大胆的想象和虚构，比如平托的《周游记》中的某些描述就令人难以置信。可以说，继马可波罗之后，是葡萄牙人向欧洲汇报了欧洲以外的世界的情况，特别是关于中国的记述，已经从想象与虚构中逐渐走入真实的描述，这些富有真实性的文字比中世纪的神奇故事和骑士小说更加引人入胜，他们对东方收集的第一手资料更新了以往对东方的知识，使得人们对东方的看法发生了根本性的改变。在这方面，可以说葡萄牙人走在了欧洲的前列，他们用自己的亲身经历向欧洲揭开了中国神秘面纱的一角。

大海一方面成就了葡萄牙人的英雄伟业，另一方面也让葡萄牙人付出了惨重的代价。大海既是梦想的起点，也是恐惧的根源；既是相思的催生剂，也是眼泪的深渊。无数人在航行的过程中死于疾病或葬身鱼腹，再也没有回到故乡，因此有关沉船的故事成为葡萄牙游记文学中的一个重要主题。民间文学也有对大海带来痛苦的述说，一首民谣这样说："如果我为你流下的眼泪／变成一块块石头／足以在咸苦的大海中／筑起一座城堡。"

第五节　16世纪的中国文学

史景迁在《追寻现代中国》中写道："然而在1600年前后的中国文化生活却繁荣兴盛，几乎没有国家可以与之相提并论。如果枚举十六世纪晚期成就卓越的人物，不难发现，同一个时期中国的杰出人物所取得的成就在创造力和想象力上较欧洲社会毫不逊色。1590 年，汤显祖所创作的一系列生动曲折的以青春爱情、家族关系、社会矛盾等为题材的戏剧，剧情之细腻丰富、跌宕起伏堪与《仲夏夜之梦》或《罗密欧与朱丽叶》比肩。同一时代的另一部中国小说《西游记》以其对传奇惊险的取经过程的描写而成为备受中国人喜爱的经典文学作品，其传奇性堪比塞万提斯的《唐·吉珂德》。小说中的英雄孙悟空——一只伴随唐僧远赴印度取经的赋予了人性的顽皮猴子，至今仍是中国民间中的重要角色。不必与欧洲作进一步的比较，这一时期中国的作家、哲学家、诗人、画家、宗教理论家、史学家和医学家都创造了大量的优秀成果，其中很多都被视为人类文明的经典。小说、绘画、戏剧，以及宫廷生活的概貌和官僚机构的运作，无不显示了晚明帝国的辉煌与富庶。"[1]

1. 参见史景迁：《追寻现代中国》，黄纯艳译，上海：上海远东出版社，2005 年，第 8—9 页。

　　在文化方面，朱子的理学是明代的正统学说，他的人伦纲纪，符合专制政权要求，即要建立和维持稳定的秩序。在思想界，最有影响的是王阳明（1472—1528）和李贽（1527—1602）。王阳明发展了自成一体的"心学"，用以对抗程朱理学。他提倡"致良知"和"知行合一"论。根据黄仁宇的解读，"所谓'良知'，是自然赋予每一个人的不可缺少的力量。它近似于我们常说的良心"[2]。也就是说"良知"是自然赋予，天生有之，无需依赖后天的学习才能获得，因

2. 黄仁宇：《万历十五年》，北京：三联书店，1997 年，第 260 页。

此，人若要实践道德，便是摒除私欲，依循内在的"良知"行事。"致良知"就是把"良知"推及到万事万物之中，他认为人人皆有"良知"，个个做得"圣人"。在他看来，人们想的与其做的基本上是相合的，"知"与"行"互相联系，互相依存。王阳明的"知行合一"论发展了主观能动的一面，为宋明理学增进了一个新的范畴，为认识论的发展开拓了一个新的境界。

　　李贽是反封建传统的启蒙思想的先驱，是中国历史上为数不多的敢于追求个性与自由的士大夫，作为一个敢于不畏强权、直言进谏的性格强烈的人物，他的命运注定会以悲剧收场。他反对宋明理学家鼓吹的"去人欲，存天理"的说教，明确主张"穿衣吃饭即是人伦物理"；他敢于打破千百年来对孔子的迷信与崇拜，宣称不能以"孔子之是非为是非"。当然，他并不是否定儒家学说，"他攻击虚伪道德的伦理，也拒绝以传统的历史观作为自己的历史观，但是在更广泛的范围内，他仍是儒家的信徒"。[3] 他主张的是对于圣人所谈的道理，应当要配

3. 黄仁宇：《万历十五年》，第 266 页。

合时代，通过自我的理解和思考，然后对是非曲直做出自己的判断。在文学方面，李贽提倡"童心说"，主张创作要"绝假还真"。他认为人天生便有纯真之心，自然本真，不假雕琢，

抒发己见，便是"童心"，人秉具此"童心"，使之不失却，便是"真人"；失去了童心，那么人的一切言语行动都将变得虚假。他的这一文学主张对后人的文学创作产生了重要影响。

明代是中国通俗小说的鼎盛时期。吴承恩的《西游记》，兰陵笑笑生的《金瓶梅》，罗贯中的《三国演义》，施耐庵的《水浒传》以及冯梦龙的《喻世明言》、《警世通言》、《醒世恒言》等，都是流传甚广、脍炙人口的杰作。

在明朝中晚期，戏剧达到了鼎盛时期。著名剧作家汤显祖直谏被贬广东徐闻县，在贬官路经广州时，拐道来到澳门游览，此时是 1591 年，与葡萄牙大诗人贾梅士来澳门的时间十分靠近，但此时贾梅士已经离开澳门（如果他果真来过的话）。两位伟大的作家在澳门失之交臂，未免可惜。当时澳门虽属香山县管辖，但已经租借给葡萄牙人，简陋的街道上可以看到身着异装的外国商人和少女，"碧眼愁胡"的外国商人和"花面蛮姬"——葡萄牙姑娘，以及建筑风格别致的洋教堂，令汤显祖大为好奇，向"同事"（翻译）了解葡萄牙人迁居澳门的情况，并留下四首七言绝句，他在《香岙逢贾胡》一诗中写到：

汤显祖

　　不住田院不树桑，珮珂衣锦下云樯。
　　明珠海上传星气，白玉河边看月光。

他看见了葡萄牙少女，以欣赏的眼光把她们写进了诗中，这应该是中国诗歌描写西洋少女最早的一首诗：

花面蛮姬十五强，蔷薇露水拂朝妆。

尽头西海新生月，口出东林倒挂香。

　　他创作《牡丹亭》"谒梦"一场这样描写多宝寺（即天主之母教堂）的情景："一领破袈裟，香山岙里巴。多生多宝多菩萨，多多照证光光乍。小僧广州府香山岙多宝寺一个住持。这寺原是番鬼们建造，以便迎接收宝官员。兹有钦差苗老爷任满，祭宝于多宝菩萨于位前，不免迎接。"据说"香山岙"即是澳门。《牡丹亭》的确写到了"番鬼"建造的寺庙，如果他真的进了教堂，他可能是中国文人中第一个看到西方教堂的人，西方宗教建筑给他内心造成了怎样的冲击呢？可以说汤显祖作为一位最早接触西方文化的中国文人，他的四首诗是中国传世最早以澳门为素材的诗歌。由于他并没有在澳门长期生活，对澳门现实的接触还是很肤浅的，他的诗歌也只是浮光掠影地描写了充满好奇的观感印象而已。

第二章　　对异国的想象和书写

第一节 皮莱资的《东方概说》以及中国之行

皮莱资在里斯本的宫廷里做过王子的药剂师，之后来到印度任职，担任过马六甲商栈的书记员和会计，并借机收集了大量关于东方的资料。他曾奉印度总督之命出使中国，但在北京遭到冷遇，没有见到中国皇帝，之后被押解到广州，生死不明。1514 年，他前往中国之前，根据所收集的资料撰写了《东方概说》（Suma Oriental）一书。这是第一部由葡萄牙人撰写的比较全面地记述东方的著作，作者把这部书献给了国王，目的是为了让国王更好地制定在东方的战略政策。该书记述了从红海到日本的地理、历史、经济、贸易和风俗习惯等情况，其中有两部分讲到中国，第一部分的小标题是"中国王国"，第二部分对中国的描述则纳入"发现锡兰岛"一章中。当时经常有中国商船往来于中国和马六甲，马六甲也有中国人居住，因此皮莱资很有可能与中国人有过接触；此外，他应该从欧维治那里获得不少资料，虽然书中没有提及欧维治的名字；他撰写此书时，正是欧维治往返中国的时候。

中国在东南亚声名显赫，普遍认为中国强大富有，其人民也受到尊敬和钦佩，但皮莱资对这样的传说却有些不以为然，他写道："据东方国家讲，中国物产很多，土地辽阔，人口众多，宝藏丰富，讲究排场，铺张奢华，使人以为那是我们葡萄牙而不是中国。"[1]作者的质疑令人惊讶，

<small>1. 皮莱资：《东方概说》，杨平译，见澳门《文化杂志》编《十六和十七世纪伊比利亚文学中视野中的中国景观》，郑州：大象出版社，2003 年，第 3 页。</small>

他并没有把中国当作优越于本国的集体想象物。根据历史学家鲁伊·洛瑞罗（Rui Loureiro）的论析，皮莱资之所以有这样的看法，只说明在 1515 年之前，海外的葡萄牙人认识中国现实的渠道十分有限，而且中国并不出产人们所期待的香料，因此皮莱资不免失望。[2]对异国的想

<small>2. Rui Manuel Loureiro, *Fidalgos, Missionários e Mandarins–Portugal e a China no Século XVI*, Lisboa: Fundação Oriente, 2000, p.171.</small>

象没有在现实中找到对应，皮莱资对已存在的传说产生了怀疑，他是根据自己所得到的资料和假设对中国做出了自己的判断。

皮莱资还描述了中国人的外貌、服装和饮食。中国人皮肤白皙，"和我们皮肤颜色一样。大部分人身穿黑棉布的袍子，跟我们的差不多，只是很长。冬天腿上套上像短袜一样的毡子，脚穿制作精细的短靴，身穿羊皮和其他皮毛的衣服。有些人穿羊羔皮，戴丝织圆发网，像我们葡萄牙的黑色网套"[3]；"中国人都吃猪肉、牛肉和所有其他动物的肉。他们神态自若地喝各种

<small>3. 皮莱资：《东方概说》，第 3 页。　　　　　　4. 皮莱资：《东方概说》，第 3 页。</small>

难喝的饮料，称赞我们的葡萄酒，且喝得酩酊大醉。"[4]当时葡萄牙在印度洋和南亚的主要敌

人主要是穆斯林民族，中国人吃猪肉和饮酒表明他们并非葡萄牙人的敌人，他们和葡萄牙人的饮食习惯有相似之处。

皮莱资应该见过中国妇女，当时东南亚一带已有中国人居住，而且中国商人有携带家眷一起出海的习惯。[1]他描绘了中国女人的服装、打扮和外表："妇女们像卡斯蒂亚人。她们穿着打褶的裙子，系着裙带，短裙比我们的长。她们把长发优雅地盘在头上，插上金簪和宝石，耳朵和脖子上配戴金首饰。她们在脸上涂上很多铅华，然后再抹上胭脂。……她们白皙的皮肤和我们一样，一些人的眼睛很小，另一些人的眼睛很大，鼻子不大不小。"[2]他者的形象首先是外在的形象，体现于文化和人类学的层面，外貌、服饰、举止、饮食习惯都是构建形象的最直接的语言，关注者由此审视"他者"与"自我"的同一性和相异性，从而认同或否定两者之间的相互关系和文化身份。

皮莱资身在马六甲，接触的中国人有限，但这些中国人给他留下的印象并非威猛强悍，而且道德品质也不高尚："在马六甲看到的人身体瘦弱不堪，不诚实，还偷盗东西，这是下等人。"[3]皮莱资从中国人的瘦弱而得出中国虽然富饶，但并不强大的结论，以后来到中国的葡萄牙人也大致持有相同的结论。皮莱资认为"马六甲总督要征服中国并不像人们说得那样困难，因为那里的人非常瘦弱，轻易就能打败他们"[4]。他还认为中国人实行海禁，不让外国人进入广州是出于自身的虚弱而害怕他们："据中国人下令不让去广州是因为害怕爪哇人和马来人。确实，这些国家的一条船可以打败中国人的二十条船……他们身体虚弱，害怕马来人和爪哇人。确实，一条四百吨的船能毁掉广州，而广州被毁会给中国带来巨大损失。"[5]马可波罗曾为西方人塑造出强悍威严、不可一世的蒙古可汗的形象，但在皮莱资看来，中国人的形象是虚弱胆怯的。

明朝实行海禁确实出于害怕外来力量威胁自身统治的心理，皮莱资注意到中国人出海手续繁琐，令人无法忍受，最后只得放弃出海；外国人来到中国，除非得到皇帝批准，否则就不能离开。实际上海禁并没有断绝一切民间海外贸易活动，只是民间的海外贸易脱离了正常的轨道，走向畸形的走私贸易形式。而地方政府似乎容忍这样的海上贸易活动，因为中国需要出口瓷器和丝绸，也需要进口胡椒、熏香、樟脑等物品。[6]

历史上，东南亚国家大多是中国的朝贡国，在印度和马六甲生活过的皮莱资对中国与这些国家的关系有相当的了解。他记述了东南亚各国向中国的朝贡制度，马六甲、爪哇、暹罗等地

的君主每隔五年或者十年就要派使臣带着本地最好的特产和"中国的印信觐中国皇帝"[1]，以
巩固与中国的关系。印信是表示向中国皇帝称臣的象征，这一描述是正确的。这些附属的"藩
国"定期向中国皇帝觐见纳贡，以求得保护，而这种关系的证明就是中国皇帝赐与的"符印"，
证明"臣国"的地位正式被中国接受。关于明朝的外邦进贡制度，费正清有过论述，他写道：
"这种'天朝'与'外邦'君主之间的君主—臣属关系充分说明了中国人的'文化中心主义'，
即中国不仅是世界上最大最古老的国家，而且也是别国的父执、外邦的母源。……外邦君主们
通常在中国朝中获得一个职衔，中国方面还会赐予他符印在该国公文中使用，而这些公文自然
都奉了中国朝廷的正朔。"[2]费正清认为这并非侵略性的帝国主义，而是文化中心主义的防卫

> 1. 皮莱资：《东方概说》，第4页。

> 2. 费正清：《中国：传统与变迁》，张沛译，北京：世界知识出版社，2002年，第222页。

性措施。中国历来都以怀柔作为其对外政策，但这并不能保证别人总是俯首称臣。

　　皮莱资还写到"中国皇帝不信教"[3]。关于中国人不信仰基督教，以后的葡萄牙人都非常强
调这一点，葡萄牙扩张的目的之一就是把基督精神传播到有异教徒的地方，因此非常注意他人
的宗教信仰。他还认为"中国皇帝不是父子相传，也不传给侄子，而是由常驻北京的王国委员
会进行选举，并经大臣们通过产生"[4]。这一记述当然不正确，中国只有皇帝选三宫六院，却没

> 3. 皮莱资：《东方概说》，第3页。

> 4. 皮莱资：《东方概说》，第5页。

有什么全国委员会选举皇帝，皮莱资把中国的民主进程提前了500年。

　　《东方概说》作于皮莱资前往中国之前，对一个没有到过中国的葡萄牙人来说，他对中国
的看法虽然不乏偏颇，但有些讲述看起来还是相当客观的。作者把此书献给了葡萄牙国王，用
于政治目的，所以其读者对象是葡萄牙王室和主管在东方扩张事务的官员，并非一般读者，这
决定了皮莱资的写作姿态是尊重所掌握的资料，而不是在夸张和渲染中制造神话。

　　但是，皮莱资是一个悲剧性的人物。葡萄牙并不是一开始就对东方所有的国家实施征服和
领土占领，对传说中强大的中国，葡萄牙希望与之修好。1517年，皮莱资作为葡萄牙第一位赴
华使节抵达广州，经过漫长的等待，皮莱资一行终于在1520年来到南京，之后又是漫长的等待，
最后总算到达了北京。正德皇帝并没有召见他们，原因是他们呈给皇帝的信件内容被中国译员
篡改了，被翻译成中文的信件称"葡萄牙国王愿向中国皇帝称臣"，皮莱资对此毫不知情，辩
说葡萄牙国王只想与中国皇帝修好，并无归属之意。正德皇帝听闻大怒，命令把葡萄牙人禁闭
起来，带来的礼物也被退回。不久皮莱资一行被押回广州，皮莱资生死不明，其他许多人则死
在牢中。后来另外一位在中国漫游的葡萄牙人费尔南·门德斯·平托在他的《远游记》中提到

过皮莱资的下落，说他幸免一死之后，一直在中国生活，并与一名中国女子结婚，育有一个名叫依内斯的女儿，她虽然是成为两种文化结合的果实，但仿佛更是葡萄牙人跨越时空的延续。当依内斯见到平托等一行葡萄牙人时，于是卷起袖子，让他们看刺在胳膊上的一个十字，便高声说道："'在天之父，你的英名永垂不朽。'这句话是用葡萄牙语说的，立即又改说中文，好像后悔这样一句葡萄牙语似的。"[1] 平托的说法真伪难辨，但可以说明葡萄牙人在海外与他

1. 平托：《远游记》中文本（上），金国平译，葡萄牙航海大发现事业纪念委员会、澳门基金会、澳门文化司署、东方葡萄牙学会，1999 年，第 263 页。

人的交往方式。艾思娅（Maria Leonor Buescu）在《葡萄牙在华见闻录》一书的前言中写道，皮莱资的使命"无疑是个失败，最后甚至连累他在广州成为阶下囚。但作为一个世人，他适应并融入另一种截然不同的文明，在那里留下了后裔，并把葡萄牙语和基督教信仰作为遗产传给了自己的女儿依内斯"[2]。实际上葡萄牙人在所到之处，表现出巨大的适应能力，他们并不介意

2. 艾思娅：《评介：作家与作品》，见《葡萄牙在华见闻录》，澳门文化司署、东方葡萄牙学会、海南出版社、三环出版社，1998 年，第 7 页。

与异族女子生儿育女，驻印度总督阿丰索·阿尔布尔克就曾大力鼓励自己的同胞"因地制宜"，与当地女子通婚。葡萄牙人在其所有的前殖民地，包括澳门，都留下了混血的后裔，这也成为他们标榜自己是普世主义者和没有种族歧视的一个理由，如今葡萄牙在这些地方的存在以人类学和语言学的方式延续着。

关于皮莱资赴华一事，明代史料多有记载。据《明史》称："佛朗机近满剌加。正德中，距满剌加地，逐其王。十三年，遣使臣加必丹末等贡方物，请封，始知其名。昭给方物之遗还。"[3] 当葡萄牙人依靠比较精确的地图和中国人发明的指南针来到东方的时候，中国对世界还没有清

3. 转引自吴志良：《生存之道》，第 25 页。

晰的地理概念，甚至没有一份像样的世界地图。"溥天之下，莫非王土；率土之滨，莫非王臣"，中国把世界化为九州，而自己居其正中，自己的周围无非是两个部分：已经知道的朝贡国和化外未知的"蛮夷"。中华文明有礼，而"蛮夷"尚未开化，不知礼仪。这种"中国中心主义"其实比"欧洲中心主义"有过之而无不及，不同的是，以儒家思想为指导的"中国中心主义"带有极大的盲目性，它建立在对外部世界不了解的基础上，然而它却成为中国历朝历代对外关系的指导模式。孙基隆在《中国文化的深层结构》中论析了中国看待外部世界的心态："中国地处东亚，在传统时代，四周都没有高级文化可以与之抗衡，因此很自然地形成一个'天下'，居于世界之'中'，与四周的关系是人类唯一文明与非文明的关系，而不是不同文化之间的关系。"[4]《静虚斋惜阴录》有关皮莱资在获得接见前被迫习礼的记载充分反映了这种自大心理：

4. 孙基隆：《中国文化的深层结构》，桂林：广西师范大学出版社，2004 年，第 363 页。

三堂总镇太监宁诚、总兵武定侯郭勋俱至。其头目远迎，拒不跪拜。总督都御史陈金独后至，将通事责治二十棍，吩咐提举；远夷慕义而来，不知天朝礼仪，我系朝廷重臣，着他去光孝寺习礼三日方见。第一日始跪左腿，第二日跪右腿，三日才磕头，始引见。[1]

1. 引自金国平、吴志良：《过十字门》，澳门成人教育学会，2004年，第4—5页。

葡萄牙人下跪磕头了，但依旧落得悲惨的下场。250年后，英国来华使节马戛尔尼在觐见乾隆皇帝时拒不下跪磕头，因此无功而返。不久后，英国人用船坚炮利轰开了中华帝国封闭的城墙，中国最终不得不"师夷之长技"，以至于从文化的优越感跌入了文化自卑感之中。

和皮莱资同时代的杜阿尔特·巴尔博萨（Duarte Barbosa）写下了《东方闻见录》（*Livro das Coisas do Oriente*），内容同皮莱资的《东方概说》相差不多，也写到中国皇帝为异教徒，中国人皮肤白皙、眼睛细小，中国人出海困难重重，中国人不擅征战、长于经商等等，可见两人所采用的资料有相当的一致性。

第二节　狱中来信

皮莱资赴华使团中，有一个随员叫克里斯多旺·维埃拉（Cristovão Vieira），北京觐见正德皇帝失败后，他也被押解至广州，关在狱中，和他关在一起的是一个叫瓦斯科·卡尔沃（Vasco Calvo）的葡萄牙商人。他们两人在监狱中写了两封长信，并辗转交到马六甲的葡萄牙人手中。两封信后来被整理成《广州葡囚信》（*Cartas de Cativos de Cantão*，又译作《广州狱中信札》），它们记录了皮莱资出使中国的部分情况以及他们对中国的观察和印象。从《马可波罗游记》到《广州葡囚信》，这中间欧洲对中国的认知存在着250年的空白，但这一空白被葡萄牙人填补了。由于葡萄牙人记述的是他们在中国的亲身经历，因此被认为具有较高的可信性。此时的中国已不再是马可波罗笔下的"契丹"，1368年朱元璋推翻元朝，建立了大明王朝，但欧洲人关于明朝的中国所知甚少，而《广州葡囚信》则提供了大量的第一手资料，塑造出一个不同以往的中国形象。在此之前，葡萄牙人虽然与中国有过接触，但仅仅限于某个地区，主要是珠江三角洲的岛屿，而对中国内地，除了广州，几乎一无所知。此外，葡萄牙人所接触的中国人也极其有限，大多属于社会下层的商人，因此在描述中国时很容易把局部当成整体，以偏概全。而《广州葡囚信》的作者在中国滞留长达六七年的时间，足迹从广州、南京到北京，又从北京到广州，跨越了整个中国，此外他们由座上宾到阶下囚的身份转变，都使得他们有机会深入而广泛地认识不同侧面的中国现实。

维埃拉的信共有 57 段，卡尔沃的信有 50 段，他们除了用大量篇幅记述皮莱资出使中国的不幸遭遇外，主要描写中国的地理概貌、行政架构、司法体制、经济生产、商贸潜力、百姓生活、军事力量等。维埃拉对中国的地理和物质资源已有比较清晰的认识，他写道："中国的土地分为 15 省。傍海的有：广东、福建、浙江、难直、山东、北直"，邻近的内地省份有"广西、河南、贵州和四川"，其他的中部省份则有"山西、陕西"，还有"江西、云南和湖南"，每一个省份都大得等同于欧洲的一个王国，但"所有这 15 省为一个国王统治"。[1] 根据洛瑞洛的考证，

1.《广州葡囚信》，见金国平编译《西力东渐》，澳门：澳门基金会，2000 年版，第 182 页。

维埃拉列举的这些省份是第一次在欧洲的文献中出现，而且基本正确。[2] 维埃拉对中国的行政

2.Fidalgos, Missionários e Mandarins–Portugal e a China no Século XVI, p.374.

区域相当了解，比如他提到在"这 15 省中，南京和北京为全国首府，尤其北京为首善之区"[3]。

3.《广州葡囚信》，第 182 页。

他还知道明朝皇帝迁都的原因，指出北京"是国土的最末端省份，原因是同所谓的鞑子战争连绵不断。倘若国王不驻守那里，他们将入侵该地，因为北京和其他省份曾属于鞑子"[4]。事实上，

4.《广州葡囚信》，第 183 页。

明朝迁都北京正是考虑到在北方边界巩固国防，以抵御鞑靼的入侵。他也提及了海禁政策，"国王禁令如山，南北片板不得入海，免遭侵犯"[5]。

5.《广州葡囚信》，第 182 页。

最重要的是，维埃拉解构了欧洲人眼中以往神话化的中国形象，在马可波罗的笔下，中国繁荣富强，人民安居乐业，君主仁慈爱民。马可波罗这样讲述大汗的仁德之政：

应知大汗遣使周巡其国土州郡，调查其人民之谷麦是否因气候不适或疾风暴雨受有损害，抑有其他疫疠。其受损害者，则蠲免本年赋税，并以谷麦赐之，俾有食粮、种子。是为大汗之一德政。冬季既届，又命人调查牲畜是否因死亡频繁或其他疫疠受有损害。其受损害者，亦蠲免本年赋税，并以牲畜赐之。大汗每年赈恤臣民之法如此。[6]

6.《马可波罗行记》，冯承均译，上海：上海书店出版社，2001 年，第 252—253 页。

而在维埃拉的眼中，明朝中后期的中国已非国泰民安的太平之境，执法官员"不爱子民，只是掠夺，残杀，鞭打，对人民施刑。这些官员虐待百姓甚如阎罗王。可见百姓不爱君、不爱官。每天叛乱四起，强盗林立。百姓了无生计，无处觅食，势必为盗。起义风起云涌。无河流处，众人造反。河流地带人可能被捕获，所以平静些。所以人人思变，因为他们受尽欺压，其程度之惨烈甚于我的叙述"[1]。维埃拉把这一弊病的原因归于中国官僚的任命制度，因为"中国规定

1. 《广州葡囚信》，第 185 页。

执法者不能出自本省，即粤人不能在粤担任法官职务，实行互相交换，由一省人管治另一省"，这些人"除了在职内巧取豪夺之外，从不为当地利益着想"。[2]

2. 《广州葡囚信》，第 185 页。

维埃拉注意到中国农民生活困苦，处于水深火热之中，"无论耕种与否，无论年景好坏，农夫必须缴纳一定数量稻米的地租。若老天不帮忙，他们便两手空空，黩子纳租。在仍然不够的情况下，要变卖自己的财务。……没有土地的人也必须派一人服役。若无人则缴纳金钱。如无人又无钱，他本人亲自去服役，伙食自理并向令他服役的人行贿"[3]。而统治者为监视人民的

3. 《广州葡囚信》，第 186 页。

一举一动，实行保甲制度，人民没有迁移的自由，任何人未经同意都不得离开自己的居住地，不得携带武器；人人互相监督，族长对其他成员的行为负责："每族的年长者必须知道每人的名字，以计算人数。无官员的公函，任何人不得超出其住地 20 里格外的范围。凡无公函者，一经发现，以盗贼论处。"[4] 这些描述是可靠的，中国人生活在家庭和家族的环境中，很少改

4. 《广州葡囚信》，第 187 页。

变其居住地，多少代都不迁移。一个村就是一个家，全村人姓同一个姓，所以中国有无数个王家村、刘家庄，原因是除了小农经济的体制使人们离不开土地之外，就是处心积虑的统治者为了更好地控制人民，不允许人民自由迁移；统治者把个人的生存权交给家庭和家族掌控，一人得道，鸡犬升天；一人获罪，满门抄斩；这种一荣俱荣、一毁俱毁的制度等于扼杀了个人自由活动的空间，也是造成腐败的裙带关系的温床。

维埃拉还写道，中国百姓负担极重，不但要养活在位的官员，那些休闲在家的官员的费用也由百姓负担。[5] 人民敢怒不敢言，官吏作威作福，监狱也成为皇帝的生财之道："无人胆敢

5. 《广州葡囚信》，第 187 页

拒绝官员的命令：人人五体投地，听凭官员咆哮如雷。百姓因此一贫如洗。动辄受到鞭笞，被捕入狱。最低的处罚是交七公担的大米或折银二三两。……由此我相信，仅罚款一项国王便可征得大量白银。可以肯定的是广东狱中经常保持四千男囚及许多女犯。每天进多，出少。如同

6. 《广州葡囚信》，第 186 页。

牲口般饿死狱中。"[6]

　　监狱是维埃拉和卡尔沃最熟悉的地方。他们作为囚犯，不知道在监牢里度过了多少时光，但这段铁窗生活无疑把他们"培养"成中国司法制度的"专家"。维埃拉详细地描述了中国的各种刑法，比如死刑有数种："最残酷者莫过凌迟。将人活剐三千片，然后破腹，取其内脏，让刽子手吞食。还切成碎块喂在那里等待的狗。这是对盗首所施的刑法。其次是断头，将犯人性器官割下，放入口中，分尸七块。第三是斩首。第四是闷死。"除了死刑外，其他各种酷刑更是花样翻新，名目繁多。他们以自己的亲身经历，第一次向欧洲披露了中国的刑法和监狱的内幕。

　　中国的酷刑后来成为西方否定中国的一个重要因素，维埃拉所描写的细节日后被更多的西方人目睹过，重复过，渲染过。在 19 世纪，西方眼中的中国人已"对欢乐和痛苦一样地麻木不仁，因此他们富有耐力，能够忍受最深重的痛苦和最沉重的重负，也能够忍受最残酷的行为：一切有关中国的叙述中都少不了对'中国酷刑'的描写"[1]。在以后其他葡萄牙人对中

<small>1. 米丽耶·德特利：《19 世纪西方文学中的中国形象》，见孟华编《比较文学形象学》，第 250 页。</small>

国的记述中，酷刑也是经常出现的场景，也许他们的神经对这样的场面格外敏感。在欧洲，葡萄牙是第一个废除死刑的国家，废除的原因之一是"任何人，即使生活很困难，也不愿接受刽子手的岗位"[2]。在英文中，"中国人的酷刑"已成为一个专有名词，"它意味着予以疼

<small>2. 塞日尔·布朗利：《葡萄牙书简》，见雅克·勃莱尔等《欧洲书简》（郭定安译），北京：三联书店，2004 年，第 55 页。</small>

痛和死亡的极其巧妙的方法"[3]。

<small>3. 哈罗德·伊萨克斯：《美国的中国形象》（于殿利、陆日宇译），北京：时事出版社，1999 年，第 140 页。</small>

　　维埃拉对中国司法制度消极的描写与以后葡萄牙人对中国司法制度的称赞形成了鲜明的对比，而哪些描写更加真实呢？司法史学家可以做出判断。然而，维埃拉所记录的是他亲身的经历，他目睹了皮莱资备受羞辱、同伴相继死去，自己也饱受皮肉之苦，他身处此种境地，应该有理由对中国的司法制度做出这样的评价。

　　在维埃拉看来，中国并非强大，而是风雨飘摇，危机四伏，"百姓屈从、懦弱、不敢启口。全中国无不如此，比我所说的还要坏，所以人人思反，希望这些在广东的葡萄牙人到来"[4]。

<small>4.《广州葡囚信》，第 190 页。</small>

卡尔沃也写道："人们抢掠、互相残杀。因为无人治理，也无可以服从的人。官员不是被杀就是逃跑，因为百姓贫困，备受管治他们的官员的虐待。"[5] 维埃拉和卡尔沃把葡萄牙人看作是

<small>5.《广州葡囚信》，第 205 页。</small>

救中国百姓于水火的救世主，而且他们和皮莱资一样，也认为中国人是柔弱的。卡尔沃在信的一开始就言称"当地人人弱小，毫无自卫的办法"[6]；"中国人无胆量只会起哄"[7]。至于中国

<small>6.《广州葡囚信》，第 197 页。　　7.《广州葡囚信》，第 200 页。</small>

兵勇，也被他们视为"笑料"，维埃拉写道："在中国装备起来等候我们的舰队中无领军饷的

华兵，都是些村民和强征而来的。这些人不堪一击，本性恶劣。"[1] 卡尔沃写到如何攻打广州

1.《广州葡囚信》，第 190 页。

时又说："一旦我们的舰队扬帆来取此城时，无官员会在江中应战。官员们个个夺门而逃。"[2]

2.《广州葡囚信》，第 205 页。

因此，只要派遣二三千人就可轻松地攻占广州，一支由 10 艘或 15 艘组成的舰队就可摧毁中国

的海军，继而征服大半个中国。[3]

3.《广州葡囚信》，第 193—194 页。

在以后西方对中国人的描述中，常常可以看到相似的形象：中国人柔弱、怯懦，中国士兵是乌合之众，只能被鄙视和嘲笑。无论是维埃拉、门多萨(Juan González Mendoza)、利玛窦(Mateu Ricci)、笛福(Defoe)、还是英国海军上将安森（Geroge Anson），都讥讽过懦弱的中国人和中国士兵。这种形象经过不断的积累和补充，特别是经过像利玛窦和笛福这样有影响人士的传播，已经成为集体的记忆，根植于西方人的意识之中。利玛窦曾写道："中国的力量基于大量的城镇，众多的居民，而不是人民的勇气"，"总之，在我看来，世界上最难的事情就是把中国人看作战士……每天他们用两个小时梳编发辫。对他们来说，逃跑并不可耻：他们不知道什么是侮辱；如果他们争吵，他们就像女人一样互相辱骂，相互抓住头发；当他们扭打得不耐烦时，就又和先前一样仍是朋友，既没有受伤也没有流血。而且，只有军人是武装的；其他人家连一把刀也不许有；总之，他们所以令人生畏，只是人多"。[4] 与利玛窦一起在中国传教的曾德昭(Álvaro

4. 转引自赫德逊：《欧洲与中国》，李申译，台北：古籍出版有限公司，2003 年，第 207 页。

Semedo) 也这样写过，他说的是亚洲人，"亚洲人在才智方面超过我们，但在勇气方面却被欧洲超过"。至于中国士兵，他认为"他们的武器和兵士在今天已无意义"。[5] 他列举了六个造成

5. 曾德昭：《大中国志》，何高济译，上海：上海古籍出版社，1998 年，第 32 页。

中国士兵毫无英雄气概的原因，观察相当准确。[6] 笛福在《鲁滨逊漂流记》第二部中也是把中国

6. 参见曾德昭：《大中国志》，第 32 页。

军队说成"毫无用处"："他们整个王朝虽然可以募集出两百万战士，但是除了毁掉国家并饿坏自己外，这些军人什么也办不成。……我决非吹嘘，我相信三万德国或英国步兵，甚至一万法国骑兵，就可以轻易击败所有中国部队……"[7] 萨义德在《东方学》中指出，在西方对"他者"

7. 转引自史景迁：《大汗之国》，阮淑梅译，台北：商务印书馆，2000 年，第 88 页。

的表述，东西方关系常常被书写为"观看"与"被观看"的关系。东方总是"观看"的对象，被丑化、被弱化、被女性化，被西方人观赏或者嘲笑，西方人是看客，"用其感受力居高临下地巡视着东方"[8]。在这种"东方化东方"的过程中，西方"对东方的本质、性情、心性、习俗、

8. 萨义德：《东方学》，王宇根译，北京：三联书店，1999 年，第 135 页。

或风格的每一细节进行概括并且从此概括中抽象出一个万事不变的文本；最重要的是，将活的现实加以裁割后塞进物质文本中，因为东方似乎没有什么东西能抵挡自己的强力而占有（或认

9. 萨义德：《东方学》，第 112 页。

为自己占有）其现实"[9]。西方的这种强力越是强大，感觉就越优越，西方对中国人的形象塑造

就是这样的一个自我优越化的过程。

维埃拉对广东的财富还是留下了深刻印象。他在广东滞留的时间最长，因此对广东着墨很多，他写到这里的田地没有不耕种的，物产丰富，商贸发达，"这里的房舍是世界上最好的，土地是世界上最富饶的，世间的一切业绩都是在广东的地盘上创造出来的，因而这里是最值得征服的地方"[1]。赞美是为了引起葡萄牙人的注意，是为了最后征服这块地方，维埃拉从这一角

1. 这里引用黄徽现译文，见《十六和十七世纪伊比利亚文学中视野中的中国景观》，第 2 页。

度来描写了广东的富庶。

这两封信都具有情报价值，它们在详细地说明中国的地理、防卫、物产、交通、民生的同时，没有忘记出谋划策，提出许多攻打中国的建议。他们向葡萄牙国王传达的信息是：中国虽地大物博，人口众多，但并不强盛，派遣 10 艘或 15 艘组成的舰队即可轻易打败中国，加之民怨沸腾，定会一呼百应。

但是，葡萄牙国王和马六甲的葡萄牙官员都没有对这两封信件做出积极的回应，没有人相信中国竟会如此的不堪一击。中国已在神话和传说中穿上金缕玉衣，成为一个象征和隐喻，一个不可任意更改的想象物。[2] 对它的否定，哪怕这种否定带有一定的真实性，也没有力量穿

2. 巴柔根据符号学理论认为，从理论上来说，描述性形象不可能具备多义性，在某个特定的历史时期，在特定的文化中，对于他者，就不可能任意说、任意写。

透这层金缕玉衣。中国，依旧是葡萄牙人的憧憬和期待，依旧是他们的帆船航行的前方。事

参见见巴柔：《从文化形象到集体想象物》，见孟华主编《比较文学形象学》，北京：北京大学出版社，2001 年，第 125 页。

实上，皮莱资出使失败后，葡萄牙人并没有停止在中国沿海的活动，而是继续寻找重新进入中国的机会。

当时在葡萄牙或在欧洲，这两封信并没有更多的人看到，它们毕竟来自两个倒霉的小人物之手，况且在普遍赞颂中国的氛围中又显得那么不合时宜。但是，他们所塑造的中国形象摆脱了以往集体想象的局限，他们所报道的一些事实在以后的历史中得到了印证，特别是这些记述与 19 世纪西方对中国的描述有许多相似之处，而鸦片战争也证明了中国外强中干，真的是不堪一击。

一个印象在大脑中的形成与印刻，也许来自以前积存的底片，也许来自来瞬间的捕捉和碰撞，也许来自心灵和肉体的漫漫旅行，而且受制于时间、地点、角度、心理、距离、光线诸多因素，这决定了维埃拉和卡尔沃所存留的印象只能是阴影，这阴影既属于庞大的中华帝国，也来自禁锢他们的牢房。

第三节 加里奥特·佩雷拉：赞美中国

1549 年，走马溪之战后，一些葡萄牙人被抓，被当作海盗关进了监狱。然而，另外一个在中国被关入囚笼的葡萄牙人是幸运的，这种幸运让他禁不住歌唱中国的阳光，为欧洲以后颂扬中国的合唱吹响了前奏。这个幸运的人名叫加里奥特·佩雷拉（Galiote Pereira）。葡萄牙海外扩张的浪潮，除了国家的意志，还寄托着无数个人改变命运的梦想，他们各怀目的投身到这场空前的活动之中，佩雷拉就是其中的一个。他 1539 年启程来到印度寻求梦想，和当时的许多葡萄牙人一样，他既从事贸易，也为国王效力，需要的时候还充当军人。1548 年他在马六甲登上商人迭戈·佩雷拉（Diego Pereira）的船前往中国海岸进行贸易，同年底他们的船停泊在福建诏安（Chao-an）附近的岛屿，想卖掉船上的货物，但未能如愿。明朝实行海禁，适逢皇帝派遣朱纨打击倭寇，因此葡萄牙人也被视为杀人越货的倭寇加以清剿，葡萄牙的货船被扣留，随即他们被押往福州。四名葡萄牙人因拒捕而杀害了中国士兵，被判以极刑，其余的则流放广西。有些人通过商人的帮助，与在上川岛经商的葡萄牙人取得联系，并支付重金，得以逃走，佩雷拉乃其中之一。不久后他逃到印度，在那里应耶稣会的请求，写下了他在中国南部被囚生活的纪录。

他的手稿可能写于 1553 年至 1561 年之间，尽管第一稿的落款日期为 1563 年。手稿后来经过果阿神学院的学生抄录，并作为耶稣会一年一度的传教报告的附录送到其欧洲总部。虽有抄录之误，但是佩雷拉的叙述如博克舍所言，"仍体现出一种可靠性和敏锐的观察。他仔细地把他所看到的和听来的区别开来，俘囚的生活的艰苦条件并没有使他丧失判断力或减低他对环境的兴趣。一般认为葡萄牙在亚洲的先驱者没有努力去了解他们相处的民族，但伯来拉（本文译作佩雷拉）的叙述和许多撰述可以用来驳斥这种说法"[1]。该文在当时广为流传，先是 1563 年

1. 博克舍编注：《十六世纪中国南部行记·序言》，何高济译，北京：中华书局，2002 年，第 30 页。

被译成意大利文版，之后又出版了不同版本的英文版，加上不少内容被同时代的历史学家加斯帕尔·达·克鲁斯所著的《中国志》（*Tratado das Coisas da China*）一书引用，在欧洲引起较大反响，反映了当时的中国社会模式对欧洲人的诱惑，也对欧洲人的思想方式造成了影响。不过，这部被称为《中国报道》（*Algumas Coisas Sabidas da China*）的手稿在 1953 年才出现了葡文版。

16 世纪几乎所有来到中国的葡萄牙人，首先关心的是地理上的中国，他们急于知道自己是否来到了中国。佩雷拉也不例外。他写道，葡萄牙人把中国叫作"China"，把中国人叫做"Chins"，佩雷拉想向中国人证实这些名称，但中国人并不知道"China"就是中国：

> 他们告诉我，这个国家在古代有很多国王，尽管现在都归一个统治，每个国人
> 拥有它最初的名字，这些国就是我前面提到的省。他们最后说，整个国家叫做大明
> （Tamen），居民叫做大明人（Tamenjins），因此在本国没有听说他们名叫"China"
> 或者"Chins"。[1]
>
> 1. 博克舍编注：《十六世纪中国南部行记》，第 18 页。

首先找到地理上的中国，才能找到传说中的中国，葡萄牙人总是很有耐心地描述中国的地理和行政区域，从"Cataio"、"Qins"到"China"，他们经过漫长的努力才得以确认"契丹"就是"中国"，"秦人"就是"中国人"。这个认知过程之所以困难是因为中国人一直以朝代自称，如"汉人"、"唐人"，因此当葡萄牙人问明朝的人是不是中国人时，他们的回答总是"大明人"。加斯帕尔·达·克鲁斯也曾为中国的名称所迷惑，他在《中国志》一书中写道："在外国流行的这个中国（China）的名字，来源若何，我们不清楚，但可以推测，古代驶往那些地方的人，因途经叫作交趾支那（Cauchim China）国的海岸，并在那里贸易，为航行到更远的中国土地而补充粮食和淡水，看来这些旅行家就省略该国名中的支那。"[2] 根据利玛窦的考证，是葡萄牙

2. 博克舍编注：《十六世纪中国南部行记》，第 18 页，第 45 页。

人第一次使用了"China"这个名称，他在《利玛窦中国札记》中说："今天交趾人和暹罗人都称中国为 Cin，从他们那里，葡萄牙人学会了称这个帝国为 China。"[3] 不过只有到了利玛窦时期，

3. 金尼阁编：《利玛窦中国札记》，北京：中华书局，1954 年，第 5 页。

西方才把"契丹"和中国等同起来，利玛窦根据他的希腊文、拉丁文知识提出了一个重要论断："契丹即中国"。而中国人使用"中国"这一称呼是在中国帝制结束后才开始的。[4]

4. 参见周宁：《契丹传奇》，北京：学苑出版社，2004 年，第 8—9 页。

虽然佩雷拉和维埃拉及卡尔沃两位同胞一样，也是大明天朝的囚犯，但是佩雷拉却对中国留下良好的印象，特别是对中国的司法制度大加赞扬，这其中的原因与他最后得到所谓公正的审判、免于一死不无关系。也许这一结局有助于改变"自我"与"他者"之间的不平等关系，成为他称赞中国的一个强有力的理由。

佩雷拉一行在福州的监牢里被囚禁了两年，等待皇帝发落，据佩雷拉的回忆，他们受到了

良好对待，人身处于半自由的状态，可在城中自由行动。1551 年，他们被免除抢劫罪名，放逐广西，而剿寇大臣朱纨等人却被斩首。在佩雷拉看来，朱纨是因为对他们执法不公而被砍头的，这使得他大为惊叹中国司法的公正无私："而我们在异教的国家，一个城里有两个大敌，没有译员，又不懂该国的语言，到头来却看到我们的大敌因我们的缘故而被投进监牢，因执法不公而被解职罢官，不能逃避死刑，因传说他们要被斩首，——那么看看他们是否公道呢？"[1] "朱纨擅自行诛，诚如御史所劾"，后来落得砍头的下场，不过是不同权力之间斗争的结果，佩雷拉凑巧从中受益，这大大改变了他审视事物的角度和情感。

1. 博克舍编注：《十六世纪中国南部行记》，第 13 页。

　　衙门里的老爷并非凶神恶煞，佩雷拉对他们印象颇佳，在称赞他们的同时还不忘记批评葡萄牙的那些衙门老爷："这些老爷虽然地位很高，下有许多书手，他们仍然不信任别人，要亲自记录重大案件和事件。他们还有一个值得大加称赞的优点，那就是，尽管他们是被当作王侯般受到尊敬，他们接待人仍很有耐心。我们这些可怜的外国人，被带到他们面前，可以说我们想说的话，因为他们写下来的都是虚情和谎报。我们按中国的常理站在他们面前，同时他们是那样耐心地对待我们，使我们惊奇，尤其感觉到在我们国家，律师和法官对我们那样没有耐心。"[2]

2. 博克舍编注：《十六世纪中国南部行记》，第 13 页。

佩雷拉借用了自己在中国的经历来批评本国的现实，与"他者"形象的类比更多的是为了是审视和言说"自我"，而不是仅仅言说"他者"本身。

　　司法公正还体现当众询问证人的制度上，佩雷拉觉得"用这个法子，审问不能作假，和我们那里经常发生的不同，我们那里，证人的话只说给审判官和公证人听，因此金钱等等的力量是大的。但在这个国家，除了审讯中保留这一手续外，他们还十分怕皇帝，皇帝高居他们之上，他们不敢丝毫反叛。所以这些人的审判是没有匹敌的，胜过罗马人或者任何其他民族"[3]。史景迁认为，佩雷拉这种以比较的观点来看中国文化的态度，后来成为西方世界重要

3. 博克舍编注：《十六世纪中国南部行记》，第 12—13 页。

的思考模式。[4]

4. 史景迁：《大汗之国》，第 36 页。

　　司法公正，施政有效，权力受到监督，社会井然有序，这样的国家一定是强大的："中国可以和强国匹敌。每省委派有布政使和按察使，处理各省事务。每身还有一名都堂，可以说是总督，及一名察院，可以说是巡抚，他的职责是巡视，并且督察司法的执行。用这些方法使那里的正事得到妥善安排，因此可以说值得说那是世界上治理得最好的一个国家。"[5] 在井然有序的社会中，生活着彬彬有礼的人民，"这个民族不仅吃饭文明，讲话也文明，论礼节他们超

5. 博克舍编注：《十六世纪中国南部行记》，第 2 页。

过了其他所有的民族"[1]。看来中国乃礼仪之邦并非虚言，至少在 16 世纪外国人的眼中是这样的。

1. 博克舍编注：《十六世纪中国南部行记》，第 8 页。

　　与埃维拉和卡尔沃笔下的悲惨世界相比，佩雷拉眼中的中国充满了美妙和惊奇："他们还有一件很好的事，使我们对他们这些异教徒惊叹，那就是，他们所有的城里都有医院，始终是人满的。我们从来没有看见有人行乞，因此我们问他们原因何在，回答说每个城里都有一大片地区，其中有很多房屋供穷人、瞎子、瘸子、老人及上年纪不能行走和无力谋生的人居住。这些人住在所说的房屋里，活着就一直有充分的大米供应，但没有旁的东西。被接纳的人是按照下述方式去这些房屋的。当有人生病，眼睛瞎了或者瘸了，他就向布政司提出申请，证明他说的是实情，那他可以在上述的大馆舍里住到死。此外他们在这些地方养有猪和鸡，所以穷人无需行乞而活下来。"[2] 佩雷拉的这段描述后来变为塑造中国乌托邦的标志性话语，出现在日后

2. 博克舍编注：《十六世纪中国南部行记》，第 20 页。

的许多文本之中。这段记述无疑寄托着西方对乌托邦的无限向往，这幅美好的图画让人想到了托马斯·莫尔 (Thomas More) 在《乌托邦》中设想的医院："在公医院治疗的病人首先得到特殊照顾。在每一个城的范围内，邻近城郊，有四所公医院，都是十分宽大，宛如四个小镇。其目的有二：第一，不管病人有好多，不至于挤在一起而造成不舒适。其次，患传染病的人可以尽量隔离，这些医院设备完善，凡足以促进健康的用具无不应有尽有。而且，治疗认真而体贴入微，高明医生亲自不断护理，所以病人被送进医院虽然不带强迫性，全城居民一染病无不乐于离家住院护理。"[3] 在中国的典籍中，也有对"乌托邦"的描述，但中国人想象的乌托邦，

3. 托马斯·莫尔：《乌托邦》，戴镏龄译，北京：商务印书馆，1995 年，第 62—63 页.

是"问今是何世，乃不知有汉，无论魏、晋"（陶渊明《桃花源记》），是为了忘掉时间和逃避制度，反映出中国知识分子在无力大济苍生时所采取的"遁世"的态度，而不是幻想在新的时空中建立新的制度。

　　葡萄牙在 13 世纪出现了医院，而医院在中国出现较晚，不知道佩雷拉所说的医院是什么，但是他的描述反映出当时葡萄牙人对公平富足社会的渴求，虽然海外扩张给国王、贵族、教会带来了财富，但一般百姓并未得到什么好处，特别是农民承受着海外扩张所带来的恶果，而 1521 年爆发的大饥荒席卷整个葡萄牙，许多人都饿死了，"乞讨是一种很正常的社会现象"[4]。

4. Fidalgos, Missionários e Mandarins–Portugal e a China no Século XVI, p.536.

16 世纪葡萄牙优秀的剧作家吉尔·维森特深刻地揭示了海外扩张引起了社会矛盾和冲突。而在中国，在完善的救济制度的关照下，残废人的生命也是他自己的，只要活着就有大米供应。

　　无论是马可波罗的游记，还是 16 世纪大多数葡萄牙人关于中国的撰述，都不厌其烦地描

述城市，面对华丽的房舍、精美的桥梁或平直的道路，他们毫不吝惜赞美之词，佩雷拉也是这样。一个理想的社会是更加文明的社会，而城市是文明社会最直接、最具体的体现。希腊文明就是随着城邦的建立而得到发展的。托马斯·莫尔所幻想的理想国，也是在城市中出现的："若是我们必须相信那些记载，那么，我们这儿还未出现人以前，那儿就已经有城市了。"[1] 当一

1. 托马斯·莫尔：《乌托邦》，第 46 页。

个葡萄牙人从本国混乱的城市来到福州，见到了"在葡萄牙或别的地区都未见类似的"[2] 桥梁时，

2. 博克舍：《十六世纪中国南部行记》，第 3 页。

他唯有目瞪口呆了。城市总是吸引着异域者们的目光，而对乡村他们却是轻描淡写，没有过多的注意。在他们看来，城市的历史就是文明发展的历史，许多政治和社会方面的字眼确实都与城市有关。"politics"（政治）和"polity"（政体）都来自希腊文的"polis"（城邦）；"civilization"（文明）则来自拉丁文"civitais"（市民）。[3] 一个文明的人应该是住在城市里的人，一个拥有

3. 参见安东尼·派格登（Anthony Pagden）：《西方帝国简史》，徐鹏博译，台北：左岸文化，2004 年，第 18 页。

如此宏伟城市的国家无疑是一个文明的国家。

即使生活在今天的中国人，也不会怀疑佩雷拉是一个出色的观察家，他捕捉到的一些细节，在中国是延续至今的传统："在全中国人粪都是上好的商品"，"中国是全世界最大的食客，什么都吃"，"他们的鱼主要用水牛和公牛粪饲养，能把鱼养肥"，"把鱼鹰的嗉囊系住，叫它们跳入水中……"可以想象，在流放的路途，佩雷拉四处张望，脖子上的枷锁没有锁住他那好奇的目光。

但中国并非完美无缺，司法虽然公正，但刑法残酷，囚笼、笞刑、鞭杖令人胆战心惊；也有官员懒惰，整天吃喝，养得肥肥胖胖，威风凛凛的"他们吆喝一声，所有公家仆役都吓得发抖"[4]；但是他认为中国人"当中最大的罪孽是鸡奸"[5]。莫非这与他两年的监狱生活有关？

4. 博克舍编注：《十六世纪中国南部行记》，第 8 页。　　　5. 博克舍编注：《十六世纪中国南部行记》，第 10 页。

这些在当时没有引起注意的细节就像埋下的种子，日后遇到水分就会长出黑暗的粮食，成为东方主义烹饪中一道很有滋味的"点心"。

基督教世界把异教徒看作是野蛮人，西方开出的判断公式是：有基督教信仰的人是文明的，而非基督教信仰的人是野蛮的，因此阿拉伯人一开始就被当作是野蛮人，虽然欧洲人从他们那里获得了大量的知识和技术。但在中国，他们的判断发生了变化，他们不像十字军东征的时候那样，用基督教教条来审判异教徒的文化；他们看到的中国人也是异教徒，但不是野蛮人，而且在许多方面还优胜于他们，比如在司法制度方面，佩雷拉就认为，"这些异教徒在这方面是多么超越基督徒，比他们更讲公道和事实"[6]。

6. 博克舍编注：《十六世纪中国南部行记》，第 11 页。

作为身在其中的观察者，佩雷拉出色地为人们塑造出一个积极的中国形象，一个没有理由不让人嫉妒的美好国家，这一形象既是马可波罗笔下中国传奇的延续，但又被赋予了属于 16 世纪的新鲜元素，而生活化的细节描写更为其增添了几分真实性。真实中带有矛盾，而矛盾又含有合理性。监狱、酷刑、公正、慈悲、财富等这些玻璃碎片旋转出绚丽、复杂而又对立的镜像，这或许就是中国，这或许不是中国，每一个注视者都可能塑造不同的中国形象，甚至截然相反的形象。是什么原因使得佩雷拉把自身的不幸化为对中国的一首赞歌？把中国社会描写成葡萄牙应该效仿的楷模？佩雷拉应该有他的理由，巴柔这样写道："在一个作为系统场的社会和文化中，作家写作、选择关于他者的话语，而这些话语有时是与当时的政治现实完全矛盾的。对他者的想象变成一项连续的象征投资工作。倘若在个人层面，书写他者能够自我定义的话，那么在集体的层面，言说他者就能用来发泄、补偿，并对一个社会的一切幻想、幻觉给出解释。"[1]

1. 巴柔：《从文化形象到集体想象物》，见孟华编《比较文学形象学》，第 125 页。

佩雷拉对中国的描述充满了溢美之词，葡萄牙人由此开始了从正面塑造中国形象，中国逐渐变成一个乌托邦式的国度。他的文本对后来者产生了很大的影响，平托的《远游记》和克鲁斯的《中国志》都采用了他的资料和观点。

加里奥特·佩雷拉为赞美中国的合唱拉开了序幕。继他之后，更加全面报道中国的葡萄牙人是若昂·德·巴洛斯（João de Barros），他大约 1497 年生于一个官宦之家，和王室关系密切，为国王写过赞颂的文字。作为文学家和历史学家，他留下了大量著作，其中鸿篇巨制《年代》（Década）更以百科全书的方式叙述了葡萄牙的历史及其在全世界范围内扩张的业绩。全书共分《欧洲》、《亚洲》、《非洲》和《巴西》卷，其中《亚洲》又按年代分成四卷，《第一年代》和《第二年代》分别发表于 1552 年和 1563 年，《第三年代》发表于 1563 年，《第四年代》则发表于 1614 年。

第四节　若昂·德·巴洛斯笔下的中国

巴洛斯用清晰的语言组织庞杂的素材，他从两个空间，即地理空间和人文空间，叙述了葡萄牙人的海上航行、征战、贸易活动以及异国的地理，其次描述了这些国家的社会、历史、文化及风土人情等情况，范围之广，几乎包括了葡萄牙人在 16 世纪上半叶到达的所有地区。为了这样的写作，他需要不断地旋转他面前的地球仪和察看地图。这是一部带有明显政治企图的著作，即为葡萄牙的海外扩张树碑立传。巴洛斯遵循历史既不能说谎，也不能说出全部真相的原则，尽量记述那些投身征服世界的葡萄牙英雄们的丰功伟绩，而忽略他们身上的邪恶和卑琐。他并没有编造历史，他只是强调或者忽略而已。虽然他广泛地讲述了其他国家的地理和文化，但是这些国家不过是他的英雄们活动的舞台，而葡萄牙人民也是没有面孔和声音的人。英雄创造了历史，这是一些满怀十字军精神的骑士，他们征服是为了战胜异教徒，传播上帝的福音，这在当时是官方的思想，是崇高的国家意志。巴洛斯没有到过中国，不过 1496 年他曾被任命为印度和几内亚的商栈主管，这一职位使他有机会得到中国的消息，帮助他观察葡萄牙人在东方的活动，并结识了在这些活动当中担任重要角色的人物，《年代》就是他根据所得到的资料撰写而成的。巴洛斯虽然著书立说是为了歌颂葡萄牙人，但这并没有妨碍他对中国大加赞扬。中国的神话被不同的文本不断地重复、增补、完善，愈加光芒四射，即使没有到过中国的人，也会被其光芒所笼罩。

在《第一年代》和《第三年代》中，巴洛斯对中国描述颇多，他根据编年顺序，记述了费尔南·佩雷斯 (Fernão Pereira)、西蒙·佩雷拉 (Simão Pereira) 和末尔丁·减尔登等葡萄牙人进入广东的冒险经历。由于巴洛斯热爱骑士小说，因此他的叙述多以人物为主线，刻画他们的形象和心态，铺展情节，并以外部环境的描述作为衬托背景。在东方异域的背景中，葡萄牙人是英勇、诚实、正直的英雄好汉，他们面对困难和挫折不屈不挠，哪怕付出了沉重的代价。

巴洛斯详细描述了这些人物置身其中的地理空间和人文空间。他除了介绍中国的沿海省份、地理概况之外，还描述了中国人口众多、物产丰富、土地肥沃，"中国十五个省的收入

<hr/>

1. 若昂·德·巴洛斯：《亚洲十年》，见《文化杂志》编《十六和十七世纪伊比利亚文学中视野中的中国景观》，郑州：大象出版社，2003 年，第 221 页。

比欧洲所有国家的还要多"[1]。巴洛斯的记述与他人的著作有许多雷同之处，比如中国官员的

构成、皇帝派遣大臣到各地监督官员的制度、中国的城市和宫殿等。同佩雷拉一样，巴洛斯也写到了普通中国人的生活和救济制度："人人安居乐业。沿街乞讨者阙如。有脚、有手、有眼者无不得温饱"，甚至城中盲人也被安排就业，"以手磨磨麦米为生"。[1] 这是 16 世纪葡萄牙人在中国发现的最有趣的社会现象，它先后出现在不同的文本中，但第一次描述的是佩雷拉，按照写作时间，佩雷拉和巴洛斯两人著作之间相差十年的时间，巴洛斯完全有可能参考了佩雷拉的资料。

1.《十六和十七世纪伊比利亚文学中视野中的中国景观》，第 67 页。

巴洛斯所掌握的材料相当丰富，许多材料是以前人们所不知道的，比如中国人的婚姻："男人一般娶两三个妻妾，但结发妻子为大，受到尊重。"[2] 中国妇女虽然举止文雅，打扮入时，彬彬有礼，但是"男人对妇女看管很严，妇女深居简出，难得一见。如必须外出，则乘轿子，由丈夫陪同，仆人伴随左右"。良家妇女深锁闺房，不得抛头露面，"故宴席上侍者都是未婚女子。这些人以当侍者为业，她们是男人取乐逗趣的对象，犹如餐桌上的餐具"。[3] 而中国人喜爱吃喝也被他用三言两语勾勒成一幅世态风俗画："中国馔食丰富，费时费力，几乎餐餐宴会，从早吃到晚。所以佛兰芒人和德意志人是不会到中国去的。宴会中，有各种音乐伴奏，有圆舞曲、还有喜剧和各种助兴表演。"[4]

2.《十六和十七世纪伊比利亚文学中视野中的中国景观》，第 67 页。

3.《十六和十七世纪伊比利亚文学中视野中的中国景观》，第 221 页。

4.《十六和十七世纪伊比利亚文学中视野中的中国景观》，第 67 页。

古希腊罗马在当时的欧洲代表着文明的最高水平，巴洛斯把中国与它们相提并论，用欧洲的标准来衡量中国的事物，他认为在中国人当中存在着希腊人和拉丁人所赞扬的事物，但中国人是以自我为中心的，"正如希腊人视其他民族为野蛮人一样，中国人自认为对世间万物无所不精，在同我们接触后，中国人说我们欧洲人对万物不过一知半解，其他民族更是愚昧无知"[5]。在中国人眼中，葡萄牙人最初的形象确实是野蛮的。形象的产生是互动的，它来自对视的目光；注视者同时也被注视，自我同时也是他者。在葡萄牙人赞美中国的同时，中国人也开始塑造葡萄牙人的形象，他们把这些满脸胡须的外来人当作"番鬼"，甚至在民间流传着这些"番鬼"生吃人肉的传闻。

5.《十六和十七世纪伊比利亚文学中视野中的中国景观》，第 64 页。

实际上，皮莱资北京之行失败的原因，除了信件翻译所引起的误解之外，更重要的原因是葡萄牙人烹吃人肉的传闻已传至北京，朝廷议论纷纷，已把皮莱资一行比作禽兽。巴洛斯在书中记载了这一骇人的传闻，认为中国人把他们如此看待，是因为对他们一无所知。中国人眼中这种野蛮人的形象，与其说明了中国人自我优越感，不如说反映了对闯入其封闭生活的"番鬼"所怀有的恐惧心理。后来的历史说明，一旦这种近乎盲目的优越感丧失或者被剥夺，代替它的就是恐惧和懦弱。在两者相互的审视中，葡萄牙人把中国看作是优越的，看作是美好欲望的想象物，他们赞美这个想象物并试图接近它，但是中国以轻蔑和排斥的态度，把他们当作制造恐惧的怪物。这种交流一开始就是不对等的，不是互动的，而是单一的，其结局也就可想而知了。

天朝帝国，幅员辽阔，巴洛斯第一次使用"帝国"一词来称谓中国。在 16 世纪，只有巴洛斯和平托把中国称为"帝国"。根据安东尼·派格登（Anthony Pagden）的解释，"帝国"一词来自拉丁文"imperuin"，在古罗马帝国，他指的是至高无上的权力，包括战争指挥权，与行政官执行法律的权力，后来开始用来描述拥有广大领土的实体。[1]巴洛斯一定在地图上看到了这个巨大的帝国实体，才使用这一称呼的。帝国是辽阔的，而辽阔的疆域是人口迁移和军事扩张的结果，巴洛斯讲到中国也进行过扩张并征服了许多国家，只是由于在印度过度消耗人力物力，皇帝才下令撤兵回国，采取封闭的防务政策，并且不许国人出海，也不允许外国人进入中国，违者格杀勿论。此外，他认为另一个停止海外扩张的原因是中国人感到"本国黄金、白银及其他金属矿产等自然丰富"[2]，无需外求。

1. 安东尼·派格登：《西方帝国简史》，第 23 页。

2. 《十六和十七世纪伊比利亚文学中视野中的中国景观》，第 65 页。

巴洛斯的著作内容相当丰富，他并不总是在重复别人的东西，他的作品不乏新鲜的发现和内容，使得中国的形象变得更加丰满。即使巴洛斯没有到过中国，他也掌握了如此丰富的资料，由此可想而知，当时葡萄牙人在中国和南亚之间的往来活动是频繁的，而中国又是人们谈论最多的话题。

巴洛斯写作此书时，印刷术已经开始在欧洲普及，他的书是以印刷的形式流传的，因此对中国形象的传播起到了很大的推动作用，他也是 16 世纪下半叶中国形象最积极的塑造者之一。

国王塞巴斯蒂昂在位期间，葡萄牙的印刷出版得到发展，尤其是 1557 年之后，大量关于葡萄牙人在海外活动的游记、报告、信札、纪录得以出版，在这些出版物中，最引人注目的著作是加斯帕尔·达·克鲁斯神父的《中国志》。这部书 1570 年 2 月在埃沃拉印行，那是克鲁斯刚刚辞世的两个星期之后，他未能看到他的著作出版。这是第一本在欧洲印行的专门介绍中国的专著，后来人们每每论及中国，都无可避免地引述这位传教士的著作。在某种程度上，是《中国志》奠定了西班牙人门多萨《大中华帝国志》（História do Grande Reino da China）的成功，因为这位从未到过中国的西班牙人在书中大量引用了《中国志》中的资料。博克舍对克鲁斯的著作十分赞赏，认为其重要性可以超过马可波罗的游记，它"可以公正地被视为欧洲出版的第一部专述中国的书，如果我们把马可波罗游记除外的话。马可波罗的书归根到底是一般记述'东方的国土和奇异事物'，而不是中世纪中国的奇事"[1]。

1. 博克舍编注：《十六世纪中国南部行记·序言》，第 36 页。

第五节　加斯帕尔·达·克鲁斯：在中国描写中国

加斯帕尔·达·克鲁斯生于葡萄牙的埃沃拉(Évora)，关于他的出生日期已无记录，只知道他曾进入圣多名我修会修道院学习。1548 年作为圣多名我修会教士团的成员动身前往印度传教。1554 年到达马六甲，建立了该修会的第一个会所。在东方将近六年的时间中，他的足迹遍及印度、果阿、锡兰、柬埔寨、马六甲等地。他在柬埔寨停留了一年，但传教工作并不顺利，他听闻中国的港口重新对外国人开放，便决定去中国试试运气。1556 年底，他来到一个位于广州湾的岛屿，得到中国官员的许可之后来到了广州，但是广州没有传教的条件，他只好作罢。他利用在广州逗留的几个月的时间，马不停蹄地在广州的大街小巷穿梭行走，足迹遍及整个城市。他探访风俗民情，纪录社会百态，对比文化差异，考察宗教信仰，总之，他置身于中国，精心地收集中国各方面实况的信息，好奇地记录着他所看到和听到的形象和声音。1557 年他返回马六甲，后来辗转于印度和霍尔木斯，继续传教。1564 年他回到里斯本，但赶上里斯本瘟疫蔓延，不幸染病，于 1570 年病逝。

《中国志》是一部小型的百科全书，它相当全面地记述了中国的国名、民族、疆域、省份的划分、城市、建筑、官员的住所、舰船、土地的耕种、各种行业、工匠、商人、物产、服装、风俗、节日、音乐、丧葬、妇女服饰、官员等级和人数以及他们的特权、中国有无奴隶、司法制度、监狱、皇帝的婚姻、使节的情况、中国人的信仰和祭祀、在中国传教的困难以及中葡之间的冲突等情况。在他之前，尽管有不少葡萄牙人到过中国，而且在中国逗留了更长的时间，但没有一个像他那样写出如此丰富和全面的著作，他的著作是对前人的超越。事实上，自从葡萄牙人占据马六甲之后，便频繁地出现在中国南部的沿海区域，对中国的认知已构成撰写一部中国著作的条件，只在等待一位更有才华的作者的出现。克鲁斯出现了，他的著作是对这一时期葡萄牙人对中国认知的一次全面概括，中国的形象也由此变得更加完整。他充分利用了他人的资料，特别是加里奥特·佩雷拉的手稿，他本人也坦率地承认他所根据的是"我所见到的，也是根据我所读到的由内地当过俘囚的一位先生所撰写的文章，即根据我所听到可信的人所谈到的"[1]。

1. 博克舍编注：《十六世纪中国南部行记》，第 39 页。

在 16 世纪葡萄牙作家对中国的记述中，互文性是显而易见的，巴柔谈到互文性时写道："我们所发现集体想象物是张扬互文性的场所，因为它是有可能保存那些来自异国或本土的文本的只言片语、序列整段文章，并使之现实化的场所。"[2] 互文性保留了重复的"现实"，造成了

2. 巴柔：《从文化形象到集体想象物》，见孟华编《比较文化形象学》，第 140 页。

套话的泛滥，一个文本成为另一个文本的机械复制品，因缺少独特的发现而缺少生命力。然而，这些文本因为其不断的重复性而使异国的神话在人们的想象中获得了某种"真实"。

克鲁斯也无法避免互文性，他的许多描述，特别是有关中国司法制度和监狱的描述，无疑来自佩雷拉等葡萄牙囚犯，但是他的敏感和发现为他的文本注入了活力，重要的是他来过中国。即使他本人，也非常强调这种亲历性。尽管当时的交通已变得便利，许多神话被打破，但对大部分民众来说，异域神秘的面纱并未揭开，流行的多是虚幻离奇的作品，因此克鲁斯在前言中告知读者：

　　　　我也要在这里给读者们一个必要的警告，让他们能够想象到中国的事物有多大，也就是说，尽管遥远的事物常常听起来比实际的要大，现在却刚好相反，因为中国比听起来的要大得多，看到它给人留下一个和听到的或读到的极为不同的印象，这是我本人和其他在眼见中国事物后所证实的。这必须要眼见而不能靠听闻，因为耳闻不如目睹。[3]

　　　3. 博克舍编注：《十六世纪中国南部行记》，第 40 页。

克鲁斯要告诉人们："我去了，我看到了，所以我说出的是可信的。"阅读是在文本中的旅行，翻开他的书你就可以在"中国的事物有多伟大"中的想象中旅行，但这是没有终点的旅行，因为你没有亲自去"看"。

《中国志》是一本正式的出版物，不同于那些来自东方的报告和记录，它既有出版者的前言，也有作者撰写的"书序"和"致读者"两篇序言。作者所预设的读者是有阅读能力的公众，但是他的写作目的是带有宗教企图的。在"书序"中，他谈到葡萄牙人在世界各地散布福音的伟大工作，讲述他到过世界的许多地方，只有中国人给他留下了深刻的印象，作为传教士的他，为如此"聪明能干"的民族仍是异教徒而耿耿于怀，因此他"乞求上帝把他的神圣天主教在这个民族和其他民族中传播，把他们从偶像崇拜的愚昧和无知中拯救出来"[1]。克鲁斯来到中国是

1. 博克舍编注：《十六世纪中国南部行记》，第 39 页。

为了传教，但阻力重重，其原因其一是中国"决不容许国内出现任何新鲜事物"，其二是"如无老爷的许可，外国人不得进入中国"。[2]他一方面称赞中国人的优越，另一方面又批评他们

2. 博克舍编注：《十六世纪中国南部行记》，第 115 页。

的宗教信仰，这种两面性在 16 世纪是葡萄牙人看待中国人的典型态度，但矛盾的是他声称中国的奇迹来自上帝的伟大，同时又说"主没有召唤这些人，也没有把他们引入教会"[3]。

3. 博克舍编注：《十六世纪中国南部行记》，第 39 页。

克鲁斯描述了许多别人写过的事物，尽管他所呈现的细节更为完整和生动。例如，他也写到了中国皇帝勤于国政，体察下情："我听说中国皇帝有时派遣一些值得信任的人乔装到中国各地去，观察他的官员怎样为他服务，是否有他们不让他知道的事情或变化，或者还有什么要上报的事。国家那样大，皇帝悉心治理，把它管理得井井有条，多少年来维持和平统一，没有外国侵略或夺走中国任何东西；反之，中国因它的独特政体使很多国家和民族臣服。"[4]

4. 博克舍编注：《十六世纪中国南部行记》，第 130 页。

维埃拉和佩雷拉都描述过中国人对土地的利用，但是克鲁斯的身份不是囚徒，因而心情显得轻松，观察也更为细致："在印度的若干地方有大片未开垦的土地，而在中国则不一样，人人都享受他的劳动成果。所以在中国，一切下种后能收获的土地都开垦了。不宜于谷物生长的山地，生长着极好的松树林，可能的话也在树间种植豆类。"[5]中国人是勤劳的，每一寸土地

5. 博克舍编注：《十六世纪中国南部行记》，第 84 页。

都得到利用，但懒人却受到鄙视，个个都要劳动谋生，连瞎子也要工作，"那就是在磨房服务，像马一样碾谷"[6]。不劳者不得食，"如果有穷人向葡萄牙人求施舍，葡人给了他，中国人必定

6. 博克舍编注：《十六世纪中国南部行记》，第 86 页。

要笑葡人，揶揄地问他：'为什么你施舍给无赖子？让他自己去掏食。'"[7]理想的社会不是

7. 博克舍编注：《十六世纪中国南部行记》，第 83 页。

制造懒汉，而是人人都享受他的劳动成果。在托马斯·莫尔的《乌托邦》中，社会就是这样的：人们辛勤劳作，因此创造出丰富的商品；人人都必须参加劳动，得到豁免不劳动的人很少；每一个人都要学习一门手艺；社会中没有贵族，也没有乞讨的人。[8]

8. 托马斯·莫尔：《乌托邦》，第 55—59 页。

社会救济是书写中国不可缺少的内容，克鲁斯当然不会遗漏。他和佩雷拉一样，写到了所

有的城市都有医院，那些没有亲属赡养的病人或者无力工作的残疾人会被送到医院，"医院的官吏要负责供应那些卧床不起的人所需的房间，皇帝的国库要为此付出足够的租金。没有躺在床上的瘸子每月领一定数量的大米，靠这份米和靠他们在医院养的一些鸡和猪，他们足以维持生活。所有这些都充分付给，没有失误。同时因为一般说那些被接纳入院的人都是不治之症，所以他们得到终生的赡养"[1]。

1. 博克舍编注：《十六世纪中国南部行记》，第 86 页。

克鲁斯在广州的心情相当快乐，时而荡漾出诗意。他发现了中国人饲养雀鸟的习惯，于是写道："只有养在精致笼子里的小鸟是用来歌唱的。他们一般把雄雌分关在不同的笼子里，为了让他们唱歌，雄的跟雌的分开到互相能感觉到而看不到；这样雄的一年都自己浸沉在音乐和歌唱中。我养了两只雄的，一只雌的，它们在十二月唱歌，好像那是四月。"[2] 一声把人带回

2. 博克舍编注：《十六世纪中国南部行记》，第 85 页。

春风四月的鸟鸣，给中国增添了无穷的诗意，足以遮盖维埃拉和卡尔沃笔下的冰冷世界。

克鲁斯是非常出色的观察家，他向西方世界报道了许多新的发现。人们曾责怪马可波罗在游记中既没有提到中国人喝茶，也没有写过长城，怀疑他是否真的到过中国。而克鲁斯提到了长城，这是欧洲人第一次写到长城，"中国人筑有一道一百里格（有人说不止一百）的长城，把他们和其他人分开来，始终派有戍军防止鞑靼入侵"[3]。他还描写了中国人喝茶的习

3. 博克舍编注：《十六世纪中国南部行记》，第 59 页。

惯："如果有人或者几个人造访某个体面人家，那习惯的做法是向客人献上一种他们称之为茶的热水，装在瓷杯里，放在一个精致的盘子里（有多少人便有多少杯），那是带红色的，药味很重，他们常饮用，是用一种略带苦味的草调制而成。"[4] 博克舍很佩服克鲁斯的观察力，

4. 博克舍编注：《十六世纪中国南部行记》，第 98 页。

他认为"马可波罗遗漏的，这里都有很好的描述，同时我们的这位修士对中国的生活和风俗所作的许多考查，启迪了那些尔后常常被认为是最早把中国揭示给欧洲的耶稣会作家。或许说得过分点，克路士（本文译作克鲁斯）在广州停留的几周比马可波罗在中国度过的那许多年得到充分的利用"[5]。

5. 博克舍编注：《十六世纪中国南部行记·序言》，第 37 页。

克鲁斯对中国司法制度的描写取材于那些被囚禁的葡萄牙人，其中包括加里奥特·佩雷拉。他称赞了中国的察院制度和衙门的执法不阿，但也用不少篇幅描述了审讯过程、刑法和监狱的残暴和恐怖，有些描写十分详尽逼真，给人印象深刻，比如他所描写的鞭杖："这种鞭杖十分残酷，头一下马上打出血。一次鞭杖是两板子，由站在两边的役吏施行，各打一条腿。两鞭杖后人便不能站立，他们拉着手腿让他站起来。很多人挨了五十或六十鞭杖后死去，因为屁股和

卵蛋全给打烂了。"[1] 因此犯人们宁可上吊也不愿意挨鞭杖。

1. 博克舍编注：《十六世纪中国南部行记》，第 123 页。

此外，他还记述了中国妇女缠足的习惯，这也是第一次向西方披露的新鲜事：她们"从小就用布缠脚，因此脚长不大，这样做是因为中国人认为女人小鼻小脚才是窈窕淑女"[2]。他甚至

2. 博克舍编注：《十六世纪中国南部行记》，第 103 页。

注意到中国人的一夫多妻制其实是买卖婚姻："男人普通仅一妻，那是他根据条件用钱从她父母那里买来的。然而有的人有能力供养也娶许多妻子；但有一个跟他一起的主妻，别的妻妾则被安置在各个住所。"[3] 克鲁斯只是以中性的笔调记述这些发现，并未加以批评，但这些陋习

3. 博克舍编注：《十六世纪中国南部行记》，第 103 页。

日后都演变成典型的形象要素，在西方描绘中国人形象的时候备受重视。

克鲁斯赞美中国的人勤劳、聪明，但一些细节描述也让人看到他们的奸诈，如出售牲口家禽之前所做的手脚："为了增加重量，他们先给牲口吃喝。他们也灌水给鸡增加重量，鸡食则掺杂沙粒及别的东西。"[4]

4. 博克舍编注：《十六世纪中国南部行记》，第 92 页。

克鲁斯第一次向西方谈到了中国的文字，而且观察到中文不是拼音文字："中国人的书没有字母，他们写的都是字，用字组成词，因此他们有大量的字，以一个字表示一件事物，以致用一个字表示'天'，另一个表示'地'，另一个表示'人'，以此类推。"[5] 此外，他还提

5. 博克舍编注：《十六世纪中国南部行记》，第 112 页。

及了水车、造纸、印刷、鱼鹰捕鱼、人粪施肥、瓷器制作、流通钱币、中药、中国乐器以及皇帝的婚姻等，可谓洋洋大观。

克鲁斯的著作在质量和内容上都超过了前人，他收集了直到当时为止所有葡萄牙人有关中国的资料，并加以系统地编排和整理，更重要的是他糅进了自己的体会、观感和诗意，使这部作品既有丰富的信息，也有热情而感性的描写。他是中国热情的赞颂者，从头至尾，他几乎是在不停地赞扬中国，用话语为读者描画出一个乌托邦式的社会：能者多劳、人人平等、老有所养、病有所医、官吏清廉、执法有度、尊卑有序、社会井然，即使那些怪异的习惯和不太光彩的行为，他也只是写出而不妄加评论，唯一的批评是中国人远离了基督的信仰。

"一切文化都是在与其他文化相对立、相比较中而确立的。如果人们同意此说，那么对他者的（文学的或非文学的）描述就会变得与一切文化都不可分，同时又会成为下述现象的基本形式：无法抵御的社会在场及社会的整个倾向——对他者的梦想。"[6] 当西方人来到非洲和美洲，

6. 巴柔：《从文化形象到集体想象物》，见孟华编《比较文化形象学》，第 144 页。

他们把这些地方看作是原始的、野蛮的，他们从与非洲人和印第安人的对比中看到了自身文明的优越，因而他们用暴力去征服土地，用十字架去占据心灵，葡萄牙人到达巴西时就把十字架

插在这块地土，把它命名为"圣十字"（São Cruz），多么粗暴而蛮横。然而，当他们在与中国接触时，却发现这里有更古老的历史和更先进的文明，他们感到自身的低下和肤浅，于是他们对中国采取了不同的态度。他们钦佩中国，热情地称颂中国，派遣使节欲与中国修好。中国成为他们"对他者的梦想"，因为他们在中国看到了最完美的社会形式。

从皮莱资、埃维拉、卡尔沃到巴洛斯、佩雷拉和克鲁斯，可以看出他们对待中国截然不同的态度，他们所制造的形象是互相矛盾的。每个人都根据他的需要选择他所需要的形象，这种需要既来自社会的集体想象，也来自他在异国时空中的具体存在和体验。没有一种形象是对现实的简单复制，因为它必须经过"自我"的过滤和重组。由此，埃维拉和卡尔沃的中国形象与监狱的残酷和早日得救的期盼紧密相连，而克鲁斯的中国形象又寄托着理想社会的基督教理念。"西方心目中的中国是在历史过程中形成的形象，被认为代表着不同于西方的价值观念，这不同可以是好，可以是坏。在不同时期，中国、印度、非洲和中东都起过对衬西方的作用，或者是作为理想化的乌托邦、诱人和充满异国风味的梦境，或者作为永远停滞、精神上盲目无知的国土。"[1]

1. 张隆溪：《非我的神话》，见史景迁《文化类同与文化利用》，北京：北京大学出版社，1997年，第217页。

文本是一面镜子，从中我们既可以看到中国的形象，又可以看到西方文化精神的象征。"一切形象都源于对自我与'他者'，本土与'异域'关系的自觉意识中，即使这种意识是十分微弱的。因此，形象即为对两种类型文化现实间的差距所作的文学的或非文学的，且能说明符指关系的表述。"[2]当他们议论中国幅员广阔、物产众多、遍地财富、城池众多、道路纵横时，

2. 巴柔：《形象学研究：从文学史到诗学》，孟华编《比较文学形象学》，第202页。

他们也在体验自身的缺憾、压抑与不满，并表达出自己的欲望与向往。

第六节　在真实与想象中旅行

费尔南·门德斯·平托（Fernão Mendes Pinto）1514年左右出生于葡萄牙中部一个贫苦家庭，少年时代在贵族家里当过差。当时葡萄牙海外扩张活动方兴未艾，平托和许多同胞一样，梦想漂洋过海，去国外发财致富，同时也是为了摆脱"担惊受怕"的生活，正如他所言："在

故乡，我一直生活在贫困潦倒之中，时时担惊受怕，饱经风险。我决定只身前往印度。"[1]1537

1. 费尔南·门德斯·平托：《远游记》，金国平译，葡萄牙航海大发现事业纪念委员会、澳门基金会、澳门文化司署、东方葡萄牙学会联合出版，1999 年，第 1 页。

年他来到印度，之后他在东方漫游了 21 年，先是为葡萄牙王室效力，后来改道经商，曾大富

大贵，也曾一文不名；他参加过耶稣会，但又莫名其妙地脱离；他曾经随同葡萄牙使团出使日

本。他的经历离奇坎坷，到过印度的果阿、埃塞俄比亚、中国、日本、霍尔木兹、马六甲、苏

门答腊等地，他自己言称"曾十六次被俘，十三次被卖"[2]。1558 年，他返回里斯本，潜心著

2.《远游记》，第 1 页。

书，于 1576 年完成讲述他在东方漫游经历的《远游记》(Peregrinação)，虽然手稿在当时广为

传阅，但在他死后 21 年才获得出版。该书出版后旋即在欧洲引起反响，1620 年出版了西班牙

文本，1625 年荷兰文本问世，1671 年德文版刊行，此后还相继出版了意大利文本、瑞典文本、

英文本、法文本。据不完全统计，自《远游记》问世以来，已有包括中文本的摘译本、全译本

达一百七十种之多。[3]

3. 参见金国平为《远游记》撰写的前言，见《远游记》中文本、第 12 页。

　　文学批评家安东尼奥·若泽·萨拉伊瓦 (António José Saraiva) 和奥斯卡·洛佩斯 (Oscar

Lopes) 认为，《远游记》的价值体现在三个方面，这些在葡萄牙文学史中是没有的：其一，

在葡萄牙文学中催生了流浪汉小说的写作姿态，以一种反英雄的叙述手法讽刺和抨击了当时的

封建主义思想；其二，把异国当作一面镜子，折射了葡萄牙人在东方的罪恶和荒诞行径，在这

一点上，平托开风气之先，启发了启蒙主义作家以"他者"作为批评"自我"的方式，用外国

人的眼光来呈现或对照西方文明的缺陷，如孟德斯鸠的《波斯人信札》；最后，塑造了乌托邦

的形象，这正是文艺复兴时期人们向往的社会原型。[4]

4. 参见 António Saraiva e Oscar Lopes, *História da Literatura Portuguesa*, Porto Editora, 1987, p.308—311.

　　曾在东方生活了 20 年的英国作家莫里斯·柯里斯 (Maurice Collis) 领悟到这部作品宗教

精神的内核，他写道："我要强调的是，《远游记》不是一部小说，正确的是把它看作以某种

乔装的方式来表达基督教伦理的作品，一个拥有广泛经历和敏感意识的人对生命与死亡、痛苦

与拯救的探询。……在书中，西方人来到东方的首要目的是发财和传播天主教。但在平托的书中，

葡萄牙人并不像当时的历史学家和史诗诗人所歌颂的那样，获得了光荣。作者提出这样的一个

问题，即葡萄牙人占有不属于他们的东西，意味着他们是否忘记了去拯救自己的灵魂。他们在

东方的形象是受难者，但不是胜利者；他们与其说获得，不如说失去，就好像上帝拒绝了他们

一样。"[5] 平托在人们广泛颂扬海外扩张的人类壮举时，发出了批评的声音，这在当时需要相

5 转引自 Rebecca Catz, *A Satira Social de Fernão Mendes Pinto*, Prelo Editora, Lisboa, p.93.

当的勇气。史景迁也认为："平托提出了一个利用中国的新概念，即用中国来批判欧洲的一些

因素。"[1]

1. 史景迁：《文化类同与文化利用》，第 26 页。

《远游记》长期被视为作者想象和编造的"谎言"，人们甚至把他的名字 Fernão Mendes Pinto 拼成 Fernão Mentes？Minto，意思是"费尔南，你在说谎吗？我在说谎"。平托声称游历了众多的地方，但其真实性，特别在中国的经历一直受到后人质疑。安东尼奥·若泽·萨拉伊瓦和奥斯卡·洛佩斯认为，作者对日本等一些地方的描述应该是根据亲身经历写成的，但有关中国的章节则是"在参考文学资料和其他间接资料再创作而成"[2]。虽然《远游记》为历史研究

2. António Saraiva e Oscar Lopes, *História da Literatura Portuguesa*, p.308.

提供了不少宝贵的资料，但历史学家对平托在中国游历的真实性也持谨慎态度，史学家洛瑞罗这样写道："如果我们企图根据真实的地理学来考证，就会发现平托在中国游历是不太可能实现的"，因为"除了没有任何同时代的史料证明这一旅行外，时间和路线也不符合中国的历史和地形"。[3] 但是他认为，平托应该到过中国的一些港口城市，至少对广州至宁波的海岸线甚

3. Rui Loureiro: *A China de Fernão Mendes Pinto*, in Estudos de História do Relacionamento Luso-Chinês, Instituto Português do Oriente, 1995, p.153.

为了解，但有关中国内地的描述，特别是对北京的描述，则是参考了前人的资料，或者与到过中国内地城市的人士有过接触，并在此基础上糅入了虚构和想象。由于平托显示出对文字和叙事有不凡的驾驭能力，所以他绘声绘色的描述让总人相信作者的在场。安东尼奥·萨拉伊瓦和奥斯卡·洛佩斯还写道："在《远游记》中，虚构和现实奇妙地得以结合，因为作者擅长为向我们叙述的一切披上真实的外衣，就像叙述他的亲身经历，总的说来，即使作者在描述他未曾去过的地方或者他所编造的情景和人物，也是令人信服的。"[4] 专事葡萄牙文学研究的意大利

4. António Saraiva e Oscar Lopes, *História da Literatura Portuguesa*, p.309.

学者罗西（G. Rossi）认为："奇特的冒险使他在同代人当中赢得了说谎大王的称号，但是他对东方文明在本质上的认知已经为他恢复了名誉。他是否十三次被俘，十七次被卖，或者是否遭遇了沉船等已变得不再重要，重要的是通过这位伟大的冒险家，用葡萄牙作家米盖尔·托尔加（Miguel Torga）的话来说，一个'冒险的普鲁斯特'的描述，整个东方及其异国情调、现实和神秘在四个世纪前就出现在人们的眼前。"[5]

5. 转引自 Maria Leonor Carvalhão Buescu, *Literatura Portuguesa Clássica*, Universidade Aberta, Lisboa, 1998, p.125.

《远游记》对东方的描述范围之广，可谓前所未有，作者的足迹从红海、东南亚、中国一直到日本列岛，几乎走遍了整个东方，但中国无疑是他冒险经历的中心部分。全书共有 226 章，其中 89 章讲述的是他在中国的经历，约占全书三分之一的篇幅。平托在中国的经历主要从两条线索上展开，以第一人称叙述。第一条线索讲述平托遭遇一场海难之后，在马六甲遇到同胞葡萄牙商人兼海盗安东尼奥·德·法里亚，二人一见如故，谈得十分投机。法里亚向他讲述中

国的情况，平托听罢很是动心，立即改变主意，把前去的目标从印度改为中国。沿途他们听中国向导说，在一个名叫加雷普鲁伊德岛上有 17 个中国国王的坟墓，里面满是陪葬的金银财宝。法里亚本性贪婪，不放过这一发财机会，决定前去冒险。他们经过艰难旅行，终于抵达该岛，把岛上的寺庙抢劫一空，但被当地居民发现，只得匆匆逃跑，不料船在南京湾遇到风暴翻沉，法里亚等人葬身鱼腹。第二条线索叙述平托等一行幸存者自称是遇到海难的暹罗商人，想一路行乞步行到南京，不幸在途中被官府以不务正业流民罪逮捕，从南京押解到北京，他们在监狱里滞留了六个星期，最后被判处流放边疆。在中国的这段时间里，平托从江南到塞外，穿越了大半个中国。

平托的《远游记》在文学类型上是难以界定的文本，既像自传体游记，与长篇小说也有相似之处，形式上甚至类似中国的章回小说。他塑造了典型人物，设计了起伏的情节，复调的叙述形式，"让作者——旅游者是叙事的生产者、叙事的主要对象、叙事的组织者和他自己的导演。他是叙事者、演员、体验者和体验对象，他为自己全部的所作所为撰写了回忆录，他在异国的舞蹈上扮演了自我经历的主人公，而他自己又是这一经历的最佳编年史作者、专栏编辑兼土地测量员"[1]。因此，作者承担着多重身份，

1. 巴柔：《从文化形象到集体想象物》，见《比较文学形象学》，第 146 页。

在广阔的异国时空中位移，也可以说一种文化在另外一种文化中位移。异国时空为作者的文本提供了丰富的故事性：航行、冒险、海盗、流血、死亡、放逐、酷刑、审判等保证了故事的丰富性，但是他没有忘记考虑文学性。首先，作品充满了异国情调，记述真实和虚构互为映衬，文字夸

《远游记》中文版封面

张而生动，时常插入所谓的当地语言，营造出"陌生化"效果。其次，他善于制造悬念，常常使用对比法，描绘巨大与微小、暴戾与柔情、黯淡与明亮、天真与狡猾等，广阔的叙述时空中跳跃着黑白的反差。此外，他记录了个人的经验、感觉、想象和对新鲜事物的热情和探求；他作为一个丰富的人，身上集合了人类的激动、热忱、狡猾、同情、暴力、悲怜、卑微和傲慢；他的观点时而对立时而统一，同时怀着失望和希望。

叙述的"我"既是书中的一个人物形象，又代表着作为一个集体的葡萄牙人。这个"我"时而是这个集体一员，见证甚至参与了他们的罪恶，时而从这个集体中抽离，成为作者的代言人，批评"我"。"我"在异国寻找，寻找的过程始终被贪婪、残暴、漂泊、惩罚和死亡纠缠和贯穿，"恶"在这一系列事件中被彰显，从而"我"被批判，被否定。与此同时，"他者"始终是被关照的对象，"他者"的形象成为冲洗"我"的形象的底片，注视"他者"的过程成为一次漫长的"朝圣"的过程，也许这正是平托为这本书命名为"Peregrinacão"[1]的用意所在。他在第一章中说道：

1. "Peregrinacão"一词在葡萄牙语中的意思是"去圣地的旅行"。

"我明白并开诚布公地承认，我的罪孽是我一生中种种磨难的根源。"[2]莫非他把东方遭受的

2. 平托：《远游记》中文本，第1页。

苦难和折磨当作洗涤身心的必由之路？在整个叙事过程中，平托通过记述自己和同胞们所犯下的罪孽以及所遭受的惩罚，告诉人们只有上帝指引的道路才是通往幸福的道路。朝圣的结局在于洗涤罪恶，回到上帝的怀抱，这部作品就是他请求上帝宽恕罪恶和荒谬的一种方式。虽然平托是一位虔诚的教徒，但并不缺少现代精神，文学评论家若昂·格雷亚（João Correia）指出，"平托是以令人敬佩的现代精神的先驱者的面目出现在我们面前的，他表现出理性主义和人文主义的宽广胸襟。"[3]他的理性主义在于人们被海外扩张冲昏头脑的时候，他还保持着理性的

3. João David Pinto Correia, *A Peregrinação de Fernão Mendes Pinto*, Lisboa: Editorial Comunicação, 1983, p.38.

质疑态度，从这一点上来看，他的现代精神至今都没有过时；他的人文主义情怀则表现在以谦逊的态度来看待不同的文化，尊重差异，同时敢于审视和批评自我。

平托的旅行是在镜子中进行的旅行，他看见了中国缤纷的镜象，也从中看见了自己的身影。旅行是发现，是比较，最终是为了认识自我。平托的旅行在两条路上进行，一条路在中国，从边缘向中心延伸；另一条折返葡萄牙，用异国作为尺度衡量祖国。他在两条路上同时行走，不停地比较着，热情地赞美或者含沙射影地批评。

巴柔指出，注视者在对待异国文化时一般有四种态度。第一种是狂热的态度，异国文化现实被视为绝对优越于本"民族"文化、本土文化的；这种优越性造成的结果是注视者文化被看

作是低劣的；对应于异国文化的正面增值，就是对本土文化的贬低。第二种是憎恨的态度，与本土文化相比，异国文化现实被视为低下和负面的，而这种态度反过来又发展出一种正面的增值，一种对本土文化所做的全部或部分的"幻象"。第三种是亲善的态度，异国的文化现实被视为正面的，而注视者的文化也同样被视为正面的。这是友善而平等的互相增值。第四种是交流、对话的现象消失了，以让位于一个新的正在统一起来的整体。他特别强调，"狂热、憎恨、亲善这三种态度以清楚、固定不变和恒久的方式构成了诠释异国、阅读他者的各种最明确的表现。它们构成了最基本的态度，在一个文本内部或一个文化整体内中，它们能够说明选择了什么，偏好什么，排斥什么，甚至所有意识形态选择的原则，而这后一点是一切对他者进行描述之前提。"[1] 在注视者的四种态度中，平托属于第一种，赞颂是出于意识形态的选择，赞颂的背后

1. 巴柔：《从文化形象到集体想象物》，见《比较文学形象学》，第143—144 页。

是为了言说自我，否定自我。为了达到这一目的，他甚至不惜扭曲现实。

葡萄牙人来到中国时，正值明朝中后期，明朝在经济、政治、文化、司法等各个方面不过是在唐宋基础上的延续，无多大的创新和发展，其生产关系和生产方式，经济制度和经济生产力，中央集权的政治体制、教育体制、司法体制和科举体制也都是对唐宋的继承，没有深层的变革和创新。明朝统治最后抱残守缺，闭关锁国，对外实行海禁，内部宦官当政，大搞血腥政策。16 世纪的中国，"仍处于大黑暗时代，诏狱的廷杖声和抗暴声，混杂着八股文的吟哦声，响彻中华"[2]。因此，明朝也不过江山数百年，无法摆脱从一个王朝的建立、繁盛到衰退的定律，最

2. 魏得胜：《三十个世纪的中西之别》，《书屋》2003 年第 2 期。

后崇祯皇帝自缢于景山。

中国司法也并非公正，历来的传统都是"法自君出"，皇帝"口含天宪"，一切法典、法规皆以君主名义颁行，皇帝的诏敕往往直接成为法律，皇帝可任意修改、废止任何法律，而皇帝却不受任何法律条文的约束，不承担任何法律义务，历史上从无"治君之法"。皇帝拥有最高的司法权，一切重案、要案、疑案，以及一切死刑皆由皇帝裁决、批准。皇帝可以法外用刑，也可法外施恩，赦免任何罪犯。而在法律的具体实施过程中，司法从属于行政，地方行政长官兼理同级司法审判，"县太爷也是当地最高的审判官"，司法的公正更多的是建立在"民之父母"的清官身上。[3] 包青天的故事传诵不衰，至今都会引起热烈的反响，恰恰说明了现实中包青天

3. 参见叶孝信主编：《中国法制史》，北京：北京大学出版社，1996 年，第232 页。

式的人物太少了。事实上，在中国的司法审判实践上，滥用酷刑、任意轻重、贪赃枉法、压制诉讼的现象比比皆是，整体来说毫无公正可言，而且刑罚的酷烈程度也是举世无双的。到朱元

璋在位的时候，他不仅制定了严厉的刑法，而且在实施时，又发明或恢复了诸多古代的酷刑，"他的血腥政策本来就已使中国堕落成一个至少落后欧洲三百年的白痴部落"[1]。相对来说，明朝是中国历史上社会秩序非常稳定的时期，但这种高压统治之下的稳定从历史发展的角度来看，并

1. 魏得胜：《三十个世纪的中西之别》，《书屋》2003 年第 2 期。

非好事。费正清在论述明朝的时候指出："在此期间欧洲经历了一系列天翻地覆的现代化发展：文艺复兴、宗教改革、民族国家的兴起、法国大革命和产业革命及随之兴起的全球性扩张和新世界的发展。在中国很难找到与之完全对应的历史事实。此时的欧洲风起云涌，正席卷整个世界，而中国对此却茫然无知而完全置身局外，乃至进入 19 世纪时，不仅在物质文明和工艺技术上，而且在经济上和政治制度上都落在了西方的后面。"[2]明朝和其他朝代一样，没有出现过一种

2. 费正清：《中国：传统与变迁》，张沛译，北京：世界知识出版社，2002 年，第 203 页。

彻底改造社会的动力，即使出现了所谓的资本主义萌芽，没有制度的土壤培育，也根本无法成长。历史每一次都是这样重复：破坏性极强的农民起义爆发了，使王朝崩溃，但又建立了新的"换汤不换药"的王朝。在人民掉泪的地方，没有发生奇迹。

但在 16 世纪，葡萄牙人却看到了一个公正、繁荣、和谐的中国，这是他们希望看到的中国，他们需要一个可资借鉴的楷模来对比自我，超越自我。虽然他们对中国的认知有限，还停留在表面上，但也许正是这种表面化的认识使得他们在中国构筑了乌托邦的神话。一个外来的旅行者，语言不通，人生地不熟，他只能从自己的感觉和潜伏在记忆中的想象出发，常常会把相对局限或者表面的经验普遍化和本质化。他看到了宫殿的高墙，但无法窥视高墙之内的玄机；他看到他人的富足，皆因自身的穷困与潦倒；他凑巧得到公正的审判，因而美化了整个国家的司法制度。绵延的东方神话、局部的直接经验、不同文本复制的赞美、对改变自身缺憾的渴望在中国这块画布上涂抹了一层层理想化的色彩。意大利学者拉法亚（Laffaella）认为，葡萄牙人在 16 世纪的中国身上看到了乌托邦的化身，是因为"这个国家在整个 16 世纪以其独特的地理位置而集中了一个更美好的社会所有的梦想和计划，实现这一社会的可能性成为那个时代的人们热烈的追求"[3]。其实，拉法亚所说的"地理位置"不仅仅是在地理的层面，他接着又指出：

3. Raffaella D'Intino, Introdução de Enformações das Cousas da China: textos do século XVI, Lisboa: Imprensa Nacional-Casa da Moeda, 1989, p.31.

"在整个 16 世纪，如果中国人采取开放的政策，和许多国家建立自由贸易，那么可以说围绕着中央帝国的神秘云雾和契丹的传奇就会烟消云散；如果中国采取更严厉的措施来禁止与外部世界的任何形式的接触，那么中世纪的神话也会因为消息的闭塞而被淡忘。然而，中国由于其政治和经济的选择，最终构筑了自己的神话：容忍在控制之内的贸易接触，只允许很少的传教

士和使团人员进入自己的土地。"[1] 因此，作为最早得以进入中华帝国的欧洲人——葡萄牙人

1.Raffaella D' Intino, *Introdução de Enformações das Cousas da China*, p.38.

向这个诱人的国家投去的目光十分匆忙，既充满热情但又不乏片面，与其说他们描述了中国的

现实，不如说他们根据人文主义精神和自身的愿望延续和强化了中世纪的中国神话，同时借机

批评了本国的社会。

对一个更美好社会的向往，一直是欧洲人想象的动力，从柏拉图、托马斯·莫尔到空想社

会主义者和马克思，都描绘过理想社会的蓝图。李伯庚在《欧洲文化史》中写道："从 15 世

纪后期开始，不断有人提出要建立一个良好的社会。这些计划反映了当时社会的问题和人们心

目中的社会理想。它们主要围绕着四个问题：通常都把良好社会的实现和城邦结合起来，这还

是继承了古希腊人的思想。第二个因素是驯服自然。在城邦里，重要的是公共卫生；显然，欧

洲基督徒十分重视维护生命。第三个因素是教育占据统治地位的中产阶级。第四是社会财富的

公平分配。有时，还把印刷出版个人思想著作列为第五大因素，说明学者们关心精神的自由。……

但是这些理想一个也没有实现过，虽然如此，它们还是对欧洲人的自我形象产生了影响，人们

对欧洲以外、未曾受到欧洲影响的地方，常常按这四方面去加以理想化，对自身的社会也按这

四方面来提出要求。"[2]

2. 彼得·李伯庚：《欧洲文化史》（下），赵复三译，上海：上海社会科学出版社，2004 年，第 332 页。

专门研究平托的美国学者雷蓓卡·卡茨(Rebecca Catz)指出，"葡萄牙作家的记述引起了

文艺复兴时期政治理论家的兴趣，而柏拉图和亚里士多德又启发了他们关于统治艺术的思考，

认为这是通向人类共同幸福的道路，同时他们也模仿当时的旅行文学作为表现形式。托马斯·莫

尔的《乌托邦》、康帕内拉（Campanella）的《太阳城》和哈林顿（Harrington）的《大洋国》

都是根据柏拉图的理性主义理想来构筑未来更完美的国家。"[3] 乌托邦的传统源头是古典希腊

3.Rebecca Catz, *Fernão Mendes Pinto–Sátira e Anti–cruzada na Peregrinação*, Instituto de Cultura e Língua Portuguesa, Lisboa, 1981, p.10.

哲学和《圣经》。基督教在天上建筑了天堂，而柏拉图在《理想国》中幻想的是建立世俗理想

社会的可能性。莫尔深受柏拉图的影响，《乌托邦》勾勒了文艺复兴背景下的欧洲人心目中的

理想社会。他所设想的异教徒乌托邦令人神往：这是一个政治清明、社会平等、民众乐业、道

德崇高的美好社会，它实行公有制度，公民选举国家官员；它物资充足，生活有保障，所以这

里既没有盗贼、乞丐，也看不到穷人；人们道德高尚，勤奋敬业，崇尚简朴，遵守法令，乐于

助人，鄙视懒惰、奢侈、腐朽；在政府的有计划的组织下，人们实行普遍的义务劳动制，轮流

到农场去务农，此外还得学一门手工技艺，取消商品、货币和市场，消费品按需分配。人们妥

善地安排劳动，按需分配，看病有公共医院；在信仰方面，乌托邦盛行多神崇拜与宗教宽容，但人们逐渐皈依崇高的基督教；教士主持礼拜，掌管宗教仪式，监察社会风纪。莫尔所幻想的乌托邦不在欧洲，也不在"旧世界"的亚洲，而是原始的美洲启发了他的想象力。他假托一个名叫拉斐尔的旅行者之口，叙述他曾随航海家阿美利戈（Amerigo Vespucci）到达美洲，又继续独自旅行，终于发现了完全不同于当时欧洲的另一种社会。莫尔的乌托邦首先是话语上的乌托邦，它根据作者的设想和意念建立在文本之上，而葡萄牙人却在中国找到了现实的乌托邦，葡萄牙人笔下的中国和莫尔的乌托邦有许多相似之处。

平托是中国乌托邦的热心构建者。他自称他的记述都是真实的，甚至嘲笑那些不相信他的人，认为他们无非是些井底之蛙，不知世界之大之奇。毋庸置疑，他是一个感性的注视者和情绪饱满的记录者，他对人物和事物的差异十分敏感，色彩浓厚的文字中跳动着人性的脉搏。在中国，他看到了世界上最大的城市、最辉煌的寺庙、丰盛而热闹的宴会、商品琳琅满目的市场，在描写这些场景的时候，他不断地重复那些单调但充满感情的形容词，不断地插入各种数字和物品的名称，不断地使用赞美的感叹句，仿佛他置身其中的中国弥漫着圣经般的神圣。书写是为了发泄或者补偿，颂扬他者是自我幻想的延伸和辩护，也是对自我缺憾的定位和贬抑。

事实上，平托是按照他的宗教思想来塑造中国乌托邦的，其贤明的君主都是在为上帝服务。比如，他称赞史书上记载的一位中国君主贤明勤政，"无论是从慈善上讲，还是从安邦治国上讲，足可以作为基督教国家的楷模"，但他所有的善举是出于"他想努力为上帝服务，让上帝高兴"。[1]

1. 平托：《远游记》中文本，第 332 页。

这位双目失明的君主因为广施善举，所以上帝恢复了他的视力，"我们的上帝对那些即便不相信他的异教徒，只要是怜爱穷人的善举他都会加以报答"[2]。即使在异教徒的土地，平托也是让

2. 平托：《远游记》中文本，第 332 页。

基督上帝统领世界，以善恶作为度量事物的准绳。托马斯·莫尔在《乌托邦》中提出了对理想君主的要求，比如他要辛勤从政，让老百姓安居乐业，不遭受欺辱和冤屈；他"应该更多关心的是老百姓的而不是他个人的幸福，犹如牧羊人作为一个牧羊人，其职责是喂饱羊，不是喂饱自己"[3]。在平托的笔下，中国的君主就是这样的君主，他为了保证人们不忍饥挨饿，制定了许

3. 托马斯·莫尔：《乌托邦》，戴镏龄译，北京商务印书馆，1995 年，第 38 页。

多政策，例如在丰收之年，他会命令囤积粮食，"如遇荒年歉收，把粮食分给穷人，但不收任

4. 平托：《远游记》中文本，第 332 页。

何利息"[4]。国家设有国防基金，只用这笔基金"支付应该支付的费用，国王不会向穷人摊派税

收。人民也不会像没有这种基金的地方那样被苛捐杂税压得抬不起头来”[1]。中国有庞大、系统、

有效的政府管理体制，运作良好。劳动分工周密，每一个人从事某一种工作，之间不存在着敌

意和竞争。在平托的眼中，中国成为一个灿烂的光晕，他想用理想主义的光芒照亮他身后被阴

影笼罩的祖国。

1. 平托：《远游记》中文本，第 333 页。

　　曾为商家的平托，十分注意中国的商贸状况，他看到中国工商发达，百业兴盛，集市商品

丰富，交易活跃而有序。他对商品名称和价格，描述甚为详尽。中国如同一个商品大世界，应

有尽有，令人目不暇接。商品世界以公平和诚信为本，商人不仅要自律，也需要群众监督。平

托观察细腻，他注意到“肉铺中，所有的肉都标着实价。每个店里都有秤。另外，每个城门口

也有秤，百姓随时可以重新过秤，证实是否缺斤短两”[2]。

2. 平托：《远游记》中文本，第 315 页。

　　乌托邦最大的特点之一是社会公正，健全而人性的司法制度正是社会公正的保证。作为在

押的囚犯，平托对中国司法制度有切肤之感，他多处描述到明朝刑律的残酷，如在监狱他们被

割下手指，“许多人被打得皮开肉绽，鲜血满地。十二个人中的九人死里逃生，有四个人和一

个新水手不出三天就一命呜呼”[3]，但平托不计较这些皮肉之苦，反而对中国的司法制度称赞

3. 平托：《远游记》中文本，第 224 页。

有加：皇帝威严，官员清廉，执法公正。他笔下的监狱小桥流水，鸟语花香，恍如仙境一般：“这

座监狱的墙内有大片高深的森林，清泉淙淙，池水清澈，所有人在那里洗濯。还有许多慈善机

构和十二所宏伟壮观的寺院。这所监狱堪称城市，里面富庶，物品丰富。囚犯们还享有许多方

面的便利，因为大多数人都携妻儿同住，国王则根据每人的家室提供住房。”[4]这俨然是人间

4. 平托：《远游记》中文本，第 318 页。

天堂。乌托邦里是没有监狱的，平托虚构的监狱其实是对人们所理解的监狱的解构和否定。

　　平托所描述的中国具有文艺复兴时期的乌托邦的种种特点，不过他的乌托邦是根据神学思

想来构筑的。平托不是一个理论家，他似乎并不关心哲学，也不可能提出新的思想，尽管不能

否认文艺复兴的时代背景对他有深刻影响，但作为一个充满宗教情感的信徒，他的头脑里更多

的是上帝与魔鬼、罪恶与惩罚的二元对立。在他看来，只有上帝的恩惠才能使人进入完美的世界，

而要得到上帝的恩惠，就要消除罪孽，洗涤灵魂，否则就会受到上帝的惩罚。他的乌托邦实际

上是宗教的乌托邦，只要人人按照上帝的道德原则约束自己，社会就会变得仁慈、平等、关爱

和容忍。他把中国当作其他国家应该效仿的榜样：虽然那里的人民和君主都是从未听说过上帝

的异教徒，但是他们都遵循上帝的法则，所以上帝恩赐他们以财富和繁荣；他们彼此爱护，互

相容忍，既有敬仰上帝的自由，也有不相信上帝的自由。平托向往的是更加宽容的基督教世界，上帝是一位具有普世主义精神的救世主；只要身心纯净，远离罪孽，哪怕是异教徒，也可以沐浴上帝的恩泽，这和当时葡萄牙教会残酷地镇压异教的思想是背道而驰的。

托马斯·莫尔正是从一位航海家的口中虚拟出一个乌托邦，但没有人肯定他是否受到葡萄牙航海家的启发，但葡萄牙人关于中国乌托邦的描述无疑给欧洲留下了深刻的印象，它们为原有的神话增加了新鲜的色彩和细节，进一步激发了欧洲对中国的想象和赞颂，从中追寻自己的渴望和理想。乌托邦是人类的狂想，是抽象化的理想的梦游，是在梦想中发掘黄金，它建立在质疑、批判、追寻的基础上，哪怕乌托邦离人类多么遥远，哪怕对乌托邦的狂想不过是狂想而已，那么这种狂想的启程也远远胜过想象的贫瘠和对现实的屈从。

"乌托邦本质上是质疑现实的。"[1] 平托为中国塑造了乌托邦的形象，这种形象与其说形

1. 莫哈：《试论文学形象学的研究方法及方法论》，见《比较文学形象学》，第 33 页。

象，不如说是幻象。实际上，平托赞美中国的用意是在批评本国现实的弊端——辛勤劳动的人生活贫穷，不劳而获的人生活富裕；富人百般聚敛，巧取豪夺，穷人却遭受着苦难；他甚至质疑海外扩张的意义，批评那些在东方掠夺财富的葡萄牙人的行为。若昂·平托·格雷亚（João David Pinto Correia）在评价平托时写道："在描述中国的、鞑靼的、日本的、波斯的各种文化时，他几乎总是把带着批判意图的目光放在欧洲和葡萄牙，正是在这种人文主义的审视中，他把自我和葡萄牙式的表达推向了顶点。"[2] 平托采用含沙射影、声东击西的手法，在隐约的

2. João David Pinto Correia, *A Peregrinação de Fernão Mendes Pinto*, p.39.

类比中把葡萄牙当作批判的对象。

葡萄牙是一个充满矛盾的国家，虽然海外扩张表现出现代社会的一些特点，但是社会中一直没有形成一个在经济和思想上独立的中产阶级阶层，因而扼制了资本主义的发展，也造成了国家在思想意识上的保守。国王始终对罗马教皇唯命是听，保守教会和封建地主势力强大，路德的宗教改革在欧洲如火如荼，但葡萄牙犹如死水一潭，所受到的影响微乎其微。相反，1531年唐·若昂三世国王请求教皇在葡萄牙设立宗教裁判所，把国家推向了文化灭绝的恐怖之中。任何不尊重基督教的思想、行为甚至举止都会受到检举；群众的眼睛是雪亮的，每个人都成为监视他人的秘密警察，同时也处于被别人告发的恐怖之中，每个人都仿佛生活在"敌人"之中。书籍出版也要经过严密的审查，检察官有权力修改、删除，或者改动他认为不适当的段落，甚至焚烧被认为是"异端邪说"的书籍。在 16 世纪相当长的一段时间内和整个 17 世纪，宗教裁

判所操纵着人民的思想和文化生活，在办事拖拉的葡萄牙，它成为办事效率最高的机构，甚至成为欧洲其他国家学习的榜样，尽管如此，宗教裁判所的案件依旧堆积如山，因为告密者太多。宗教裁判所一系列的禁锢和镇压政策对葡萄牙的文化和民族性格造成很大的负面影响，一个人很难成为与众不同的人，他必须与正统的思想保持一致，说出自己的看法比诬陷和诽谤更具有危险性。这在很大程度上造成了葡萄牙与欧洲新思想的隔绝，也是导致葡萄牙走向衰弱的一个重要原因。

此外，海外扩张给人们带来的梦想并没有像原先想象得那么美好。"葡萄牙大帝国在极盛时期什么都创造了，唯独没有增加财富。"[1]海外扩张虽然一开始给葡萄牙带来巨大的经济利益，

1. 查·爱·诺埃尔：《葡萄牙史》，香港：商务印书馆香港分馆，1979年，第154页。

但并不长久。葡萄牙主要从东方进口香料，然后再卖给其他国家，从中获利，但葡萄牙是一个农业国，并不生产可以交换香料的工业品，这些商品都要依赖从其他国家进口，这样一来，如遇到香料价格下跌，葡萄牙运来的香料就会遭受损失。再者，航行所遭受的苦难却远远超过单纯的财政亏损，来往里斯本和东方的船队由于气候恶劣和海盗的骚扰，旅途中死亡率很高，沉船事故也常有发生，遗留下来的许多沉船报告对此有悲惨的记载。东方贸易已变成赔本的买卖，国家变得日益贫穷，这种后果最后都要转嫁到人民身上。海外扩张中只有少数家族通过贸易、投机或对东方的掠夺发了大财，但大部分人并未从中受益，这加剧了各阶级之间的经济不平等，激化了社会矛盾。狄奥戈·德·特伊维曾为塞巴斯蒂昂国王写过一首诗，诗中说，自从发现了"东方粗制的珠宝和新的世界"，自从"靠牺牲众多的生命换来少量好处的方式"，把肉桂和胡椒运回葡萄牙以后，葡萄牙就变成了一个郁郁寡欢的国家。[2]与这些情况相反，中国的繁荣、

2. 若泽·赫尔曼诺·萨拉伊瓦《葡萄牙简史》，李均报、王全礼译，北京：中国展望出版社，1988年，第154页。

富庶和秩序给葡萄牙人留下了深刻的印象，也更加衬托出葡萄牙现实的灰暗。

1558年，历尽沧桑的平托回到葡萄牙，对国家的现实有深切的感受，因为他本人就生活在贫困之中。他在东方曾为国家效力，但只有他去世的前几个月国王才发放给他相当于每日三个面包的救济金。在思想被禁锢的社会背景下，平托不可能直抒胸臆地批判社会，他只能以夹叙夹议、虚实结合、含沙射影、隐约其词的手法来达到自己的目的，这种手法在《远游记》中经常出现。他用了大量篇幅描述中国的富庶，正是因为葡萄牙的贫穷；他赞扬中国司法制度的清明和公正，正是因为宗教裁判所活动猖獗，使无数人蒙受不白之冤；他讲述中国人虽然是异教徒，却得到上帝的恩赐，借此暗示葡萄牙的贫穷是上帝的惩罚。书中的平托，常常保持沉默的角色，

甚至是被动参与抢掠的从犯，但总是让一个声音充当自己的代言人，以表达自己的观点。

平托用了 50 章的篇幅来叙述他和海盗头目安东尼奥·德·法里亚的经历，这是他重点刻画的对象，他几乎把法里亚描写成一个反面形象、罪恶的化身。法里亚无法抵御魔鬼的诱惑，来到东方的目的就是以暴力的手段掠夺财宝；他虚伪、贪婪、残忍，做尽了抢掠、杀人、偷盗的勾当，但每做一桩坏事，都不停地祈祷，请求上帝的宽恕，十足一副虚伪的嘴脸。平托通过对法里亚这个邪恶人物的刻画和描述，告诉读者这些在东方的葡萄牙人大多都是贪婪之徒，从而否定了葡萄牙人发现世界的英雄主义精神。

在当时，几乎所有的历史学家和文学家都为海外扩张大唱赞歌。葡萄牙这样的边缘小国突然做出了令世界刮目相看之举，这令葡萄牙人心潮澎湃，充满了自信和自豪。平托是为数不多的没有赞扬的人，相反他批评扩张活动中的十字军精神以及所表现出来的阴暗人性：贪婪，残酷，懦弱，虚伪等。当时葡萄牙人对上帝的虔诚和自身野蛮行径的对立未引起人们的注意，而平托却借他人之口予以抨击，这种批判精神是难能可贵的，在当时需要极大的勇气。从这一点来说，《远游记》折射出平托所具有的现代意识，这种意识别说在当时，就是在现在也很难得到官方思想的认同，因此《远游记》是一个具有超越时代意义的文本，这也说明了它为什么在作者死后 21 年才迟迟得以出版。

在平托的笔下，葡萄牙人包括他本人，并非令大海颤抖、天神折服的英雄豪杰，而是以"反英雄"面目出现的一群鸡鸣狗盗之辈。他们是可怜的流浪者和野蛮的掠夺者；他们生性贪婪，唯利是图；他们击沉没有防卫能力的船只，进犯毫无戒备的民居，抢夺妇女和儿童，袭击寺庙和圣地，为了得到珠宝不惜挖坟毁尸；他们既不尊重死者，也不尊重生者，但每做一件坏事，都要乞求上帝和圣母的保佑和宽恕。他们的所作所为完全背离了上帝的意志，最后他们遭受的苦难和折磨也是上帝惩罚的结果。平托对自己给予毫不留情的讥讽和批评，他把自己比作一个流浪汉，而不是英雄，在可以诞生英雄的环境中，他却缺少上升为英雄的性格特征。他虽然脑子里没有偏见，但也没有自尊和自爱。他没有英雄式的理想，只着眼于物质利益的得失；他有时是一个敢于冒险的海盗，但面对死亡也会浑身颤抖。他自知犯下了罪孽，受到了惩罚，日后还会受到上帝的审判，正如他所说："在末日审判时，上苍这神明的法官一定不会放过我们的。"[1]

平托反省自己，对自己的行为表现出一种宗教的负罪感，这种负罪感化解了他在东方所遭受的

1. 平托：《远游记》中文本，第 244 页。

苦难，苦难成为对自我的救赎，而《远游记》也像是一部请求上帝宽恕罪恶的忏悔录。

《远游记》借用了流浪汉小说典型的叙述模式。流浪汉小说一般采用自传体的形式，以主人公的流浪为线索，在这一过程中仆人评说主人的行为。在《远游记》中，作为"我"的平托和法里亚的关系也是主仆的关系。平托跟随法里亚漫游，一路上对主人的行为加以评说，借描述主人为非作歹的行径，揭露葡萄牙人的人性卑劣和道德沦丧，借主人的不得善终的下场来警顽劝善。在书中的所有葡萄牙人当中，作为仆从的平托是最清醒的一个人。

关于旅行，葡萄牙现代诗人费尔南多·佩索阿说过："旅行者本身就是旅行。我们看到的，并不是我们所看到的，而是我们自己。"[1] 中国是平托审视自我、否定自我的一面镜子。在上帝的指引下，中国之旅成为一次穿越苦难、向天堂跋涉的朝圣之旅。劳其筋骨是为了拯救灵魂，赞美他者是为了寻找和确定自我的位置和意义，也为了折射对本国现实的不满和批判。在那个人们热衷为国王歌功颂德的年代，在那个宗教裁判所制造白色恐怖的年代，平托的《远游记》是一个绝无仅有的文本。

1. 费尔南多·佩索阿：《惶然录》，韩少功译，上海：上海文艺出版社，1999年，第146页。

第七节　人在中国：曾德昭与安文思

16世纪，葡萄牙人在进入中国的过程中饱受折磨，很多人死在了监狱，匪夷所思的是，尽管如此，他们基本上向西方描绘了一个富饶、公正、统一的中国形象，残酷和黑暗的一面虽有披露，却被人们忽视或者淡忘。他们接触的几乎都是充满繁荣景象的中国沿海地区，由于不懂当地语言，他们与中国人的沟通受到了很大的局限，很多时候不得不借助表情、手势、声音和其他身体语言（比如下跪、摇头、耸肩、拍打大腿等）来进行简单的沟通。人类创造了语言，而语言也阻碍了人类之间的交流，只有最原始的符号系统，绕过了通天塔的混乱，成为语言的乌托邦。有限的沟通阻碍了他们深入地了解中国，他们更多地是凭观察和感知来认识外部的和局部的事物，夸大和传奇的成分在所难免。

进入17世纪，耶稣会传教士开始向中国渗透，过去的语言障碍得以跨越，他们大多有备而来，具备较高的学养。他们熟悉中国的生活、礼仪和语言，可以深入到中国的内陆地区，更广泛地了解情况。他们把目光投向中国社会的各个方面，特别注意与中国的上层社会交往，从而更深刻地洞察和认识了中国的社会生活，尤其是他们开始了解中国的文化精神，更加关注中国的政治、伦理、制度等方面的特点，同时他们除了天主教义，还带来了西方的先进知识。这些都是他们超越早期来华的葡萄牙人的优胜之处。赫德逊写道："他们是作为学者、廷臣和俗世的人而在远东为欧洲各王国打开了局面。作为商人的欧洲人永远得不到中国知识分子的尊重，而耶稣会士却货真价实地代表了欧洲的智慧，迫使他们的东道主承认在自己的文明以外还存在有一种假如不相等、但也是可钦佩的文明。"[1] 在中国，从来没有外国人像他们这样被接受，有的

1. 赫德逊：《欧洲与中国》，第 253 页。

还被朝廷聘为官员，如利玛窦、汤若望、罗明坚等人。从利玛窦入华到满清乾嘉厉行禁教时为止，西方近代天文学、地图绘制、历学、数学、物理、医学、哲学、地理、音乐、绘画等艺术都在不断地传入中国，其传播规模之大，影响之广，是中国历史上前所未有的。与此同时，他们也积极向西方介绍中国文化，四书五经几乎都是由他们翻译成西方文字的。不过，这次中西文化交流并没有给中国的社会带来深刻的变化，更没有动摇中国社会制度的根本。当利玛窦把他绘制的世界地图献给中国皇帝时，皇帝才始知世界之大，乖巧的利玛窦把中国放在地图的中心位置，这样对皇帝来说，中国还是中央之国，他还是君临天下的天子，那些"西学"不过是西洋画上透视准确的骏马或者精巧的自鸣钟悦耳的报时。

但是，耶稣会传教士们看待中国的观点无法摆脱自我局限的困扰，他们所描写的中国，常常追随宣传传教成果的战略，雷蒙·道森（R. Dawson）指出，他们明显受到两个因素的影响："首先是他们所接触的有文化的中国人对其自身文明的观念；其次是传教团为自己鼓劲以应付艰巨的使命和刺激栖身在欧洲的基督教同胞支持他们的努力、相信他们的努力会取得成功的需要，因为这一需要不可避免地导致他们强调中国那些看上去对传播福音有利的方面。"[2] 因此，

2. 雷蒙·道森：《中国变色龙》，常绍民、明毅译，北京／海口：时事出版社、海南出版社，1999 年，第 64—65 页。

耶稣会会士笔下的中国常常是"别有用心"的，是一种文化利用。史景迁在谈到金尼阁编辑《利玛窦中国札记》时，也指出了这种目的性。金尼阁发现利玛窦的某些言论对欧洲读者来说过于直爽，于是对利玛窦的手稿作了增删，尤其删掉了利玛窦对中国所作的坦率的批评，原因是天主教会试图募集更多的钱财以便把更多的传教士送往中国，要想从人们那儿得到钱，就得把中国描绘成美好的国度，因此他们不得不片面地宣传中国美好的一面。利玛窦对晚明某些阴暗面

的坦率揭露，对教会来讲并不合时宜。欧洲宁愿看到一个不如利玛窦见到的真实，但比他见到的更美好的中国。这是一个美化的中国，"这样，由于那出自内心的歪曲，欧洲得到了关于中国的错误信息。这不是外人强迫的，而是欧洲人内心希望的"[1]。

1. 史景迁：《文化类同与文化利用》，第 27 页。

传教士们都是笔耕不辍的人，他们关于中国的书简和报告源源不断地传入欧洲，中国的形象进一步得到美化，身在欧洲的人们和以前一样，看到的是一个经过塑造的中国。周宁在《永远的乌托邦》中写道："对 17 世纪的欧洲来说，发现中国不是发现一片土地或者大规模的发财机会，而是发现了一种文明，一种独特而优越的政治伦理与文化制度。中国的意义更多是社会意识形态领域的。尽管传教士们也不时提供一些灰暗的消息，诸如中国的文化修养是不科学的、缺乏创造力，中国的贫困是普遍的，官贵欺压百姓，所有的中国人都为皇帝一个人服务，世界上任何地方都不像中国那样忽视人权。但是，这种不谐和音似乎没有引起人们的注意。这是时代精神的整体忽略症，因为当时欧洲文化中的中国的视野，不期待这种阴暗面的东西，他们需要一个乌托邦的中国，作为超越自身的价值典范。"[2]

2. 周宁：《永远的乌托邦》，武汉：湖北教育出版社，2000 年，第 113 页。

自从 16 世纪末以来，耶稣会传教士对中国的记述无论是在数量上还是在深度上都是史无前例的。他们解释中国文化的时候，多半会按照本身已有的知识框架和宗教背景，但是他们学识渊博，写作态度严谨，追求准确的知识，他们的著作几乎剔除了以往"志怪"、"传奇"的成分，对中国社会的描述基本上是精确的，如金尼阁编辑出版的《利玛窦中国札记》、曾德昭的《大中国志》(*Relação da Grande Monarquia da China*)、安文思 (Gabriel Magalhães) 的《中国新史》(*Nova Relação da China*)、卫匡国 (Movtin Martini) 的《鞑靼战纪》(*De Bello Tartarico*) 等一大批著作。这些著作都建立在个人直接的观察和经验的基础上，系统地描述了中国社会生活的诸多方面，使中国形象在西方视野中变得更加具体和丰满。如果套用"东方学"的文化批评理论，把这些作品完全看作是对"他者"的"虚构"，似乎并不合适。在西方的文化想象中，中国的"东方性"不像伊斯兰地区，一开始就被赋予残暴、堕落、专制、野蛮、邪恶等反面特性，中国经历了从富有、强大、智慧等正面特性到上述反面特性的漫长过渡。

葡萄牙曾是传播上帝福音最积极的国家，并在传教地区享有教宗赐予的"圣职授予权"。在来华的传教士中，有大批的葡萄牙人，"在 16 世纪末，葡萄牙籍的入华传教士是 113 人，

1600—1650 年是 94 人，1600—1700 年是 81 人，18 世纪为
108 人。除了在 17 世纪，法国以 159 人而超过葡萄牙人数
上始终占据优势，而且他们在文化、贸易、和政治方面，
也都做出的不平凡的贡献"[1]。其中取得显著成就的当属曾

1. 耿升：《法国汉学界对于中西文化首次撞击的研究》，见《中国与基督教》(Chine et Chiristianisme) 增补本，上海：上海古籍出版社，2003 年，第 6 页。

德昭和安文思。

　　曾德昭 1608 年从里斯本乘船前往东方传教，两年后到
达澳门，1613 年进入中国内地，主要在杭州和南昌开辟教
区。他在中国各地一共生活了 22 年，是利玛窦"适应化"
传教政策的坚定支持者和实践者。他精通中文，与社会各
阶层的中国人都有密切的接触，这使他可以有效地了解中
国的现实。1616 年他受到南京教案[2]的牵连，被关进监牢，

2. 1616 年南京发生攻击基督教入华传教士事件，曾德昭等多名教士被捕入狱。1617 年，万历皇

后流放至澳门。1645—1650 年担任耶稣会中国副省会会长。

帝公布驱逐在华传教士的诏旨。

1658 年在广州逝世。曾德昭根据在中国获得的知识和自己
的经历，在 1642 年出版了《大中国志》一书，此书原文用
葡文写成，但最早以西班牙文出版，后来又被译成意大利
文、法文和英文，并在欧洲各国多次再版，产生很大的影响。
这部书直到 1959 年才在澳门出版了葡文本，还是从意大利
文转译的。《大中国志》是一本关于中国的小型百科全书，
它展示了一幅 17 世纪中叶中国现实丰富而细腻的画卷，也
是对《利玛窦中国札记》的补充。

　　安文思在中国的经历也十分曲折坎坷。他在 1634 年抵
达印度果阿，后前往中国杭州传教，不久后被派到四川，
协助另一位传教士开展工作，期间爆发李自成、张献忠农
民起义，安文思等人被张献忠捕获，被迫为其效力。安文
思起初对张印象良好，认为他足智多谋，能胜任国事，对
其寄予厚望，但目睹了他毫无理性的种种暴行之后，便推

P. Aluaro Semedo Portughese, della Comp.ª di Giesu, Venuto a Roma
Procurator delle Prou.ᵉ del Giapone et della China, nell'an. 1642.

曾德昭

断他有精神障碍。因此每当被召见时，都胆战心惊，如赴刑场一般。张献忠也曾声称："吾饶尔等性命，因尔等是外国人；若尔等是此地人，定受千刀万剐之刑。"[1] 清兵入川后，张献忠

被清剿，安文思也被当作同犯，押解北京，但未被治罪，皇帝把他留下宫中，专司天文观象和钟表修理；期间曾遭人诬陷收受他人钱财，银铛入狱，但终被赦免。他 1677 年在北京逝世，生前留下一部《中国十二绝》(Doze Excelência da China) 的手稿。手稿被人带到罗马，1688 年翻译成法文，改名为《中国新史》在巴黎出版，1688 年出版了英文版。但这部书在以后的时间中被人遗忘，没有再版过，葡文本于 1950 年才在澳门出版。《中国新史》和《大中国志》在内容上有许多相似之处，甚至《中国新史》章节的标题也和《大中国志》大同小异。安文思去过杭州，没有见到当时正在欧洲报告传教会情况的曾德昭，但是他很可能在杭州的耶稣会教堂见过曾德昭的抄本，也许在这个时候他萌生了也写一本中国著作的愿望。

两人都在中国遭受了巨大的苦难，不过曾德昭表现出更强的适应能力，哪怕他叙述自己和教友所遭受的不幸，也表现出一种泰然自若的平静，这或许除了宗教信念的因素之外，还和他的个人性格有关。安文思所得到的荣耀和所承受的屈辱一样多，他在这个国家被人尊敬，也被人利用和诬陷，这使他的心灵和肉体都受到过伤害。他终日与皇帝和王公大臣周旋，但有谁把他当作上帝的使者呢？他不过是一个通晓天象、可以用钟表给他们带来快乐的西洋人，就像康熙皇帝在为他写的悼文中，只是称赞他发明的精巧的器物满足了先皇的趣味。尽管如此，安文思对中国文明怀有敬意，钦佩和称赞的文字洋溢在他的著作之中。

曾德昭在《大中国志》的前言中几乎否定了前人关于中国记述的价值，认为他们作为作者的品德是可以信赖的，但是他们的作品"几乎缺少所有真实的东西，任意在全然神话的故事中遨游"。当然，原因不能仅仅归罪于作者本人，因为中国这个遥远的国家"一直非常慎重地避免与外邦人的一切交往，格外地留心，只让他们自己知道本身的事"[2]。因此，那些抵达中国的

葡萄牙人了解的只是广东沿海的一些情况，对中国内部、最秘密的情况则一无所知。对曾德昭来说，除了金尼阁神父编辑的《利玛窦中国札记》，撰写中国史实的书籍尚未出现，"即使有人愿意做，也不会得到批准"[3]。这句话很耐人寻味，在华的传教士应该是受到耶稣会教会严格

控制的，他们在未经允许的情况不得随便撰写或者出版关于中国的著作。既然这样，即使他们在被允许的情况下撰写有关中国的记述，也是经过"过滤"的，就像金尼阁删改利玛窦的著作

一样。

　　曾德昭在否定他人著作之后，强调他本人的著作真实可靠，因为他并非一个目光匆匆的过客，"我在 22 年的时间中，有机会观察中国的所有方面，肯定我所写的即我所见到的，必定比那些没有仔细观察它们的人所写的东西，更为确实，即使略输文采"[1]。《大中国志》基本上是按照

《利玛窦中国札记》的模式而写成的，利玛窦当时影响巨大，其他传教士的写作都不同程度地受其影响。全书共分两部分，第一部分是有关中国的总体概览，包括中国的地理、制度、风俗、日常生活，说明 17 世纪的西方人对中国已经有明确的概念和认知，不像以前那么模糊不清了。第二部分论述了他在中国艰难的传教状况，谈及了利玛窦之死并详尽记述了南京教案，他本人也受到这一事件的牵连。

《大中国志》意大利文版封面

　　曾德昭的文字朴实无华，但细腻、精确而又情趣盎然，这种风格很适合他所记述的内容。他有敏锐的观察力和宽宏的心怀，在中国艰难的生活并没有消磨他对这个国家的热情和仰慕，反而为他提供了许多来自生活的生动细节，他力求客观地描述这些细节，使之具有真实性。他很少夹叙夹议，不会急于跳出来说出自己对事物的看法，而是在平实、节制的行文中记录着他所看到的和所知道的事物，但是他的记录是有选择的，他强调他希望读者应该看到的，淡化或者遮蔽不愿意读者看到的。比起利玛窦，曾德昭以更宽厚的心态来看待中国社会的弊端和中国人的性格弱点，向欧洲塑造了一个美好的中国形象。

　　安文思写作《中国新史》时已在中国生活了 20 多年，他的著作带有更多的学术味道。他详尽记述了中国古代历

史、政府机构、中国的语言和发音、中国文化、建筑、风俗习惯、清朝生活和礼仪等情况，有时配以图案和数字，具有很强的资料性。他还对一些问题进行了深入的研究和考证，如中国的名称、中国历史的起始、汉字的字形和音韵等。作者在北京生活的时间很长，所以对北京城和皇宫有细致的描写。

　　曾德昭没有像以前的葡萄牙人那样一味地赞扬中国的富庶，在他看来中国没有欧洲那么富有，也没有多少富豪，中国穷人很多，比欧洲要多，也更加贫穷。不过"他们之间有一个是国家得以生存的保证和约定，这就是：公众富足，个人缺少财富"[1]。这样，民众的贫穷获得了一种合理性，也符合基督教的精神，即轻视财富、贫富均等。他长期在江西传教，这里不比沿海地区，比较贫困，所以他看到人们忙于四处谋生，"该省的人遍布全国，像蜂群一样，拥到各地从事各种行业，但他们大多贫困，很穷，吝啬，一毛不拔，被其余的省当作笑柄"[2]。他赞美中国人重视道德，身上有许多美德；他们温良有礼，谨慎，勤劳节俭，有"被别异教徒轻视的德行，如仁义、忠贞、节操"[3]。安文思也对中国人的勤劳节俭印象深刻，他写道："在这个国家，没有一尺荒废的土地，所以无论男、女、老、少、瘸子、聋子，或盲人，都有谋生之道，或者有一种行业或工作。"[4]但人无完人，中国人狡诈、善欺骗，如"他们做生意的方式，非常会耍手腕和奸猾，超过世上其他地方所能见到的"[5]。曾德昭记录下的一些细节，时至今日在中国人的生活中也屡见不鲜，如："在真正的烟熏腊肉中，他们加进木头的什么东西，十分相似，可轻易欺骗眼见的人，把假当真。喂肥老马当壮马卖，是寻常的事。尤有甚者，给马涂上漂亮斑点，做的好像天生，选择时机，赶在天色黄昏，光线暗淡时售卖，使人难以发现这种诈骗。"[6]这些生动的细节并非虚构，它们在适当的时候就会被放大渲染，成为整个民族性格的写照。实际上，17世纪耶稣会士对中国人的描述充满转折，他们强调中国人天生美德的同时，也揭露不少中国人行为与品格中的阴暗面，如中国人卖孩子、溺婴、阉割孩子、迷信、酷刑枉法、普遍怯弱和多疑、穷人中自杀现象普遍、中国人排外思想严重、商人奸猾狡诈等。他们拔高中国人和中国文化的形象，而又忍不住流露出轻视和不满。曾德昭对这些阴暗面也有所描写，但是他态度温和，不会大力谴责，更多的时候他采用宽容的文字来记述这些事物。他在监狱里吃过苦头，但仍然认为比在葡萄牙坐牢轻松多了："他们一般不施用不人道和残酷的刑法，像我们使用的肢解、钳裂、马匹拖拉，及拷打。"[7]同样的事物，根据不同的历史时期和作者不同的身份，

1. 曾德昭：《大中国志》，第 8 页。
2. 曾德昭：《大中国志》，第 14 页。
3. 曾德昭：《大中国志》，第 31 页。
4. 安文思：《中国新史》，何高济、李申译，郑州：大象出版社，2004 年，第 76 页。
5. 曾德昭：《大中国志》，第 28 页。
6. 曾德昭：《大中国志》，第 29 页。
7. 曾德昭：《大中国志》，第 31 页。

会激发出不同的反响。纳妾对基督教来说应该是邪恶的，其实质是买卖婚姻，但曾德昭并不像后来 19 世纪的欧洲人那样，按照西方的价值观加以痛斥。安文思对此更是宽容，他讲到尧在年老的时候看到自己的儿子不具备治理者的美德，就把帝位传给了臣属舜，并将自己的两个女儿许配给他。安文思说这种一夫多妻制在那时得到了上帝的许可，"因为需要人类繁衍，使地上增加人口"[1]。曾德照写到了皇帝选妃，但只是当作奇闻轶事来描述，细节带有趣味性，比如

1. 安文思：《中国新史》，第 57 页。

如何检查为皇帝选中的女子的身体：

> 当他们找到一个所期望的姑娘，便把她交给两个老保姆，检查不让人看的阴私，若她们查不出什么不好的迹印，或肉体有什么缺陷，就让她跑步直到出汗，从而她们就可以检查她是否有异味。[2]

2. 曾德昭：《大中国志》，第 143 页。

曾德昭和安文思都欣赏中国的教育和科举制度。安文思对中国的教育普及大为称赞，在他眼里中国人人知书达理，几乎没有文盲："我不相信任何其他国家像中国那样，文学知识那么普及。在所有的省份，尤其是南方各省，无论穷人或富人、市民或农夫，都能读写。"[3] 曾德

3. 安文思：《中国新史》，第 56 页。

昭认为中国初级教育的特点是言传身教，教师不仅教孩子识字和知识，还教授有关政治、品行和道德方面的事，以及待人接物之道。教师都整天跟学生在一起，认真负责，以身作则地督促孩子刻苦学习，使他们不沾染坏行为，不冶游，这种方法可以培养他们的荣誉感。[4] 曾德昭对

4. 曾德昭：《大中国志》，第 45 页。

比欧洲教育，认为欧洲教师为了收入多招收学生，而中国的教师只接受自己力所能教的学生。中国的教育优势之处还在于过了启蒙阶段的孩子不在自己家中学习，以避免受家人娇纵，不比其他国家的大人物和贵人子弟因极受娇纵而不具有高深学识。[5] 和利玛窦一样，他详细描写了

5. 曾德昭：《大中国志》，第 45—46 页。

科举制度及其考试过程，这是皇帝选拔贤人治国的途径。在这个国家，只有拥有学识的人才会受到尊重，那些在考试中获得名次者马上受到推崇，"全国几乎无人不晓，连他们父母和家乡的名字都传遍了全国"[6]。耶稣会片面地评价科举制度，颂扬它的"平等"和"唯才是举"，这

6. 曾德昭：《大中国志》，第 56 页。

种评价使得欧洲人普遍正面看待科举制度，甚至对中国没有好感的黑格尔也很赞赏，他认为："人人平等，只有那些有才者才能担任行政职务。因而官职由拥有最高学识、受过最高教育的人才拥有。这样一来中国的国家往往是按照一个理想建立的，即使对我们而言也可以充当

一个理想。"[1] 此外，欧洲人认为科举制度杜绝了世袭阶层的产生，这对实行世袭特权的欧洲

1. 雷蒙·道森：《中国变色龙》，常绍民、明毅译，北京：时事出版社，1999 年，第 86—87 页。

具有极大的吸引力。曾德昭认为有功名的士大夫和尚未取得学位的学子都属于中国的贵族，是

靠学问而非世袭从贫贱升至高位的，而且这种贵族不能世袭；如果后代不学习上进，还会跌入

困境。[2] 但对中国而言，科举制度自唐代始创，至明末已趋腐朽过时，它把人们的思想和创造

2. 曾德昭：《大中国志》，第 146、148 页。

力束缚在刻板僵化的学问中，士人能否进入官僚阶层，全凭临场的"八股"文体，这又如何能

产生孟德斯鸠、伏尔泰之类的人物呢？倒是不停地制造了一个又一个疯疯癫癫的范进。然而，

科举制度却使欧洲人非常着迷，他们甚至提倡在欧洲实行类似的制度，而且这一制度确实对欧

洲的文官制度发生重大变化产生了某些影响。[3] 这不能不说是一个美丽的"文化误读"。

3. 参阅雷蒙·道森：《中国变色龙》，第 88 页。

　　中国的法律并非独立系统，它包含在文官行政制度中，地方行政官员为父母官，同时兼任

起诉人和法官，上级行政长官和皇帝则充任上诉法庭和终审法院。17 世纪已有耶稣会传教士看

到中国法律的落后，认为没有能与罗马《十二铜表法》和《恺撒法典》相媲美的、可以传世的古

代法典，新朝的创建者总是按照自己的意愿制订新法律，因此明末的法律不早于洪武时代。[4] 而

4. 利玛窦：《利玛窦中国札记》，第 46 页。

曾德昭准确地分析了中国法律的特点，他说中国的法律体系包括两方面内容，一是记载于五经

中的古老的风俗和仪式；二是国家律法，各种案件都要据此审理。但这些都是以儒家教导的五

德及从五德衍生出的五伦为基础。古代中国人在儒家道德的指导下生活，法律很少，奉行者却

很多。后来野心与贪婪滋生，道德沦丧，上述建立在自然启示和原则上的生活方式开始崩溃，

而律法增多。[5] 因此，中国人与其说处事以法律为准绳，不如说以道德而自律。远在欧洲的孟

5. 曾德昭：《大中国志》，第 179—180 页。

德斯鸠在阅读了传教士们的记述后，对中国的法律与道德的关系有准确的看法，他写道："中

国的立法者……把宗教、法律、风俗和作风结合在一起了。所有这一切都是道德。他希望让人

理解孝道这种个人道德的政治、宗教和伦理意义。"[6] 也就是说，立法者的意图是让人们彼此

6. 孟德斯鸠：《论法的精神》，转引自谢和耐《中国与基督教》增补本，第 145 页。

都有相关的责任：君臣、父子、夫妻、长幼、朋友，把政治的基础建立在家长式的宗法基础上，

使道德伦理发挥国家法律的作用，这是中国政治与社会组织最明显的特征。曾德昭了解这种彼

此的责任，他详尽地解释了仁、义、礼、智、信五伦的含义。在他的解读下，儒家伦理与基督

教义有不谋而合之处，比如，经他解释的"仁"可以和《圣经》的要义相抵：

　　　　仁，他们认为其意义是忠顺、人道、宽弘、尊敬、爱心和同情。他们对它做出如

下解释：关心别人超过关心自己，谦恭，扶助有苦难的人，救济贫困的人，有一颗温

柔和怜悯心，善意待一切人。同时，特别要把这些用来对待他们的父母，在父母健康

时供养，有病时关心治疗，在世时为之效力，死后予以安葬。[1]

1. 曾德昭：《大中国志》，第 179 页。

　　其实，儒家的"仁"和基督教的主旨风马牛不相及。法国汉学家谢和耐（Jacques Gernet）
指出："基督教的慈善与中国的人'仁'道德，被传教士们混为一谈了，它们不可能具有同样
的内容。基督教宣扬的'爱人'出自对上帝之爱，仅仅与上帝相比才有意义和价值，也就是说
为了爱上帝而应爱人。中国人的伦理则相反，教诲人要富有人情味和慈悲感。如果人尚未腐化
的话，那么这一切本来就是人之天生固有的。人在发展其仁义和互相的本性时，才能接近天这
种自发行为的典范，才会达到对天理的感知——真正的智慧。"[2] 曾德昭还认为在孝敬父母这

2. 谢和耐：《中国与基督教》增补本，第 142 页。

一点上，任何民族都赶不上中国，这也是欧洲人要向中国人学习的地方。他很欣赏贵为天子的
皇帝也要亲自去拜见他的母亲，下跪，礼拜，甚至叩头到地。除父母外，老师、长者都受到尊
敬和优待。耶稣会士们敏锐地认识到儒学在中国文化系统中的主导地位，也知道基督教能否顺
利传播关键在于处理好与儒学的关系，因此他们一方面要拿出让中国士人能接受的附儒补儒之
法，一方面还要让欧洲的赞助者和教会按照他们的意愿来理解和赞同儒学，表明儒学在道德、
哲学、政治、宗教上是可以与基督教调和的。耶稣会士们的策略是，根据儒家经典论证中国人
具有接受基督教的潜在优势，赞扬儒家教导在道德上的优越之处，把它视为进行传播福音活动
的适宜的标准。曾德昭和其他传教士一样，根据利玛窦所确定的"合儒补儒"策略，在孔子的
学说和基督教的教条之间寻找平衡点。

　　曾德昭和安文思都有极高的文化素养，他们对数学、几何、天文、地理、音乐、文学都很
熟悉。曾德昭注意到中国古代高度重视音乐，但和其他耶稣会士一样，对中国音乐兴趣不大。
他认为中国人没有正式的定调，也没有乐符，使用节拍却说不出有多少种拍子，合唱时只有一
个调子，他们的音乐只有他们本国人才喜欢。而且中国人悲叹说，真正的乐律已经失传。当今
的音乐并不受贵人重视，只用在一些喜庆、娱乐、卖艺的场合以及和尚在庙宇演唱。安文思对
中国文字和音韵的研究相当深入，他赞赏汉字有极强的构建能力，并认为汉语是完善而奇妙的
语言。他一反中文难学的论调，认为"中国语言是所有语言中最简明的，它由二百二十个单音

节组成，而希腊语和拉丁语则有无数的词、时态、语态、数、人称，等等”[1]。安文思和曾德昭

1. 安文思：《中国新史》，第49页。

都评论过中国文学，尤其是曾德昭对中国诗词作过一番研究。他说诗词在中国极受重视，古时帝王通过诗词以观风俗。中国人对于写作极其慎重，词句里难以找到不严肃的词，他们甚至自古就没有表示邪恶的字眼，这是中国人远胜其他民族的一点。中国有相当欧洲的歌曲、小调、行诗和情歌的各种体裁的诗歌，也按音节即单字的数目写一种称为“词”的诗。中国诗主要有八种写法，他举例讲述了五言律诗。中国诗讲究韵律，但不规定节拍。中国人在诗句的想象和描述事物方面的技巧几乎和欧洲人一样。[2] 中国人虽然没有修辞学的规则，却能够通过模仿别

2. 译文为“他们还有另一种不受重视的诗，像一般的诗文，到处都需要”（第68页），大概是指散文，而他所描述的诗恐怕也包括骈文在内。见曾德昭：《大中国志》，第67—68页。

人文章中的好词句大量使用修辞学。中国人有大量古典文学，也有许多历史、谚语、箴言和格言，他们必须用这些来修饰自己的文章。[3] 耶稣会士们很少赞赏中国的绘画，曾德昭也不例外，

3. 曾德昭：《大中国志》，第62页。

他认为中国画奇特但不完善。中国画遭到耶稣会士们贬抑，是因为他们要宣传以西洋画法画出的圣母或耶稣画像。

　　以儒家学说为基础的政治制度是中国形象最有价值的部分。耶稣会士们倾向于描写中国政治制度的理想状况，赞美皇帝的德行，塑造出仁慈的专制君主的形象：他在经过选拔的贤人智士的辅佐下治理国家，受到朝臣的尊敬和人民的拥戴。其实这一切不过是幻象而已，与中国的现实相差甚远，但中国君主的形象经过传教士们的改写，在西方发扬光大，化为西方在自我的心境上对理想君主的摹写。明末社会已表现出激烈的社会冲突，万历皇帝终年不见朝臣，对民情不闻不问；之后的天启皇帝只对木匠活感兴趣，也是不问朝政，大权旁落宦官之手，宫廷与官僚机构间的平衡关系已经破坏，太监成了国家实际上的统治者，根本没有什么贤明君主。曾德昭对中国皇帝的情况并不陌生，但似乎对前朝的君主印象更佳，赞美他们是明智谦逊的国君，认为“尽管我们在有关信仰的知识方面超过他们，他们常常在德行的实践上超过我们”[4]。他看

4. 曾德昭：《大中国志》，第132页。

出当代皇帝已经很不相同，但他的批评很含蓄，比如他写到万历皇帝“不上朝，也不去作献祭；他不露面出行；不过他对治理朝政很精明勤勉。他很受朝臣的尊重，尽管他不看重他们”[5]。安

5. 曾德昭：《大中国志》，第133页。

文思了解到中国人为他们的君王起了“天子”、“圣皇”等各种高尚的尊号，并要对皇帝山呼万岁，他认为这是很无聊的吹捧，尽管如此，他还是觉得中国的皇帝比欧洲的许多君王谦逊多了，而且他们是有学识和头脑的人。[6] 耶稣会士总是无法放弃对明智仁慈君主的幻想，不愿看到他

6. 安文思：《中国新史》，第126—127页。

们昏庸的一面。这是欧洲当时所需要的，在民主制度没有确立之前，“仁慈的专制主义是人们

的最高政治理想"[1]。

1. 雷蒙·道森:《中国变色龙》,第10页。

帝王的绝对权威是通过礼仪来体现的,礼仪也是一种神化的过程;在顶礼膜拜和山呼万岁中,帝王已不再是人,而是神。曾德昭和安文思细致地描述了皇帝的生活特征、皇帝的各种名字和称号、宫廷的奢华、皇帝的衣着、旗帜以及后宫和太监等内容,描述了皇帝如何要求臣属执行种种礼仪来显示他的威严。安文思常年在宫中生活,对皇家礼仪十分了解,他详细描述王公大臣朝拜皇帝的过程,比如他们要"排班"(排队)、"转身"、"跪"、"揖"、"叩头"、"山呼万岁"等严格而繁琐的礼仪。曾德昭描述了全国各地的官员每月初聚集在官衙内叩拜皇帝牌位,皇帝生日时也同样;各省每年派一位高级官员代表本省入朝觐见,每三年封疆大吏要亲自去朝觐;官员不许骑马或坐轿经过宫门;丧服期内的人不许入宫;任何要朝见皇帝的官员和外国使节在等待接见之前首先要对空宝座叩拜;皇帝上朝则全体臣僚下跪并在开口之前先将象牙笏举到嘴前。曾德昭认为朝廷的礼仪太过分,"他们对皇帝的敬重,像在对一位神,而不是对人。他们今天对皇帝的礼拜,更宜于在教堂做,不宜在世俗的宫廷做"[2]。

2. 曾德昭:《大中国志》,第131页。

16世纪,来华的葡萄牙人十分赞赏中国司法的监察系统,到了17世纪,传教士们对此依旧兴趣浓厚,所有的人都乐于描述这在西方行政中没有可对应的部门。监察官对首都和各省的官员都有都察与弹劾权,发现官员有不法行为就上奏皇帝。曾德昭说科史和道吏的职责是注意国政的失误和动乱,并向皇帝指出他的过失,也揭露官员们的不当行为。他们有指责他人过错的特殊才能和充分自由,但他们常常缺乏公道。[3]

3. 曾德昭:《大中国志》,第151页。

早期的葡萄牙人对中国的司法审判的总体评价是,它公正不阿,但审判过程惨无人道。他们对审判过程中的细节的意见比较一致,比如都注意到绝大多数官员不愿定死刑,以免落下酷吏的恶名,而这种名声会影响仕途,所以只有私铸钱币、谋杀、抢劫等罪行会判死刑。刑杖在中国很常见,无论是法庭上逼疑犯认罪,还是主人和官员责罚仆人,或者是老师教训学生,都习惯打板子,而中国人也都接受挨板子。犯人虽未被判死刑,却常常死于刑杖。曾德昭因此说:"中国人如没有竹子,那就是他们用来打人的棍子,他们就不能进行统治。"[4]曾德昭谈到的

4. 曾德昭:《大中国志》,第171页。

中国监狱已无法与平托笔下的监狱同日而语,它不是令人愉快的地方,但仍旧比欧洲的监狱宽敞;刑法还是一样残酷,勒索成风且名目繁多。[5]在《大中国志》的第二部分,曾德昭讲述了

5. 曾德昭:《大中国志》,第164—167页。

耶稣会在中国传教的艰难,其中描述到他及其教友所受到的折磨时,显得更为生动细腻,给读

者留下深刻印象：

> 他们自身被装进一个狭窄的木笼（在中国用来把死囚从一个地方运到另一个地
> 方），颈系铁链，腕戴手铐，头发长垂，穿上奇装异服，表示他们是异邦番人。四月
> 三十日，他们被押送出狱到一座衙门，在那里被关进方笼中，封上皇帝的印，命令押
> 送的曼德林，只有在允许他们吃、睡时才放他们出来。神父们就这样被押走，押送的
> 人造成难以形容的闹声，还有镣铐、铁链的叮当声。他们前面是三面牌子，大字写着
> 皇帝的诏旨，禁止一切人跟他们交谈。[1]
>
> 　　　　　　　　　　　　　　　　　1. 曾德昭：《大中国志》，第 276 页。

很多来华的葡萄牙人都避免不了牢狱之灾，安文思也不例外，在监狱中受过折磨的他，看
到的司法是很腐败的："现时很少有案件按理性和法律审讯的。谁给了钱，谁就是对的，直到
另一个给得更多，那么他就更有权力。金银、丝绸及其礼物在那里代替了法律。"[2]

　　　　　　　　　　　　　　　　　　　　　　　　2. 安文思：《中国新史》，第 101 页。

　　无论如何，耶稣会传教士们对中国第一印象的评估显然是积极的，它延续了 16 世纪葡萄
牙人为中国谱写的热情前奏，虽然利玛窦、金尼阁、曾德昭、安文思等人在景仰中国的同时也
不乏批判性，描写了傲慢受贿的官员、残酷的监狱、贪婪敲诈的太监、门派之间的纠葛、办事
效率的低下等。理想与现实间的差异常使传教士们迷惑，他们有时受阻于官员的专制，有时又
受惠于这种专制，但他们的立足点仍在强调中国的独一无二，对皇帝的摹写尤其渲染了仁慈的
一面，欧洲人对中国开明君主专制的羡慕与赞赏也在此时达到顶峰，他们有意按照欧洲理想的
模式来描写中国的君主专制。

　　这样的中国形象是被双重利用的，"耶稣会的著作家们的某种叙述的方式则是为了延续其
远东传教的专利做出辩护而提出的一种'书写策略'，正因为这一点，他们成为其他教团妒嫉
的对象"[3]。而 18 世纪的启蒙主义哲学家们则从批判自身社会的角度，看到了中国形象的利用

　　3. 宫龙耀为《十六和十七世纪伊比利亚文学中视野中的中国景观》撰写的前言，载于《十六和十七世纪伊比利亚文学中视野中的中国景观》，第 2 页。

价值。对他们来说，中国是一个衡量自我的尺度，一种展示美好前景的视野，他们对中国理想
化的赞美包含着汲取积极元素的"误读"。伏尔泰以中国为由头呼唤法国革命，因为他从中国
看到了进步的意义；他们从科举制度得到启发，对自己的文官制度进行了改革，并且从这种僵
化的制度中解读出平等的观念；他们颂扬中国所谓的开明君主专制，从而批判欧洲的暴政，试

图改善自身的政治制度，但是一旦他们看到这种专制制度并非理想的政治形式时，便毫不犹豫地丢掉幻想，去呼唤民主和自由；他们学习中国的监察体系，从而建立了受到制约但又独立的司法制度。欧洲充分利用了这一次对中国文化的"误读"，确立了改进自我的参照系，用中国文化中的积极成分改善自身的社会制度。总之，中国为西方近代文明的发展提供了激活的因素，而这一切，甚至是在中国人不知道的情况下发生的。

有论者假设，在这一时期，如果中国采取更开明的开放性政策，学习近代科学与近代思想，那么有可能使中国文化与思想的面貌焕然一新，而不必待到 19 世纪末才开始近代化的觉醒。中国走向现代化的一次契机，却就此不幸地浪费了。该论者还把一半的责任推给耶稣会传教士，认为"当时中国方面所需要的乃是近代科学与近代思想认识，而不是已经过了时而且褪了色的中世纪神学的思想体系。当时中国方面所需要的乃是近代科学与启蒙思想，而是恰恰是这批传教士们的正宗神学体系所极力反对的对象"[1]。传教士们在中国犯了不少错误，但他们没有责任

1. 何兆武：《传统与近代化》，《读书》，2003 年第 12 期，第 142 页。

来承担中国停滞不前的罪责，至少他们给中国带来了世界地图、几何原理和天文知识。中国浪费一次次紧跟世界进步潮流的契机，只能从其自身的社会制度中寻找原因。政治结构中毫无限制的君权、强大的宗法制度、渺小的个人存在，决定了中国难以改变其历史轨迹。佩雷特拉在《停滞的帝国——两个世界的碰撞》中的某些观点让人难以接受，但许多地方他又一针见血，他写道："中国社会从公元 3 世纪直至 20 世纪就这样以相同的方式重复着。同样的坚如磐石的建筑经受了时间的考验。它几乎不给个人以自由，因为个人被认为不能分辨哪些东西对自己有用。在自由社会里，每个人都是整个人类的体现，个人被认为比集体更了解哪些东西适合于自己；中国社会正与此相反。"[2] 人永远也不可能成为自己的主人，个人是不存在的，他必

2. 佩雷特拉：《停滞的帝国——两个世界的碰撞》，王国卿等译，北京：三联书店，1993 年，第 626 页。

须依附于家庭、家族和国家，难以挣脱各种礼俗、道德、传统、法律和残酷的株连制度的约束。个人的存在和自由被扼杀了，没有自由，也就不会铸造刚烈张扬的个性，唯一锻炼的是民族忍受苦难的能力。西方人总是惊讶中国人对苦难所表现出的巨大的承受力，当人们只有被压迫到最低生存状态的时候才会站起来，重复一次毁灭，然后又回到原来的生存模式上再生。这是一种恶性的循环，"在中国历史上，每一次'动'都不是一次'进步'，而是一场'乱'——事实上，中国人总是'动'与'乱'连称，成为'动乱'——而每一次'动乱'都使'深层结构'

3. 孙隆基：《中国文化的深层结构》，第 10 页。

的变化越来越少"[3]。

第八节　泥泞的北京

与曾德昭和安文思不同，弗朗西斯克·比门特尔神父（Francisco Pimentel）不是耶稣会传教士，但是他 1667 年作为随团神父，跟随葡萄牙大使曼努埃尔·达·萨达尼亚(Manuel da Saldanha)赴京拜见康熙皇帝。路途遥远，使团从澳门出发，沿着大运河北上，在中国前后羁留了三年时间，大使在回来的路上不幸染疾身亡。回到澳门后，比门特尔以写实的手法报道了他在中国的见闻，生动有趣，特别是在北京的经历更是充满了强烈真实感的细节。这是一份题为《曼努埃尔·达·萨达尼亚出使记》（A Embaixada de Manuel de Saldanha）的官方报告，但更像是随手写下的旅行笔记，文字不像官方报告那样枯涩刻板，贯穿其间的幽默感不时令人捧腹。他没有脱离前人对中国赞美的模式，不乏地大物博、国家富强、皇帝英明等在任何时候都可以使用的套话，但是在他眼里中国已是一个反差很大的国家，在许多方面并不像人们说的那样比欧洲更文明、更先进：

> 我承认中国人温文有礼，中国地大物博、文明富饶，但在所有的方面都有令人难以忍受的低劣：他们彬彬有礼，却让我们吃那样的饭菜；他们的城市和皇宫有许多富丽堂皇的房舍，但也有和牲口棚一样的茅屋；他们富有，但也有许多人一贫如洗，似乎除了贫穷什么也没有；他们很干净，但是给我们上菜的盘子从来没有洗过…… [1]

1.Francisco Pimental, *A Embaixada de Manuel de Saldanha*, Macau: Imprensa Nacional, 1942, p.23.

此时已经是康熙在位期间，但满人似乎还没有改变游牧民族的饮食习惯，不太讲究"食不厌精"。比门特尔这样描写款待外国使节的国宴，反映出不同文化和风俗的差异：

> 你别以为这些宴会和我们的整洁卫生的宴会有什么相似之处，而是恰恰相反，首先桌子很矮，离地面也就是两只手掌的高度，没有桌布、餐巾，也不使用刀叉；端上来的肉硬梆梆的，没有煮熟，看起来像是生的；如果不用手的话很难把它撕开，而且要把牙齿当作叉子或者狗牙一样使用，才能把肉啃到嘴里，肉类有羊肉、牛肉、

猪肉、马肉、驴肉、鸡肉和鸭肉。厨子没花什么功夫，只是过一下水而已，由于这

个原因，我们什么也没有吃，好像我们只是被请来观赏的……头两次晚宴，他们都

在我的面前摆着羊头，那两支羊角之大简直把我给吓坏了。我不知道他们怎样找到

我？或是由什么特征认出我的，即使坐在不同的位置，他们还是可以分毫无误，连

续两天将两支大角对准我。那羊头没怎么清理，覆盖的细毛很明显地说明，那是一

只黑羊。我希望读者不要惊讶，我居然费这么多文字，谈这么基本的事情。因为我

自觉有责任，打破某些人的迷思，过分膨胀了中国文明，认为中国文明优于欧洲，

并应对此顶礼膜拜……[1]

1.Francisco Pimental, *A Embaixada de Manuel de Saldanha*, p.22, 这里参照了《大汗之国》中文版中的译文。

比门特尔神父的肠胃已经对中华文明感到了不适，而当他漫步在北京街头，对号称世界之都的城市也产生了怀疑。北京在外来者的笔下一直是被赞美的对象，从马可波罗笔下的汉八里到平托夸大其词的虚构以及安文思对皇宫的细腻描写，北京被描写得太过完美了，但比门特尔却不以为然：北京根本无法媲美巴黎、罗马、里斯本，气候更是令人难受，特别是遇到坏天气，而北京的风沙更是个历史问题：

夏天温度极高，更苦的是，风沙极大又极细。只要一上街，我们的头发和胡子

就变得和磨房主人一样，全盖上一层白粉。水质很差，到了晚上，衣服里会钻进一大

堆虫子，我们之中很多人都有被咬的经验。到处都是苍蝇，而且会紧逼叮人，蚊子就

更别提了。东西样样贵。街道什么都没铺，据说以前还有，后来鞑子下令挖掉石板，

以方便马匹行走；中国人根本不知道马蹄铁为何物。到处都是风沙，一旦下雨，就变

得泥泞一片。读者们听说这个城市很大，很可能会联想到里斯本、罗马、巴黎，但是

千万别被误导了。我必须警告他，一旦进入此城，他会以为进了葡萄牙的某个穷乡僻壤。

由于规定高度不准超过宫墙，房舍都盖得很低，质量更是差劲，墙壁几乎都由泥巴或

灰泥糊上竹条盖成，很少用到砖头，外面也没有景观。整个中国都是这样。[2]

2.Francisco Pimental, *A Embaixada de Manuel de Saldanha*, p.26, 这里引用了《大汗之国》中文版中的译文。

这是康熙盛世期间的北京，但在比门特尔神父笔下却形如穷乡僻壤，生活环境恶劣；身为游牧民族的满人竟不知马蹄铁为何物，令人匪夷所思；而仍然骚扰北京的风沙也是自古有之，如今更有雾霾漫天肆虐。在从皮莱资、佩雷拉、巴罗斯、曾德昭、安文思，到平托和比门特尔，这些到过和没有到过中国的葡萄牙人根据自己的经历、情感和时代的需要，写下如此大量记录中国的文字，实在令人惊叹。它们已经成为葡萄牙乃至世界游记文学重要的组成部分，其中大多数作者对当时的中国不吝赞美之词，关于这一点，罗瑞洛指出："中国在 16 和 17 世纪伊比利亚文学中的积极形象可用四个基本原因来解释。第一，旅行者的出发点总会限制其进行的观察。葡萄牙和西班牙作者们清楚自己社会的缺陷，因此特别注意中国社会中能够经受住与欧洲世界比较的方面。从这个意义上说，中国人找到的解决某些日常生活困难的办法不能不引起羡慕。第二，独特的中国文明——辽阔的疆土、巨大的城市和稠密的人口——使欧洲观察家产生一种自身渺小的感觉，对一个来自小国的葡萄牙人更是如此。第三，伊比利亚半岛与中国之间的遥远距离无疑有助于我们欢迎来自这个亚洲强国的消息。遥远的距离排除了任何潜在的威胁，允许人们更冷静地评价收到的信息。第四，对我们旅行家生活的具体限制影响其进行客观准确的观察。确实，1583 年前，葡萄牙人和西班牙人接触的几乎都是充满繁荣迹象的中国沿海地区，并且总是通过翻译，因为他们不懂当地的语言或方言。所以，尽管在某种程度上能够相信自己的感觉，他们不得不从一个相对局限的经验出发将感觉普遍化。耶稣会神父进入帝国领土后，过去的障碍得以跨越，可以更准确地了解情况，因为他们已熟悉生活和语言。但耶稣会的观点也受到自我局限的困扰，在 17 世纪对中国事物的赞颂之中，字里行间流露出明显的宣教意识。总之，中国在 16 和 17 世纪的伊比利亚文学中，特别是在葡萄牙文学中占据了非同寻常的地位，无论是从所收集到资料的数量上来说，还是从大部分海外手抄和印刷作品对这些数据所给予的重视而言，都可以作出这样的结论。"[1] 因此，这些记述都是客观现实在主观意识中局部的或

1. 罗瑞洛：《十六和十七世纪伊比利亚文学中视野中的中国景观·前言》。

者片面的折射，虽然它们不乏对中国现实真实而感性的描述，但也或多或少地受到了各种局限性的制约。事实上，所有历史的书写都是囿于局限的书写。

第九节　埃萨·德·盖罗斯与中国

　　埃萨·德·盖罗斯（Eça de Queiróz, 1845—1900）
是葡萄牙 19 世纪现实主义文学的创始人，被视为葡萄牙历
史上最卓越的小说家，其地位相当于巴尔扎克和福楼拜在
法国的地位。事实上，这位以批判和嘲讽葡萄牙资产阶级
生活见长的作家深受法国现实主义文学的影响，其代表作
《巴济里奥表兄》（O Primo Brasílio）几乎是福楼拜《包
法利夫人》葡萄牙式的翻版。作为葡萄牙最优秀的现实主
义作家，埃萨是一个目光犀利的观察家，他的每一部作品
都深入地描写了葡萄牙社会的某些典型人物，成为讽刺社
会的芒刺和批评社会的投枪。在他的笔下，政客们勾心斗
角，他们浅薄无知，内心世界平庸；资产阶级生活得奢靡
和空虚；家庭受到道德沦丧的侵害，妇女被禁闭在家中，
与社会脱节，沉湎于浪漫小说中而想入非非，结果成为婚
外情感游戏的牺牲品；教会虚伪、堕落，窒息人性，是进
行丑恶勾当的隐蔽温床；上流社会无聊庸俗，沙龙是一群
白痴聚会的场所，只为了满足享乐和怪异的念头；上层社
会与贫民阶层之间由等级差别产生冲突日益尖锐。他生动
地刻画了一系列的人物形象，再现了 19 世纪葡萄牙典型的
城市生活，通过这些典型形象读者可以了解当时"葡萄牙
生活场景"。他反对为艺术而艺术，赞同福楼拜的文学主
张，因此他在作品中十分注重道德问题以及社会因素对人
性的影响。埃萨生前共创作了十多部长篇小说和中篇小说，
其现实主义写作是在欧洲大的文化背景下形成的。19 世纪

埃萨·德·盖罗斯

30 年代，英、法通过革命和改革，完成了社会制度的历史
性过渡，欧洲在社会政治上发生了很大的变化，革命和反
动，封建和民主，多种社会力量同时并存，人与人之间的
关系也发生了变化，而现实主义正是资本主义制度确立和
发展时期的产物，它的出现是对浪漫主义的反拨，它反对
浪漫主义脱离现实的理想，主张从现实的角度去揭示人的
生存处境。现实主义发源于法国，法国作家巴尔扎克、福
楼拜、莫泊桑等人的作品中对于现实社会关系的深入剖析，
无疑对整个欧洲文学产生了重要影响，而一直深受法国文
化熏陶的葡萄牙无疑也受到这种思潮的影响，而 1864 年，
科英布拉—巴黎铁路的建成，使得葡萄牙更容易接受来自
法国的影响。这种影响在葡萄牙的回响就是形成了"70 年
代派"，这个团体的成员大多是接受欧洲新思潮的学生（埃
萨是其中的一员），它强调文学的社会作用，并对浪漫主
义加以嘲弄。埃萨以他的一系列作品《巴济里奥表兄》、《阿
马罗神父的罪恶》、《马亚一家》等成为这一理论的实践者。

　　在埃萨创作的后期，他有些厌倦了现实主义的写作
手法，为了避免落入一种僵死的、机械照相式的写实主
义模式，他尝试在作品中引入虚幻成分，《满大人》
（*Mandarim*）就是这种尝试的结果。作品讽刺的虽然是
渴望改变生活的小资产阶级分子，但故事却在现实的里斯
本和虚幻的中国之间展开，从中不难看出东方主义话语的
表述，也提供了从另外一个角度解读的可能性。《满大人》
写于 1880 年，曾在报纸上连载，此时鸦片战争已经结束，
正是中国的形象在欧洲人眼中黯淡无光的时期。

《满大人》葡文版封面

　　葡文书名"mandarim"一词是葡萄牙人用来称谓锡兰、

交趾支那和中国等地的高级政府官员的，在19世纪特别指满清官员；它的词源是动词"mandar"，意思是命令、指挥、派遣等。《满大人》讲述的是一个叫特奥多罗的政府部门的抄写员，充满野心却无从实现，但中国却给了他实现野心的机会。一天晚上他在家中发现一本从旧货市场买来的旧书，书上说中国有一位非常富有的清朝官员，只要他摇动书边的一个铃铛，就可杀死那个官员，获得他的万贯家财。正当特奥多罗想入非非之际，一个魔鬼出现了，劝说他摇动铃铛。他这样做了，获得了财产，这个生活在下层的小人物即刻吃喝玩乐，挥金如土，所有的人都拜倒在他的脚下。然而，死者的影子总是缠住他不放，使他的良心不得安宁，于是他决心去中国寻找这位官员的后代，拿出一部分财产分给他们。在中国他经历了冒险，体验了中国人的仇恨，不得不重新回到里斯本。但是他依旧无法摆脱死者的影子，甚至他想重返以前平静的生活也为魔鬼所不容。最后他留下遗嘱，把财产留给魔鬼，为读者留下这样一句话："只有靠我们的双手挣来的面包吃起来才舒服；你绝不要杀死满清官员。"[1]这句话表明，

1. 埃萨·德·盖罗斯：《满大人》，周汉军译，人民文学出版社，澳门文化局，2014年，第96页。

这是一部道德训诫小说，旨在告诫人们不义之财君莫取。题材并非新颖，但作者却把故事的场景设计在里斯本和中国。

　　法国作家夏多布里昂曾提出一个关于"满清官员"的道德命题：如果你有一个简单的愿望，即杀死一个中国的满清官员就会继承一笔财产，你会不会去实现这个愿望。19世纪，许多作家涉及到这个命题，埃萨是其中的一个，他从这个命题出发，引发出关于道德和欲望的思考与批判。埃萨并不只是在《满大人》中描写过东方，他在另一本小说《圣遗物》(A Relíquia)中也描写过埃及，他去过埃及，对那个国家有直接的观察，因此对当地环境和氛围的描写十分真切。而《满大人》则建立在社会集体想象和虚构的基础上，尽管如此，中国并不是一个抽象物，作者显示出对中国历史和现实有相当深入的认识，这种认识不可避免地带有当时欧洲描述中国时所惯用的话语符号。就这部作品而言，特奥多罗的中国之旅无疑是最吸引人的地方，它构成了19世纪葡萄牙文学中有关东方的最有趣的篇章。

　　在《满大人》中，作者是通过魔鬼的形象来引诱特奥多罗走向罪恶的。在19世纪的欧洲文学中，魔鬼是一个经常出现的形象，它代表着世俗的诱惑，如果说《浮士德》的魔鬼梅菲斯特对浮士德的胁迫、压榨，最后迫使其爆发并在爆发中转换了能量，那么在《满大人》中，魔鬼导演的是如何让人的欲望成为从起点到起点的零的循环。被非分之想控制的特奥多罗为了财

富而向魔鬼出卖良心和灵魂，但结果不会给他带来平静，他经历了眼花缭乱的生活和遭受了惩罚之后，又回到他生活的本原。这种道德的说教题材显得陈旧，也许正是这个原因，埃萨尝试为故事注入一些新奇的元素；他把笔下的主人公从里斯本带到了中国，使这部书充满了异国情调，异国情调成为他"烹饪"的材料，以弥补题材的俗套和平庸。可以看出，异国情调不是作者的目的，而是文本的一种手段。也就是说，他关心的不是中国，而是他笔下的主人公。埃萨从未到过中国，但为什么选择中国呢？鸦片战争之后，中国依旧是西方想象的对象，依旧一个话题，依旧是富有异国情调的地方，但是围绕这个国家的话语已不再是丝绸或者瓷器，而是战争、贫困、饥饿、苦难、疾病、混乱、愚昧、膨胀的人口、肆虐的暴政等，这是人间的地狱，充满了另类的异国情调，特奥多罗犯下罪恶，难道还有比用人间地狱来折磨和惩罚他更好的方式吗？

虽然在 19 世纪，随着交通工具的改进，去过东方的人增多，描写东方的作者也不再仅仅是冒险家、外交官或传教士，但对多数人来说，东方依旧是个神秘的国家，所以埃萨在《达官》的卷首语中说道："让我们去幻想吧！"不过，这个幻想的底色是社会共有的经验和想象，是一次在集体绘制的异国地图上进行的旅行。埃萨承认，他对中国等东方民族的认识是表面化的，"这些远东的民族，我们只是通过外在的方面和浓厚的异国情调来认识他们。我们通过版画看到他们奇怪的形象和服装，通过报纸（不同类型的）知道了他们的风俗礼仪，特别是通过他们被漫画化和神秘化的艺术形成对中国社会和日本社会的粗浅的最后印象"[1]。

1.Eça de Queiróz, *Chineses e Japoneses*, Lisboa, Fundação Oriente, 1998, p.32.

对于大多数的欧洲人来说，中国形象并不是来自直接的经验，而是把经过塑造的形象当作自己"粗浅的最后印象"。谁都可以是他者形象的塑造者，但是一个形象是否具有影响与塑造者的身份和权力有很大的关系。如果说 19 世纪是英国人塑造中国形象的时代，那么英国人的中国形象是否可以代表葡萄牙人或西班牙人的中国形象？强势话语塑造出的他者形象，最有可能变成普及化的形象，成为社会的集体想象物。这种集体想象物影响并制约着其他个体的想象，一个缺少独立思考和发现的人，即使亲身体验了中国，他的体验也不见独特；而那些没有到过中国、或者对中国谈不上了解的人，如歌德、狄更斯、马克·吐温、马克思等关于中国的看法却因他们的身份而产生影响。因此，在强势话语的影响下，某一种文本会被看作一个文化体系中塑造异国形象的模式，使得同一历史时期不同的文本会表现出很大的互文性或者被程序化。有人认为埃萨的《满大人》是对法国作家凡尔纳《一个中国人在中国的苦难》（*Les*

Tribulations d'um Chinois en Chine) 的抄袭，因为两者有相似之处，特别是对北京的描写上。

小说一开场狄鑫福就被杀死了，而杀人的特奥多罗对他几乎一无所知，不知道他的尊姓大名，不知道他的面容，不知道他所穿的丝绸。为什么要杀死他？魔鬼在引诱特奥多罗这样说道：

> 那个中国内地的满清官员，他衰老了，已经病入膏肓：作为男人，作为天朝的官员，在北京，在人类社会中，他比叼在饿狗嘴中的一粒小石子还无用。然而物质是可以转变的：这一点我向你保证，我知道事物的秘密……因为地球就是如此，在这里收下一个腐烂的人，在别处又把他变成茂盛的植物。很可能他在中央帝国作为一个官员无用了，在其他地方作为芬芳的玫瑰或是美味的圆白菜又有用了。我的孩子，灭杀几乎总是在平衡世界的需要。在此消灭赘生物是为了在别处弥补所需。请深信这牢不可破的真理。[1]

1. 埃萨：《满大人》，第 13 页。

垂死的满清官员，不过是中华帝国的象征：衰老、腐朽、落后、停滞，什么都没有了，唯一留下的就是它的财富，就像葡萄牙一句谚语所说，中国是一株 "árvore de patacas"（摇钱树）。为了平衡世界，为了适者的生存，灭杀也就具有了合理性。这些话虽然借魔鬼之口说出，也许并不代表作者的立场，但折射出强者面对弱势中国的一种社会心态。19 世纪社会达尔文主义在西方流行一时，它为西方为帝国主义殖民扩张提供了合理依据。适者生存，不适者就要灭亡，进化的过程就是灭杀的过程，无论个人，还是国家或民族，都在经受残酷的生存竞争的考验，不是发展就是被灭绝。在社会进化论的背景下，"只要用进化取代进步，帝国主义扩张的一切劣迹，都被合理化了"[2]。

2. 周宁：《历史的沉船》，北京：学苑出版社，2004 年，第 106 页。

形象是在共时的时间和空间中塑造的，有些形象具有很长的时效性，但有些形象在某个时间成为社会集体想象物后，很快会在时间的流变中削弱，被新的形象所代替。特奥多罗得到了狄鑫福的财产后，良心受到谴责，决定去北京娶一个狄鑫福的妻妾，使财产合法化。特奥多罗看到的北京，这座曾使许多葡萄牙人赞叹不已的城市，已面目皆非，变成一幅黯淡的陈旧照片，它的异国情调令人"晕眩"。如果说比门特尔笔下的北京已令人难以忍受的话，那么特奥多罗所置身的北京就是地狱：

于是我们就从前门那个大城门进入了中国人的城区。这儿住着资产阶级、商人、百姓，街道像五线谱一样，成排成行，在那多少代人反复踩踏的垃圾铺成的古老泥泞路面上，还能看到东一块西一块的大理石，这是昔日明朝鼎盛时期铺设的。

路两旁——时而看见空地，那儿有一群群饥饿的狗在叫，时而是一排排褐色的小破房子，时而是用根铁棍挑着五颜六色细长招牌的寒酸商店。远处是德胜拱门，紫红色的托梁，高处有闪闪发亮蓝色琉璃瓦的椭圆形顶连接着。大多是穿灰色和浅蓝色衣服的嘈杂拥挤的人群川流不息；尘土让一切都蒙上了一层微黄色；黑黑的污水沟里发出一种酸臭味；时不时有一队由穿着羊皮忧郁的蒙古人赶着的长长的驼队缓缓穿过人群。

我们一直到了运河的入口处，这里有衣衫褴褛的卖艺人戴着可怕的鬼怪面具，在那里滑稽粗野而灵巧地表演着；而我长时间观赏的是穿长马褂的占星术，他们后背贴着纸做的盘龙，正在大张旗鼓地卖占星用具或为人占星。噢，多么神奇奇特的城市呀！

突然，响起一阵喊叫声！我跑过去看：是一群犯人，一个戴着大眼镜的士兵正在用阳伞驱赶着他们，他们的鞭子是互相捆在一起的！就在这儿，在这条街上，我看到了喧闹的清朝官员出殡的队伍，打着各种旗子，送葬的人手提火盘烧着纸，披麻戴孝的女人倒在毯子上悲痛地哭嚎；后来，她们起来，又笑了起来，一个穿着白孝服的苦力马上拿一把鸟状的大茶壶为他们倒茶。

路过天坛时，我看见一个广场上聚集着着一群乞丐；腰上用绳子吊块砖权当遮羞；女人们头发上插着各种旧纸花，在那儿安静地啃着骨头；他们身旁是腐烂的儿童尸体，上面牛蝇飞舞；再往前，我们碰到一个牢笼，里面一个犯人从笼子里伸出枯瘦的双手在乞讨……后来，萨托恭敬地指给我看一个窄窄的广场：在那儿，石柱上放着小笼子，里面是砍下的人头：从上面一滴滴地往下滴着浓黑的血……[1]

1. 埃萨：《满大人》，第56—57页。

清朝的囚犯

埃萨没有亲历过中国，《满大人》和那个时代的许多作品一样，充满了描写中国时应该具有的场景：如蚁的人群、蜂拥的乞丐、肮脏的街道、愚蠢的迷信、凶恶的官吏、残酷的执法等。理想化的乌托邦已经被现实的地狱所代替，这是与西方截然相反的世界，是西方的"异己"和对立面，它是令人无法忍受的。特奥多罗最后宁可放弃财产，也"要尽快离开中国，这个未开化的帝国"[1]。

1. 埃萨：《满大人》，第 77 页。

在《满大人》出版 14 年之后，埃萨在巴西里约热内卢的一家报纸《新闻报》撰写关于中国和日本的专栏文章，后来以《中国人与日本人》（*Chineses e Japoneses*）为标题出版成书。在这些文章中，埃萨就中日朝鲜战争为主题，论及了一系列问题，比如中日战争的政治原因和两国的历史恩怨、中国人的特性、中国的现状和未来、中国的苦力输出、欧洲对中国的态度等，其中不乏对中国的赞美和同情。作者虽然以中日战争为议论对象，但也借题发挥，用很大的篇幅对西方文明和历史提出了自己的看法。文章是写给西方读者看的，如他所说，"我们欧洲人，甚至你们美国人，当务之急要做的是考虑战争的后果，特别是中国战败的后果"[2]。

2. Eça de Queiróz, *Chineses e Japoneses*, p.24.

与《满大人》的叙事语调不同，埃萨在这本书中对中国赞誉有加，以理想化的态度看待中国人，赞扬中国人的品质。他写道："中国是一个有四亿人口的国家（占人类人口的四分之一），个个都很聪明，像蚂蚁那样勤劳，对目标持之以恒，耐力只有斗牛犬可以相比。中国人几乎过着禁欲主义的生活，有难以置信的忍受痛苦的能力。"[3] 对于西方对中国的偏见和漫画式的嘲讽，埃萨归究

3. *Chineses e Japoneses*, p.38.

于对中国的不了解，因为欧洲人对中国的认识只是走马观花，仅限于沿海地区和口岸，而居住在这一带的中国人"大多粗俗，没有文化，大多是船夫、脚夫、仆人、小贩等"。19 世纪末期，欧洲出现"黄祸"这个词语，并流行开来，有些人基于马尔萨斯人口理论，对中国庞大的人口感到恐惧，指责中国向欧洲国家的殖民地移民（实际上是欧洲人在中国招募劳工）。有人认为"黄

祸"这个词是德国皇帝威廉二世在 1895 年发明的。对此，《黄祸论》一书的作者海因茨·哥尔维策尔（Heinz Gollwitzer）持不是太肯定的态度。他的考证表明，"黄祸"这个词也很有可能是法国人首先提出的。至少是，当时法国对"黄祸"问题的讨论要比德国等其他国家热闹得多。有一个时期，法国的"报章杂志、小说和严肃的书籍都大谈起'黄祸'了"。那时的"黄祸"特别是德国皇帝威廉二世所说的"黄祸"，可能主要是指日本。中国刚刚在甲午战争中失败，并被迫签订马关条约。但很快，特别是在 1900 年后，中国被视为主要的"黄祸"。而实际上，在 1895 年以前，所谓中国的"威胁"在法国长期是一个热门话题，虽然还没有使用"黄祸"这个词。对甚嚣尘上的"黄祸"论，埃萨并没有表现出担忧，他认为中国人勤劳肯干，愿意做欧洲人不愿意做的工作，也不会抱怨工资低，他们来欧洲只是为了挣钱，挣钱后还会回到家乡。

埃萨如此赞美中国，却并非空穴来风。虽然他以"我们"来自称，也就是欧洲，但在"我们"之中，葡萄牙与英、法、德等强国的地位不可同日而语。其实，在埃萨连载文章之时，葡萄牙与中国有同病相怜之处。1890 年 1 月 11 日，英国发出最后通牒，要求葡萄牙放弃它的"粉红地图"计划，作为连接两个葡属殖民地（安哥拉及莫桑比克）的项目，是葡萄牙在 19 世纪下半叶的主要计划。其后，英方更派遣军舰远赴首都里斯本港口，威胁葡方若不下令撤走非洲莫桑比克及安哥拉之间的葡萄牙军队，就会对里斯本开火。当时年幼的葡王在英国的威胁下，唯有应允英方条件。

埃萨在《中国人与日本人》和《满大人》中采取了不同的话语模式，第一个是根据当时的欧洲潮流，把一个道德主题的故事搬到了遥远的中国，而这个中国是落后的，腐朽的，迟滞的，而在《中国人与日本人》却把中国理想化，这是一个不和谐音，因为，赞美中国的年代早已经过去，如果中国依旧是一面镜子的话，也是一面负面的镜子，映射的是光鲜夺目的欧洲。正如奥兰多·戈罗塞热塞（Orlando Grossegesse）在《中国人与日本人》书中的前言所言，"埃萨对国民性持有批评立场，因此把理想化的中国当成一面遥远、虚无、奇异的镜子，来映射自己民族的渴望在自己的文化中获得新的力量"[1]。

1.Orlando Grossegesse, *O fantasma do chinês deschinesado*, in *Chineses e Japoneses*, p.15.

萨义德指出："……人文学科的知识生产永远不可能忽视或否认作为人类社会之一员的生产者与其自身生活环境之间的联系，那么，对于一个研究东方的欧洲人或美国人而言，他不可能忽视或否认他自身的现实环境：他与东方的遭遇首先是以一个欧洲人或美国人的身份进行的，然后才是具体的个人。在这种情况下，欧洲人或美国人的身份决不是可有可无的虚架子。它曾

经意味着而且仍然意味着你会意识到——自己属于一个在东方具有确定利益的强国，更重要的
是,意识到属于地球上的某个特殊区域,这一区域自荷马时代以来一直与东方有着明确的联系。"[1]

1. 萨义德：《东方学》，第 15 页。

尽管埃萨长期住在国外，自称是一个"外国化的葡萄牙人"，但是他不是英国人，也不是美国人，
依然是一个葡萄牙人，这种身份决定着他对待中国的双重心态，一方面他无法脱离欧洲的文化
大背景来注视中国，表述受到权力话语模式的影响，另一方面他会从一个葡萄牙人的角度出发，
对一些问题发出不同的声音，甚至利用中国，批判西方的某些行为。

19 世纪西方的中国形象是令人不愉快的。改朝换代没有改变中国，一样的政治体制，一样的
风俗习惯，一样的审判和酷刑，只是中国人的头上多了一条遭人嘲笑的辫子。在西方人眼中，中
国人几乎丧失了所有的美德，与以前欧洲人笔下的形象判若两人。中国人粗鲁、肮脏、残酷、
奸诈、虚伪，他们沉迷于吸食鸦片，讲究吃喝，没有同情心，缺少人格和良心，发明了惨无人道
的酷刑，等等。西方把他们"当作一个密集的、不可数的、模糊的整体，或是'中国人群'。常
常用贬义的比喻手法来描写中国的人口密集，而且对西方人来说他们的外表特征和服饰没有特
色。通常用动物和他们模拟；'蚂蚁'是常见的比喻"[2]。埃萨在引述西方对中国人看法时也写道：

2. 米丽耶·德特利：《19 世纪西方文学中的中国形象》，见孟华编《比较文学形象学》，第 251 页。

> 对欧洲人而言，中国人还像是黄色的硕鼠，斜视着眼睛，拖着长辫子，留着三英
> 寸的指甲，迂腐守旧，幼稚天真，满脑子的奇怪念头，浑身散发着檀香和鸦片的味道，
> 他们用两支筷子吞嚼着如山的米饭，在纸糊的灯笼间顶礼膜拜。[3]

3.Chineses e Japaneses, p.26.

但埃萨批评了西方由于工业进步而产生的优越感，他认为西方虽然认识了中国人和日本人
的品德的和蕴含的力量，但并没有对这些民族产生任何敬意，"当一种文明完全沉迷于物质
主义，并从中得到所有的享受和荣耀，总是倾向于根据物质的、工业的和生活享受上的优劣来
判断其他文明。北京的商店里没有电灯，因此被认为是落后的"[4]。埃萨对现代工业文明是排斥

4. 埃萨：《城与山》，陈风吾译，北京：社会科学文献出版社，1991 年，第 127 页。

的，认为城市中的许多社会问题是人们对物质无法抑制的欲望所造成的。他认为回归乡村生活
是消除人类罪恶的有效方式，这一观点在他的一本随笔集《城与山》中得到过充分的体现。

在欧洲普遍蔑视和嘲笑中国人的目光中，埃萨却发出不和谐的音符，钦佩并赞美中国人：
"中国是一个有四亿人口的国家（几乎占世界人口的四分之一），人人都极为聪明，像蚂蚁那

样勤劳劳动，坚持不懈，像牛一样吃苦耐劳，他们生活俭朴，过着苦行僧一样的生活，具有巨

大的忍受苦难的能力。"[1]埃萨也使用了蚂蚁的形象，不过是用来比喻中国人的勤劳。罪恶的

1.Chineses e Japaneses, p.39.

苦力贸易使成千上万的中国人飘洋过海，来到了加利福尼亚，来到了拉丁美洲，成为外国铁路

工程、种植园和各种工厂的廉价劳动力。一方面西方的资本世界从他们身上榨取了巨大的利润，

另一方面他们引起了西方的恐慌，这些怪异、低劣、狡诈、个性模糊的黄色人群，从不计较苦

难的代价，前赴后继地涌入西方社会，成为西方社会不稳定的因素。美国人巴亚德·泰勒说："中

国人是地球上道德质量恶劣的民族。要想公平对待我们自己的民族，就应要求不让他们安居在

我们的土地上。"[2]因此，西方文字和图片对中国人进行各种贬抑的描述，把他们视为洪水猛兽。

2. 转引自李朝全：《西方妖魔化中国的历史》，《文艺报》2000 年 11 月 7 日第三版。

埃萨却认为欧洲不应该害怕中国人，他们的到来将对欧洲的资本主义发展做出贡献。中国人只

拿欧洲人一半或者三分之一工资，却是"机器上精巧的配件"。埃萨在哈瓦那任职期间对中国

劳工有直接的观察，他赞扬中国人身上的品质：

> 他们绝顶聪明，令人难以置信地吃苦耐劳。在加利福尼亚，在内华达山区，那些
> 平整土地的工作只有不知劳累的、坚韧的中国人可以胜任。没有他们，太平洋铁路无
> 法这么迅速、这么有效地建好。在哈瓦那，在烟草、甘蔗、烟叶、棉花的种植园中，
> 所有的种族、包括黑人都无法坚持下来，只有中国人越干越有力气，面色有了光泽，
> 身体也长胖了。烈日骄阳、狂风暴雨、蛮荒的土地、细菌和毒药都打不垮这个外表看
> 起来像是胶皮捏的民族。[3]

3.Chineses e Japaneses, p.42.

漫画、小说、儿歌、传说、报纸、图片，在各种各样的宣传和描述中，中国人几乎是人类

所有邪恶的集大成者，"那些到过中国的欧洲人却补充说中国人除了那些品质外，还非常虚伪，

非常不诚实，非常怯懦，偷盗而且肮脏"[4]。针对欧洲人对中国人的丑化，埃萨站出来为中国人

4.Chineses e Japaneses, p.43.

辩护，认为欧洲人对中国人的了解过于片面，那些丑化中国人的西方人只是去过中国沿海对外

开放的港口，在这些地方他们接触的又是下层粗陋的人群，因此难免会得出这样的结论。无论

人们如何评价中国人，一无是处也好品德高尚也好，埃萨认为："确切的是他们以自己的方式

创造了文明，这种文明具有强大的生命力，它从雅亚利安民族的智慧所创造的所有文明形式中

幸存下来，这是十分优雅的文明，从哲学家的精妙的著作到抒情的词赋，中国文学经久不变的主题都是在赞颂做一个中国人是无比幸福的。"[1]

埃萨的第一部被译成中文的小说是《阿马罗神父的罪恶》，由翟象俊、叶扬从英文转译，被收入《外国文学丛书》之中，1984 由上海译文出版社出版。翌年，同一部小说经顾逢祥、薛川东自葡萄牙文直接翻译成中文，由花山文艺出版社出版，书名为《阿马鲁神父的罪恶》。1988 年，人民文学出版社出版了由张宝生、任吉生翻译的埃萨长篇小说《马亚一家》（上下卷）。1991 年，陈凤吾翻译了他的《城与山》，由社会科学文献出版社出版。1994 年，澳门文化司署启动《葡语作家丛书》计划，与花山文艺出版社合作出版葡萄牙文学经典，该丛书收入了三部埃萨的著作：《巴济里奥表兄》（范维信翻译，1994 年出版）、《圣遗物》（周汉军翻译，1996 年出版）和《马亚一家》（范维信翻译，1996 出版），足见编选者的特殊用心，也说明了埃萨在葡萄牙文学史上的地位。然而，这位葡萄牙现实主义大师的作品并未在中国读者当中引起反响，相关的评论和研究可谓凤毛麟角，公开发表的研究文章只有鲁晏宾在澳门《文化杂志》发表的《埃萨克·德·克罗斯和他的作品》、姚京明在《中国比较文学》发表的《埃萨克·德·克罗斯笔下中国形象》、陈众议的《文学、道德、爱情——从迪尼斯和盖罗斯笔下的两个神父说起》以及林一安的《异曲同工，殊途同归——〈巴济里奥表兄〉与〈包法利夫人〉异同初探》等文章，没有更多的研究文章和评论出现。埃萨在中国遭到冷遇，与中国读者对葡萄牙文学的认识不多有关，此外在英美法文学占优势地位的情形中，所谓"小国"文学的影响力始终受到局限。博尔赫斯对埃萨赞赏有加，认为《巴济里奥表兄》甚至超过了《包法利夫人》，并为埃萨打抱不平，他说："如果他是英国人或者法国人，早就红得发紫了。就算他是西班牙人，也一定名闻遐迩。他受冷落，仅仅因为这位作家是葡萄牙人。"[2]

2. 转引自林一安：《异曲同工，殊途同归——〈巴济里奥表兄〉与〈包法利夫人〉异同初探》，刊于《中国首届葡萄牙文学研讨会论文集》，上海：上海译文出版社，1998 年，第 98 页。

第十节　《七千海里漫游》讲述的中国

葡萄牙作家文塞斯劳·德·莫莱斯（Wenceslau de Morais，1854—1929）曾在澳门小住，然后去了日本，他在澳门期间这样描述葡萄牙人与中国人之间的关系："我的毗邻是中国人，感谢天主。他们同我们的生活方式毫无共同之处，他们的风俗习惯、语言、感情、信仰都使他们对生活的态度很不一样，一个欧洲邻居，一个'番鬼'在他们的身边干些什么，他们一定是不太在乎的。对于我来说（我在自己人当中可以承认），这些善良的中国人给我提供了机会，闷得发慌时去窥察他们的私生活，藉以散散心。"[1] 从这段文字中可以看到，中国人对"番鬼"

1. 转引自瓦勒：《遇和的空间》，载澳门《文化杂志》中文版 1997 年秋季号，第 181 页。

在旁边做什么并不关心，而葡萄牙人在"闷得发慌"时才会对中国人的"私生活"产生兴趣。还有一类作家，他们被澳门的异国情调所吸引，从欧洲人的角度观察中国的文化特点、中国人的风俗习惯以及澳门的风光景色，流露出没落帝国的偏见和傲慢，比如法兰西斯科·博尔达洛（Francisco Maria Bordalo，1821—1861）就是这样一位作家。

博尔达洛 12 岁开始做海员，后进海军学院学习，毕业后进入葡萄牙海军服役，逐步晋升为海军中校，并以这种身份周游世界，足迹几乎遍及所有的葡属殖民地，包括澳门。在漫游东方期间，他写下一本名叫《七千海里漫游》（Um Passeio de Mil Leguas）的游记。游记从他自里斯本出发开始，叙述他经过苏伊士运河、印度洋、马六甲海峡、新加坡、香港，最后抵达澳门的经历；他在澳门生活了一年半的时间，期间曾到过广州，关于广州和澳门的记述占去了很大的篇幅。

16 世纪，欧洲出现过旅行的热潮，接着欧洲人用两个半世纪的时间来消化旅行的成果。到了 19 世纪，交通的进步允许更多的人去旅行，但外边的世界已不再是未知的世界，而是一个"有限的世界"。19 世纪的旅行不像 16 世纪那样，几乎都带有强烈的政治、经济或者宗教等目的。旅行可以成为文学创作的一个理由。旅行者不再满足于旅行本身，而是企图把旅行当作一次文学的漫游，在漫游中旅行者强调个人化的经验，并且希望与他人分享他在异域的经验。这造成了游记文学的盛行，但游记是比较特殊的文体，它既可以使用文学话语，也可以使用非文学话语；游记与真实的关系是摇摆不定的，作者热衷描述真实，同时也会倾向于文学的虚构，所以游记中的"真实性"是相对的，就像任何文字中的"真实性"都是相对的一样。

鸦片战争之后，中国不得不更大程度地"开放"国门，这种开放是被迫的，以牺牲国家尊严和利益作为代价（这种牺牲在历史上已重复多次了），中国与西方的关系被摆在了不平等的位置上，而左右这一关系的不是中国，而是西方。萨义德在《东方学》中论述了东西方这种对立的不平等关系，特别是18世纪晚期以降西方在帝国扩张时期对东方的论述及其形象的塑造。他以西方两位现代政治家贝尔福和克罗默的东方表述为例，指明他们以知识权威的方式表达了殖民统治的政治需要与合法性，这种合法性建立在如下的"真理"基础之上：西方人理性、爱和平、宽宏大量、符合逻辑、有能力保持真正的价值，本性上不猜疑……；而东方人缺乏理性、肮脏、好色、贪婪、不可理喻、懒惰……萨义德将这些行为集中概括为"东方化东方"，一种对东方的"彻底的叛化"；"东方学家都将叛化东方作为自己的工作；他做这些是为他自己，为他的文化，在某些时候自以为是为了东方"[1]。更重要的是这些行为"都与西方起支配作用的文化规范和政治规范紧密联系在一起。……当我们考察19世纪和20世纪的东方学时，给我们印象最深的是东方学对整个东方所进行的机械的图式化处理"[2]。大批的西方人来到中国，其中一些人在中国逗留很短的时间，并未深入地认识中国，但是他们带着"思想的现成套装"，自认为有权利评说中国。这是一个属于西方的时代，也是傲慢与偏见的年代。凡是到过中国的西方人，都可以把浮光掠影的印象写成报告、游记、小说、诗歌等不同体裁的文本，重复着愚昧、残暴、野蛮、贫穷、停滞不前等表述东方的套话。他们依旧在强调自我和他者之间的"相异性"，但相异性的后面不再有狂热的渴望和追求，而是不断地强调这种相异性与西方的对立性质，并加以蔑视和否定。

法兰西斯科·博尔达洛的《七千海里漫游》具有19世纪西方表述中国的话语模式。该书以信札的形式写成，他虚拟了一位收信人，这样给文字增添了真实感。他把启程路途中的事物描写得很详细，因为那些都是未知的事物，也是他写作游记的兴趣所在；在归途中，作者即将重新回到他自己的世界，他更多的是评说已经熟悉的事物。没有一个旅行者带着空白的大脑去旅行，他的头脑里充满了记忆和想象，这些记忆和想象并不都属于他个人。因此，在博尔达洛和他的收信人的头脑中，已经存在着一个被他人描述过的中国。在即将抵达澳门之前，他在第九封信中写道："我要满怀友谊地告诉你我在中国的所见所闻，以便动摇自从平托到本世纪各

1. 萨义德：《东方学》，第96页。

2.《东方学》，第86页。

国作家塞进人们头脑中关于中国的成千上万的谎言。"[1] 这说明他还没有到达中国之前，就已

1.Francisco Maria Bordalo, *Um Passeio de Mil Leguas*, Lisboa, 1854, p.81.

经不相信他所认知的中国了，他到中国旅行的目的是要否定别人的说法，否定记忆中的中国。

在一般大众的印象中，将近三个世纪的赞美已使中国成为一个完美的神话，就像博尔达洛对收

信人，也就是对读者所说的，"你可能只是在印成书籍的神话传说中认识了中国，这些神话在

我们国家流传甚广，受到人们的称赞和肯定，把它们当作第五部福音书"[2]。

2.*Um Passeio de Mil Leguas*, p.134.

博尔达洛经过香港来到澳门，但无意把这两个殖民化的城市当作中国的地方。"我不打算

详细描写澳门，因为时间有限，虽然我在澳门生活了一年半，期间在广州逗留了五天，去了两

次香港。我主要向你描述中国的大概的印象，从而消除你从书本中所受到的毒害。在下一封和

以后的几封信中，我会向你讲述我的广东之行，我对中国人的观察和思考。然后再向你讲述澳

门的奇闻。"[3] 在他的表述中，澳门在地理上已失去原有的意义，它被划定了政治边界，成为

3.*Um Passeio de Mil Leguas*, p.123.

殖民帝国海外省的一部分；它不再是中国，只有混乱的广州才是中国。这种殖民主义的界定已

变得理所当然。萨义德在《文化与帝国主义》中指出："帝国主义毕竟是一种地理暴力的行为。

通过这一行为，世界上几乎每一块空间都被勘查、界定，最后被控制。"[4] 殖民地的历史是从

4. 萨义德：《文化与帝国主义》，李琨译，三联书店，2003 年，第 320 页。

得到地盘开始的，然后再受到政治、经济、军事和文化上的控制。

博尔达洛来到了广州，但是广州也有不属于中国的地方，这就是租界。对他来说，租界内

外完全是两个不同的世界，租界内是西方，那飘扬的国旗证明了这一点，因此它是干净的、漂

亮的、优雅的，而租界外是中国，那是一个古怪而停滞的世界：

> 我们来到一个欧洲的街区，或者说欧洲人在亚洲的街区——这两者是有区别的。
> 这里有一个漂亮的公园，绿树鲜花，还有凉亭和座椅，周围是漂亮的住宅，里面住着
> 来自不同国家的人士，中央悬挂着英国人的米字旗，左右是美国和丹麦的国旗，他们
> 都在优雅的旗杆上飘扬，顶端还装了避雷针。我们走出这个狭小的区域，便来到了中
> 国——属于中国官员、竹子和枷锁的中国——对没有来过的人来说，这是神秘的中国，
> 它和其他国家一样有着稀奇古怪的事情，它有古老的文明，但停滞不前。[5]

5.*Um Passeio de Mil Leguas*, p.105.

在这里，作为中国表征符号的满清官员（昏庸无能的政府）、竹子（卑贱地四处繁殖的人）

和枷锁（残酷的司法制度）都与租界的文明优雅、井然有序，甚至先进（旗杆上还装了避雷针）形成了对比，中国不过是"有着稀奇古怪的事情"的停滞帝国。

中国稀奇古怪的事儿多不胜数，它们都是这个民族特性的投射，比如博尔达洛笔下的盆景："种在小花盆中的橘子树结出了丰硕的果实，栽种在大石头花盆中的山毛榉和栎树，被中国的园艺变成了侏儒，因为这个奇怪的民族最大的爱好之一就是扭曲自然的东西，从中得到乐趣。"[1]

1.*Um Passeio de Mil Leguas*, p.127.

而丝绸，在西方的想象中，是最早与中国联系在一起的一种商品，闪着柔光的丝绸沿着古老的丝绸之路抵达欧洲，成为王公贵族、名门淑女的时髦商品，也象征着中国的繁荣和财富，它总会引起人们对那个遥远国家的美好遐想，但博尔达洛看到的是丝绸光亮后面的龌龊，他这样描写一间丝绸工厂：

　　这里有一间丝绸的工厂：你看到的是几个世纪以来在世界各地备受推崇的柔软光滑的丝绸，但你不会看到这工厂和工人的龌龊不堪吧？令人恶心的味道！织布机织出带有金色花朵的锦缎，但你不会看到两头猪正在一个肮脏的泥潭中寻食吧？你看到织工那肮脏的手、脚和脸了吗？你见过如此肮脏滑稽的人脸上浮现着愚蠢呆滞的微笑吗？[2]

2.*Um Passeio de Mil Leguas*, p.116.

博尔达洛这本书的写作日期正是第一次鸦片战争结束之后，虽然从18世纪中叶，西方关于中国负面的报道和议论开始逐渐增多，但对中国的否定在鸦片战争之后达到了高潮。鸦片战争好像在中国的身体上切下一道深深的口子，西方看到里面只有软弱和腐朽。鸦片战争为中国形象增加了一个新的内容：鸦片帝国。几乎每一个来到中国的西方人都不会漏掉对中国人吸食鸦片的描写，从鸦片中延伸中国人沉睡、麻木、病态的相关特征，博尔达洛也不例外。他声称自己也吸食鸦片，而且也喜欢，但是他害怕上瘾而不再继续，否则就是中国人这样的结局：

　　他的脸上可以数出所有的骨头，与其说这是一张脸，不如说是一个活的骷髅，两个眼球几乎在眼眶里一动不动，空洞、茫然，仿佛在把你嘲笑，身体强硬，就像解剖室里的尸体；手是枯干的，指头弯曲，宛如袭击猎物的猛禽的利爪；如果他走动，那你会看到他摇摇晃晃，让人想到古老故事里的幽灵，从坟墓中跑出来复仇。这完全是在一个噩梦中看到的景象。[1]

1.Um Passeio de Mil Leguas, p.164.

与鸦片相联系的，是纸醉金迷，纵情声色。中国人像宿命论者，这些被命运判决的人，享受着堕落的快乐，除此以外，别无它有：

中国人裹着宽大的长袍，脑后垂着辫子，两只腿交叉着放在一个软垫上，旁若无人地抽着他的烟枪，就像一个宿命论者；在他的身边，围绕着一些女子，有的弹奏着着乐器，有的为他按摩。[2]

2.Um Passeio de Mil Leguas, p.167.

对博尔达洛来说，中国似乎不存在文学，如果存在的话，也是低劣的。中国诗歌充满东方式的隐喻和象征，也不乏动人之作，但媲美卡蒙斯者，绝无仅有；虽然卡蒙斯是在中国写下了伟大的诗篇，但他出生在大海的另一边；中国戏剧不过是对希腊和英国戏剧的模仿，但只取其糟粕，与埃斯库罗斯和莎士比亚不可同日而语；中国音乐再粗糙不过，只会损害欧洲人的耳膜；而中国绘画，甚至比不上欧洲最平庸的画家，原因之一是"中国人对男人和女人的美的概念与我们不同，他们的美学概念很荒诞"[3]。因此，关于中国艺术，他得出的结论是："中国有无数

3.Um Passeio de Mil Leguas, p.137.

机械的艺术家，他们有无可否认的灵巧，但在任何类型的作品中从来没有达到过我们的完美程度。"[4] 盲目而武断地下结论，是那个时期许多西方作家表述中国时的特点，他们并不了解也

4.Um Passeio de Mil Leguas, p.137.

不尊重他人的文化，习惯用自己的文化标准来衡量他人，凡是不符合西方标准的，就被视为是低级的、落后的。

19 世纪西方的中国形象就像 16 世纪几近完美无瑕的中国的形象，也是类型化的，公式化的，不同的是，这一次西方是居高临下地审视中国，中国不会再为西方提供改进自我的参照、想象和动力了，相反成为高贵文明的西方的"陪衬人"，是被蔑视和被征服的物件。另外，中国取之不尽的"奇闻轶事"已成为娱乐西方的笑料和谈资。博尔达洛说他写这部书既不是为了炫耀学识，也不是要留下一本严肃的著作，只是为了让朋友们在闲暇时翻开这本书，能够找到乐趣，

所以他对朋友说："我会继续收集关于中国人风俗的并不全面的印象，好让你多娱乐一些时候。"[1] 博尔达洛的中国文本和当时其他许多文本一样，在内容和修辞手法上有很大的一致性，

1.*Um Passeio de Mil Leguas*, p.140.

他的著述尽管有个人的经验与观察作为背景，但是并没有呈现什么新的发现。不同的文本，大致基本相同的观点，彼此之间相互印证，共同构成了 19 世纪公式化的东方主义话语。

第十一节　被忽视的"他者"

与葡萄牙人以诗歌、小说、游记、评论等各种文学形式记述中国的文字相比较，中国人很少去关心葡萄牙这个国家及其文化，中国的文学作品更是很少涉及。在澳门历史研究领域，自 20 世纪 80 年代以来出版了许多研究著作和论文，葡萄牙作为澳门曾经的管治者肯定是无法绕过的，因此许多研究澳门历史的著作会涉及到葡萄牙，特别是葡萄牙对澳门和中国所采取的态度和政策。此外，中国内地自 80 年代在葡萄牙政府或者基金会的资助下，开始翻译葡萄牙的文学作品，与此同时，澳门文化司署也积极开展葡萄牙作家的汉译计划，出版了一些著作，在一定程度上加深了中国读者对这个国家的了解。然而，关于这个在 500 年前已经开始与我们接触的国家，我们迄今没有写过一部深入厚实的论述之作，以其为题材或背景的文学作品也是屈指可数，值得一提的两部作品或许只有黄世仲（1871—1912）的《十日建国志》和吴志良的《葡萄牙印象》。

黄世仲为广东番禺崇文乡（今广州芳村区西塱村）人，受到家学庭训的熏陶，不仕清廷，后来成为革命家，帮助孙中山先生宣传革命，希望以小说的形式来唤醒国民推翻满清。他的文学创作在题材上十分广泛，国内外近当代历史均有涉及，而且产量惊人，目前已知的就有 22 部长篇小说，如《洪秀全演义》、《陈开演义》、《廿载繁华梦》、《镜中影》、《宦海冤魂》、《黄粱梦》、《宦海潮》、《党人碑》、《岑春煊》、《大马扁》、《广东世家传》、《宦海升沉录》、《朝鲜血》、《孽债》、《新汉建国志》、《吴三桂演义》、《妾薄命》等，其中《十日建国志》是一部反映葡萄牙 1910 年共和革命的小说。作家虽然远隔万里，却敏锐地意识到葡

萄牙共和革命对中国的民主革命有启迪和鼓舞作用，因此以此为题材创作了这部小说。从小说艺术角度看，这部小说还显得粗糙，更多地具有纪实报道的特性，看起来更像是一部报告文学作品。或者说这是一种新的文学形式——时事小说。

1910 年 9 月，广州《南越报》开始连载时事小说《十日建国志》，描述葡萄牙共和党首领布勒格（Teófilo Braga, 1843—1924）"以草泽英雄愤然肩国家之重任"，举义兵攻占了王宫，推翻专制王朝统治，建立共和政府的事迹，歌颂了"为自由而死，为国民而死"的革命英雄布勒格，从而鼓动国人效法葡萄牙共和党人，勇敢奋起，彻底推翻满清专制统治。小说中的主人公布勒格确有其人，他幼年丧母，在逆境中成长，是一位知识渊博、志存高远的共和主义者；在他的组织和领导下，共和党人在 1910 年发起革命运动，废黜了国王，推翻了帝制，建立共和国。小说还描述了风雨飘摇、弊病丛生的葡萄牙君主制度，而这与病入膏肓的满清王朝毫无异样。虽然故事中有些人名、地名和日期存在一些误差，但所叙说的史事大抵符合实际情况。《十日建国志》全书共十一章，章目分别是：

第一章 民气发达之原因

第二章 前王文鸟路之无道

第三章 帝制政体之变相

第四章 共和党派之运动

第五章 葡国革命前之内势

第六章 专制君主之下场

第七章 葡王殁后之戒严

第八章 共和党人之革命运动

第九章 革命军人之发难

第十章 党军战时之情状

第十一章 共和政府之成立

显而易见，黄世仲是想借讲述葡萄牙的共和革命宣扬本国的革命运动，主题意识是显而易见的，他把文学创作视为革命活动，以此来呼吁打倒满清封建统治，建立民主共和制度。事实上，黄世仲的小说创作都是直接或者间接为当时推翻专制的革命而服务的。

在澳门，虽然华人与葡萄牙人基本上可以和睦共存，甚至在这个狭小的空间里每天都要"抬头不见低头见"，但彼此只是泛泛之交，沟通有限，相知甚少，真正深入的"交流"也许只局限于人类学和烹饪术的层面：葡萄牙人与亚洲人（包括中国人）的通婚联姻造就了澳门特有的混血族群——土生葡人，而"土生菜"则是葡萄牙的烹饪艺术与东南亚以及中国的烹饪艺术共冶一炉的结果。

长期以来，华人对葡萄牙文化怀有一种冷漠和排斥的心理，很少主动积极地去关注和了解，更遑论对其文学产生兴趣了，这是可以理解的。正如有学者所说："葡国在澳门的实际管治，使以葡国文化为代表的西方文化成为澳葡当局企望来主导澳门社会发展的文化力量；而有着1000多年居住历史的占澳门人口96%的华人，则是澳门社会形成的基础和发展主体，因此，中华文化在澳门的主体地位难以撼动。葡国文化的主导意图和中华文化的主体地位两者之间难以避免的分立、对峙、龃龉、冲突和妥协，便构成了澳门社会的文化矛盾的基本形态，当然也成为澳门文学发展的特殊的文化环境。"[1]其次，在20世纪80年代之前，澳门很少有精通葡萄牙

1. 刘登翰：《文化视野中的澳门文学》，载李观鼎主编《澳门人文社会科学论文选》（文学卷），北京：社会科学文献出版社，2009年，第248页。

语言和文化的人士，这在技术层面也限制了华人社会去深入地了解葡人社会及其文化。事实上，随着澳门回归被中葡两国提到议事日程，华人社会已感觉到需要更深入地去了解葡萄牙这个国家，因此，当熟谙葡萄牙语言和文化的吴志良在1991年出版了《葡萄牙印象》一书并旋即引起强烈反响，也就不足为怪了。该书是作者在葡萄牙留学期间，兼任《澳门日报》特约记者，以"吴闻"为笔名写下的100多篇报道和散记汇集而成。由于作者通晓葡萄牙语，加以敏锐的观察力，因此在书中生动地向读者展示并描绘了葡萄牙社会一个个色彩斑斓的侧面。虽然都是短文，但信息丰富，涉猎广泛，政治、宗教、经济、历史、文化、文学均有涉及，加之文笔流畅凝练，幽默风趣，所以受到读者的热烈欢迎。毫无疑问，这是一本了解葡萄牙社会为数不多的有意义的书，遗憾的是这样的书太少了。

第三章　　葡萄牙文学在中国

第一节　语言的交汇

当葡萄牙人征服了大海，达·伽马于 1498 年率船队发现印度洋航路后，他们便不断沿海路东来，开始在印度洋沿岸及马来群岛各处建立定居点及商栈，并计划前往中国，他们最终于 1553 年来到了澳门，从此入踞此地。在这一切的扩张活动中，葡萄牙人是如何与他人沟通的？其中翻译无疑发挥着相当重要的作用，但谁是翻译者？他们是如何发挥"中介者"的作用的？葡萄牙人在澳门定居初期充当与中方沟通交涉的翻译员大多数是来自马来半岛及南洋一带的华人，因为中国东南沿海居民赴这些地区谋生，因此这些"通事"（翻译员）并不是受过专业训练的，而是临时招募，只能做口头交流，水平参差。由于中文难学，几乎没有葡萄牙人可以在短时间掌握这门语言，因此他们不得不依赖华人或马来人充当沟通的媒介，有学者认为："葡萄牙人在非洲、南亚和东南亚基本上可以渗透其语言文化，不少马来人很快学会了葡语并皈依了天主教，可以充当翻译。而马来人一直与中国有来往，多少懂点汉语。无论是否混血儿，都可以为中葡初期的沟通提供方便。面对强大而高度统一的中华文明，葡萄牙人更加明白翻译的重要性。在相当程度上，他们对中国文化的了解特别是翻译的好坏，直接影响到葡萄牙人与中国地方当局关系及其在澳门的存亡。"[1] 有时翻译的"误读"可以引来灾难性的后果。皮莱资

1. 金国平、吴志良：《翻译的神话与语言的政治》，载《东西望洋》，澳门：成人教育学会出版，2002 年，第 27 页。

在中国的不幸的遭遇与过度依赖"通事""火者亚三"不无关系，皮莱资出使中国不仅没有增加两个国家的互信，反而引来杀身之祸，而且在两国关系之间造成了误会。葡萄牙学者何思灵（Celina de Oliveria）认为："虽然在很多情况下都需要这些马来亚人及华马混血人作为语言沟通的中介者，但这种作法不仅不实际，而且在处理一些微妙棘手的事情时冒有很大风险。因为每一个中间传话的人（指翻译）都有可能成为阴谋讨好或者泄漏天机的祸根。"[2]

2. Celina Veiga de Oliveira, *A Escola de Língua Sínica no Contexto das Relações Luso-Chinesas*, Revista Cultura, N°.18, 1994.

鉴于中葡两种语言存在着巨大的差异，无论是中国人学习葡语还是葡萄牙人学习汉语都是十分艰难的过程，中年决定皈依天主、曾在澳门圣保禄学院进修神学教义的吴渔山曾留下诗作来描述他学习语言的情景："灯前乡语各东西，未解还叫笔可通。我写蝇头君写爪，横看竖看更难穷"，非常形象地道出语言学习"更难穷"的情景。

真正认真研习汉语和中国文化并卓有成效的是从 16 世纪陆续来到澳门的传教士这些人。

他们自澳门出发，抵达中国内地传教，遭遇了许多艰难困苦之后，很快懂得了学习汉语以及让天主教义适应中国文化的必要性。利玛窦认为传教士只有通过以汉语传播天主教义才能吸引中国人，从而进入他们的心灵深处。他努力学习汉语，最终成为"泰西儒士"。其他传教士，如罗明坚、南怀仁、范礼安等人，无不通晓汉语，罗明坚还和利玛窦联手编撰了第一部汉外字典——《葡汉辞典》（该词典一直是手稿，直到 2001 年影印本问世）。澳门的圣保禄学院成为当时传教士研习语言及文化的主要场所，开办的课程有神学、数学、地理学、中文、葡文、拉丁文以及天文学等科目，从而成为派往中国、日本及远东其他地区的传教人士的培训中心。汉语的学习为入华传教创造了重要的条件，也为他们日后翻译中国经典著作、向中国引入西方的先进科学技术奠定了基础，他们当中的许多人都成为学贯中西的汉学家。

　　在中葡两种语言漫长的交际与交汇中，除了在历代传教士中产生过一些汉学家之外，也有一些热衷中国文化而从事文学翻译的人士，如庇山耶（Camilo Pessanha）和高美士（Luís Gonzaga Gomes），后者多才多艺，汉语知识渊博，将中国的很多古典作品翻译成葡语，并撰写了数篇关于中国文化的文章，堪称典范。然而，像庇山耶和高美士这样的有心之人毕竟还是寥若晨星。葡萄牙的管治阶层与华人社会基本上以土生葡人作为沟通的中介者，当中不乏一些精通中葡双语的翻译者，如罗德理（João Rodriguez Gonsalvez）、伯多禄（Pedro Nolasco da Silva）、毛里西奥·沙维尔（Maurício Xavier）、安东尼奥·亚历山大利诺·梅罗（António Alexandrino Melo）、阿比利奥·巴斯托（Abílio Maria da Silva Basto）、马贵斯（Marques），佐治（José Vicente Jorge）、飞南第（Francisco Hermenegildo Fernandes）、小伯多禄（Pedro Nolasco da Silva Júnior）、若阿金·沙加斯（Joaquim Fausto das Chagas）等人，但大多土生葡人翻译员重视口译而忽视笔译，甚至很多土生葡人不懂得汉语书写，实在需要的时候即辅以所谓的"文案"帮忙。虽然偶尔有华人参加翻译，但素质极低，"那些少数成为教徒的中国人为葡萄牙商人充当翻译，但他们对中国文学全然无知，对葡萄牙语也无甚了解"[1]。面对人口

---

1. 魏若望为罗明坚、利玛窦《葡汉辞典》撰写的序言，澳门／里斯本：澳门东方葡萄牙学会及里斯本葡萄牙国家图书馆，2001 年，第 85 页。

占绝大多数的华人社会，澳葡政府深感在社会、文化、经济、法律等诸多方面实施更加有效的管理，翻译的作用不可低估，因此在1885 年成立华人事务署，以扩大和改善华人社会的语言沟通，虽为亡羊补牢之举，但聊胜于无。华人事务署主要承担澳门各政府部门汗牛充栋的文件书面翻译工作及随时需要的口译翻译工作，尽管也培养了不少翻译人才，但都是技术型翻译人员，鲜

有人热衷文学翻译。

可以说，中葡两个民族交往的历史虽然漫长，但通过翻译而进行的文学交流是相当贫乏的。

时间跨过 20 世纪，中国于 1960 年在北京广播学院（现中国传媒大学）开设葡萄牙语本科专业课程，1961 在北京外国语学院（现北京外国语大学）开设同样课程。"文化大革命"结束之后，1977 年上海外国语学院（上海外国语大学）也开办了葡萄牙本科课程。这三所学校培养了第一代葡语专业毕业生（其中有很多人毕业后留校任教），其中多人对葡萄牙文学兴趣浓厚，自发地开始翻译葡萄牙文学作品，成为中国第一批葡萄牙文学的翻译者。随着中国与葡语国家发展关系的热情日益增长，国内开设葡语专业的大学越来越多，迄今已超过 20 多家。

1982 年澳门文化学会（后改名澳门文化司署）成立，大力推动葡萄牙文学作品的译介，因此为这些翻译者提供了一个施展才能的平台，他们翻译的许多作品都是通过这个平台得以发表或出版，这对他们来说无疑是个极大的鼓舞。从 20 世纪 80 年代后半期开始，葡语作家的中文译著出版数目逐步增加，除了澳门文化司署在其中所发挥的重要作用外，中国社会科学院外国文学研究所与葡萄牙古本江基金会联合实施的出版计划也贡献良多。

进入 20 世纪 90 年代，葡萄牙文学作品的译介出现一次小小的"爆炸"，原因之一是译者根据自己的兴趣在业余时间翻译了一些作品，在翻译过程他们并不知道自己的译著何时可以出版，他们只是凭兴趣选择了要翻译的作品，然后等待着水到渠成的出版机会。值得强调的是，有两套丛书为这些译著提供了出版的机会，为葡萄牙文学在中国的推广起到了推波助澜的作用，一是中国社会科学院外国文学研究所与葡萄牙古本江基金会合作出版的《葡萄牙文学丛书》，二是澳门文化司署与花山文艺出版社合作出版的《葡语作家丛书》。这两套丛书的出版均是合作出版，都得到葡萄牙和澳门方面的资助，并非国内出版社主动所为，由此看出，葡萄牙文学作品在国内的译介必需借助外力，否则国内的出版社不会主动"出击"的。葡萄牙文学真正引起中国读者的兴趣和关注是从若泽·萨拉马戈和佩索阿开始的。

第二节　中国内地对葡萄牙文学的译介

中国对葡萄牙文学的译介很晚才开始，根据李峭《葡萄牙文学在中国的译介》一文的介绍，早期的译著开始于 20 世纪 20、30 年代，茅盾翻译了葡萄牙作家特·琨台尔的短篇小说。稍后，1945 年重庆绿洲出版社出版了由皇成翻译、玛丽安妮著作的《葡萄牙少女的恋情》。1949 年以后，对葡萄牙文学的译介工作有所展开，但明显都受到意识形态因素的影响，被翻译的作品重政治立场而轻文学价值。1955 年，上海文艺联合出版社出版了达恺和嚣林从俄文转译的彼列拉·高梅斯（Soeiro Pereira Gomes）的长篇小说《被剥夺了的童年》。1957 年，上海新文艺出版社重印了这部小说。进入 60 年代后期，《世界文学》杂志刊登过一些葡萄牙的短篇小说和诗歌，短篇小说有费尔南多·纳莫拉（Fernando Namora）的《少年鼓手》、埃萨·德·盖罗斯的《三兄弟和财宝》和何塞·德阿米达（José de Amida）的《她的儿子》；诗歌有弗朗西斯科·米格尔的诗歌《未来》、《别开到安哥拉去，士兵》和何纳斯·埃加亚的诗歌《被奴役的伊比利亚》等。[1]

《被剥夺了的童年》中文版封面

1. 参见李峭《葡萄牙文学在中国的译介》，载《安徽农业大学学报》（社会科学版）2006 年 7 月号，第 113 页。

1982 年，中国社会科学院外国文学研究所开始与葡萄牙古本江基金会合作翻译出版葡萄牙的文学作品，第一部作品为《卡蒙斯诗选》，由张维民、李平、赵洪英和王全礼共同翻译，他们合用笔名"肖佳平"。该书收录了卡蒙斯的数十首十四行诗、短诗以及《卢济塔尼亚人之歌》中的部分章节，虽然选译作品不多，但译文优美典雅，用词讲究，基本上传达了原作的精妙之处。卡蒙斯的诗歌是葡萄牙文学中最灿烂的明珠，其史诗气势恢宏、慷慨激昂，抒情诗则格律谨严，富有哲思，译者没有囿于字面涵义亦步亦趋，而是采用灵活多变的意译方法，如这首《爱情是看不见火焰的烈火》就是一个例证：

爱情是不见火焰的烈火，

爱情是不觉疼痛的创伤，

爱情是充满烦恼的喜悦，

爱情是痛苦，虽无疼痛却能使人昏厥。

爱情是除了爱别无所爱，

即使在人群中也感不到他人的存在。

爱情的欢乐没有止境，

只有在牺牲自我中才能获得。

为爱情就要甘心俯首听命，

爱情能使勇士俯身下拜，

爱情对负心者也以诚实相待。

爱情既然是矛盾重重，

在人们的心中，

又怎能产生爱慕之情？[1]

1.《卡蒙斯诗选》，中国社会科学院外国文学研究所、古本江基金会联合出版，1982 年，第 53 页。

作为卡蒙斯抒情诗的代表作之一，它精妙地表现了爱情的矛盾性，因此传唱至今，备受读者喜爱，在中国也引起了回声，有人这样评论："这首爱情诗不仅是爱的表白与宣泄，同时也是爱的思考与发现，诗作通过形式的呈现、意象的创造，使'爱情到底是什么一回事'这种哲思，在生动具体可感的形象中，获得了最为诗意的体现。"[2]

2. 岳洪治《爱情不幸诗大幸》，刊于《名作欣赏》1991 年第 2 期，第 40 页。

《卡蒙斯诗选》出版后，中国社会科学院外国文学研究所与古本江基金会继续合作，在该会的资助下于 1983 年出版了安东尼奥·若泽·萨拉伊瓦（António José Saraiva）著，路修远、林栎翻译的《葡萄牙文学史》。这是第一本译成中文的介绍葡萄牙文学史的著作，是引导读者了解葡萄牙文学历史脉络的入门手册。自 20 世纪 80 年代开始，对葡萄牙长篇小说的翻译逐渐活跃起来，值得注意的是，这些小说的翻译和出版不再仅仅注重政治性，而是更关注文学价值。此外，作品已不再从第三语言转译，而是直接从葡萄牙语译出，主要原因是一些大学已经开设有葡语课程，培养葡语人才，其中不乏对文学翻译有兴趣者，这些人后来成为翻译葡萄牙文学作品的中坚力量。

1981 年，甘肃人民出版社出版了卡斯特罗·布朗库（Castelo Branco）的长篇小说《被毁灭的爱情——纪念一个家庭》，该书由顾逢祥、薛川东从葡萄牙语译出；1984 年，上海译文出版社出版了埃萨·德·盖罗斯的《阿马鲁神父的罪恶》，该书由翟象俊、叶扬从英文转译，被纳入《世界文学经典》。《阿马鲁神父的罪恶》是埃萨创作的一部批判现实主义杰作，给当时日渐陷于僵化的浪漫主义写作模式的葡萄牙文学界带来强烈冲击，被认为是葡萄牙文学史上难得的长篇杰作，纳入《世界文学经典》完全顺理成章。1985 年，花山文艺出版社出版了顾逢祥、薛东川译的同一部作品，名为《阿马鲁神父的罪恶——宗教生活写实》。1987 年，漓江出版社出版了费雷拉·卡斯特罗（Ferreira Castro）的《侨民》，由张宝生从葡文译出。卡斯特罗是 20 世纪上半叶伟大的作家，是葡萄牙新现实主义的先声，《侨民》描述的是他侨居巴西时的生活，是葡萄牙文学中最先描写工人阶级苦难生活的作品。

古本江基金会是葡萄牙最重要的私人基金会，由卡洛斯特·古本江（Calouste Gulbenkian，1869—1955）设立，他捐出大部分遗产设立该基金会，现在已是世界上最大的基金会之一，每年在文化科技教育领域中投入巨额资金。该基金会每年都向中国留学生提供奖学金，并资助在中国推介葡萄牙文化的活动。继与中国社会科学院外国文学研究所合作出版了《卡蒙斯诗选》和《葡萄牙文学史》之外，该基金会还与国内出版社合作出版更多的葡萄牙文学书籍，为此成立了《葡萄牙文学丛书》编辑委员会，由葡萄牙文学史专家安东尼奥·夸德罗斯（António Quadros）任主编，编委有王全礼、孙成敖、许铎、陈凤吾、张维民和范维信。该套丛书一共出版了《卢济塔尼亚人之歌》（张维民译，社会科学文献出版社，1992）、《葡萄牙现代诗选》

（姚京明、孙成敖译，中国对外翻译出版公司，1982）、
埃萨·德·盖罗斯的《城与山》（陈凤吾译，社会科学文
献出版社，1991）、米格尔·托尔加的《动物趣事与山村故事》
（范维信译，社会科学文献出版社，1992）、卡斯特罗·布
朗库的《失落的爱》[1]（王全礼译，中国对外翻译出版公司，

1. 即《被毁灭的爱情》，也被译作《毁灭之恋》

1993）。米格尔·托尔加被认为是葡萄牙当代最优秀的短
篇小说家之一，他思想冷峻深刻，文笔凝练朴素，是一种
丰富但不靡丽的葡萄牙语言。卡斯特罗·布朗库可以是葡
萄牙最家喻户晓的浪漫主义小说家，他的语言典雅精致，
把葡萄牙语推向了一种新的高度；他一生笔耕不辍，创作
了近 200 部作品，其中《失落的爱》被视为葡萄牙文学的
经典之作，至今仍然是葡萄牙最受读者欢迎的作品。《城
与山》是埃萨·德·盖罗斯逝世前一年写作的作品，虽然
没有完成，却是作者的风格成熟之作，是其一部十分重要
的作品。而《葡萄牙现代诗选》则选译了从葡萄牙现代主
义先驱诗人佩索阿到埃乌热尼奥·德·安德拉德、安娜·阿
特尔莉等 28 位诗人的作品，是第一次全面向中国读者介绍
葡萄牙现代诗歌的选集。

　　这套丛书是第一次比较集中地向中国读者介绍葡萄牙
文学，但并未在中国的文学界产生什么反响，原因是多方
面的，其中之一是缺少对葡萄牙文学的介绍和研究，并未
见有深度的评论和研究文章来配合这些翻译作品的出版，
尽管这几部作品的作者都是葡萄牙文学的代表人物。为数
不多的几篇评介文章散见于一些报刊杂志，如孙成敖在《外
国文学》（1993 年第 1 期）杂志发表《卡蒙斯与〈卢济塔
尼亚人之歌〉》，介绍卡蒙斯的生平和他所创作的《卢济

《葡萄牙现代诗选》封面

塔尼亚人之歌》。

1992 年，中国文联出版社出版了费尔南多·纳莫拉的《行医琐记》，译者是李宝钧、赵强和丁晓航。小说讲述一位刚从医学院出来的毕业生，踌躇满志地来到葡萄牙南部偏僻的山乡行医，经历了一件件奇异的病案，由此而结识了一个个新奇的人物和有趣的故事。作者本人即是医生，在乡村行医多年，故事和他的亲身经历有关。

1998 年，中国文联出版社出版了葡萄牙文学史学者玛莉亚·布埃斯库（Maria Helena Buescu）所著、姚越秀翻译的《葡萄牙文学史》，这是该出版社在葡萄牙东方基金会资助下出版的《葡萄牙文化丛书》中的一种，这套丛书还包括《葡萄牙戏剧史》、《葡萄牙音乐史》、《葡萄牙科学》、《葡萄牙舞蹈》、《葡萄牙的机构和实事》、《葡萄牙摄影史》、《葡萄牙电影史》和《葡萄牙建筑》共 9 种。

此外，一些杂志也陆续刊发葡萄牙的文学作品，如米格尔·托尔加的《维森特》（《外国文艺》1983 年第 3 期，彭子珍译）、若泽·罗德里格斯·米盖斯的《洗不掉的血污》（《名作欣赏》1981 年第 3 期，范维信、喻惠娟译）、菲略亚·德·阿尔梅达的《美洲叔叔》（《花溪》1982 年第 10 期，姚京明译）、《葡萄牙现代诗选》（《世界文学》1983 年第 4 期，王央乐译）。

1995 年，《世界文学》第 1 期发表了"葡萄牙当代短篇小说专辑"，由孙成敖、时耕及赵德明翻译，收入了葡萄牙当代名家若译·戈梅斯·费雷拉、若·罗德里格斯·米格斯、马·达·丰塞卡、维尔吉利奥·费雷拉、索菲娅·安德雷森等九人的短篇小说。译者在"按语"中写道："葡萄牙历史上曾经有过昙花一现的黄金时代，接下来便是持续几个世纪的贫穷与落后。历史与现实的双重重负给葡萄牙民族性格打上了阴郁与深沉的烙印，使之缺少乐观精神与幽默感。作为反映社会生活的葡萄牙文学作品，历来也带有这种民族的阴郁和深沉的色彩，而缺乏明朗与开朗。讽刺与悲剧相结合似乎已成为一种传统，往往使读者产生一种压抑感。进入 20 世纪以后，葡萄牙的文学作品也依然未能打破这种传统。"[1] 其实，一般的葡萄牙民众并不乏乐

1. 孙成敖：《当代葡萄牙短篇小说专辑》，见《世界文学》1995 年第 1 期，第 6 页。

观和幽默感，这也是他们在无奈和单调的生活中自得其乐的途径，但许多文学作品确实缺少明朗欢快的色调。

20 世纪 90 年代，最重要的出版活动是韩少功翻译佩索阿的《惶然录》和范维信翻译若泽·萨拉马戈的《修道院纪事》及《失盲症漫记》，它们的出版引起了中国读者对葡萄牙文学的关注

和热情。2004 年，埃乌热尼奥·德·安达拉德诗选《安德拉德诗歌选》由广州民间出版机构"诗歌与人"出版，引起诗歌界对这位诗人的极大关注。之后，出版社对葡萄牙文学的翻译基本上集中在佩索阿的和若泽·萨拉马戈这两位作家身上，先后出版了佩索阿《不安之书》（〈惶然录〉第二个中译本）、《佩索阿诗选》、《我的心略大于宇宙》、《阿尔伯特·卡埃罗诗选》（佩索阿以一个异名创作的诗歌），若泽·萨拉马戈的《复明症漫记》、《双生》等。

第三节 首届葡萄牙文学研讨会

　　1996 年 12 月 6 日，由西班牙、葡萄牙、拉丁美洲文学研究会，澳门文化司署，东方基金会以及葡萄牙驻华使馆联合在北京举办了"中国首届葡萄牙文学研讨会"，除了中国西葡拉美文学的研究者和翻译者之外，研讨会还邀请了国内著名的文学家、诗人、作家以及来自葡萄牙的专家和学者，一道"从各种角度探讨这个与西班牙文学共同形成的伊比利亚文学体系，并成为欧洲不可分割的重要组成部分的葡萄牙文学发展的轨迹与其对世界文学的重大贡献"。[1] 这

1. 沈石岩：《可喜的第一步》，见《中国首届葡萄牙文学研讨会论文集》，上海：上海译文出版社，1998 年，第 1 页。

次研讨会召开的原因是由澳门文化司署与花山文艺出版社共同出版的《葡语作家丛书》已在国内出版多卷，是时候在北京召开一次研讨会，以探讨葡萄牙文学的特点和该套丛书在中国读者中的反响。著名学者玛丽娅·塞伊萨斯从里斯本远道而来参加了研讨会。她在研讨会上作了提纲挈领、内容丰富的精彩发言。她认为葡萄牙文学是"一种独具特色的文学"[2]。她概括了葡萄

2. 玛丽娅·塞伊萨斯：《一种独具特色的西方文学》，见《中国首届葡萄牙文学研讨会论文集》，第 1 页。

牙文学的精粹和精神，指出葡萄牙文学在欧洲古老文化中孕育，又在航海大发现的冒险精神中成长，不仅表现出征服和开拓精神，与其他文学相比，更有自我批判的能力，容易容纳"他人"的观点，接受不同民族的传统和文化情感，这无疑反过来丰富了葡萄牙文学自身，使之产生了一系列出类拔萃的作品。她列举了一些作家，例如 17 世纪的费尔南·门德斯·平托记叙在东方 20 多年探险旅行生涯的小说《远游记》，这本书虽然从西方中心主义角度看待问题，但仍可听到当地人对欧洲人及其残酷野蛮行径猛烈批评的声音，其中许多描写中国的章节，特别是描写北京的章节更具有非常重要的文献价值；19 世纪最具代表性的作家埃萨·德·盖罗斯的《阿

马罗神父的罪恶》和《巴济里奥表兄》，再现了欧洲现实主义通过狄更斯或奥斯汀、福楼拜留给人们的伟大的社会画卷；20 世纪最伟大的诗人费尔南多·佩索阿的诗作和小说家若泽·萨拉马戈的《修道院纪事》等，这些作品显示了作家对历史、宗教和现实的思考，具有对 20 世纪多重感知的趋向。[1]

1. 玛丽娅·塞伊萨斯：《一种独具特色的西方文学》，同上，第 42—45 页。

范维信在题为《葡萄牙文学在中国》的发言中，回顾了葡萄牙文学在中国翻译的历史，他指出，20 世纪中国曾有过两个翻译高潮，第一次高潮出现在 1919 年的五四运动时期，第二次是伴随着在中国改革开放新时期而到来的；在第一次高潮中，完全没有葡萄牙文学的踪影；在第二次高潮以后，才有葡萄牙文学作品被翻译介绍到中国。[2] 葡萄牙文学虽然是欧洲最古老的

2. 范维信：《葡萄牙文学在中国》，同上，第 16 页。

文学之一，但在中国一直没有得到应有的关注，其原因之一就是缺少翻译人才，而文学翻译是一条艰辛之路，对文学没有热情根本无法投入到文学翻译事业当中，范维信作为资深翻译家，正是出于对文学的爱好才利用余暇从事文学翻译的。

研讨会还邀请了北京西班牙文学研究专家赵德明、陈众议、林一安，著名评论家白烨，剧作家叶楠，著名诗人牛汉等人参加。邵燕祥宣读了《远在天边又近在心中的诗——关于索菲娅的诗话》的论文，他以索菲娅的诗歌为例，概略地比较了这位葡萄牙女诗人与中国古典诗歌以及现代诗歌的心有灵犀之处，他认为："阅读葡萄牙女诗人索菲娅·安德雷森的诗选，我被引进了她诗歌的世界，忘记了语言的障碍，并不感到陌生，反而觉得亲切。"[3] 邵燕祥本是一位

3. 邵燕祥：《远在天边近在眼前的诗》，同上，见 44—46 页。

优秀的诗人，后以抨击时弊的杂文闻名于世，他与葡萄牙文学并无渊源，他通过解读索菲娅的诗歌告诉我们，无论在题材还是在写作手法上，古今中外的诗歌都有相同之处。著名诗人牛汉的文章是《远方得一知音——读埃乌热尼奥·德·安德拉德诗集〈新生〉》。《新生》是《葡语作家丛书》之六，由姚京明翻译，收入安德拉德的短诗 30 多首。此外，孙成敖宣读了《若泽·萨拉马戈创作之路初探》；赵德明宣读了《权力与智慧的搏斗——浅谈〈修道院纪事〉》；外国文学研究专家陈众议就葡萄牙两位小说家迪尼斯和盖罗斯的小说宣读了题为《文学·道德·爱情——从迪尼斯和盖罗斯笔下的两个神父说起》的论文；评论家白烨的论文是《在爱的冲突背后——读〈两姐妹的爱情〉有感》；叶楠的论文题是《逝去的历史画卷——读〈马亚一家〉》；林一安就《巴济里奥表兄》与《包法利夫人》进行了比较，以《异曲同工、殊路同归——〈巴济里奥表兄〉与〈包法利夫人〉异同初探》为题宣讲了论文。

　　这是中国第一次举办葡萄牙文学研讨会，除了西葡文学的翻译家和研究专家外，还邀请到国内一些著名的评论家、诗人和作家出席并宣读论文，他们的出席为解读葡萄牙文学提供了别样的视角和经验，十分难得。研讨会的论文后来被编辑成《中国首届葡萄牙文学探讨会论文集》，由上海译文出版社于 1998 年出版。遗憾的是，首届研讨会之后，再没有举办类似的会议了。

第四节　若泽·萨拉马戈在中国

若泽·萨拉马戈

　　若泽·萨拉马戈 1922 年出生在葡萄牙南部阿连特茹地区阿济尼亚加镇的一个贫苦农民家庭，尽管成绩优秀，但萨拉马戈小学毕业后不得不进入职业学习修理汽车，以获得谋生的技能。

　　萨拉马戈 1947 年发表第一部长篇小说《罪孽之地》；1966 年出版了第一部诗集《可能的诗歌》；1975 年萨拉马戈出版了第二部长篇小说《绘画与书法教科书》。1980 年，萨拉马戈出版了第三部长篇小说《从地上站起来》，这是他的成名作，奠定了他在葡萄牙文坛的地位。小说以现实主义的手法表现了从 1910 年共和国革命直到 1975 年"四二五"革命这一段葡萄牙现代史上的漫长变革历程。通过阿连特茹地区三代农民的悲欢离合，谱写了一部葡萄牙劳动人民的生活史诗。此后，他又相继出版了一系列长篇：《修道院纪事》（1982）、《里卡多·雷伊斯死亡之年》（1984）、《石筏》（1986）、《里斯本围城史》(1988)、《耶稣基督眼中的

福音书》（1991）、《失明症漫记》（1995）、《双生》（2002）、
《复明症漫记》（2004）、《大象的旅行》（2008）、《该
隐》（2009），以及戏剧、散文、短篇小说、诗歌等众多
作品。1995 年，萨拉马戈荣获葡萄牙语文学中的最高奖"卡
蒙斯文学奖"。1998 年，他荣获诺贝尔文学奖，是迄今为
止第一位也是唯一一位获得诺贝尔文学奖的葡语作家，实
现了葡语世界从未获得过此项文学奖的零的突破。瑞典皇
家文学院这样评价这位作家："萨拉马戈以充满想象、同
情和讽喻的寓言故事，不断使我们对虚幻的现实加深理解。"
他的作品被翻译成 30 多种语言，销售超过 350 万册。

　　《修道院纪事》是萨拉马戈的代表作，被视为葡萄牙
文学史上最优秀的长篇小说之一，这部小说也是他获得诺
贝尔文学奖的主要原因。《修道院纪事》以 18 世纪根据
国王的意志修建马弗拉修道院为主要背景，讲述了一个失
去一只手的士兵和一位具有奇特视力的姑娘的爱情故事，
把读者带到 18 世纪宗教扼杀人性的年代。作者在尊重历
史细节的前提下，表现出超凡的想象力和惊人的语言能力，
给人留下深刻的印象。1995 年，他又出版了另一部长篇小
说《失明症漫记》，在这部小说中，萨拉马戈以超凡的想
象为人类假设了一个极端的境况，以此来考验人类是否可
以战胜人性的弱点而自我救赎，但结果是令人忧虑的。小
说在虚拟的叙事中环环相扣，于荒诞中呈现出真实。故事
讲述的是某地突然发生一种人人双目失明的奇怪瘟疫，全
世界都坠入黑暗，人性的弱点也因此被黑暗放大：人的视
力失明是可怕的，但更可怕的人类在理智和道德上的失明。
小说语言冷峻，内涵深刻，对许多社会问题都有独到的思

《修道院纪事》中文版封面

考：极权与政治、人性与沉沦、信仰与救赎、生存与死亡、阶层与阶级等，作者悲观但别具洞见地剖析了人性中隐藏的丑恶和脆弱，揭示了灵魂与尊严如何被任意践踏，令人不得对人类进步的前景深感忧虑。作家在接受记者采访时曾这样说道："为什么生存？为了什么生存？怎样生存？这是我经常关心和思考的问题。此时此刻，我本来可以远离这儿，安静而惬意地在兰萨罗特尽享那里的阳光、海滩和群山。可能有人会问，为什么我毫不退缩地写出了一部如此冷酷无情的作品。我的回答如下：我活得很好，可是世界却不是很好。《失明症漫记》不过是这个世界的一个缩影罢了。作为一个人和一名作家，我不愿不留下这个印记而离开人世。"[1] 小说具有重大思想意义和精神价值，它直指我们的内心，直指整个人类生存的境遇；

1. 卡洛斯·雷伊斯：《一位作家的自白——若泽·萨拉马戈访谈录》（孙成敖译），《外国文学》1999 年第 1 期，第 22 页。

作者严肃地思考人类的前途命运，以特有的沉重体现了一个作者的社会责任感。

萨拉马戈的作品始终诘问人性的弱点。他曾经这样说道："我们怎么会成为现在的这个样子的呢？人类究竟出了什么问题？在我们每个人的生活历程中，是从何时开始我们走向了自己的反面，或是说越来越缺少人性的呢？或者让我们以另一种方式提出问题，即人类走向人性化的道路竟是何其艰难与漫长呢？经过数千年之后，在创造了如此之多的美好事物之后，在对宗教与哲学进行了如此之多的探索之后，今天我们走到了这样一种境地：在与环境和其他人的关系中，我们不能真正地成为人类，这究竟是为什么呢？"[2] 这种自我的分裂说明人类的复杂性：

2.《外国文学》1999 年第 1 期，第 21 页。

善与恶、美与丑、正义与邪恶，二元对立而又统一，这一切都在人性的镜子中得到了折射。人与上帝的关系也是萨拉马戈经常思考的一个问题，在《失明症漫记》中，神也是失明的，人类的信仰因此受到严重质疑；上帝说："我是世界的光，跟从我的，就不在黑暗里走，必要得着生命的光。"连上帝的眼睛都被蒙蔽了，人还可以信仰什么呢？

他始终在深刻地诘问困扰人类生存的诸多问题，《失明症漫记》里这样的一句话，则更是体现出他对于人类的态度："我们都是这样的一团物体：半是冷漠，半是邪恶。"他形容自己是"悲观主义者"和"无神论者"。1998 年他在接受诺贝尔文学奖的致辞中，阐述了自己为什么是一个"悲观主义者"："不公正在增加，不平等在恶化，无知在增长，悲惨在扩大。能够把复杂工具送到另一个星球去研究那里的岩石结构的神经分裂的人类，却可以对数百万人因饥饿而死亡无动于衷。去火星仿佛比拜访自己的邻居更容易。"他早在 1969 年就加入了葡萄牙共产党，终身都是葡萄牙共产党员，也是一个坚定的反宗教人士。1991 年，他最富争议的作品《耶稣福音书》出版，梵蒂冈对此书的出版极为不满，认为此书对天主教构成了冒犯和亵渎，而葡萄牙又是传统的天主教国家，天主教势力强大，迫于多重压力，葡萄牙当局取消该书角逐欧洲文学奖的资格。萨拉马戈一怒之下离开祖国，和西班牙籍夫人移居西班牙兰萨洛特岛，直至去世。

《修道院纪事》是萨拉马戈第一本译成中文的作品。1996 年，澳门文化司署与石家庄花山文艺出版社合作出版的《葡语作家丛书》文学系列之十三推出了范维信翻译的《修道院纪事》。1997 年 3 月，萨拉马戈应澳门文化司署的邀请访问澳门，但对澳门的印象并不好。1997 年 3 月 12 日，澳门文化司署、花山文艺出版社、葡萄牙驻华大使馆及中国西葡拉美文学研究会在北京联合举行若泽·萨拉马戈著作《修道院纪事》中文版首发式，他赴京参加了发行仪式，并以"作家何为"为题发表了演讲。他认为，作家应该是一个"关切其所生活的世界的公民"，无论他们是"葡萄牙人"、"西班牙人"还是"中国人"，并强调指出，"尊重他人的差异，尊重他人的个性"，应该是作家和一般公民的"指南"，但他又意味深长地声明说，他不能陷入"博爱的陷阱"里，因为"这不会有什么结果"。但这本书的发行在当时并没有引起中国文学界的特别关注。

1998 年 4 月底，范维信翻译的《修道院纪事》摘取了由中国作家协会主办的"鲁迅文学奖·首届文学翻译彩虹奖"，这是我国授予翻译作品的最高奖项。同年 5 月 1 日，范维信收到了萨拉马戈从西班牙的寓所发来的贺信：

> 得悉你获奖，特表示祝贺和高兴。双重祝贺，双重高兴，这是因为，由于您翻译
> 的《修道院纪事》一书，我得以带着尊敬和友好之情分享你一生这幸福的时刻。我相
> 信，这不是最后一次，更多的幸福时刻在等待着你，这实为你杰出的工作使然。[1]

1. 范维信：《修道院纪事》译本后记，海口：海南出版社，1999 年，第 320 页。

同年 10 月，萨拉马戈荣获诺贝尔文学奖，北京一家媒体用"英雄所见略同"为题报道了萨拉马戈的获奖消息，传达出中国文学界对萨拉马戈这位葡萄牙语作家的认知和赞赏。海南出版社立即再版了《修道院纪事》，同时由于诺贝尔文学奖的效应，盗版书十分猖狂。萨氏荣获诺贝尔文学奖的消息掀起了一个报导、评介他的热潮，《外国文学》在 1999 年第 1 期开辟"特

约专稿"、"诺贝尔文学奖得主若泽·萨拉马戈特辑"和"作家与作品"三个栏目，分别刊发了《庾信文章老更成——漫谈 98 年获诺贝尔文学奖的葡萄牙作家萨拉马戈》（周长才）、《若泽·萨拉马戈创作之路》（孙成敖）、《瑞典皇家学院通告：小说的艺术》（孙成敖译）、《一位作家的自白——若泽·萨拉马戈访谈录》（葡萄牙卡洛斯·雷伊斯著，孙成敖译）、《若泽·萨拉马戈日记三则》（孙成敖译）、《若泽·萨拉马戈年表》（孙成敖译）、《萨拉马戈与〈修道院纪事〉》（赵德明）等各类评论文章与研究资料。《文艺报》（1999.1.21）"理论与批评"版也以整版篇幅刊发了《这个诺贝尔奖是我们大家的——若泽·萨拉马戈与他的创作》（孙成敖）、《我怎么想就怎么说》（萨拉马戈等著，朱景东译）等。

同年，中国社科院外国文学研究所主办的《世界文学》杂志（第 4 期）刊出"葡萄牙作家若泽·萨拉马戈专辑"，刊发了《修道院纪事》中译本的部分章节（范维信译），《过去，现在，将来》、《让我们学会礼仪》等五首诗作（孙成敖译），以及《一位有眼力的作家——访若泽·萨拉马戈》（孙成敖译）、《若泽·萨拉马戈创作之路初探》（孙成敖）等专访与评论文章。1996 年 12 月 6 日，在北京召开的"中国首届葡萄牙文学研讨会"上，时任北京外国语大学文学研究所研究员孙成敖宣读了论文《若泽·萨拉马戈创作之路初探》，北京大学赵德明教授宣读了论文《权利与智慧的斗争——浅谈〈修道院纪事〉》。

由葡萄牙卡蒙斯学院（Instituto Camões）主办，以"倡导葡萄牙语言和文化"为宗旨的《卡蒙斯——葡萄牙语文学文化杂志》则将 1998 年第 3 期设为"萨拉马戈"专刊，并从发表在 20 个国家出版物上的主要围绕萨拉马戈获诺贝尔文学奖所撰写的文章中，挑选出一部分刊登，以显示萨氏作品所引起的"巨大反响"。该期破例把葡语版若干专题制成中文版，并以"赠送"的形式发行。

《失明症漫记》还经中国国家话剧院编剧冯大庆改编为话剧剧本，由王晓鹰导演执导，于 2007 年 5 月 19 日在北大百年纪念堂首演。王小鹰说："我是通过将《失明症漫记》搬上中国话剧舞台而了解萨拉马戈的。从这部小说我们就能看出，作者对现代文明下人性的怀疑：当外部的约束都失去了以后，人性到底能经受多大的考验？他的描述是很不留情的，这种不留情是知识分子对人性的严峻拷问。"[1] 他还说，读《失明症漫记》的时候，正值 2003 年中国经历"非典"，

1. 2010 年 6 月 20 日《新京报》。

中国的这种灾难经历，也应该来反思人性，于是就将这部《失明症漫记》改编成舞台剧。

《失明症漫记》话剧剧照

对萨拉马戈的评论，比较突出的有冯倾城《文化主体性的寻求——论葡国作家若泽·萨拉马戈》[1]一文，作者通过对萨拉马戈的"文化身份"的研究，从"全球化"与"本土化"的二

1. 刊发于台湾《政大中文学报》第八期，2007 年 12 月，第 151—174 页。

元紧张，"西方"内部的文化冲突以及前宗主国知识分子潜在的"文化殖民"意识这三个方面探讨了萨拉马戈作为葡萄牙文化代言人所持有的文化立场。作家苏童在看完《失明症漫记》后曾说："萨拉马戈和马尔克斯是我心目中最好的两位作家，但在我看来，萨拉马戈对现实的隐喻更强。"[2]

2. 见《诺奖作家萨拉马戈：作家应有能有写到文学高于政治》，载《北京青年报》2014 年 3 月 15 日。

2014 年 3 月，北京新经典文化推出萨拉马戈的《失明症漫记》和被称为其姐妹篇的《复明症漫记》中文版，他的其他作品也陆续登陆中国。同年 3 月 11 日，在北京塞万提斯学院举办的萨拉马戈上述两部作品的中文版首发式上，著名作家阎连科、学者止庵和青年作家任晓雯与读者一起，分享了他们对萨拉马戈及其作品的阅读心得和体会，再度引发文学界对萨拉马戈作品讨论的热潮。阎连科也认为萨拉马戈的写作对中国作家有所启示，他说："萨拉马戈也再次告诉中国作家，思想家也可以是很好的文学家。我们中国作家会经常讨论小说家就是小说家，小说家不是思想家。小说家可以不是思想家，但是不等于思想家不能成为伟大的小说家。你可以讲一个非常好的故事，做一个了不得的小说家，但是有一点，伟大的思想家同样可以成为伟大的作家。有的写作我们说是从生活走向思想，但是有的写作是从思想走向文学，萨拉马戈是一个了不起的思想家，他是从思想走向文学。"[3]阎连科认为萨拉马戈的小说中的"细节像钉

3. 见《诺奖作家萨拉马戈：作家应有能有写到文学高于政治》，载《北京青年报》2014 年 3 月 15 日。

子一样让人无法忘记"。

在台湾，萨拉马戈的长篇小说《里斯本围城记》、《修道院纪事》和杂文集《谎言的年代》也已经翻译出版。

第五节　佩索阿：我的心略大于宇宙

　　费尔南多·佩索阿 1888 年出生于里斯本，7 岁时失去父亲，母亲再嫁葡萄牙驻南非德班总领事，佩索阿也随母亲来到南非生活。继父对他们母子很好，但是敏感的诗人还是从此养成性格内敛、情感炽烈却不苟言笑的低调性格。他最初接受的是英文教育，最早的作品也以英文写成。17 岁时他回到里斯本，打算在里斯本大学学习文学，但还是中途辍学，进入了一家贸易公司担任翻译员。他除了随家人在南非度过少年时代和在亚速尔群岛做过短暂逗留之外，没有游历过世界的其他任何地方。他的大部分时间，都是在里斯本的几条大街上度过的。他一生没有改变过工作，始终在几家贸易公司做翻译商业信函的普通职员。其实，他上过很好的学校，英文很好，可以找到更好的工作，但是他不喜欢承担责任。他的工作虽然单调乏味，但好处是可以一周只工作两天，这让他有很多时间用于写作。在还不到 20 岁的时候，他就选择了自己的生活，之后基本上没有改变过：除了里斯本的几条大街和公司的办公室，他大部分时间留在自己的房间里，进行他的精神漫游，"真正的景观是我们自己创造的，因为我们是它们的上帝。它们在我们眼里实际的样子，恰恰就是它们被造就的样子。我对世界七大洲的任何地方既没有兴趣，也没有真正去看过。我游历我自己的第八大洲。我的航程比所有人的都要遥远。我见过的高山多于地球上所有存在的高山。我走过的城市多于已经建起来的城市"[1]。他自己也承认他是一个

<small>1. 佩索阿：《惶然录》，韩少功译，上海：上海文艺出版社，1999 年，第 150 页。</small>

失败者，然而人生中又有什么令他迷醉呢？没有，除了文学和诗歌，其他的都只是陪衬，包括爱情。他说："永远当一个会计就是我的命运，而诗歌和文学纯粹是在我头上停落一时的蝴蝶，仅仅是用它们的非凡美丽来衬托我自己的荒谬可笑。"[2]

<small>2. 佩索阿：《惶然录》，第 45 页。</small>

　　佩索阿是一个孤独者，但并非远离社会、不食人间烟火的隐士，也不是患有妄想症的精神病人，他不过是以自己的方式深入而积极地生活着，从而成为生命最深刻的体验者。从他生前留下的照片来看，佩索阿是一个相貌平淡无奇的普通市民。他身材瘦弱，身高 173 厘米，背有些驼，胸脯板平。他的腿很长，但并不强健；双手修长，但动作稍显迟缓。他走起路来步子很快，不过缺少协调性，那姿势让人从老远就能认出他来。或许从小受到英国文化的熏陶，他总是绅士一样的打扮，整齐的白衬衣，深色西装，配深色领带或蝴蝶结。他喜欢蓄着小胡子，

戴一副深色玳瑁眼镜，眼镜后面是一双栗色的眼睛，目光显得很专注。他也喜欢戴礼帽，帽檐会微微向右倾斜，但帽子常常是皱巴巴的，这是独身生活留下的痕迹，他的个人生活乏人照料。总而言之，佩索阿给人一种小职员的形象，他与那些穿行于里斯本商业区的小职员相差无几，最大的区别或许是他的脸上总是写满了忧郁。

事实上，佩索阿内心充满激情，但不会轻易表露，或者诉诸行动，他给人的印象是内向、克制、寡语。他很少谈论自己，不喜欢涉及私人问题，他知道如何保护自己的隐私。他有些禁忌，比如不喜欢被人拍照，不喜欢打电话，而作为词语闪电的收集者，他却害怕打雷。他喜欢集邮，收藏明信片，却不喜欢旅游。他喜欢阅读，藏书很多，也欣赏音乐，喜欢的音乐家有贝多芬、肖邦、莫扎特、威尔第、瓦格纳等。在诗人聚会中，他偶尔朗诵诗歌，但他的嗓音有些尖利，并不适合诗歌朗诵，有朋友说他的朗诵糟蹋了诗歌。

佩索阿

他的生活单调、刻板，一直生活在孤独之中，其实他喜欢和朋友交往，也结交了一些朋友，其中既有文学同道、同事、教师，也有理发师、女仆、牛奶店的老板等"引车卖浆者流"。他受过良好的教育，心地善良，身上有一种高贵的气质，而且乐于助人。

佩索阿创造了 70 多个异名，除了佩索阿的本名，常用的异名有 3 个：田园派诗人阿尔贝托·卡埃罗、未来派诗人阿尔瓦罗·德·坎波斯和新古典主义者里卡尔多·雷伊斯。他还为这三个姓名编造了身世，好让人们相信他们都确有其人。关于这个问题，佩索阿曾说过一句很明白的话："我从小就想在我的周围建立一个虚构的世界，有一些不存在

的朋友围绕在我的周围。我需要塑造几个不同性格和身世的人来构成我真实的生活。"[1] 他们

1.Fernando Pessoa: *O Rosto e as Máscaras*, Ática, p.89.

构成一个多面体，互相对立而补充，从不同的侧面来折射诗人丰富的"自我"。他曾在一封信里这样写道："我没有个性：我已经将我所有的人格分配给那些异名者，我只是他们的文学执行人。现在我是他们这个小团体的聚集地，他们归属于我。"[2]

2. 引起梅申友：《殁于清醒——评佩索阿遗作〈受教的斯多葛信徒〉》，载《译林》2010 年第 4 期。

他是和这些人一起生活的，不仅在写作中，在梦幻中，也在现实生活中。有一次，葡萄牙诗人若泽·雷吉奥曾和佩索阿约定在里斯本某个地方见面，佩索阿如往常一样，迟了很长时间才到。到了之后，佩索阿说他是阿尔瓦罗·德·坎波斯，并为佩索阿的爽约而道歉。

佩索阿对神秘主义和星象学有浓厚的兴趣，他十分迷信，有时候迷信得不可思议。1934 年，巴西著名女诗人塞西莉亚·梅来雷斯去葡萄牙访问，她十分仰慕佩索阿，费尽周折终于和佩索阿取得联系，约好某日中午与他见面，但等到下午两点也不见佩索阿的踪影。女诗人回到酒店，惊喜地在房间里发现一本书，是佩索阿的诗集《使命》和一封信，他在信中抱歉不能前来，因为他查看了星象，当日不宜见面。他们再没有见过面，次年佩索阿因病在里斯本辞世。

佩索阿说："活着使我迷醉。"然而，他只活了 47 岁，一万多个日日夜夜，这对志存高远的他来说，生命显得过于短暂了。看看他的人生履历，可知佩索阿的人生是平淡无奇的。就世俗的意义来看，佩索阿是一个彻底的失败者，生前没有荣华富贵，也没有功成名就。许多人看不起他，说他是一个酒鬼、废物。他的一生都在与从他自身分裂出来的异名者在精神的世界中漫游，他内心渴望安宁，却充满了焦虑和等待；他疯狂地燃烧生命，大踏步地走向了灰烬的尽头。

佩索阿生前并未引起人们的高度关注，他生前只出版过一本名叫《使命》的英文诗集，在他死后，特别是第二次世界大战以后，人们才开始整理的他的遗作，其中包括诗歌、随笔、札记、争论文章，以及关于天文学、科学、神秘学、宗教等方面的作品，数量高达两万多件，从而发现了他给世人留下了一笔异常丰富的遗产，葡萄牙人甚至把他与卡蒙斯相提并论，把他们视为葡萄牙历史上两个最伟大的诗人。佩索阿还跨越语言的边界，成为目前被翻译的最多的葡萄牙诗人。哈罗德·布鲁姆(Harold Bloom)在《西方正典》中称呼他为"令人惊奇的葡萄牙语诗人"，"此人在幻想创作上超过了博尔赫斯的所有作品"[3]。他还认为佩索阿"是惠特曼再生，不过，

3.哈罗德·布鲁姆：《西方正典》，江宁康译，南京：江苏译林出版社，2006，第 383 页。

他是给'自我'、'真我'或'我自己'以及'我的灵魂'重新命名的惠特曼，他为三者写了

4.哈罗德·布鲁姆：《西方正典》，第 384 页。

美妙的诗作，另外还以惠特曼之名单独写了一本书"[4]。罗曼·雅各布森(Roman Jackoson)亦

曾说："费尔南多·佩索阿应当与八十年代的大艺术家相提并论，如斯特拉文斯基、毕加索、乔伊斯、布拉克、赫列布尼科夫、勒·高尔比耶，因为费尔南多·佩索阿集这些伟大艺术家的特点于一身。"[1]佩索阿是一个创造了奇迹的诗人。

1. 转引自安东尼奥·若泽·萨拉伊瓦:《葡萄牙文学史》路修远、林栎译，北京: 中国社会科学院外国文学研究，1983 年，第 155 页。

在中国，最早翻译佩索阿诗歌的是人民文学出版社的编辑王央乐先生，1983 年第 4 期的《世界文学》发表了他翻译的佩索阿的两首诗歌《我教堂里的钟声》和《追随你的命运》。1986 年，澳门文化学会以中葡双语出版了由金国平和谭剑虹翻译的《费尔南多·佩索阿诗选》，收入了作者不同时期的诗作 40 余首，并附有作者的创作年表。金国平和谭剑虹均精通葡萄牙语，他们是从葡萄牙语直接翻译成中文的，这是佩索阿的诗歌第一次以选集的形式进入中文。1986 年，澳门文化学会还以中葡双语出版了佩索阿的诗集《使命》，该书由金国平翻译，反映了佩索阿对葡萄牙辉煌历史的怀想和对国家未来的思考，洋溢着强烈的爱国主义热情；他设想建立一个第五共和国，一个文化共和国，从这个层面上他提出了"我的祖国是葡萄牙语"的概念，令人想到维特根斯坦所说的"我的语言的界限意味着我的世界的界限"。1988 年，澳门文化学会出版了张维民翻译的中葡双语本《佩索阿选集》，收入诗人百余首诗歌，其中包括佩索阿本人和以卡埃罗、坎波斯和雷伊斯三个异名者的作品以及佩索阿身后发表的作品，此外还增加了歌谣、《惶然录》的部分章节以及佩索阿的论述诗歌理论的文章。由于澳门出版的图书无法进入内地图书发行市场，很少有人读到他的作品，佩索阿依然在国内不被人所知；而在澳门，这本书也没有遇到知音，没有引起任何反响。

1988 年，中国社会科学文献出版社出版了《佩索阿诗选》，译者依旧是张维民，内容与在澳门出版的《佩索阿选集》多有重复之处。长期在葡萄牙驻中国大使馆担任文化参赞的高云霄（João de Barros）为该书撰写了前言，他这样写道："费尔南多·佩索阿是人，不是神。他是一个单纯的人，普通的人。他又是一个孤独的人，一个隐士，一位仙子。倘若佩索阿是一个中国人，他一定会有很多别号，也许会叫某某仙人，或者某某居士。"[2]作者把佩索阿与中国诗人

2. 高云霄:《佩索阿诗选·序言》，张维民译，北京: 社会科学文献出版社，1998 年，第 2 页。

对比，旨在拉近葡萄牙诗人与中国读者的距离。这是佩索阿的诗集第一次在中国内地出版，印数为 8500 册，由葡萄牙古本江基金会资助出版。遗憾的是，这本装帧和印刷都略显粗糙的小书出版后并没有引起读者和评论界的注意，看来这位葡萄牙诗人离中国读者的距离还是很遥远的。

佩索阿是现代文学中一个异数，他构筑了一个繁复深刻的文学世界，一本单薄的译著，

一篇尚欠深入的前言均未深入佩索阿的内心世界和诗歌精神，从而给读者以指引。姚京明在 1987 年第 6 期的《外国文学》发表了题为《一颗痛苦灵魂的震颤》的文章，算是一篇比较全面的评介文章，文章概略地介绍了佩索阿的创作过程和特点，作者写道："从本质上来说，佩索阿是一个理想主义者，在痛恨个人与社会对立的同时也憧憬个人与社会的和谐，但他的理想热情几乎一开始就被现实强力的压迫所扭曲而变了形，他仿佛对人生不再抱有希望，只是一味地面对自身的伤痕和民族的伤痕而哀叹。他彻底否定了现实，但也否定了自我改变现实的能力。因此，他更多的时候不是面对社会，而是面对自己；不是趋于行动，而是趋于内省。内省的结果是他越是用理想来照耀现实人生，就越敏感地感到现实的缺憾；而越是感到现实的缺憾，现实和他所向往的理想世界的距离就越大。理想与现实相互激发又相互冲突，其结果是他的内心平衡让位于失重分裂，天真的理想让位于苦闷感伤。"[1] 论者把佩索阿复杂的内心世界归结为理想与现实的冲突，不免显得简单化了，作者还缺少对佩索阿诗歌精粹的领会与把握，特别是对诗人的"异名"写作作深入的解读和论析。

1. 《外国文学》1987 年第 6 期。

1991 年，漓江出版社出版了李文俊等人翻译的《彩色插图世界文学史》（原版是瑞典人柴特霍姆 20 世纪 80 年代初就编著的），里面对佩索阿有虽然简单而分量不轻的评语："20 世纪最突出的诗人之一"。

然而，佩索阿依然在中国默默无闻，知之者甚少，他的名声大振要归功于著名作家韩少功翻译的《惶然录》。1996 年，上海文艺出版社出版了韩少功从英文转译的《惶

《惶然录》封面

然录》，该书收入佩索阿以"苏亚雷斯"为异名而写的共 150 篇随笔散文，译者代作者为大部分章节拟定了小标题，并添加了注解。书中还附有景物照片 20 余幅，但与内容无关，给人以蛇足之感。韩少功在译本序言写道："决定翻译这本书，是因为两年前去法国和德国，发现很多同行和批评家都在谈论费尔南多·佩索阿这个人，谈论欧洲文学界这个重要的新发现。我没有读过此人的书，常常闲在一边插不上话，不免有些恍恍。这样的情况遇得多了，自然生出一份好奇心，于是去书店一举买下他的三本书，其中就有这本《惶然录》。"[1]

1. 佩索阿：《惶然录》，译本序言，第 4 页。

韩少功对佩索阿评价甚高，他这样写道："如果我们知道佩索阿终生不娶，知道他拒绝官方授奖，知道他很长的时间里绝交息游而习惯于冥思中'不动的旅行'，那么我们也许更容易理解他在《惶然录》中深深的孤独。他要孤军奋战。他几乎是面壁开悟，立地成佛。对小职员日常生活的勘探和咀嚼，使他洞开一个形而上的诗学世界，对人类多方面至今仍然让我们望尘莫及。他是属于葡萄牙的，也是属于世界的。"[2] 这样，佩索阿被归到了世界级作家的行列之中。

2. 佩索阿：《惶然录》，译本序言，第 3 页。

韩少功，这个对葡萄牙文学并不甚了解的作家，一下子就发现了佩索阿这个"一个卑微的人，一个孤苦的人，一个单薄的人，一个瘦弱的人"的非凡之处，他在卑微与孤苦之中，以瘦弱之身"担当起了全人类的精神责任"，"在悖逆的不同人文视角里，始终如一地贯彻着他独立的勇敢、究诘的智慧以及对人世万物深深关切的博大情怀。这是变中有恒，异中有同，是自相矛盾中的坚定。是不知所云中的明确。正是这一种精神气质，正是这种一个人面向全世界的顽强突围，使佩索阿被当代评论家们誉为'欧洲现代主义的核心人物'，以及'杰出的经典作家'、'最为动人的'、'最能深化人们心灵'的写作者等等。即便他也有难以避免的局限性，即便他也有顾此失彼或以偏概全，但他不无苦行意味的思想风格与对世界任何一丝动静的心血倾注，与时下商业消费主义潮流里诸多显赫而热闹的'先锋'和'前卫'，还是拉开了足够的距离，形成了耐人寻味的参照"。[3] 佩索阿的这种边缘与疏离的写作，把他的惶惑、不安、焦虑、

3. 佩索阿：《惶然录》，译本序言，第 4 页。

灼痛融入他对一个民族乃至人类的感受与思考，而写作也成为他存活的唯一的理由和载体。

作为一个优秀的作家，韩少功不可能在翻译中完全遮蔽自我，因此他的语言风采、理性意识、智者风度都在译文中留下了印痕，在中文世界塑造出佩索阿最为清晰的精神面容，而他的名字对这本书的推介也起到了重要作用，使得这本书在知识界产生热烈的回响，并被争相阅读，网上也开辟了讨论佩索阿的小组，佩索阿由此真正来到中国读者之中，再也不会离去。

国内掀起了一阵"佩索阿热"，评论文章也逐渐见诸报端。孙成敖在 2004 年第 4 期《译林》发表题为《葡萄牙天才诗人费尔南多·佩索阿》的文章，介绍这位葡萄牙诗人的生平与创作，但依旧没有注意到佩索阿使用的不是"笔名"，而是"异名"。对佩索阿，特别是他的"异名"写作进行了比较深刻解读的应该是美国加州大学奚密教授的文章。他在《书城》发表《灵魂的无政府主义者——葡萄牙诗人佩索阿》（此文之前曾在台湾《联合文学》月刊 2002 年 6 月号刊发过）一文，比较详尽地解读了佩索阿的"异名"的问题。他这样写道："葡文里是'个人'也是'面具'的意思。迥异于大多数人，他的名字和他的个性、诗观，完全吻合。如果莎士比亚说世界是舞台，人人是演员的话，对佩索阿而言，自我是舞台，是他所创造出来的人物表演的空间。在他的诗歌里，他一共创造了 72 个'面具'，诗人称呼他们为'异名者'和'半异名者'，他们各有各的的外型、个性、生平、思想和政治、美学，及宗教立场。和诗人一样，他们都是单身汉，也出版诗集。更奇特的是，这些异名者之间有书信来往，互相品评、翻译彼此的作品，有的甚至还有亲属关系或合作写作。诗人认为他所创造的异名者各自是一出戏，彼此的互动又构成另一出戏。或者，我们也可以将他们比喻为一个交响乐团，每一个异名者是一种乐器，各有其独特的声音，但是合起来他们能演奏出庞大丰富的乐章。而诗人既是指挥，也是作曲家。"奚密以形象的比喻解释了佩索阿的异名。事实上，佩索阿把自我分割成许多的灵魂的碎片，让这些碎片成为扮演他设想的人物，奚密这样分析：在佩索阿的世界里，每一个面具的后面，只有更多的面具；除了文本，还是文本！"我将灵魂分割成许多碎片／和许多人物。"诗人就像一个巨大的档案柜，每个抽屉里储存着一个面具，一个异名者，半异名者，或是同名者的作品；柜子本身并没有意义。早在解构主义和后现代主义之前，佩索阿的诗和诗观即向我们宣示"作者之死"，告诉我们作者的主体是空的、虚幻的，并没有所谓"真实"的佩索阿。"严格地说，佩索阿并不存在！"他拒绝作为实体的存在，因为他相信意义是流动变化、无法固定、不断被诠释的，而"作为实体就是不被赋予诠释"。异名者既是他内心众多面向的客体投射，也是他超越自我、开阔心灵空间的策略。在一首 1931 年的作品里，他自称是个"逃亡者"，不愿意被禁锢在"我"里面，因为那"意味着／被固定"。奚密认为，诗人把"自我"抽离的"我"其实是"无我"，他甚至认为这种思想"让我们想到庄周梦蝶里'虚'与'实'和佛家色与空的辩证。"也就是说，佩索阿不是一个行动派，"他不相信

理性、权威，但面对鲜活的感官世界，他又怯然止步。他
活在一个感觉和思维、感情和理智、肉体和精神对立断裂
的世界里"。[1]

1. 以上均引自奚密：《灵魂的无政府主义者——葡萄牙诗人佩索阿》，载《书城》2004 年 6 月号。

2004 年，河北教育出版社出版了由诗人扬子翻译的《费
尔南多·佩索阿诗选》，让这位葡萄牙诗人的诗歌作品多
了一个比较完整的译本。选集共收入诗歌 96 首，并附有生
平创作年表。扬子撰写了长篇序言，他说他在广州的一家
小书店邂逅了企鹅版的《佩索阿诗选》，然后开始翻译，
"1995 年和 1996 年，我零零星星地翻译这本薄薄的小册子
中的一部分诗歌。但佩索阿真正震撼我的，要到 1997 年我
将他的《牧羊人》和《烟草店》译出并校订之后。这时，
一个大诗人的形象才在我的面前清晰起来。我的感觉是，
他的文字穿透了尘世和自然，穿透了那最困惑我们的'我'、
'存在'和'虚无'。当世界的人们包括许多的诗人都在
和这个俗世纠缠不休的时候，唯有他端坐在看人的高空，
神仙一样地俯瞰着一切。当然，超拔只是他的一面，他也
有被痛苦和矛盾撕裂的时候。当他在书桌前写作和沉思时，
他的那些为数众多的'自我'，一直都在他的心中提示他，
推动他从局限中超越出来。实际上，他早就分身为好几个
诗人在写作，从不同的方向打量这个世界、这颗心"。[2] 由

佩索阿走在里斯本的大街上

2. 扬子：《费尔南多·佩索阿诗选·序言》，石家庄：河北教育出版社，2004 年，第 3 页。

于是诗人译诗，加上扬子的译本有更好的发行渠道，因此
这本书比起以前出版的佩索阿诗选产生了更大的影响。

2006 年，湖南文艺出版社出版了陈实翻译的《不安之
书》。陈实是资深翻译家，曾翻译过意大利作家卡尔维诺
的《隐性的城市》、《拉丁美洲散文诗选》、《洛尔迦的
诗》（与戴望舒合译），西班牙作家希梅内斯的《小银和

我——安达卢西亚的哀歌》。在序言中，译者没有指出所根据的是什么版本，也没有说明是从哪一种语言翻译的。这个版本比起《惶然录》增加了更多了插图，均是西方历史名画，但显得随意牵强，与内容并无内在关联。作为经验丰富的翻译家，陈实译文流畅，在许多部分比韩少功的译本更加忠实原文，但文采稍逊。韩译本带有个人对佩索阿的理解和解读，给人感觉是以自己的声音来充当诗人在汉语中的代言人。韩少功根据自己的理解为章节增加了标题，而陈译本对佩索阿的无标题文字均以第一句作为标题，但有时并不太恰当。

佩索阿的影响日益扩大，已成为一位人们津津乐道的葡萄牙诗人。黄茜发表《费尔南多·佩索阿与葡萄牙新诗学的建立》的论文，把佩索阿视为葡萄牙现代主义诗歌之父，并从 20 世纪初佩索阿撰写的两篇号召建立以"想象性感受力"为美学准绳的新诗学文章为对象，分析了他所发起并推动的沼泽主义、交叉主义与感觉主义运动，认为这些运动极大地更新和丰富了葡萄牙的美学词汇，对葡萄牙现代诗歌影响深远，并详细考察佩索阿在 20 世纪初的写作与文学活动，探讨其如何一方面与现代葡萄牙文学场域互为交涉，又一方面以精神性的写作对民族文学进行了有效持久的介入。作者在文章中写道，在 20 世纪前 20 年，欧洲的各种主义和思潮层出不穷，体现为格外活跃的文化风潮，这些主义的初衷也无非是要在某一领域立约，以新的艺术范式启迪和规整混乱不堪、缺少希望的生活。而以复兴民族诗歌、建立精神帝国为己任的佩索阿成为葡萄牙现代主义文学运动的设计者，先后发起、发明过三个对葡萄牙现代诗歌影响深远的流派：沼泽主义 (Paulismo)、感觉主义 (Sensacionismo) 和交叉主义 (Interseccionismo)。这些流派虽然未曾持久，却吸引和影响了一批当代的葡萄牙诗人，他们后来的写作使过分拘谨的葡萄牙诗歌最终得以改革。[1]

1. 黄茜：《费尔南多·佩索阿与葡萄牙新诗学的建立》，载《江汉大学学报》（人文科学版）2011 年第 4 期。

诗人凌越在《青春》杂志以《佩索阿：隐匿在自我的迷宫》为题撰文，分析了佩索阿异名的特性，作者引用了帕斯对这位四合一的诗人描述："雷斯，坎波斯和佩索阿自己围绕着卡埃罗这颗太阳的轨道运转着。其中各自有否定和非现实的成分。雷斯相信形式，坎波斯相信感觉，佩索阿相信符号。卡埃罗什么都不信，他存在着。"接着，作者认为"佩索阿创作出了足以震撼心灵的诗篇，而且是在多种风格中都做到了这一点，他自己真实的经历和形象相形之下并不重要，可以说佩索阿以这种独特的方式，从根本上摆脱了盘旋在抒情诗人头上的自恋的圈套，进入所有诗人都羡慕的'无我'状态。他行走在里斯本的街道上，那他就是行走在世界的任何角落；他有过一次恋情，他就足以了解世间爱情的全部秘密"。佩索阿说："多年来我一直到处遨游，收集着各种感觉的方式。而今我历遍了世事，尝遍了各种感觉，我有责任闭门静思……"只不过，他给这些感觉披上了斑斓的外衣，并最终把它们变成一场持续的梦，现在这个梦正在诱惑着你的眼帘。的确，佩索阿的生活和创作一直在真实和幻梦之间游弋，亦真亦幻，但谁敢说自己就不是一个梦呢？"[1]

1. 以上均见《青春》杂志，2011 年第 8 期。

从佩索阿的不被人所知到成为诗人和作家争相谈论的对象，佩索阿在中国的传播过程如同他的冷暖身世一样。在这个过程中，韩少功功不可没，如果不是他在一次偶然的机会听到佩索阿的名字并翻译了《惶然录》，或许佩索阿至今都不会引起如此热烈的关注。在此，译者的身份发挥了重要的作用，韩少功作为一位知名作家，他的翻译行为绝不等同于一个普通翻译者的翻译行为，因此，可以说，佩索阿是通过韩少功的翻译才真正引起人们的普遍关注，目前佩索阿已经是最为中国读者所熟知的葡萄牙作家，不过对他的研究和翻译仍然有待于深入。

2013 年，还有两本佩索阿的诗集问世，一本是诗人韦白从英文转译的《我的心略大于整个宇宙》，另一本是闵雪飞翻译的《阿尔伯特·卡埃罗诗选》。

第六节　安德拉德：用诗歌去爱

埃乌热尼奥·德·安德拉德（Eugénio de Andrade，1923—2005）被公认为是葡萄牙当代最重要的抒情诗人，曾被提名为诺贝尔文学奖候选人，2002 年获得卡蒙斯文学奖，这是葡萄牙语文学中的最高奖项。他的诗歌已被译成二十多种文字，在世界各地受到普遍的欢迎。除了现代主义诗歌先驱费尔南多·佩索阿之外，安德拉德是 20 世纪以来被国外译介最多的一位葡萄牙诗人。

埃乌热尼奥·德·安德拉德出身在葡萄牙中部地区的一个农民家庭，在家乡读完小学后，先后在省府白堡市、首都里斯本和科英布拉求学，在此期间阅读了葡萄牙和国外诗人的大量作品，并开始写作。1946 年他在里斯本的卫生部门担任公职，1950 年定居北方城市波尔图。

1942 年他发表处女作诗集《纯洁》，但给他带来声誉的是《手与果实》（1948），奠定了他作为一个优秀诗人的地位。从此他从未终止过写作，生前发表了三十多部作品，主要作品有《手与果实》、《水的前夜》（1937）、《没有钱的情侣》（1950）、《禁止的话语》（1951）、《一日之计》（1958）、《九月的大海》（1961）、《奥斯蒂纳托》（1964）、《大地走笔》（1974）、《鸟的门槛》（1976）、《这条河的回忆》（1978）、《阴影的重量》（1982）、《白色上的白色》（1984）、《新生》（1988），散文集《寂静的流动》（1968）、《脆弱的面孔》（1979）以及诗歌翻译作品等。

安德拉德

　　安德拉德译成中文的诗集有《情话》、《新生》、《白色上的白色》、《安德拉德诗选》，其中《安德拉德诗选》2004 年由著名诗人黄礼孩自行出资出版，甫一问世就得到诗人和诗歌读者的喜爱，掀起了一阵安德拉德诗歌的热潮。2005 年，黄礼孩个人所创立的"诗歌与人·诗歌奖"[1]，第一届就颁给了安德拉德，不幸的是诗人在颁奖前两个月去世，未能亲自领奖。授奖词是这样写的："埃乌热尼奥·德·安德拉德的诗歌，穿越一条自然性和人性共构的通道，把葡萄牙式的温暖、明亮、忧郁、破碎和宽阔带到我们生活的世界。他的诗歌是自然的梦想，是艺术的繁花，是爱的祈祷，是美学的轻拢慢捻，是可度量和不可度量的结合，是唤醒的赞美和精神的归途。安德拉德葆有青春的挚爱与大地的厚重，又洋溢生命的本色，因此窥见美神亲切的面容。在大地之上，安德拉德拥有一颗可以居住的心，正是他对浮华与媚俗的摈弃，正是他对事物诗意的挖掘，他的诗歌才呈现出非凡的魅力。"[2]

1. 此奖自从 2014 年设立以来，已先后颁给安德拉德、彭燕郊、张曙光、蓝蓝、俄罗斯诗人英娜·丽思年斯卡娅、瑞典诗人特朗斯特罗姆、斯洛文尼亚诗人托马斯·萨拉蒙等人。

2. 参见 http://fashion.163.com/14/0305/11/9MIP0F3R00264MK3.html

　　译者姚风说，第一次读到安德拉德的诗歌是在 1987 年，有一天他惊喜地收到古本江基金会寄来的一本葡萄牙文诗集，名字是《以心为家》，作者就是埃乌热尼奥·德·安德拉德。当读到如此纯粹澄明的诗句，他感到了强烈的震动，并开始翻译他的诗歌。1991 年，姚风选译了安德拉德的 50 多首作品，取名为《情话》，由澳门文化司署出版，并在里斯本举行了发行仪式。安德拉德参加了发行仪式，并和译者一起朗诵了他的诗作。他说，当知道他的诗歌被译成中文时，感到特别兴奋。事实上，他一直对东方诗歌情有独钟，东方诗歌，尤其是中国诗歌和日本诗歌在他的作品中留下了痕迹。1993 年姚风又翻译了他的诗集《新生》，并请求他为中国读者作序。他欣然应允，很快就寄来了序言，他以回信的形式所写的序言是这样的：

> 我当然没有忘记你，虽然我们只见过两次面；一次是你把在北京翻译发表的我的诗作送给我；另一次是在澳门驻里斯本联络处，我们一起参加我的诗集《情话》的发行仪式。新年之际，你又告诉我，你已把我的诗集《新生》翻译成中文并邀请我为其写序。我该说些什么呢？首先，我要说我非常高兴我的作品能同中国读者见面，因为远在三千多年前，"一个天性质朴、情感细腻的伟大民族就把诗歌视为表现其智慧的最崇高形式"。

> 也许你不知道，我曾不止一次地说过，与古希腊诗歌和我们的友情谣曲一样，东方诗歌是令我百读不厌的；尤其是李白、杜甫、白居易以及王维，很早前就俘虏了我。我之所以喜欢他们，并不是因为他们同我们在某些方面存在着无法比拟的差别，而是恰恰因为两者之间存在着相似之处。也就是说，虽然我们相距遥远，但音节的力量可以使我们心有灵犀。

> 在一位中国诗人的手里，一支墨笔可以天马行空、任意挥洒，每一个字都同时传达着乐感和画意，呼唤着人去与天地合二为一。这种多元化的实践是无法移植到我们的语言中来的；当然，对于一个仅凭阅读翻译作品而对中国诗歌艺术略知皮毛的人来说，比如说我，要想洞悉其玄机也是不可能的。然而，令我欣慰的是，我还是闻到了李白那格律复杂的诗句所散发出的清湛感人的气息，比如在他的一首诗中，两友分别，相对无语，惟闻骏马嘶鸣[1]。如果让我在所有的诗中选择的话，我会对这首诗情有独钟，

1. 即李白《送友人》一诗。

因为这首诗的真实是具体的，它以恬静洒脱的形式烘托出一种精神境界。这对西方来说，即使是百般努力，也是无法企及的。在我的诗歌中，人与自然的关系总是被吟诵的主题，因此，对我来说，东方诗歌最诱人之处是其可把外部世界化为心灵的风景。关于这一点，歌德曾对爱克曼讲过，但蒙塔莱的表达最贴切：在东方文化中，"崇尚自然的人和艺术本身就是自然"。在中国，贡戈拉或马拉美式的诗歌是没有大好前途的。

中国诗歌的迷人之处还表现在其他方面：表现手法的精炼，语言的雅俗兼容，对蜉蝣生命和逝者如川的时间所表现出的敏锐感悟，超脱尘世的意旨以及于完美的质朴中显现俊爽豪宕的气势。不仅如此，中国诗歌还注重表现惊叹、愤懑、恐惧以及兵乱所带来的贫困题材，尤其是吟咏友情的主题占有特别重要的位置，一些此类诗中，离别的痛苦被描写得淋漓尽致，这在其他诗歌中是很难见到的：

昔我往矣

杨柳依依

今我来思

雨雪霏霏

我很高兴我的作品能通过你友谊的手，抵达了"万物源于斯"的东方。也许我紧贴大地、超脱尘世的诗句所传达出的质性自然会融入你的语言之中；也许一些魂灵，只要屏息谛听，依旧会听到雨的喧响或预感到山雀的啁啾。[1]

1. 埃乌热尼奥·德·安德拉德：《新生》，澳门：澳门文化司署、石家庄：花山文艺出版社，1997年，第3页。

"紧贴大地、超脱俗世"是安德拉德诗歌的本质。实际上，他的诗歌从大地开始，不懈地用诗歌的符号构建一个扎根大地、向往天空的精神家园。他的双手学习深深地挖掘土地，把那些被窒息的音节催生为手中的果实。在他的诗歌中，大地是最基本的，也是最重要的元素，而大地与人的关系更是他念念不忘的主题。他说："我的诗歌与其说接近世界，不如说更接

近土地。我是站在海德格尔所说的意义上这样说的。"[1] 海德格尔作为诗人哲学家，特别强调

1.Visão 杂志，里斯本，1998 年 11 月 26 日。

诗人与自然的关系，他在阐释荷尔德林的诗歌时指出，"自然'培育'人"[2]，而人又是谁呢？

2. 海德格尔：《荷尔德林诗的阐释》，北京：商务印书馆，2000 年，第 60 页。

"是必须见证他之所以是的那个东西"，人要见证的就是他与大地的归属关系，这种关系的根

本在于"人是万物中的继承者和学习者"。[3] 安德拉德出生并成长于葡萄牙中部地区的乡村，

3. 海德格尔：《荷尔德林诗的阐释》，第 39 页。

他从小就是在河水和阳光中与大地建立了一种"亲密性"。他不止一次地强调，他和故乡土地

的关系是母性的，也是诗意的。[4] 诗人的歌唱和行走都是为了在大地中扎下根须，他的整个王国，

4.Visão 杂志，里斯本，1998 年 11 月 26 日出版。

包括童年、爱情、生活、身体、死亡和语言都是依存于大地的：

> 一个词
>
> 依旧感受着大地
>
> 在一个词中
>
> 可以发现
>
> 燃烧的嘴唇，爱情的身体[5]

5.Eugénio de Andrade: Poesia e Prosa, Porto: O Jornal, 1987, p.24.

大地是世界物质存在的主要部分，它以博大的胸怀允许一切生灵成长。一个树选择一块土地生长，一匹马在大地上丈量自由，甚至一只飞鸟最终也要从天空降落，它无法超越大地举起的树枝。大地赋予生灵以生命，同时接纳它们的死亡。大地不是牢狱，而是欢畅，是自由，是平安，充满着母性和慈祥。因此，所有的生灵与它都是归属的关系，而人更是这种关系最好的见证者。作为大地的儿子，安德拉德始终对大地怀有谦卑的情感，他喜欢用"匍匐"、"贴近"这样的词来形容他和大地的关系。他说"人只被许诺给土地"[6]，大地是诗人永远抒情的对象，

6. 埃乌热尼奥·德·安德拉德：《情话》，澳门：澳门文化司署，1990 年，第 80 页。

既是母亲，也是情人；大地构成了诗人双重爱情关系的隐喻。

> 我寻找你突然而来的柔情，
>
> 寻找你的眼睛或者出生的太阳，
>
> 它和世界一样巨大，
>
> 寻找任何刀剑都没有见过的血液，

寻找甜蜜的呼吸栖居的空气，

寻找森林中的一只鸟儿，

它的形状是一声快乐的鸣叫。

哦，大地的抚爱，

终止的青春，

在草地的阳光和舒展的身体之间，

水的声音逃逸了。 [1]

1.Paula Mourão: *Poemas de Eugénio de Andrade*, Seara Nova, 1981, p.83.

诗人以特有的感应和想象把大地当作倾诉的对象，寻找大地的抚爱，唱出童贞的赞美诗。诗人在赞美中进入世界，理解世界，"只有赞美，然后才有理解"[2]，诗人在赞美和理解中更紧

2. 加斯东·巴列什：《梦想的诗学》，北京：三联书店，1996 年，第 239 页。

密地拥抱着土地，哪怕水的逃逸留下了衰老和枯干。

古希腊将世界万物理解为四种元素：水、土、火、气，认为它们在任何时空中都是不会改变的。巴什拉根据这一学说，提出了四元素诗学，认为"文学作品的想象是由上述四种基础物质组成，作家的想象力通常倾向于其中一种元素"，他承认"诗人所建立的想象意识，才可以与物质世界保持一种原始的关系，并使这种关系获得一定程度的深度和强度，形象的梦想是直接由于内在的自我和物质实体的亲密联系。诗人的气质因对不同的物质元素的响应而跃动，一个伟大的诗人能够找到他自身存有和与外在真实间的一种秘密的亲密性"[3]。安德拉德正是寻求并找到

3. 引自《汉学研究集刊》第 3 集，香港：中文大学，2003 年，第 296 页。

这种亲密性的诗人，他与大地，包括大地上的泥沼、尘埃、沙子、石头等建立了自觉的诗性关系。只有在自然的秩序中，人才会感到和谐。在这种和谐中，人的心灵可以发现自身的全部价值和有规律的安宁，并且能够逃避尘世的茫然和虚空。诗人在绝望中希望的是逃避人类制造的荒凉，在归属大地之中获得完整，"我躺在阳光下／完整而充满意识／我成为了大地／不再属于人类"[4]。大地既是诗歌起飞的机场，也是诗人"自我"归属的载体。诗人在大地上匍匐，

4.Maria de Fátima Martinho: *A Poesia Portuguesa nos Meados do Século XX*, Lisboa: Caminho, 1989, p.159.

死亡也是和谐的必须，事实上引领生命的是死亡，死爱着生，每个人都带着死亡向死亡走去。当年龄变得难以容忍，诗人坦然地面对这一"本然之物"，只希望回到轮回的初始，任由身体被泥土覆盖，"大地足够了／或者泥沼"[5]。

5.Paula Mourão, *Poemas de Eugénio de Andrade*, p.106.

大地是母性的，她无私地贡献出植物、花朵和果实，以丰饶的胸膛养育着万千生命。这

些植物不仅是生命的象征，也被诗人化为他身体的一部分，关联着诗人的秘密和爱情。他喜欢走进森林，成为一棵向天空生长的树，树缩短了他与天空和飞鸟的距离，甚至在他身体最富有生命力的地方生长的也是一棵树。他说："当我写作的时候，一棵树开始慢慢走进我的右手。黑夜披着古老的披巾到来，树在生长，选择了我身体中水最丰沛的地方。"[1] 他也喜欢花，但是"用牙齿衔着一枝花生活并

安德拉德葡文版诗集《诗》封面

1.Paula Mourão, *Poemas de Eugénio de Andrade*, p.131.

不容易"；花必须开放，但诗人却难以抵达开放的季节："我们只是叶子／和它的声响／我们毫不安全，无法成为花朵绽放"。[2] 而面对象征爱情的玫瑰，诗人却感到爱情已经

2.Maria de Fátima Martinho, *A Poesia Portuguesa nos Meados do Século XX*, p.160.

枯萎，他只能叹息，因为玫瑰"已被烧灼。已尽是语言的污秽"[3]。因此，诗人移情于更广泛的物质，"如果你是花，

3.埃乌热尼奥·德·安德拉德：《新生》，第46页。

是风，是海，或者是泉水，在我的诗歌中，我就把你称作爱情"[4]。他在生活中是孤独的，但他的情人遍布天下，

4.Paula Mourão, *Poemas de Eugénio de Andrade*, p.67.

他把美好的诗句献给了她们。

　　大地上所有的居民，不管是脆弱的还是强大的，都享有大地馈赠的权利，而人类不应该是自然的主宰。安德拉德曾表示，他越来越厌恶与他人交往，他喜欢远离人群，去亲近那些马、鸟、蛇、鹰等生灵。在这些生灵中，诗人找到了自己的化身。他可以是一条蛇，以爬行的方式亲吻大地，去印证他和大地的关系，甚至生命的轮回也在蛇脱掉皮肤的过程中得到了体现。他钟爱马，马的形象意味着自由的延伸和扩张，散发着澎湃的生命力。飞鸟则象征着不知道边界的飞翔，诗人要做一只青春的鹰，"燃烧着飞翔"[5]。巴勃娜·莫郎在评论安德拉德诗歌时写道："一般

5. 埃乌热尼奥·德·安德拉德：《新生》，第69页。

说来，动物代表着纯真的存在，充满着性欲的活力，在自

然的世界中自由地奔跑，但这个世界一旦有人的存在，动物便会遭到迫害。"[1]事实上，诗人

1.Paula Mourão, *Poemas de Eugénio de Andrade*, p.26.

不仅仅是以人性的光芒照耀着动物世界，更多的时候写的是他自己，在它们身上，诗人寄托着

自己的生命。

在辽阔的大地上，诗人以俯首的姿态生活，书写着深情的诗章，大地成为诗人展示自我的

无尽场所。然而，大地正在萎缩，城市正逐渐侵占田园和村庄，诗人的天堂正在被蚕食，甚至

他为了生存，也无奈地住进了城市，像没有钱的情侣一样，忍受着冷雨寒霜，唯一的安慰是他

的心中永远生长着诗歌。

大地的深处是水，水和大地是一种互补的关系。水孕育生命，培养敏感，是爱情的冲动，

青春的澎湃，其循环不息的运动蕴含着创造。根据纽曼的解释，"大地深处是大母的容器特征，

具有母性的特征"[2]。老子说："上善若水。"巴列什则认为，"在水之前，没有任何东西存在。

2. 引自《汉学研究集刊》第 3 集，第 298 页。

在水之上，也没有任何东西存在。水是世界的一切"[3]。安德拉德的诗歌充满了水的湿润和涌动，

3. 巴列什：《梦想的诗学》，第 257 页。

水，包括大海、河流、湖泊、雨滴、清泉、眼泪，汇成一个诗性的总体意象，注满诗人成长时

期的记忆。诗人以水的状态进行精神的漫游，时而潜入纯洁、完美、沉静之中，时而被浪涛的

呼唤俘获，面对大海的深邃和强大若有所失：

大海。大海再次跑到我的门前。

我第一次见到大海，是在母亲的

眼睛里，波浪牵着波浪

完美，沉静，然后

冲向山崖，没有羁绊。

我把大海抱在怀中，无数，

无数的夜晚，我

睡去或者一直醒着，倾听

它玻璃的心脏在黑暗中跳动，

　　　　直到牧羊人的星星

　　　　在我的胸脯上，踮起脚尖

　　　　穿过布满刻痕的夜晚。

　　　　这个大海，从如此遥远的地方把我呼唤，

　　　　它的波涛，除了我的船，还曾拿走了什么？[1]

1.Eugénio de Andrade, *Poesia e Prosa*, p.260.

　　大海如此辽阔，它既容纳百川，又是深邃的归宿，"我会唱一首歌来欺骗死亡——／我这样漂泊，在通往大海的路上"[2]。逝者如斯夫，但成为过去的不是时间，不是河流，不是大海，

2.Eugénio de Andrade, *Poesia e Prosa*, p.233.

而是我们。大海不知道人类的欲望，沉船不过是人类的事情，从来不属于大海的心脏。这个大海还曾拿走了什么？诗人询问大海。大海曾给葡萄牙人带来最辉煌的历史，但又用波浪埋葬了这段历史。多少葡萄牙诗人倾听着大海心脏的跳动，时而欢喜，时而兴叹。

　　更多的时候，诗人临水自乐，感到了平静和愉悦，"梦想，为我们提供平静之水，沉睡在任何生命深处的默默无闻之水，永远是水使我们恢复安静。使人安宁的梦想无论如何找到一种安宁的实体"[3]。水是质朴的，纯净的，普通的，是生命不可缺少的，水的这种本质成为诗人感受幸福

3. 巴列什：《梦想的诗学》，第 162 页。

的一个原因："和往日一样／我快乐地颤抖／只是因为看见水／在白日的光芒中流淌。"[4]水

4.Eugénio de Andrade, *Poesia e Prosa*, p.150.

不是真理的载体，但它是纯美的，很多时候被诗人赋予了性爱的象征意义：

　　　　湍急，你的身体像一条河，

　　　　我的身体在其中迷失，

　　　　如果倾听，我只听到流水潺潺。

　　　　而我，甚至没有短促的涟漪。[5]

5.Paula Mourão, *Poemas de Eugénio de Andrade*, p.69.

　　水火不容，但在安德拉德的诗歌中，水与火却达成了契约。赫拉克利特说："火产生一切，一切都复归于火"，"这个世界……它过去、现在、未来永远是一团永恒的活火，它在一定的分寸上燃烧，在一定的分寸上熄灭"。[6]安德拉德也把自己生命的过程比作火的过程，活着就

6.《古希腊罗马哲学》，北京：商务印书馆，1982 年，第 21 页。

是燃烧，"做一朵火焰，／走遍一颗颗星辰燃烧，／直到灰烬"[1]。他对一系列关键词，包括火焰、

1.Eugénio de Andrade, *Poesia e Prosa*, p.253.

阳光、热浪、闪电、灰烬、燃烧等倾注了炽烈的热情。火是升华，是身体的激情勃发；火也是毁灭，

会给人的身心留下黑色的伤疤。火还标志着事物的周而复始。而水与火的结合（流动和燃烧），

则是两个身体碰撞的高潮。对安德拉德来说，水是他成长的伴侣，是他生命中深刻而柔软的物

质，而火则喷射出蕴藏在身体内的爱欲，血液中的激情，"火伴随着爱"[2]，亨利·博斯科也说：

2. 巴列什，引自《汉学研究集刊》第 3 集，第 417 页。

"我们身上仍然留存的人性的东西，只有热。"[3] 卡蒙斯把爱情比作看不见的火焰；阿桑克德

3. 引自巴列什：《梦想的诗学》，第 162 页。

雷则看到了燃烧中的孤独："所有的火都带有激情／光芒却是孤独的！"[4] 火本身就是矛盾的，

4. 引自陆健：《外国著名短诗 101 首赏析》，珠海出版社，2003 年，第 127 页。

也是统一的，燃烧带来热量和光芒，但燃烧又会走向灰烬，带来毁灭。然而，诗人满怀热情地

歌唱火和光，他用炙热的手烧制词汇，把家乡强烈的阳光当作肌肤最亲密的伴侣，或者用炽热

的石灰墙驱赶阴影。在安德拉德的诗歌文本中，词汇常常具有火的本来特征，人们可以轻易发

现两组相反相成的词语：光芒、火焰、燃烧、炽热、太阳、石灰（他的家乡到处都是涂着白石

灰的房屋），这些词洋溢着热情、欢乐、赞颂，是对灿烂事物的认同，而灿烂的词语背面则是

灰烬、黑暗、冰冷、疤痕。这是火的宿命，也是生命的宿命。燃烧，诗人用自己把自己点燃，

因为没有人可以代替他去生活。生活充满着从燃烧到灰烬的循环，重要的是获得重新开始的勇

气，重要的是把火焰举在高处：

> 你说，你依然说出的
>
> 会让寂静筑起家园，
>
> 或者在目光的高度，
>
> 举起火焰的王冠。[5]

5.Eugénio de Andrade, *Poesia e Prosa*, p.240.

如果说大地是诗人歌唱的中心，那么身体则是另一个中心。身体在其他身体中被发现，被

挖掘，成为"我"连接其他基本事物的阀门。身体可以是水，在流动，又像火一样，在燃烧，

两者的碰撞和结合会产生激烈的结果，这符合两个身体的结合。基本元素是世界构成的起始，

所有这些元素，都和身体建立了紧密的关联，因此，以性爱的本能来寻求与自然的认同构成安

德拉德诗歌的特性之一。他用音节打开身体，用所有的器官去感知；他让身体走进世界，让世

界走进身体。身体把外在世界和内在世界分离，又使它们紧密连接。身体作为他诗歌的主体之一，既是一个欲望，也是一种柔情，总之，诗人的世界被身体化了，成为爱和被爱的混合体。爱永远是一个主题，它本身是一个欲望，由心灵酝酿，由身体显现。"我爱欲望／用整个身体／快些把我掩埋。"[1] 相对于身体而言，诗人厌恶没有"血肉"的思想，"在我的诗歌中，身体的

1.Eugénio de Andrade, *Poesia e Prosa*, p.86.

重要性在于把尊严还给人的身体最受侮辱、最受蹂躏、最受蔑视的那一部分……任何没有血肉的思想都让我恐惧"[2]。诗人赞颂身体，目的是要恢复人的尊严和完整性。

2.Eugénio de Andrade, *Poesia e Prosa*, p.296.

身体也是时间的滴漏：人的存在需要对时间的感知，时间的流逝振动着诗人的触角，而计算时间的是人的身体；时间会在身体上留下刻痕，难以抹掉。面对无情的时间，一方面是回到童年，重温旧时的快乐时光，另一方面承认衰老这一必然的结局。诗人用身体结合着过去和"现在的时间"，过去的时间保存着幸福的碎片，意味着回忆的可能性，甚至是一个个担当着保护者的黑夜，而现在的光阴则被晨光进犯，让诗人受到"过多的白日"的折磨，这一切皆因身体在成长，昔日的英俊青年已经变成一个厌恶镜子里的"我"的人。时光最终会让镜框扶住一个人的面孔，成为岁月的遗照。生命以身体的形式诞生，又以身体的形式消亡，这种回归的结局是身体离开了自我，离开了世界，只有诗人遗留的语言像迷茫的航船在人间漂流，抵抗着遗忘和死亡。

作为诗歌所呈现的重要元素，安德拉德把身体看作是神圣的、纯洁的，就像大地和流水，邪恶不是来自身体，而是来自人的欲念，因此诗人用词语擦亮身体的内部和外部，使之变得纯洁，甚至凝结着神性；身体成为意愿和爱情的实践者，在闪电的飞跃中获得了新生：

呼吸。地平在线

一个可以触摸的身体，呼吸。

一个裸露圣洁的身体

呼吸，起伏，不知倦意。

我爱意满怀，触摸诸神的余泽。

负载沉重希望的双手

追随着胸部的起伏

并且颤栗。

一条心河在等待。

等待一道闪电，

一束阳光，

或者另一个身体。

如果我贴着裸体倾听，

就会听到一支乐曲袅袅飘起，

从血液中起飞

延宕另一支乐曲。

一个全新的躯体诞生，

诞生于这支不会停止的音乐，

诞生于阳光嗡嗡作响的树林，

诞生于我撩开面纱的躯体之下。[1]

1. 埃乌热尼奥·德·安德拉德：《情话》，第38页。

　　身体是神给予人类最美妙的礼物，它在起伏中呼吸，它可以触摸和被触摸，它期待着和另一个身体相遇，相撞，相融，从而诞生一个全新的身体，一个完美的身体。身体作为与世界最直接的联系，只有与另一个身体的结合，才会达到完整和神圣的境地。火焰的花蕾在太阳升起的地方聚集，赶走了阴影，令静寂失明，因此"你身体的两侧／清泉奔涌／成为蜜蜂的河流／老虎的呼啸"[2]：

2. Paula Mourão, *Poemas de Eugénio de Andrade*, p.112.

和我一起躺下吧

照亮我的玻璃

在你我的嘴唇之间

> 所有的音乐都属于我 *1*
> 　　　　　1.Paula Mourão, *Poemas de Eugénio de Andrade*, p.112.

　　身体是鲜活的，因为诗人打开了所有的门扉来体验，来感知：眼睛、双手、面孔、皮肤、嘴唇……眼睛可以畅饮万物；双手是结满果实的家园，或者是在夏天的水波上航行的水手，"你看夏天如何／突然／变成你胸中的波澜／黑夜如何变成船／我的手如何变成海员"*2*；皮肤与阳
　　　　　　　　　　　　　　　　　2.Paula Mourão, *Poemas de Eugénio de Andrade*, p.155.
光结为无间的伴侣；嘴唇编织着柔软的火焰。而面孔，诗人认为它是脆弱的，模糊的，自从青年时代，他就把写诗当作寻找自己真实面孔的方式。昂起面孔，对诗人来说是一种姿态，一种起来去反抗各种形式压迫的姿态。至于手，在安德拉德的诗歌中占有重要地位，是他最喜欢经营的一个意象，他最重要的一本诗集就名为《手和果实》。身体之间直接的接触由手开始，手还是人类劳动的工具，它参与了人类精神的和物质的所有活动，因此手与果实建立了因果的关系，劳动的双手结满了果实，"它们是大地上最美丽的符号"，"它们是第一个男人，是第一个女人"。*3* 还有嘴，诗人的身体可以绽开一千张嘴，为了亲吻或者歌唱，歌唱是沉静的反面，
　　　　3.埃乌热尼奥 • 德 • 安德拉德：《情话》，第36页。
一个完美的身体会让诗人走进神秘的蓝色，牢记住歌唱的任务：

> 我喜欢歌唱
>
> 在你裸体的沃土上
>
> 月亮和山岗上
>
> 歌唱或者奔跑
>
> 沿着你的双肩和手臂
>
> 汁液和流水
>
> 在你双腿间的贝壳
>
> 汇成神秘的蓝色 *4*
> 　　　　　4.Paula Mourão, *Poemas de Eugénio de Andrade*, p.92.

　　身体是最隐秘的家园，这辽阔的空间汇聚着血液的碰撞，秘密的日记以及生活琐碎的细节，既保护主人，又代替主人承受。身体让人走进去，躺下来，浇灌寂静，倾听麦穗的喧响，最后"身
　　　　　　　　　5.Paula Mourão, *Poemas de Eugénio de Andrade*, p.108.
体是为了交给泪水／身体是为了死亡"*5*。

"童年持续于人的一生……"[1]童年生活给予安德拉德一生的馈赠，他的诗歌常常从童年生活中汲取灵感，追忆童年成为他的诗歌最重要的主题之一。安德拉德出生的乡村是一个阳光灿烂的地方，那里民风淳厚，生活简单，他从小和母亲一起长大，母亲给他留下美好而深刻的记忆，强烈的母爱甚至战胜了父亲的缺席在他的心灵上投下的阴影。他八岁时离开家乡，到城市读书，对业已成年的他来说，是童年的记忆使他的心灵第一次开启。在他的一生中，童年的经历未必能抵达生活的最深处，却激起最持久的回声。童年的记忆是他躲避现实世界的洞穴，也是充满重新发现的矿脉；它在诗人成年以后，唤醒了那些沉睡的事物，撩开遮蔽在存在本相上的阴影；它像裸着脚轻歌浅唱的少年，引领诗人进入了澄明之境。

《安德拉德诗选》中文版封面

1. 巴列什：《梦想的诗学》，第 134 页。

生命之水向下游奔涌，诗人却在流水之中永远牵引着童年的溪流。"剩余的童年是诗的萌芽"[2]，安德拉德快乐地享受着童年的记忆，喜欢回到童年的天空展开想象的翅膀。在与自然万物一起成长的时光中，他看到了世界的最初形象。一个人的世界开始于童年，快乐的童年是他日后生活的源头，可以安慰疲惫孤独的灵魂，因此诗人在任何时候都无法割舍"剩余的童年"，它是驱动诗人想象力的源泉，正如巴列什指出的："童年时期的存在真实与想象互相联系，而在此他以完全的想象体验现实的形象。"[3]安德拉德谈到他的童年时说："我的根在童年时就深入于最基本的世界，从那时起我保持着对简单明亮事物的热爱，这是我的诗歌致力于反映的；我也热爱白色的石灰，它一直搅拌着我的精神；我还热爱蝼蛄刺耳的歌声，热爱口语，

2. 巴列什：《梦想的诗学》，第 125 页。

3. 巴列什：《梦想的诗学》，第 136 页。

这种赤裸的语言，没有华丽的词藻，它表现出灵魂和身体的第一需要的沟通；从童年那里我还

学会对奢华的蔑视，奢华是多种形式的堕落。"[1] 童年时的形象成为诗人所认识到的最初的世

1.Eugénio de Andrade: *Poesia e Prosa*, p.288.

界形象，这些形象扎根于诗人未来的生活，使他没有丧失追求梦想。"不断发展的童年是鼓舞

诗人梦想的动力"[2]，他永远保持着一颗童心，就像歌德那样，在老人的脸上永远闪耀着一双孩

2. 巴列什：《梦想的诗学》，第 172 页。

童的眼睛，在洞悉与透彻中葆有本真的情怀和梦想的能力。佛郎兹·海伦斯写到："人的童年

提出了他整个一生的问题；要找到问题的答案却需要等到成年。"[3] 安德拉德把诗歌当作解答

3. 巴列什：《梦想的诗学》，第 173 页。

这一问题的最佳途径。

　　一个人如果有一个充满美好记忆的童年，那么他就不是一无所有。童年留下一扇敞开的门，

允许消亡的过去在诗人身上继续生长，在时间齿轮的飞旋中给予他精神食粮。童年是另一个人，

另一个"自我"，"无论如何，向往童年的梦想假若在追随诗人的梦想时越趋深沉，将会得到

安宁的巨大好处"。[4] 正因为如此，安德拉德对儿童怀有特殊的情感，在他们的身上他重新获

4. 巴列什：《梦想的诗学》，第 162 页。

得了自己的童年：

> 我牵着孩子的手，在城市的大街上行走，
>
> 我们去驱赶阴影，去召集
>
> 沙丘、骏马、依旧清新的太阳
>
> 和快乐吠叫的小狗。
>
> 我的眼睛嗅闻着前面的路，
>
> 孩子的手照耀着我黑暗的手。[5]

5.埃乌热尼奥·德·安德拉德：《新生》，第 34 页。

　　孩子为诗人赶走了阴影，因为他们手举一盏纯真的明灯，照亮了诗人黑暗的手。生活已经

百孔千疮，奔马依旧在诗人的体内催促着时间，人已风烛残年，只有孩子们童真的力量依旧让

诗人葆有青春之心；只有孩子们不会死去，他们是大地的新生，是永恒的延续。

　　葡萄牙是一个拥有天主教传统的国家，但安德拉德并不信仰宗教，他的童年也没有受到宗

教的影响，"在我的童年，鸟儿比天使还要多"[6]，安德拉德这样说道。他没有西方宗教的负

6.Eugénio de Andrade: *Poesia e Prosa*, p.388.

罪感，因此没有沉重。他摆脱了上帝预设给人类的罪恶，他要用诗歌去为神命名，赋予那些最

基本的事物以神性。在他的诗中，自然中的万物都是神圣的，神不再是虚无缥缈的存在，而是诗人所热爱的事物：手、身体、果实、阳光、大海、花朵以及诗人自己，总之，尘世所有美的事物都具有神性，放声在他的心中歌唱。"诗人的本质并不在于对神的接受，而是在于被神圣者拥抱"[1]，只有人是人的果实，而神对人而言，只是他在现实中的愿望的体现，神在决定的本

1. 海德格尔：《荷尔德林诗的阐释》，第82页。

质和被决定的本质之间建立了互动的关系。因此，诗人赋予事物的与其说是神性，不如说是人性，诗人用人性来包容万物，以清澈的爱去拥抱万物。这种爱不是占有，而是给予和感激。人的季节就是自然的季节，这是神圣的时间，充满爱意的灵魂和纯洁的身体融为更加真实的个体，诗性的移情把这一个体投向超越自我的另一个自我，使其归于最纯朴的还原，这种还原会持久地保持着人与自然宇宙的和谐关系。

快乐的童年让安德拉德在自然的怀抱中自由地成长，奔跑和嬉戏使他领略了自然的博大、慷慨和壮美。他与白杨树同行；他把自己当作向日葵的兄弟；他是最高的树枝，因此成为和太阳最亲近的人。海德格尔说："自然之所以强大，是因为它是圣美的，是令人惊叹而无所不能的。这个自然拥抱着诗人们。诗人们被吸摄到自然之怀抱中了。这种吸摄把诗人们置入其本质的基本特性中。"[2]外在世界与人的内心之间更深刻、更纯粹的联系催生着最简洁明亮的诗歌，

2. 海德格尔：《荷尔德林诗的阐释》，第62页。

但自然不只是作为自然本身而呈现出来，而是体现了人类归依的这种关系。安德拉德紧贴着大地生存，接受阳光的抚爱和收容，"把自我作为感光板去捕捉外界的分子运动和精神运动"[3]，

3. 伊丽莎白·朱：《当代英美诗歌鉴赏指南》，成都：四川人民出版社，1987年，第234页。

他就像一颗成熟的葡萄，可以背诵出"夏天每一日的名字"[4]。

4. 埃乌热尼奥·德·安德拉德：《情话》，第44页。

荷尔德林说：写诗是"最清白无邪的事业"[5]。安德拉德倾其一生来经营这样的事业，他说："我所生活的一切都是为了得到一句诗。"[6]他得到了，不仅仅是一句。

5. 海德格尔：《荷尔德林诗的阐释》，第38页。

6.Visão 杂志，同上。

第七节　索菲娅：你的步履是路的完美

索菲娅·德·梅洛·布雷内尔·安德雷森（Sopiha de Mello Breyner Andresen, 1919—2004）出生于葡萄牙北方城市波尔图一个贵族家庭，家境优越，父亲管理着一座矿山，家里还

拥有一个庄园。索菲娅在庄园中度过了童年和少年时代。她 3 岁时已能够背诵诗句，当时她还不会识字。当她第一次随家人去海滩休假，她看到了影响她一生的大海。12 岁她开始写诗的时候，首先记录的就是大海给她留下的印象，从此大海成为她诗歌中永恒的参照物。17 岁时她在波尔图市完成中学学业，之后来到里斯本攻读古典语言课程，对荷马史诗特别感兴趣，同时开始和许多诗人交往，她的才华得到人们的欣赏。索菲娅是一个讨人喜欢的女性，高贵、优雅、才华横溢。诗人安德拉德回忆说：她所有的朋友都或多或少地爱恋着她，也许因为这个原因，人们才不同意她结婚。然而索菲娅还是和一位律师结婚了，他们共育有 5 个子女。婚后她开始做全职母亲，但没有终止文学创作，由于要经常给孩子们讲故事，她还开始了写作儿童文学。1958 年开始，萨拉查掌管了国家的权力，葡萄牙进入了独裁专制时期。索菲娅虽然在家庭中是相夫教子的贤妻良母，但也是反对独裁统治的激进分子；她以诗歌为武器，揭露和抨击萨拉查的专制主义。《老秃鹫》就是独裁者萨拉查的写照，而《流放》一诗则抒写出诗人对黑暗中的祖国怀有的深厚情感：

> 当人人忍辱负重，噤若寒蝉
>
> 祖国已不是祖国
>
> 甚至大海的声音都在流放
>
> 甚至围绕我们的阳光都是铁栏 [1]

1. 索菲娅·安德雷森：《索菲娅诗选》、姚京明翻译，澳门／石家庄：澳门文化司署、花山文艺出版社，1996 年，第 43 页。此诗引用时略有修改。

索菲娅还积极投身政治活动，曾参与营救被囚禁的政治家的"援助政治犯委员会"的创建工作。1974 年 4 月 25 日，里斯本的年轻军官发动军事政变，政变并未流血，以温和的方式结束了萨拉查的独裁统治，葡萄牙从此进入了民主进程。索菲娅为这场革命欢欣鼓舞，写下"这是我期待的清晨／这是完整而又纯净的初始之日／此时我们从黑夜和寂静中出现／自由地享有时间的真义"的诗句。此后，她减少了政治活动，尽管如此，她 1975 年被选为国会议员，这是她一生中惟一获得过的政治职位。

索菲娅在葡萄牙文坛享有崇高的声誉，被誉为"葡萄牙诗歌女皇"。她多次获奖，1994 年葡萄牙作家协会授予她"文学生涯奖"，1999 年在她 80 岁高龄时又荣获葡萄牙语世界最高级别的文学奖项"卡蒙斯奖"，成为第一位获此殊荣的以葡萄牙语从事创作的女作家，她逝世后栖身于葡萄牙国家先贤祠。其主要作品有《诗歌》（1944）、《大海的白昼》（1947）、《珊瑚》（1950）、《在分离的时间中》（1954）、《新的海》（1958）、《第六书》（1962）、《地理》（1961）、《双重》（1972）、《万物之名》（1977）、《航海》（1983）和《岛屿》（1989）等，此外还有评论、儿童文学作品及翻译作品。

诗歌女皇索菲娅

　　索菲娅认为诗歌是具有超越性的，她企图把这种超越性从重重阴影中解放出来，因为世上的万物都会被阴影遮蔽，只有个人的主动性，只有个人与诗歌创造的真实相交融才能驱散阴影。她的诗歌很喜欢使用"缺席"这个字眼，那些缺席的事物，就是隐藏的事物，它们用神秘包藏了无穷的秘密。诗人必须穿过阴影走进神秘的境界，与自然万物一起享有这些秘密。索菲娅倾慕古希腊文化，她的诗歌常常流露出古典主义倾向，同时她作为一名虔诚的天主教徒，希望异教的思想与天主教思想可以调和，从而让人间充满宽容的爱。她的诗歌没有省略黑暗、残酷或者眼泪，但是她不是一个悲观主义者，她知道如何从庸常的生活抽取快乐，她拒绝把痛苦当作命中注定的东西：一片阳光，几朵浪花，甚至一篮火候恰到好处的面包都能安慰这个优雅的女人。她的人生就像一个天平，"在天平的一端，装的是我们离别的体验、痛苦的良知和对时间杀手的抗拒；在另外一端，装的也许是平和的心境、悠然的抉择，还有不朽的阳光、大海和风"[1]（玛丽亚·若昂·博杰语）。诗人用干净的声音为万物命名，在大海边，在黑夜里，

1. 玛丽亚·若昂·博杰：《索菲娅诗选·序言》，第6页。

在涂抹着白石灰的房子里，她把神秘的初始和创世的奇妙纳入寻求纯洁的万物之源的旅程，同时她没有忘记诗歌担当的使命，她歌颂自由和正义的生长，她呼吸的节奏跟随着国家的命运起伏，她自信可以用诗歌为民族提供力量和安慰。事实上，对于这个也算得上饱经沧桑的民族来说，诗歌一次次地为他们忧伤的灵魂提供了慰藉，陪伴他们走过漫漫的历史长夜。

　　索菲娅热爱自然万物，但是她拒绝人格化的自然，自然本身已经是和谐的秩序，就像在希腊人眼里，自然是神圣的，这种神圣是在自然的和谐中显现的。在酒神的快乐精神中，人与物的律动得到了统一并共同沐浴着神圣的光辉。战天斗地的人并非高傲的胜利者。诗人抚摸着万物，仿佛一个沉浸在爱的灵魂探寻着万籁的神秘之音。脱下虚伪的表情，快乐的事情是死后做一只野兽，敏捷矫健，自由自在，使用着自己的语言生活，做一块石头的兄弟，或者一朵花的姐姐。

　　阳光的背面是黑暗，黑暗覆盖着死亡。索菲娅从来不回避死亡，不断消亡的时光是她诗歌的一个主题，但是她把时间的尽头当作回归之路，死亡使人摆脱了时间的统治，"当我死去的时候／我要重新寻找／我没有和大海共享的时光"[1]。自我的灵魂和肉体得以解放，在另一个安

1.《索菲娅诗选》，姚京明译，澳门文化司署、花山出版社出版，第 7 页。

宁的世界中获得最后的完整。也许她真正热爱的，是学习死亡的艺术。现在，索菲娅在走过漫长的生活之路后，永远回到了她喜爱的大海的身旁，倾听着潮起潮落，她应该死而无憾。"你的步履是路的完美"，这，已经足够了。

第四章　　中国文学在葡萄牙

第一节　费诺与《中国诗歌选》

1867 年，法国唯美主义女诗人俞迪德·戈蒂耶（Judith Gautier）出版了中国译诗集《白玉诗书》（*Le Livre de Jade*），在欧洲引起普遍的反响，其影响之广，恐怕连戈蒂耶自己也没有预想到。此书不仅在法国多次重印，还被翻译成不同的西方文字，李白和杜甫的名字也随着戈蒂耶的《白玉诗书》传遍欧美大陆。乃至戈蒂耶 72 岁去世后，人们在悼念她时还说："在永恒之春的花树下，她正与温文尔雅的李太白从容交谈。"[1]

1. 参见秦寰明：《中国文化的西传与李白诗——以英、美及法国为中心》，载于商务印书馆《中国学术》，2003 年第 13 期。

1890 年，葡萄牙诗人安东尼奥·费诺（António Feijó）把《白玉诗书》翻译成葡文，取名为《中国诗选》（*Cancioneiro Chinês*）在葡萄牙北部城市波尔图出版，之后乔丹·斯泰布勒（Jordan H. Stabler）又根据费若的译本再转译成英文，取名为《李太白之歌》（*Song of Li Tai Pè*）。1903 年费诺的《中国诗选》再版，补充了两首新译的作品。

费诺 1859 年出生在葡萄牙北部的一座小城，读完中学后进入科英布拉大学修读法律，但成绩一般。毕业后他经考试进入外交界，被派往驻巴西领事馆任职；他曾一度尝试去葡萄牙驻上海领事馆工作，但未能遂愿；1891 年他开始担任驻瑞士总领事；1917 年在葡萄牙逝世。除《中国诗选》外，费诺还留下《抒情诗集》、《爱情岛》、《冬天的太阳》等多部诗集，但今天这位诗人及其作品已被人们遗忘了。

如果说戈蒂耶的《白玉诗书》从某种意义上改变了中

诗人兼翻译家费诺

国诗歌在法国甚至西方的形象，那么《中国诗选》则让葡萄牙人第一次从本国的语言中认识到中国诗歌的幽远美妙。作为第一本在葡萄牙出版的中国诗歌集，《中国诗选》引起了人们极大的兴趣，得到了很高的评价。作家米兰达·德·安德拉德（Miranda da Andrade）这样赞扬道："形式美和意境美把《中国诗选》提升到很高的美学境界，这是中国诗歌在我们的语言中和谐的回声，是葡萄牙文学中异国情调的美妙符号；因为它，葡萄牙文学变得丰富了，译者也因此跻身于当代最优秀的'东方学家'的行列。"

俞迪德·戈蒂耶的父亲奥菲尔·戈蒂耶为她聘请了中国老师学习中文，但是她没有被原文所束缚，而是敢于与原诗拉开距离，她的译文相当自由。而费诺对中文一窍不通，但是他没有强调其译文是从法文转译的，他在给朋友的信中写道："这些中国人的诗歌早已大功告成——而我却要呕心沥血，因为我要反复润色，一些地方做了重大的改动。我认为它们比以前更好了，但不能说已达到了完美，如果新的校样来了，我还会再做修改。这是一场灾难，但我的美学原则是'每一句诗都要臻于完美'。"在《中国诗选》中，费诺也没有提及俞迪德·戈蒂耶及其《白玉诗书》，这种"抹煞"凸显了费诺作为中国诗歌直接翻译者的身份。此外他还采取了另外一种策略，即通过友人成功地邀请满清政府驻巴黎使馆的武官陈季同为《中国诗选》作序。这给读者造成了一种错觉，认为他的翻译和中国诗歌有直接的关系，而不是第三手的转译。费诺在书中每次提到陈季同的名字，都会写成"陈季同将军"，一个名字奇怪的中国人，又是一位将军，既迎合了读者对异国情调的好奇，也为译本增加了权威性。

陈季同在序言中承认把中国诗歌翻译成欧洲文字的困难，但称赞了费诺的热情，承认他的工作是有价值的。《中国诗选》收入 17 位唐代诗人的作品，年代从公元 619 年到 960 年，其中李白和杜甫的作品最多，各占 9 首。《白玉诗书》是以类选诗，共分七类，在初版中每一类都有一句中文题句：第一类"爱情"，题"黄金柳叶浮水"；第二类"月"，题"玩月谈情诗词"；第三类"秋"，题"秋诗游景快乐"；第四类"旅怀"，题"游花船观娥词"；第五类"酒"，题"谈酒作乐题诗"；第六类"战争"，题"织锦回文给诗"；第七类"诗人"；题"诗家胜百君王"。费诺并未依循戈蒂耶的分类，而是以"春、夏、秋、冬"分为四个部分，诗人中只有李白贯穿了四季。

费诺翻译中国诗歌首先是满足自己内心的需要，是从现实向文学的一次逃离。他不适应现代工业革命带来的喧嚣，也被葡萄牙不稳定的社会状况所困扰，逃逸至遥远的中国诗歌，在异国的山水林木间漫步，体验天人合一的和谐，使他获得了莫大的安宁和快意。虽然他不认为自己是帕纳斯诗派，但是他有意或无意地遵循了帕纳斯诗派宗师奥菲尔•戈蒂耶的唯美主义宗旨：为艺术而艺术，割裂艺术和社会生活的联系，追求艺术外在形式的雕塑美、视觉美，并且在《中国诗歌》的翻译中加以贯彻，正如他的朋友路易斯•马加良斯 (Luís Magalhães) 所说："这不是翻译，是改编，或者说是重写。译者以自己方式来认同他所阐释的这种奇异诗歌的本质，因此这些诗与其说是翻译过来的，不如说是原创。这是一位热爱美的艺术家的作品，他在这个崇高而抽象的纯美世界中，对美的事物孜孜以求，从不考虑它们的国家或者来历。"[1]

1.Cf. Margarida Duarte, *As Traduções Portuguesas de Li Bai*, 1996, inédito, p.5.

费诺以葡萄牙读者为对象，考虑的是他们是否可以接受，因此他的译文相当的"归化"，以致于有评论者认为："……有时我们甚至觉得《中国诗集》是我们的一位文人雅士写的，而不是亚洲人的作品。"[2] 当然，这从另一个方面来说，欧洲人对中国的贬抑正在泛滥，他们

2.Cf. Margarida Duarte, *As Traduções Portuguesas de Li Bai*, 1996, inédito, p.5.

不相信中国人可以写出如此优美的诗句，正如报纸的评论这样写道："这本无与伦比的诗集向我们展示了一个人们意想不到的中国以及真正的诗歌想象力，很少人会相信那些绘在茶叶盒上中国商品上的人物的头脑会拥有如此美妙的想象力。"[3] 在费诺敏感的才华的文笔下，我

3.Manuela Delagado Ramos, *António Feijó e Camilo Pessanha No Panorama do Orientalismo Português*, Lisboa: Fundação Oriente, 2001, p.148.

们又看到了充满梦想的年轻女子、骚动的情人、双脚畸形的虚弱女子、悲伤的美人、相恋的皇帝和皇后、长命不死的圣哲、富有诗歌敏感的渔夫和农夫、满怀思乡之情的旅者、擅长书法的诗人，而这种诗歌是在中国逐渐失去光彩的时候出现的。当然，欧洲人怀疑中国人何以写出如此优雅的文字，他们表示怀疑，甚至认为是费诺的生花妙笔才把中国诗歌提炼到如此高远的境界。

戈蒂耶是敢于创新的翻译家之一，她的译文很"归化"，采用了散文体，而且去除了那些对西方人而言费解的历史典故和意象，但费诺在形式上没有遵循戈蒂耶，相反他采用了严谨的音韵体，诗的长度也普遍有所增加。费诺过分讲究形式上的美感，很多时候是以牺牲内容作为代价的。费诺的译本和戈蒂耶的译本一样，从接受的角度来说都获得了成功。庞德的译本也是这样。这是一个有趣的现象，他们的译本很难说忠实原作，戈蒂耶对原作删改甚多，一些译诗至今难以找出对应的原作；她喜欢糅入自己想象的元素，以迎合当时法国的文学趣味和人们对于东方文化的想象；费诺则完全不知道原作的本来面目，他只能在戈蒂耶创造性的翻译上进行

再创造，实际上他的确是"再创造"，或者说"再再创造"。他摆脱了戈蒂耶的翻译模式，根据自己的美学原则和葡萄牙读者的趣味对戈蒂耶的译文进行了改写。他的译本大大提升了中国文学在葡萄牙文化中的形象，有人读后甚至惊讶中国竟还有诗歌。

然而，不懂中文的费诺在戈蒂耶译文的基础上再进行"翻译"，他还算是译者吗？回译他所翻译的李白的《玉阶怨》很困难，它韵律严格、用词美妙，但已经是"柳暗花明又一村"了，所传递的意境与李白的原诗相距甚远。《玉阶怨》原为五言绝句，经过戈蒂耶散文化的长句，再抵达费诺的笔下，已经变为 5 节共 20 行的长诗。

叶维廉从比较中西诗歌的角度解读《玉阶怨》时写道："是'谁'却下水晶帘？是'望秋月'？诗中的环境提供了一个线索：是一个深夜不能眠的宫女。但没有用'她'或'我'等这类字，为的是让读者保持一种客观与主观同时互对互换的模棱性。一面我们观众，看着一个命运情境的演出在我们的眼前；一面又化作宫女本身，扮演她并进入她的境况里，从她的角度去感受这玉阶的怨情。一者是景、一者是情，一时不知何者统领着我们的意识。我们可以说，'情景交融'的来源之一，便是主客既合且分、既分且合的状态。"[1]

<small>1. 叶维廉：《中国诗学》，北京：三联书店，1992 年，第 29 页。</small>

但在费诺的翻译中，或者说创作中，李白隐藏在词语后面的"宫女"不得不露出面目，摇身变成"皇后"，"罗袜"也换成"有流苏的长裙"，但最主要的变化是消解了玉阶上的"怨"，代之以"在迷人的月光下，皇后心醉神迷地颤动"；而在最后一节，原文中寂寞无奈的情境一扫而光，而是皇后心绪荡漾，进入了星夜的狂欢。在形式上它是完美的，体现出唯美主义的原则，整齐的音步和严格的押韵传达出美妙的乐感，繁复华美的修辞也与"皇后"的身份互相辉映，但作者抽离了原作者所营造的"情景交融"，代之以自我的移情。还是那轮明月，但是它高悬在葡萄牙某位皇后的天空之上，实际上译者已经宣告了李白的"死亡"。

第二节　庇山耶与《中国挽歌》

葡萄牙象征主义诗人庇山耶（Camilo Pessanha，1867—1926）在澳门生活了 22 年，最后

在此谢世。他的墓就位于靠近市中心的西洋坟场，与那些达
官贵人的墓相比，庇山耶的墓显得十分普通，墓碑是灰色
的花岗岩，碑上镶嵌着三张照片，分别是庇山耶和他的后人。
庇山耶一脸浓密的胡须，表情沉静，忧郁的目光凝视着前方，
前方是一排排墓碑；越过墓碑，越过坟场的围墙，越过松
山上的灯塔，越过大海，在那海平线消失的地方有他的祖国。
他为葡萄牙现代文学史留下一部题为《滴漏》的诗集，其实，
这部诗集也是他的墓碑，开卷之作就叫做《墓志铭》：

庇山耶

> 我看见了光，在一个失去的国度。
>
> 我的灵魂软弱，没有武装。
>
> 哦，谁会一声不响地滑行！
>
> 钻进泥土消失，像蛆虫那样。[1]

1.*Obras de Camilo Pessanha*, Pubicaçõec Europa-América, Lisboa, 1986, p.14.

　　《墓志铭》这首诗是庇山耶一生的写照。他看见了光
芒，但光芒没有把他照亮；他的心灵坍塌了，是一片废墟；
他丧失了积极生活的意志，自愿成为精神的飘泊者，最后
把每一滴时间都化为对死亡的渴望，渴望像蛆虫那样在泥
土中消失。他最终在泥土中消失了，没有消失的是他的诗
歌。在他死后，《滴漏》获得了他生前没有看到的巨大荣誉，
一再出版，成为葡萄牙现代诗歌的经典，文学研究的主题，
对许多诗人产生过深刻的影响。

　　庇山耶 1867 年出生在葡萄牙大学城科英布拉，他是一
个私生子，父亲是法官，母亲来自平民家庭，由于她社会
地位低下，庇山耶的父亲虽然同她生育了多名子女，但始
终没有勇气正式承认与她的婚姻关系。缺乏温暖的家庭生

活影响了庇山耶的性格成长，他敏感、懦弱、忧郁，喜欢沉湎于封闭的自我世界中胡思乱想。18 岁时，他进入科英布拉法大学法学院读书，但对文学产生了浓厚的兴趣，同时对异性也表现出极大的好奇。他试图博得女子们的欢心，但屡屡碰壁；在她们的眼里，他既不英俊，也缺少趣味。也许由于情场失意，他开始移情于诗歌，作品在当地报刊时有发表，但并未显露出超众的才华。他甚至不是一名优秀的学生，大学四年级留级一年才得以毕业。1894 年，他远渡重洋，来到澳门，应聘在利霄中学任教。之后，他又做过物业登记官、律师和法官。环境的改变、事业的成功没有缓解他的失落和绝望，地理上的自我放逐并没有使他找到心灵的栖息地。他生活在矛盾之中，逃离是为了忘记，但是他没有足够的力量去忘记，因此距离反而加剧了思念，但越是思念，也就越是痛苦，这一切酿成了时间的毒药。

在澳门，庇山耶对中国文化产生了浓厚的兴趣，尝试探求这个陌生而奇异的世界。他开始学习中文，根据友人阿尔贝尔托·卡斯特罗的记载，他可以讲流利的广东话："庇山耶在华人当中是位备受尊敬的知名人物，在街头巷尾，华人总是围着他，用那古老的方言同其交谈……"[1]他给自己起了"贝山雅"的中文名字，还刻了印章。他像庞德、谢兰阁那样，非常欣赏中国的文字，认为"在所有存在或者已经消失的文字中，中文是最美妙和最令人遐想的"。[2]他对中国艺术兴趣浓厚，花费了大量的时间和金钱来收藏中国艺术品，他的家布满了中国的古玩字画，俨然是一座家庭博物馆。他十分喜爱中国诗歌，利用所掌握的有限的中文知识，在友人的帮助下翻译了《中国挽歌》。在《中国挽歌》的序言中，庇山耶解释了中国诗歌的特点以及因为这些特点而在翻译中所遇到的种种困难，显示出他对中国诗歌有深入的认识。虽然他欣赏中国的艺术品、诗歌和文字，但是他对待中国文化的态度本质上是轻蔑和贬抑，没有脱离欧洲中心主义的立场。

1910 年，庇山耶以"中国美学"为题在澳门举办讲座，介绍他对中国文学和艺术的看法。从表面上看，这些看法在逻辑上自相矛盾，更像是悖论，但本质上却与其欧洲中心主义立场相一致。他一方面认为"中国人至少在某些特性方面拥有美学的感觉和艺术禀赋，在这些方面他们优胜于我们，中国人的生活比我们的生活浸透着更多的艺术"，但是他又说，"然而没有一个中国艺术家可以和我们的天才艺术家相提并论，也没有一部值得被列入创造性的作品"。[3]为什么会这样呢？庇山耶说道："中国人这个种族具有不凡的天生艺术禀赋：生动的想象力，对美丽事物敏锐的直觉，平衡的内心世界以及对大自然细腻的热爱。然而，尽管中国人具有这

1.Obras de Camilo Pessanha, p.8.

2.Daniel Pires: Camilo Pessanha, Prosador e Tradutor, Instituto Cultural de Macau, 1992, p.116.

3.Camilo Pessanha, Prosador e Tradutor, p.115.

些天然的禀赋，但是他们没有把自己精神提升到纯粹的艺术或者哲学高度的水平：他们的艺术

只是装饰性的或者实用性的。他们的雕塑不是真正的雕像，只是一些神像。他们的绘画完全是

为了装饰墙壁。"[1] 在他看来，中国文化除了诗歌和汉字之外，在各个方面都比西方低劣，人

性的缺失使中国艺术仅仅局限于"不凡的天生艺术禀赋"。本能是先天的，是一个种族通过遗

传而固定下来能力，但中国人"在本能中没有升华艺术的能力"，他们的智力普遍低于欧洲人，

"中国的文明史只在这个种族身上留下了概括概念的最大能力"。[2]

1.Camilo Pessanha, *Prosador e Tradutor*, p.117.

2.Camilo Pessanha, *Prosador e Tradutor*, p.115.

庇山耶选择的《中国挽歌》收入了明朝王守仁、王廷相、徐振邦、边贡、李梦阳等人诗作

共18首，他从18首作品选出8首进行翻译。据庇山耶称，这些诗作原本装在一个精致的檀木盒中，

他在一家当铺以2元的价格购得。庇山耶对中国的文学和艺术有不俗的认识，没有理由不知道

李白、杜甫、白居易等诗歌大家，为什么偏偏选择这几个并不能代表中国诗歌成就的作品来翻

译呢？他没有解释，但是在序言中他对这些诗歌十分赞赏。为什么取名"Elegias Chinesas"（中

国挽歌）呢？庇山耶解释说这些诗歌"节奏相似，节奏轻缓忧伤，共同的哲理洋溢于字里行间"[3]。

3.庇山耶：《中国挽歌》，载澳门《文化杂志》中文版，1995年冬季号，第28页。

不过用"elegia"这种来自古希腊的诗歌体，或许可以缩短葡萄牙读者对中国诗歌的距离感。

分析一个译者的翻译，不仅要注重翻译文本本身，也要关注附属它的"泛文本"：译者或

者他人为译本所做的前言、后记、脚注、题词、标题等，从中可以了解译者选择和翻译一个文

本的原因、目的和翻译原则等。译者翻译一部作品，除了商业性的因素之外，一般会根据以下

几种情况来决定：其一，译作在译出语文化传统中的文学地位和价值；其二，作品在译入语文

化传统所具有的价值；其三，译者本人的兴趣和目的。庇山耶对中国诗歌怀有兴趣，同时也承

认比起西方诗歌，中国诗歌有自己的优胜之处。

从某种意义上来说，翻译是表示认同其文化的一种方式。虽然葡萄牙在澳门存在了几个

世纪，但葡萄牙人对中国诗歌不甚了解。只是在1890年，葡萄牙诗人安东尼奥·费诺把俞迪

德·戈蒂耶的《白玉诗书》从法文翻译成了葡文，并取名为《中国诗选》出版。庇山耶是直

接从中文翻译中国诗歌的，这本身就代表着一种认同，即承认中国诗歌的存在和价值，并希

望通过翻译在葡萄牙文化和中国文化之间架起沟通的桥梁。庇山耶意识到沟通的困难，所以

认真撰写了详尽的序言，目的是让读者能够真正了解中国诗歌的特点，而不仅仅引起他们对"异

国情调"的好奇。庇山耶解释了中国诗歌的精妙之处主要在于语言的模棱性：

在文学与语言中，这堪称一基本特性。有些词语甚至完全失去了词义——词义上产生了很大的差别。甚至获得了反义——从句子上来讲（即便理解了每个单词所表现的准确意义），因为没有限定句法结构的语法规则，每个句子可以有截然不同的解释。因此，每个句子的含义，只有明确了主题思想后，才不会闹笑话。此外，诗中亦有含混的言辞，再加之语言简洁，更加大了理解的难度。——如读者愿意，我们可以用"闪电般的简洁"一语来形容汉诗——为保持韵律的优美，有时可以省略所有表达各个成分之间逻辑关系的词，以引起读者更加丰富的想象力。这种对想象力的强烈刺激乃汉诗魅力不可传译之处。有时，作者采用作为诗的象征意象与具体形象之间彼此没有任何关联意义。[1]

> 1. 庇山耶：《中国挽歌》，第 30 页。

对中国诗歌的语言特点，特别是其传释活动，叶维廉在《中国诗学》中有详尽的论述。[2]

> 2. 参见叶维廉：《中国诗学》，第 14—36 页。

语言的模棱性注定了文本的意义是有不确定性的。不确定性不是中国诗歌所专有（但表现得更明显），它被认为是文学的普遍特征。这在 20 世纪是一个引起文学理论界争议的问题，"文学文本具有一种基本的不确定性，这使任何作品解读的对或者错的可能性成为不可能"[3]。其实

> 3. 格拉夫：《确定性与不确定性》，见 Frank Lentrichia, Thomas Mclaughlin 编《文学批评术语》，张京媛等译，香港：牛津大学出版社，1994 年，第 220 页。

这颠覆了传统的忠实或等效的翻译原则。译者在确定和不确定的意义中穿梭游走，他可能捕捉到了那些确定的意义，而又如何捕捉那些"只能意会，不可言传"的不确定的意义？中国诗歌中这种不确定性俯拾皆是，它正是文学的魅力所在，如果它都被"确定"了并被"明晰化"了，那么这样的译本是否是"忠实"或"等效"呢？事实证明，一首中国诗歌译成任何一种西方文字，都无可避免地遭到"明晰化"的"迫害"，这是一个难以解决的问题。

庇山耶对中国诗歌的认识是准确的，语言的不确定性可以刺激读者的想象力，拓展诗意的空间，但也是难以传译之处。此外，对西方读者来说，频繁用典也是翻译中国诗歌的一大障碍：

> 汉诗最大的特点，亦可称之为西方人理解汉诗最大的障碍，在于汉诗大量引用历史和文学典故。这使得许多段落，乃至全诗具有双重意义——一层表面的直接意义；另一层隐喻的或象征的意义。这后一层意义更为深奥。诚然，在这种情况下，一位不具有广博汉学知识的译者，常在隐晦不露极容易使人上当的误解边缘上徘徊。[4]

> 4. 庇山耶：《中国挽歌》，第 30 页。

庇山耶承认翻译也是一种旅行，而翻译中国诗歌则是冒险的旅行，时刻有翻沉的危险。因此，他采取了谨慎的态度，基本上遵循"直译"的翻译原则："我按原文逐字译出。原是从中葡两种文字之间的巨大差别所允许的等值去翻译。"[1] 他尽量忠实原文，不做任何增删，原有

1. 庇山耶：《中国挽歌》，第 30 页。

的象征和典故也基本保留；为了消除读者理解这些典故和象征的障碍，他采取了注释的方式；不过他承认有时不得不在节奏上做出牺牲，以迁就原作的意义；此外，韵律因西方语言不具有等值的修辞手法，也只好舍弃。

庇山耶没有像庞德那样，采取"归化"的翻译方法，也许后者采取"归化"之法乃缘于对中文认知有限，不得已而为之，而庇山耶粗通中文，具备条件尽量采用"异化"的手法，最大限度地保持对原文的忠实。他设想的读者应该是那些对中国诗歌没有任何认识的人，所以他利用了序言和大量的注释，帮助他们接近这些诗歌。庇山耶在实践中确实贯彻了这一翻译原则，尽量忠实原文，但"忠实"仅仅是词语的等值转换，并不能保证译文的成功，况且这种所谓的等值转换在实践中是难以完全做到的。从读者接受的角度来看，尽管庇山耶的诗人之名有助于其译本受到关注，但无法保证它的成功，原因是一方面他选译的作品多是平庸之作，另一方面对不太了解中国文化的读者来说，阅读这种保持"异化"的诗歌并不轻松，甚至是对耐心的考验。陌生的地名、人名和文学典故都藏有隐喻或者象征，一个西方读者很难越过"重重关山"，因而又何以体会"意在言外"的妙处呢？诚然，庇山耶为每一首诗配有详尽的注释，但这些注释在某种意义上也干扰了阅读。人们认为诗人是翻译诗歌的理想人选，庇山耶被认为是葡萄牙最优秀的象征主义诗人，但并不能保证他的翻译可以经得住时间的考验：

空为郢中客

不见郢中吟

美人高堂上

自奏山水吟

弟子葬何处

潇湘云正深

寂寥谁共赏

江上独伤心

庞山耶在翻译这首诗歌时体现了他的翻译原则，尽量消除译者的主观因素，在两种语言之间寻找等值的词语和意义。但仅仅翻译是不够的，每一句几乎都有典故和地名，一个没有受到过中国文化训练的读者，阅读会遇到很大的障碍。为此庞山耶使用了七个注释，详尽地解释地理名称和历史典故，如对"郢"的解释，长达 300 字左右，远远超过诗作本身。

诗歌翻译，与其说译者是在用一种语言翻译一个诗人，不如说他是在塑造另一个诗人。对读者来说，他并不关心这首诗原来是什么模样，他关心的是"此刻"，即他在阅读时是否感受到了"诗"的存在。"诗就是经过翻译而丧失的东西……"这句话否定了诗歌翻译的可能性，但也暗示着译者必须"另辟蹊径"，为读者创造出被称为"诗"的东西。"翻译并不是曾经被认定的用一个同义词去对等于外语里的那个词，它是写作——作为翻译的写作，是用一种语言去说出。"[1]许多经院派的"忠实"译本之所以没有被读者广泛接受，其原因还是缺少"诗"，

1. 陈东东：《杜鹃侵巢里的仪式》，载《读书》2003 年第 6 期，第 119 页。

甚至不再是"诗"。翻译诗歌，译者必须对诗的语言表现出敏感，他所塑造的诗人，不应是在译文中彻底死亡的人，而是要考虑如何使作者"像一个诗人"继续在译文中生存，不是急于宣判他的死亡和自己的"诞生"。一首成功的翻译诗歌，应该是作者、译者、读者三位一体达成的一个"心有灵犀一点通"的契约，但这样的契约并不多见。庞山耶的翻译同样并未抵达这样的契约，它的问题是：究竟多了一些什么，同时又少了一些什么。

谢阁兰说："我在中国诗歌中寻找的不是思想，不是主题，而是形式。这些形式是多种多样的，但并不怎么被了解。"[2]诗歌翻译之所以可能，是因为古往今来，使用不同语言的诗人

2. 转引自亨利•布伊耶：《谢阁兰关于中华帝国的重大指导或富于启示性的中国迂回法》，见钱林森、克里斯蒂尔•莫尔威斯凯主编《20世纪法国作家与中国》，南京大学出版社，2001 年，第 10 页。

都在抒写着大致相同的情感世界。诗歌翻译的问题不在于理解一个诗人的思想、感觉和经验，而是在于他所使用的形式。语言的特点决定了形式，两种语言的差异越大，形式上的翻译难度也就越大，甚至是不可翻译的。一首诗歌从中文翻译成葡文绝对不等同于从法文翻译到葡文。"诗就是经过翻译而丧失的东西"，恐怕说的也是形式特点的丧失。

每一个读者都是独特的，都是他自己，每一次阅读都是对文本的唤醒，让语言的意义从沉睡中活动起来，但每一次阅读的过程和效果都是不同的，因此阅读没有标准的答案。翻译诗歌首先也是一种阅读，当然也不会有标准的答案。况且，谁有权利为一首诗的翻译制定标准答案

呢？恐怕原作者也没有这样的权利。因此，每一次翻译都是制造差异，与原作的差异，与其他译本的差异。每一次翻译都是译者在自己的语言中对原作的接近，而不可能是彻底的抵达。译者在贴近原作的同时，必须清醒地认识自我，认识语言的局限性和可能性，然后"说出"。译者只能使用他"自己"的语言，如何回应原作的呼唤，如何用"自己"的语言把原作"说出"，体现着译者的"创造性叛逆"。[1]

1. 参见谢天振：《译介学》，上海：上海外语教育出版社，1999 年，第 130—143 页。

无论是庞德的"再创造"还是庇山耶的"忠实"，他们倾注了热爱的译本都是值得尊重的，尽管有不尽人意之处，但它们毕竟在两种陌生的文化和语言之间建立了可以对视的关系。文学翻译是漫长的认知过程，忠实或者等效已不再是讨论的问题，"是否忠实于原文也许不一定，也不可能是判断译文优劣或合格与否的唯一、绝对的标准"。[2] 翻译就像是人生，人生本身也

2. 谢天振：《译者的诞生与原作者的'死亡'》，见《中国比较文学》，2002 年第 4 期，第 32 页。

是一种翻译，每天我们都在翻译：一个微妙的眼神、一个有意识或无意识的动作、一个朦胧的背影、一阵弥漫四周的静寂、各种各样的语言符号，你都能忠实而有效地贴近并翻译成心灵的解码吗？迷惑、误读或者曲解伴随着我们对人生的翻译，也会伴随着我们对诗歌的翻译。

第三节　安东尼以及其他诗歌翻译家

安东尼·格拉萨·德·阿布勒乌（António Graça de Abreu, 1947—　）生于葡萄牙北方城市波尔图。1977 年至 1981 年在中国工作和生活，曾于北京外文出版社担任葡文专家，并在中国工作期间遭遇爱情，谱写出奇妙的东方恋曲。他也是一位诗人，已出版《白玉中国》（China de Jade）、《丝绸中国》（China de Seda）、《快乐和青苔之地》（Terra de Musgo e Alegria）、《莲花中国》（China de Lótus）以及《装满寂静和雾的杯子》（Cálice de Neblinas e Silêncios）。他的诗歌大多以中国为灵感来源，抒写他对中国的观感和印象，也许他在翻译的过程中深受中国诗歌潜移默化的影响，他的诗歌颇有中国诗歌的意蕴，如这一首《身体与精神》，吟咏在时间的须臾中不羁的自由和回归的平和之心，多少流露出老庄的意味：

身体是一只船

载着我精神漫游。

在大地，无所羁绊

翻越群山，潜入树林

回归原始，沿着山川和湖泊

开始新的旅程。

不久后，最后的路程

将抵达平安的栖息地，

在白云与虚无之间。[1]

1.António Graça de Abreu, *Cálice de Neblina e Silêncios*, Lisboa Nova Vega, 2008, p.45.

在中国生活多年并经常在中国旅行的他，在葡萄牙人之中被视为"中国通"，但是他却认为深入了解中国是很困难的："在中国这个充满矛盾的海洋里航行，我们西洋人常有触礁之险。所以，很难深入这个社会和人民，而且也很难分析和解剖中国现实。西方人写的关于中国的书中谬误屡见不鲜。有的中国人说：'外国人到我国住上十来天写一本书，住上几个月写些评论，越住得长就什么也写不了。'笔者通过自身的经历亦有同感，中国给人滋生了一种茫然的感觉，一种甜滋滋的意志消退，既令人痛苦，又乐在其中。中华民族有别于任何民族，一旦被吸引，就难以评论和描绘这个民族，因为越了解他们，换言之，对他们就愈加无知。"[2]

身穿"汉服"的翻译家安东尼

2.António Graça de Abreu, *Da China e da Sabedoria Chinesa*, in Revista de Cultura nº1, 1987, p.26.

20 世纪 90 年代，澳门文化司署先后出版了安东尼翻译的《李白诗选》（1990）、《白居易诗选》（1991）、《王维诗选》（1993）以及戏剧《西厢记》（1985）。2008 年，澳门中之书出版社出版了他翻译的《寒山诗选》。经他之手，中国几位经典诗人和剧作家第一次全面而系统地被译成了葡语，他的工作十分认真，为每一本诗选都会撰写详尽的长篇序言，介绍中国诗歌的传统、诗人的生平、创作特点以及写作历史背景。

安东尼翻译的《李白诗选》收录了李白诗作 300 多首，大部分脍炙人口的作品都收入在内，部分诗作配有原文和精美的国画插图。用了 8 年来翻译这本诗集的他在序言中写道："在这八年中，在李白这位大诗人的陪伴下，我尝试了翻译的可能和不可能。我从未孤身作战，除了朋友和中文书籍，我还参阅了英文和法文的译本，许多时候这些译本对我理解、组织和梳理李白的诗歌语言是至关重要的。"[1] 他承认他对中文谈不上精通，幸好他的中国太太"红袖添香"，

1. António Graça de Abreu, *Poemas de Li Bai*, Instituto Cultural de Macau, 1990, p.33.

为他的翻译提供了极大的帮助。

他在序言中详细地介绍了李白的生平事迹以及诗歌创作的历史背景，并精辟地勾勒了中国诗歌的基本特点和常见的主题。在他看来，自然、美酒、时间、友情和战争构成了中国诗歌的常见主题。而爱情呢？有人不理解为什么中国诗人写下汗牛充栋的吟歌友情之作，却没有留下多少爱情诗歌，安东尼认为："在中国诗歌中，女性并不是如同缪斯那样，是悲伤或幸福爱恋的灵感源泉，但伟大的诗人深知爱的艺术并深知女性不仅支撑着半边天，也引领着男人前进。"[2]

2. António Graça de Abreu, *Poemas do Li bai*, p.33.

这说明，爱情作为任何诗歌的永恒主题，虽然在中国诗歌中并非像西方诗歌那样情感炽烈，直抒胸臆，但也是深知"爱的艺术"的。

他坦言翻译中国诗歌不同于翻译西方其他语言的诗歌，在翻译中会遇到更大的挑战："汉语是使用拼音的表意文字，强调音调的作用，其无人称和被动式的句法使得语言变得惊人的凝练，而性数也微妙地被省略（是他还是她？是我还是我们？）。词，或者字，写法一样，但可以是名词、动词或者形容词。一切精炼而朦胧。音韵系统与我们的毫无相同之处，对仗、修辞、文化典故、历史故事、神话传说与我们的文化、历史和神话也毫无关联。"[3] 因此，他的翻译

3. António Graça de Abreu, *Poemas de Li bai*, p.33.

工作是拆掉拼图然后重新组装："当我第一次试图翻译一首中国诗歌的时候，我感觉好像面对一个拼图板，所有的部件都拼贴得很好，但还是很难懂，无法进入。我必须拆掉拼图，用同样的部件重新组合。就这样我开始了翻译工作，但我曾想放弃，特别是当零件无法安装，剩下或者不够用的时候。我会借助一些工具书，借助其他与我们接近的语言作为参考。安装这些部件，需要极大的耐心，最后拼图安装完成了，但已经是另一个拼图，或许已失去了原文的美妙和力

4. António Graça de Abreu, *Poemas de Li Bai*, p.39.

量。"[4] 诗歌翻译难，翻译中国诗歌更难，但正是给翻译造成困难的那部分才是中国诗歌的魅

力所在。

面对两种差异巨大的语言，安东尼基本上采取了"归化"和"异化"相结合的翻译策略，并且使用了许多补偿措施，比如添加大量注释来解释文学典故和历史故事，以帮助对中国文化陌生的读者去理解。李白的《结袜子》是颂扬高渐离、专诸两位著名刺客的事迹："燕南壮士吴门豪，筑中置铅鱼隐刀。感君恩重许君命，太山一掷轻鸿毛。"安东尼对这些典故和历史地名，如"吴门豪"、"鱼隐刀"、"鸿毛"等都添加了详尽的注释[1]，否则这首诗很难被葡语读者所理解，可见他是以认真的态度对待每一首的翻译的。

1.António Graça de Abreu, *Poemas de Li Bai*, p.40.

如何保证一首诗经过翻译后仍不失为一首诗，这要依靠译者对诗意具有高度的敏感和把握，并根据译入语的语言特点采取适当的变通措施，身为诗人的安东尼奥在一些诗的翻译上表现出色，比如对李白《静夜思》中"疑是地上霜"的翻译，他选择了疑问句的形式——"莫非这是霜吗？"，从而避免了直接译成陈述句而陷入平庸。然而，鉴于两种语言之间存在着"不可译"的差异，中国诗歌的音韵和一些特有意象无法移植到译入语中，很多"失去"不可避免。译者虽然如履薄冰般小心谨慎，唯恐失去原文的语义和意象，多方采用补偿措施，比如解释性翻译、添加注释等，但一些诗作还是变得冗赘寡淡，失去了原作的精炼与韵味。

安东尼奥翻译的《白居易诗选》收录了诗歌200多首，和《李白诗选》一样也配有长篇序言。之后他还翻译出版了《王维诗选》。他对王维给与很高的评价："作为伟大的自然诗人，没有谁比王维更能够抓住文字，把它们浸入敏感的内心回声之中，然后让它们通过尖尖的毛笔——文字是用毛笔书写的——在神奇的湖泊上飘荡，如丝绸那样透明，如露珠那样滋润大地。"[2]

2.António Graça de Abreu, *Poemas de Wang Wei*, Instituto Cultural de Macau, p.7.

虽然王维接受了佛教，常以禅入诗，诗歌常常吟哦"寂"与"空"，但他不认为王维是不食人间烟火的隐逸之人，他的身上集儒释道于大成："在寂静中打坐中倾听着花朵凋落，并以此洗涤眼睛和心灵之人，无疑会走上求佛之路；而漫游于茫茫空寂之中，眺望月光在树林中编织的花纹，聆听自然的乐音，也会心随云游，追随道家的脚步；而仕途坎坷，升迁渺茫之遇也会郁闷悲伤。因此，王维是佛门子弟，道家的追随者，儒家的弟子，他也是一个和我们所有人一样的人。"[3] 唯有对为人为诗的王维作过认真研读的译者，才会从中得出自己的体悟。

3.António Graça de Abreu, *Poemas de Wang Wei*, p.9.

2009年，澳门COD出版社出版了安东尼奥翻译的《寒山诗选》，收录了寒山150首作品。在这之前，葡萄牙著名女诗人安娜·西特莉（Ana Hatherley）从英文转译过寒山25首诗作，由葡萄牙铁马出版社于 2003 年出版。

由于安东尼的努力，李白、王维、白居易和寒山第一次以比较完整的面目详尽进入葡萄牙语。虽然这些诗集都在澳门出版，未能进入更大的发行领域，但它们还是产生了一些回响。1997 年，《李白诗选》荣获葡萄牙笔会颁发的最佳翻译奖。

安东尼虽然已经翻译了四位中国诗人的选集，可谓经验丰富的翻译家了，但他依旧保持着谦虚的态度，强调诗歌是不可翻译的。2009 年他参加了在澳门举行的《寒山诗选》发行仪式，他在接受《澳门论坛报》访问时说："一首中文诗，一旦翻译成葡文，就不再是中文诗了。就此而言，诗歌是不可译的。如果一首诗在译入语中没有质量可言，那么我们就谋杀了这首诗。至于词义，我尽量向原文靠拢，但在某些时候，这是不可能的。主要原因是一个汉字可能有二三十个解释，而且今天有些汉字的意义已经发生了变化，这些都给诗歌翻译带来了困难。"[1]

1. 参见 2009 年 5 月 27 日《今日澳门报》(Jornal de Tribuna de Macau)。

他还会开展诗歌翻译计划，尽管现在阅读诗歌的人已越来越少，诗集也销量有限，但伟大的诗歌永远不会过时，就像卡蒙斯、李白、莎士比亚的诗歌永远有人在读，因此他必须继续他的翻译工作，因为还有优秀的中国诗人仍未被翻译过来，比如杜甫。

弗兰西斯科·伊·雷戈 (Francisco de Carvalho e Rêgo, 1898—1960) 是翻译家，也是音乐家。他出身于澳门传统家庭，身上有马来西亚、中国、东帝汶和葡萄牙的血统；他可以讲中文，但从小接受的却是葡语教育。像许多土生葡人一样，他先在澳门学习然后去里斯本完成高等教育，学成之后他回到澳门进入政府部门工作，身居要职，从事文化工作。他一方面深受葡萄牙文化的影响，另一方面也被中国文化所吸引，尝试在澳门传播中国文化。当时中文并非澳门的官方语言，中国文化也没有受到应有的重视，澳葡政府对两种文化之间的交流也缺少热情和规划，原因之一是从葡萄牙来澳门担任高官的人士任职时间有限，很少超过三年，因此人人怀有过客心理，从来没有认真地考虑如何制定过长期的文化政策。此外，华人社会大部分由外来移民组成，文化水平较低，缺少文化精英，因此中葡两个社会是隔墙相望，沟通交流十分有限。像庇山耶、雷戈、高美士这样主动推介中国文化的人士，实属难能可贵，但为数不多。

雷戈发表过许多作品，如《澳门土生葡人》、《谈中国妇女的美德》，新奇侦探小说《妈阁庙宝藏之案》、《中国信札》等。1951 年，他翻译了多首中国诗歌，结集为《梅花》(Mui Fá) 出版，其中包括李白、杜甫、李商隐、韩愈、孟郊的作品。在前言中，他总结了中国几千年的诗歌传统，认为在盛唐时期"中国才出现了一群伟大的诗人，他们的创作有完美的结构和韵律，奠定了一座诗歌成熟的基础大厦"[1]。关于翻译，他也承认音乐性是最难翻译的，"由于

1.Francisco de Carvalho e Rêgo, *Mui Fá*. in *Revista de Cultura* (edição português), 1995 nº25, p.241.

中文使用音调来辨别词意，因此中国诗歌音乐性很强，很难做到完美的翻译，美感的丧失在所难免"[2]，因此不能遵循其他语言的诗歌翻译技巧来翻译中国诗歌。他强调自己不是诗人，他仅

2.Francisco de Carvalho e Rêgo, *Mui Fá*. p.242.

仅是保留中文诗歌的中心思想，并不在意诗歌的形式是否合理，假如诗歌格式正确，那也是巧合而已。他只是试图"在阅读中，有悦耳的音律"[3]。从美学的角度来看，他的翻译作品尚欠圆

3.Francisco de Carvalho e Rêgo, *Mui Fá*. p.243.

熟凝练，理解亦有偏差，比如把"疑是地上霜"翻译成了"凝是地上雪"等，因此可以说他的翻译具有抛砖引玉的意义。

　　若热·德·塞纳（Jorge de Sena）是葡萄牙著名诗人、小说家、评论家和翻译家，一生写作不辍，著作甚多。他后来离开优越的生活环境，移居国外，远离葡萄牙知识分子的圈子，也许正因为如此，他才可以更客观地看待葡萄牙文学的各种流派和现象，与其他诗人和作家展开更开放的交流。他学识渊博，视野开阔，十分重视翻译的作用，认为翻译世界文学佳作至关重要，可以带来文学的多样性。1971 年他编选的《26 个世纪的诗歌》（*Poesia de 26 Séculos*）是一本世界诗歌选集，其中有日本和中国诗歌。

　　另一位默默地从事中国诗歌翻译的是学者型诗人吉尔·德·卡尔瓦略（Gil de Carvalho）。1989 年他翻译的《中国诗歌选》（*Uma Antologia de Poesia Chinesa*）在里斯本出版，诗集从《诗经》到纳兰性德，所选诗歌时间跨度很大，但收录的诗人和作品并不多。他在前言中写道："中国诗歌浩瀚如海，这本书只是沧海一粟，只让我们窥探其博大的一个侧面。"[4]

4.Gil de Carvalho, *Uma Antologia de Poesia Chinesa*, Assirio & Alvim, 1989, Lisboa, p.9.

他在北京逗留过，略通中文，因此他说"这些诗歌是从原文翻译的，但也参考了西方其他的语言的译本，这对我来说是必不可少的。不参考这些译本，我的翻译是不可能进行的"[5]。他对中

5.Gil de Carvalho, *Uma Antologia de Poesia Chinesa*, p.8.

国诗歌做过深入的研究，序言写得很扎实，精当地概括了中国诗歌的特点以及与文字的关系。2010 年，这本书再版，说是再版，其实是一本全新的书，因为比原书增添了大量篇幅，诗人也增加到 90 多位，是迄今为止最为全面的一本中国诗歌选本。作为诗人，吉尔·卡尔瓦略对语言的敏感性令人钦佩，他充分利用葡文的特点，力图保留中国诗歌原有的特点，比如他把杜甫的"星垂平野阔，月涌大江流"翻译成：As estrelas suspensas sob a vasta planície ／ a lua ondula corre o grande rio，虽然无法译出诗句的乐感，但基本保留了词语的精炼和意象的开阔。

第四节　处于边缘的中国文学

虽然葡萄牙出现过欣赏中国文学并致力于翻译的人士，但廖若晨星，而且绝大部分人对中文认知程度有限，不具备直接从中文翻译作品的能力，必须依赖第三种语言方可工作。此外，葡萄牙大学一直没有设立东方语言系，没有中国文学的课程，也没有热衷中国学的汉学家或者批评家，可以说中国文学在葡萄牙一直处于边缘化的位置，一般民众感觉中国文学十分遥远，知之甚少。虽然为数不多的中国文学作品被译介到葡葡牙，但基本上是这些已被译介到西方主流语言（主要是英文和法文）之后，再被转译至葡萄牙语。也就是说，葡萄牙出版界对中国文学，特别是现当代文学，几乎没有自己的判断力，只能拾人牙慧，在欧美大型出版社后面亦步亦趋，一本书被某大出版社翻译出版并获得市场青睐之后，葡萄牙的出版社才会考虑引进版权。

尽管澳门作为文学作品翻译的重镇，翻译出版过一些中国文学的作品，如《李白诗选》、《白居易诗选》、《王维诗选》、《艾青诗选》、《诗经》等经典著作，但它们很少能够进入葡萄牙的图书市场，因此无法进入更多读者的视野，产生的影响相当有限。

在葡萄牙，迄今已经译成葡文的中国文学作品以诗歌为多，小说不是很多，而且绝大多数是从第三语言转译，直接从中文翻译成葡文的小说和散文集有鲁迅的《野草》（*Ervas Silvestres*），它由孙琳和刘易斯·卡布拉尔（Luis G.Cabral）共同翻译，内容包括《野草》、《阿 Q 正传》

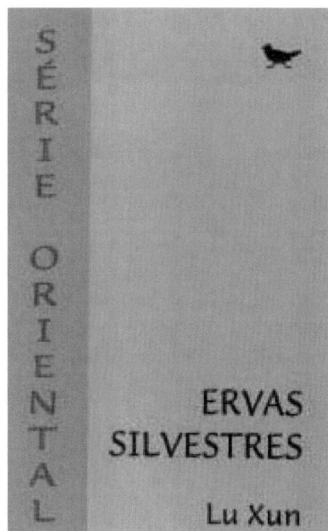

鲁迅《野草》葡文版封面

和《狂人日记》，1997 年由乌鸦出版社出版；另一本是《东风之面——中国古代散文十二篇》（*O Rosto do Vento Leste: Doze Textos de Prosa Clássico Chinês*），由葡萄牙著名的 Assírio & Alvim 出版社于 1993 年出版，内容包括陶渊明的《桃花源记》、柳宗元的《黔之驴》、欧阳修的《秋声赋》等名篇。

被译介到葡萄牙的中国当代作家有张戎，这位旅英华裔作家在欧美很受欢迎，在葡萄牙也是如此，为她带来巨大声誉的《鸿》自 20 世纪 90 年代在葡萄牙出版后已重印过二十多次之多，对一个来自中国的作家来说可谓前所未有。她的近作《慈禧》（*A Imperatriz Viúva*）等书也已经在葡萄牙出版。著名旅美作家、美国国会图书奖获得者哈金也有三部作品由科拉迪瓦出版社（Gradiva）出版，它们分别是《等待》、《疯狂》和《战争垃圾》。

获得诺贝尔文学奖无论对作家还是对出版商来说都是最佳的广告宣传。高行健获得诺奖之后，其长篇小说《灵山》和《祖父的钓鱼竿》相继在葡萄牙出版，但反响并不热烈。莫言获得 2012 年诺奖之后，他的长篇小说《丰乳肥臀》（*Peito Grande, Ancas Largas*）迅速从英文转译成葡文，随后他的随笔集《变化》也被翻译出版。另外一位旅英作家欣然的《中国好女人》也被翻译成葡文，这是一本纪实作品，作者在国内曾担任电台主持多年，从以前积累的采访素材中，她以第一人称的口述形式，甄选了 15 个真实的故事写成此书，呈现了中国女性生活的甜酸苦辣，读后令人唏嘘喟叹。虽然这本并非纯文学作品，出版后却引起反响。西方喜欢出版两类中国当代文学作品，一是已经获得西方重要奖项的作家，如高行健、余华、莫言等；二是内容可以满足西方读者的预设想象和趣味的作品，尽管文学性并不是很高，在选择当中，意识形态成为考虑的重要因素，张戎和欣然的作品均属于这种类型。

中国正在世界上崛起，影响力日益显著，这无疑会引起西方世界更多地关注中国文学。然而，中国的崛起仍需要文化力量来驱动，如果说中国已经是一个经贸大国，但距一个文化大国还有相当的距离。尽管莫言获得了诺贝尔文学奖，引起一阵间歇性的中国文学热，但西方国家对中国文学的关注毕竟还是有限的，只有很少的中国作家成为西方读者长久的关注对象。

除了翻译的原因，我们的文学需要注入更多的精神内涵和力量，中国作家在叙事中热衷表现国人所遭受的各种苦难，既有天灾，更多的是人祸，以及他们在非人的生存条件下所表现出的顽强生命力，而这些苦难对人性摧残的程度，在西方读者看来是不可思议的，因此会在西方价值观的映照下引起他们的悲悯情怀。我们的文学作品大多还缺乏具有广泛代表性的小说，缺少富有人格魅力的人物形像。

对西方读者来说，理解中国文学作品并非易事，他们很难进入中国语境中的文学叙事，无法理解抗日战争、"大跃进"、"反右"、"文化大革命"等具有中国特色的历史运动，同时也为翻译带来巨大的挑战。凡此种种，都是限制中国文学在更大范围内产生影响的原因。

第五节　神州在望：葡萄牙作家的中国情结

葡萄牙有悠久的诗歌传统，诗人层出不穷，来到澳门的葡萄牙人，面对不同的文化和生活方式也常常诗兴大发，其中不乏非常优秀的诗人，比如博卡热、庇山耶等，他们都是葡萄牙文学史上占有一席之地的诗人。除了他们，还有人被东方的经验激发灵感和想象，以诗歌咏东方的风光景物、民俗人情，或发思古之幽情，缅怀过往，凭吊古人，许多作品充溢着"异国情调"。"异国情调"是指艺术作品中所虚构的那些能呈现其他民族生活方式中奇异方面的审美信息或审美氛围[1]，但此类作品容易流于肤浅和猎奇，

玛丽亚·安娜·塔玛尼尼伉俪

1. 姜智芹：《文学想象与文化利用》，北京：中国社会科学出版社，2005 年，第 59 页。

具文学价值的作品也不多。

诗人当中，比较突出的有玛丽亚·安娜·塔玛尼尼（Maria Anna Acciaioli Tamagnini, 1900—1933），她是澳门总督巴波沙的夫人，可惜韶年早逝，留下一本名

叫《莲叶》（*Lin Tchai Fá–Flor de Lótus*）的诗集存世。此书第一次出版是在 1925 年，
1997 年澳门文化司署重印了此书。书中诗作大多是她在澳门生活期间受到中国文化启发而写，
既有不乏禅意的短章，也有叙事风格的长诗，如《鸦片馆》一诗，它描写的是中国人吸食鸦
片的情景以及所产生的幻觉：

> *看他们的睡相！多么慵懒*
>
> *面孔呆滞，毫无表情！*
>
> *但是，他们在做梦。苍白的面色下*
>
> *掩盖着心灵的空虚和凄楚*
>
> *梦幻着扑扇着狂想的翅膀：*
>
> *遥远的海市蜃楼，奇异的国度，*
>
> *荣耀，权力，财富，加官晋爵*
>
> *如云的美女，蓝眼睛……* [1]

1.Maria Anna Acciaioli Tamagnini, *Lin Tchai Fá*, Instituto Cultural de Macau, 1997, p.57.

　　有些诗作是对中国古典诗歌的改写，比如《罗敷的故事》就改自汉朝乐府曹操的《陌上桑》，
或者来自阅读中国诗歌时所受到的启发，如《舞蹈》写皇帝所宠爱的舞姬身披霓裳，蝴蝶一般
在为皇帝蹁跹舞蹈，感到身体"像白色的浪花翻卷，滚过沙滩……"[2]；而《放生》则写到慈

2.Maria Anna Acciaioli Tamagnini, *Lin Tchai Fá*, p.17.

禧太后放生雀鸟但又担心，"有谁知道／冷酷无情的灵魂／是否再次把它们囚禁"[3]。

3.Maria Anna Acciaioli Tamagnini, *Lin Tchai Fá*, p.30.

　　中国的月亮、莲花、茶、湖水、舞娘、皇帝、鸦片、丝绸等异国情调的元素都被诗人信手
拈来，加以利用，也成为她诗歌中最大的"异质性"。葡萄牙著名诗人娜塔丽娅·格雷娅（Natália
Correia）认为她受到象征主义诗人庇山耶和法国诗人魏尔伦的影响，同时她又把"女性的敏感品
质与中国诗歌的月光神奇地结合一起，罕见地给我们的抒情诗带来一种东方主义的视角"[4]。 她

4.Natália Correia, *Versos de Brisa Portuguesa Escritos numa Flor de Lótus*, in *Lin Tchai Fá*, p.10.

还从中国阴阳的角度来评论塔玛尼尼的诗歌，认为"〈莲叶〉的作者被'阴'所吸引，向女性的
本质展开翅膀，走进中国文明的神秘之中，这种文明有它们自己的纪年历。就像作者在《鼓声》
这首诗中所说的那样，鼓声可以消除月食的危险，可以驱除'企图用暴力吞噬月亮'的暴龙"[5]。

5.Natália Correia, *Versos de Brisa Portuguesa Escritos numa Flor de Lótus*, p.11.

《鼓声》一诗是写新年之际，作者从听到的鼓声而想到鼓的传说，人们敲着鼓是为了让龙不要

吞噬月亮，如果月亮被吞吃，那么月食就会永远出现在天空：

> 我们哀叹，如果这地狱的怪物
>
> 把月亮吞噬
>
> 世界将永远是月食。[1]

1.Maria Anna Acciaioli Tamagnini, *Lin Tchai Fá*, p.88.

而荷花，作为中国文化中出污泥而不染的象征，在她的笔下也摇曳出东方的意蕴：

> 我弯身在荷花的湖上，
>
> 在荷叶中采摘你的笑影；
>
> 我把心中的情爱，
>
> 写作荷叶上你的芳名。

> 在那青青的荷叶之卜，
>
> 我画出城市动人的激情。
>
> 这轻描淡写的小画，
>
> 恰似玉石雕刻出来的美景。

> 那玲珑剔透的字母，
>
> 使你的芳名更加漂亮。
>
> 那如画的春天风景，
>
> 令人想起翠绿的荷掌。

> 我把荷叶紧贴心间，
>
> 胸腔就像鲜花一样开放。
>
> 整个东方的神秘奇妙，

都在那漂浮的荷叶之上。

啊！我多么希望能乘着月亮，

在庭院点缀的湖畔徜徉，

遍采那一片片荷叶，

写上我心中不尽的文章。

这些无比纯洁的荷叶，

带给诗歌的价值无以估量。

我曾做过一个小梦；

书中充满色彩和芳香。[1]

1. 玛丽亚·安娜·塔玛尼尼：《莲叶》，邓思平译，载澳门文化司署《文化杂志》总第 25 期。

另一位来自葡萄牙的优秀诗人、剧作家韦博文（António Couto Viana，1923—2010）在澳门生活过两年，时间不长，却以惊人的创作力写下大量诗作。这些诗歌大多收录在已在澳门出版的《东方的东方》（*Oriente do Oriente*）和《远航至中国》（*Até à Longínqua China Navegou*）两部葡文诗集中。他的一些诗歌追溯和回忆葡萄牙在东方存在的历史，另一些则是对澳门、中国内地以及亚洲其他国家风土人情的抒怀吟咏之作。他是一个细心的观察者，也是一位时刻可以迸发灵感的诗人，所到之处都会即兴赋诗。他诗歌中交织着两种对话，一种是与历史的对话，另一种是与不同文化的对话，并试图以一种平等的姿态去接近它们，理解它们，并没有许多西方诗人所流露的文化优越感。他的足迹遍及北京、台湾、马六甲等亚洲许多城市，所到之处都是以欣赏或理解的心态去看待异域文化。比如，他参观了毛泽东纪念堂后这样写道：

在世界最大的广场，

深沉的寂静笼罩

人群，蜿蜒如龙，

排成祭奠的队列，

（四人一排）

直至纪念堂，

它像天空一样打开。

里面，蜡质的神圣脸庞，

永恒的期待。

从几千年中走来的中国，

曾涌现出无数圣贤与神的中国，

向人民缔造的新神鞠躬，

然后，缓慢而稳健地

向未来迈出一步。[1]

1.Antonio Couto Viana, *Até ao Longínquo China Navegou*, p.33.

　　葡萄牙人中爱诗者甚多，虽为业余诗人，但持之以恒，孜孜不倦，有人也取得了可喜的成果。柯添文（Alberto Estima de Oliveira, 1934—2008）出生在非洲，后辗转来到澳门，在此工作生活长达二十余年。他是澳门保险公司的创始人并担任总经理，直到退休，不过他最喜欢别人把他当成诗人。他对诗歌投入了极大的热情，繁忙的工作之余坚持创作诗歌，发表过《基础》、《苦闷的时间》、《静寂的对白》、《面孔》、《时间的骸骨》、《（有）感觉的身体》等诗集，其中《基础》已被译成中文出版。柯添文热爱中国和中国文化，虽然语言交流困难，但他还是十分乐意与中国人交往，许多中国人都成为他的朋友。他的诗歌并没有明显的中国元素，而是通过言简意赅的诗性语言就生命与时间的命题进行了富有哲思的探问和思索，折射出他受中国哲学思想影响而把持的一种人生态度：

我把有限的所知

与人分享

我把绵薄的所有

向人馈赠

我忘却我的需要

对生活，我只要求基础

天地悠悠

思想翱翔[1]

1. 柯添文：《基础》（姚京明译），澳门：澳门文化司署，1992，第28页。

　　另一位对中国文化怀有热烈情感的是女诗人、画家晴兰（Fernanda Dias, 1949—　　），她1986年来到澳门，在澳门葡文学校任美术教师，同时从事绘画和写作，已出版《纸上的时间》、《绿茶》等葡文诗集以及小说《繁华之日》、《风水的故事》等。她也从事文学翻译，由于她不谙中文，因此她会先邀中国友人译出字面意思，然后两人一起切磋，进行再创作，迄今已出版《高戈诗选》、《易经》、《澳门纪略诗选》、《舒望诗选》等译著。晴兰本人的写作和绘画从中国哲学、绘画、诗歌、民间故事中撷取元素，更主要的是她对中国文化深怀敬意和挚爱，这让她的作品东方色彩浓郁，中国式的隐喻、象征和意象俯拾皆是。

晴兰

　　笔者曾应邀为她的葡文诗集《茗》作序，其中一段这样写道："作为一名葡萄牙作家，晴兰显然继承了葡萄牙抒情诗的传统，同时作为中国文化的钟爱者，她也乐于去尝试体会其他诗歌的力量。在她感性的诗句中，唐朝、宋朝和其他朝代诗歌的光亮闪烁其间。面对'闻说双溪春尚好，也拟泛轻舟。只恐双溪舴艋舟，载不动许多愁'，或者'感时花溅泪，恨别鸟惊心'这样的诗句，谁又会无动于衷呢？这是晴兰热爱中国诗歌的一种原因，从而也带来了文学上的互动。"[2]

2. Yao Jingming, *Em Nome de Chá*, in *Chá Verde*, Fernanda Dias, Macau, Fábrica de Letras, 2002, p.8.

　　像晴兰这样对中国文化如此痴迷的葡萄牙人并不多见。这种情感不仅浸透在她的艺术审美上，甚至体现在她的生

活习惯上，比如她喜欢品茗，但不喜欢咖啡，而且茶在她的诗歌也是隐喻和象征，甚至成为与她静坐对饮的那个"中国人"：

> 你用炼冶金丹的姿态为我斟茶。
>
> 你坐在我面前，静止了时间，
>
> 你的面容蓦然昭示
>
> 你的身上燃烧的千年记忆。
>
>
> 是谁借你庄重的面颊向我微笑？
>
> 是什么牢固的亲缘将我们维系？
>
> 是日月，金银？还是水和空气？
>
> 我，一个异国女子，哪颗星辰在此把我呼唤？
>
>
> 我把玫瑰的黑暗放在桌上
>
> 啜饮你的眸光和香茗。我希望
>
> 你告诉我，我们曾是什么人
>
> 是哪一种古老的友情
>
> 锲而不舍地将我们结合在一起。
>
>
> （姚风 译）

在这首题为《茶》的异常美妙的诗歌中，诗人以第二人称的"你"来称呼茶，这样的人称代词在葡萄牙语中是指涉亲近的"你我"关系，好似家人或朋友之间。"你"和茶联系在一起，令人想到诗人与"你"的不解之缘。诗人用充满情感的语言赞颂了这种关系："是什么牢固的亲缘将我们维系／是日月，金银？还是水和空气？"茶，吸天地之灵气，聚日月之精神，饮天上白露而生成，但诗人笔下的茶已不再是奇妙的饮品，而上升为浸泡心灵和精神的寄托。除了这本《茗》，1999 年晴兰还出版一本题为《二胡》的诗集；和茶一样，二胡也成为诗人积蓄和排放情感的隐喻阀门。

欧卓志（Jorge de Arrimar，1953—　）出生于安哥拉，1985 年赴澳门工作，曾任澳门中央图书馆馆长，著有诗集《亚婆井》、《秘密符号》，并与笔者合编《澳门中葡诗歌选》。1997 年，他与笔者合作出版了中、葡文诗集《一条地平线，两种风景》，这是一次非常有趣的合作，因为两位作者均用葡文写作，然后再请人译成中文，而且每首诗歌都不注明作者姓名，读者只有在书尾的目录才知道诗的作者是谁。为此书撰写前言的若昂·雷易思（João Reis）充分肯定这本书的价值和贡献，认为它"是中葡两种文化融会贯通的结晶。本书的两位作者，一位是中国诗人姚风，另一位是出生在安哥拉的葡萄牙诗人欧卓志。两个国籍不同、文化背景不同的诗人，从世界不同的地方来到澳门，使用同一种语言写作——葡文写作，然后再翻译成中文。出版这样一本双语诗集并不是寻常的事，因此值得特别赞赏"[1]。有趣的是，在许多诗篇中两位诗人

1. 若昂·雷易思：《序言》，见姚风、欧卓志《一条地平线、两种风景》，澳门：澳门官印局，1997 年，第 25 页。

都会因地理的原因把注意力投向"他者"，以捕捉碰撞出来的火花。在题为《杭州》的诗中，欧卓志会"以手掌为帆，以手指为桨"，沉迷于梦中少女的柔情而忘记了归程；而姚风却在里斯本的地铁车站发现了美的脸庞，可惜它只属于须臾的闪现：

自动门闪动

一张清新的面孔绽放

只是一瞬间

因为美不会自动

爱情、命运、人生、时间等常见的主题也不会在两位如此不同的诗人这里缺席。姚风以东方式的抒情方式"表现出神秘虚幻的想象力"[2]，而欧卓志"本性中的理性和自然流露的倾向总使

2. 若昂·雷易思：《序言》，第 30 页。

他的良知和正义高于情感，思索高于激情"[3]。总之，两位诗人互相认同，相映生辉，为人们

3. 若昂·雷易思：《序言》，第 29 页。

带来了一本令人耳目一新的诗集。

卡西米罗·德·布里托（Casimiro de Brito，1938—　）有一个中文名字叫"少少"，其

缘由是 2001 年 10 月由葡萄牙笔会主办的"法罗国际双年诗歌节"在葡萄牙南部滨海城市法罗（Faro）举行，笔者与当时侨居荷兰的诗人多多应邀参加，在一次晚宴上，布里托听我解释了"多多"的笔名之后，便说那他就叫"少少"吧，此后便有了这个中国笔名。

布里托是葡萄牙当代最为活跃的诗人之一，曾任葡萄牙作家协会副主席、欧洲诗歌促进协会主席、葡萄牙笔会主席。他从 1957 年开始发表作品，创造力惊人的旺盛，迄今已发表了 40 多部诗歌、小说、评论、随笔和翻译著作，在国内外获奖十余次，其中包括"2005 年诗歌欧洲奖"。

每个诗人的抒写都离不开生命、爱情、死亡等永恒的主题，但诗人因不同的生活经验、性格和敏感度而表现出不同的写作姿态和取向，从而呈现出丰富多彩的内心风景。布里托是一个热情奔放的诗人，用不完的激情和活力使他不知疲倦地奔走在生活的内部和外部。他热衷组织和参加各种诗歌活动，是葡萄牙多个诗歌节的组织者。他仿佛永远在恋爱，拉丁人的热血致使他在爱情的循环中青春焕发，创作了大量的爱情诗歌，但是他的思想也会去更广阔的空间漫游，反思在迅速变化的年代中人类所面对的种种问题；他用音节记录着脉搏在阴暗中的跳动，甚至借助东方的思想和智慧寻找另一种观察和思考世界的方式；他会赞美飞舞的蝴蝶和圆熟的果实，也会垂下头颅，唱出悲伤的歌，慨叹生命无可避免地要走向跌落、伤害、骨骸、尘埃，任诗歌"时而荡漾在浪花上，时而在荒凉的海滩上腐烂"。

布里托与东方诗歌有不解之缘。他青年时代赴英国求学，偶尔发现一本日本俳句诗集，爱不释手，开始夜以继

《沿着大师的足迹》葡文第一版封面

日地翻译。他说，日本俳句改变了他的诗歌道路，后来他翻译的俳句在葡萄牙产生巨大的影响；他自己也尝试写作俳句，至今已创作了 1500 首之多。之后，他又迷恋上中国哲学和古典诗歌，他曾经和笔者合作翻译《道德经》，但因某种原因未能完成，不过他却因此出版了《沿着大师的足迹——与老子同游》，一本受《道德经》的启发而创作的诗集。他自称从东方的思想和诗歌中获益匪浅，诗集中的所有片段都是对《道德经》81 个章节的回应，也是为了向老子表达敬意，正如他所说："每一节诗都来自我对老子不断的阅读，它们是我在一条大河中饮到的纯净的一滴水，是一个闪念，一个意象，一个隐喻，它们都是由老子'馈赠'给我。这些水滴不会留下什么，它们现在变成了诗歌，但之后会被打磨，或者蒸发为另外的东西，会在虚实之间，在内外之间互相转换。我对'道'的解读不会增加什么，但我必须向老子偿还我的欠债。"[1]

1.Casimiro de Brito, Na Via do Mestre, Guimarães, Pedra Formosa, 2000, p.11.

葡萄牙人在东方的存在也引起不少葡萄牙小说家的注意，他们会像埃萨·德盖罗斯一样，把澳门或者中国当作展开故事情节的背景舞台，但也不乏出于热爱而去关注中国的作家，比如说玛丽娅·昂迪娜·布拉嘉（Maria Ondina Braga, 1933—2003）。她出生于葡萄牙北部城市布拉加（Braga），青年时代就离开家乡求学工作，足迹遍及果阿、非洲、澳门、北京等地。她一生创作了近 30 部小说、诗歌和随笔作品，如《盐的雕像》（Estátua de Sal，1969）、《爱与死》（Amor e Morte，1970）《死去的季节》（Estação Morta，1980）《神州在望》、《北京的苦闷》（Angústia em Pequim，1984）、《澳门

玛丽娅·昂迪娜·布拉嘉

夜曲》（*Nocturno em Macau*，1991），《誓言的女儿》（*A Filha do Juramento*，1995)《中式晚餐》（*O Jantar Chinês*，2004），其中多部作品以中国和澳门为题材或者背景。她关于中国的文字完全出于她对中国的热爱，其感性、优美而略带伤感的文字始终贯穿着人性的柔情。她尽量避免偏见，不像许多西方作家在描写中国这个"他者"时常常居高临下，自以为是，把中国当作抒发自恋情绪的"陪衬人"，或者是猎取异国情调的调色板。

　　昂迪娜·布拉嘉 20 世纪 60 年代曾在澳门一家英文学校任中学教师，期间创作了《神州在望》这部短篇小说集。澳门虽小如麻雀，但边界纵横交错，中国人和葡萄牙人基本上生活在各自的边界之内，深度交往甚少，昂迪娜·布拉嘉把目光投向中国人的生活世界，以细致的笔触勾勒了在贫穷落后的中国普通人的生活情景，字里行间流露出深切的同情。1982 年她应邀去北京外国语学院（现在的北京外国语大学）任教，当时中国已结束一场持续十年的灾难，刚刚实行改革开放政策，但对第一次来北京的这个葡萄牙人来说，社会和文化等方面的差异还是带来了无法预料的冲击，比如外国人与中国人的交往依然受到控制，所有任教的外籍老师均被安排在宾馆居住，学生不得随意与他们交往。虽然她酷爱中国文化，也喜欢她的学生，但她无法忍受这种受到各种限制的"苦闷"生活，因此只工作了三个月便匆匆回国。归国后她写作了《北京的苦闷》一书，并于 1984 年出版。她在书中虽然抱怨在北京的"灰色"生活以及苦闷，但对中国并未失去兴趣，对中国文化和中国人的描述倾注了炽烈的情感，就像她在书中的前言所说：

《北京的苦闷》葡文版封面

"通过这本书，我想对中国人民表示感谢，不论是在漫长的历史变迁中，还是现在他们全体努力去确定前进道路的努力中，他们都是值得无比钦佩的。"[1] 哪怕是批判，她也充满了善意。

1.Maria Ondina Braga, *Angústia em Pequim*, p.34.

作为一个具有敏锐观察力的作家，她在短短的时间里就捕捉到了中国人在那个年代特有的思维和现象，她情感真挚的诗性的文字不会放过任何令她感兴趣的细节。她发现北京的街头与里斯本不同，没有狗，也没有其他宠物，她这样写道：

> 1982 年我来到北京，正是狗年：我想起那条可怜的栗色和白色相间的土狗，低着脑袋，眼睛盯着一只在干裂的土地上逃窜的金龟子。多想在北京见到一只狗，或者猫! 在北京的城区，高音喇叭警告人们养猫养狗要受到惩罚。因此，北京的年轻人从来没有见过狗，即使见到过，也会讨厌它们，如果不是害怕的话。[2]

2.Maria Ondina Braga, *Angústia em Pequim*, p.34.

一切细节在她的笔下都变成了饶有趣味的文字：大使馆门前的站岗的士兵、奇妙的针灸、热闹的集市、不可思议的珍妃井、香气飘溢的茉莉花茶、中国饮食的精致与残酷，等等。她特别喜爱中国诗歌，《诗经》、李白、唐诗、艾青等都给她带来难忘的阅读经验，她说："如果不是由于中国的诗人，我决不会如此钟情中国。有时候我想，我愿意用我以后的时间都来读诗。"[3]

3.Maria Ondina Braga, *Angústia em Pequim*, p.45.

她是中国文化充满热情的爱慕者，也是中国人真挚的朋友。

从北京回国后，昂迪娜·布拉嘉生活拮据，微薄的稿费不足于生计，她必须依靠政府的救济金方可度日。1991 年，她创作了另一部以澳门为题材的作品——《澳门夜曲》，这部融入了个人情愫的小说，讲述了一个葡萄牙女子热恋一个中国男子和古老汉字的故事，而另一个中国女子也卷入这场恋情之中。一段三角爱情关系是否可以战胜排他性，在宽容和睦的氛围中继续下去呢？

女主人公爱斯特（Esther）是澳门一家学校的英文老师，她为了逃避自我和孤独而陷入这场虚幻的恋爱。小说通过爱思特的视角，以一种碎片式的叙述细腻地勾勒了女性的微妙心理变化。澳门的这所学校是一个孤独而神秘的世界，爱斯特、肖雪华和陆思远这三个人物形成了微妙的关系，故事也正是以他们三人关系的交织而逐渐展开。澳门的空间十分狭小，人们难以坚守秘密，为了保守秘密不得不戴上面具。心有秘密而不可述说让人感到孤独，而孤独、情感生活的单调、刻板伦理的束缚又让人更加强烈地去探知他人的秘密，爱斯特深陷其中，她也有自己的秘密，她在抽屉里保存着一封中国情人陆思远的来信，一封写在宣纸上的中文书信，神秘的信件因爱思特对中文的一知半解而继续成为秘密，甚至成为隐喻，成为她对情感渴望的形式——一种柏拉图式的恋爱，因为爱情书已超过恋爱本身，情书使得恋爱本身更有"意义"。同时，不可让别人解读的情书也暗示着两种文化差异的不可逾越性。

爱思特在虚幻中变成了自己的"斯芬克斯"，自己成为那些"谜语"一般的秘密牺牲品，而爱情也无法变成两个人的心有灵犀，不可探知的差异成为深刻的阻碍。饮食、节日、风俗、人的性格，等等，似乎一切都在展示两个世界的差异性，差异在成为交流的阻碍的同时，也成为两个世界互相吸引的磁石，就像爱思特保存的情书，因为没有破译才获得了意义："一开始她试图翻译这封信，想知道每一横每一竖的含义，但随着与写信人的接近，这是她喜欢的（或者说分享？），这种破译也就失去了意义。天啊，仿佛一个人爱着另外一个人是因为他们拥有秘密！"[1]

1.Maria Ondina Braga, *Noturno em Macau*, p.190.

作者总是在营造一个非常自我的世界，布满隐秘的印记，也闪烁着诗意，但也难以掩饰她那自笔端流淌的忧伤。她对东方怀有的特殊的情感使得她的文字形成了一种碎语式的叙事，字里行间穿插着阴影、寂静和隐秘的激情。可以说，在所有书写东方的葡萄牙作家中，昂迪娜·布拉嘉是投入情感最多的一位，而在她身上竟也体现出几分中国女性的娴静。她待人真诚，热情好客，许多中国人都是她的朋友，包括笔者在内。1991 年，笔者在里斯本出版葡文

1998 年 4 月 7 号昂迪娜·布拉嘉给笔者的亲笔信

诗集《写在风的翅膀上》，她热情地为我写下如下文字：

姚风是一个来自中国的年青人，来到葡萄牙后开始用我们的语言写作诗歌，因此这本诗集的作品并不是从中文翻译过来的，而是用葡文直接写成。它们出于此处，是位于欧洲之角的葡萄牙的大海、天空、白昼、明月、四季、卡蒙斯、佩索阿、马里奥·萨·卡尔内罗的诗歌精神赋予诗人以灵感，是对遥远祖国的思念和热爱让诗人倾注了情感。这位来自中国的诗歌之子，尽管用葡萄牙语写下他的诗句，但并没有失去古老的中国诗歌所具有的品质：敏感，内敛，伤感的宁静，感悟的抒情以及哲思意味，正如他这首短诗所表达的：

向着你泪水的海

多少人去了

带一把汤匙

我也去了

去做一条鱼[1]

1. Yao Jingming, *Nas Asas do Vento Cego*, Lisboa: Átrio, 1992.

米盖尔·托尔加（Miguel Torga, 1907—1995）被视为"当今葡萄牙最优秀的短篇小说家"[2]。

2. 安东尼奥·萨拉伊瓦：《葡萄牙文学史》，路修远、林柝译，北京：中国社会科学院外国文学研究所出版，1983年，第124页。

他出生于葡萄牙北部一个农民家庭，幼年时进入神学院学习，不久就离开了神学院。13岁时随叔父远赴巴西谋生，5年后返回葡萄牙科英布拉医学院学习，1933年毕业。1939年他开始行医，业余时间从事文学创作，米格尔·托尔加是他的笔名，他用笔名不是来掩饰自己的真实身份，而是为了表达自己的写作志向。"米盖尔"是向两位伟大的西班牙作家致敬：米盖尔·塞万提斯（Miguel Cervantes）和米盖尔·德·乌纳穆诺（Miguel de Unamuno），而"托儿加"则是葡萄牙乡间最普通的属于杜鹃科的一种低矮的灌木，可以抵御恶劣气候的煎熬，生命力十分顽强。

米盖尔·托尔加曾被多次提名为诺贝尔文学奖候选人，但是他一生却远离荣誉和喧嚣，在乡下过着简朴的生活，与下层人民朝夕相处，他们是他作品中的主人公。他曾进神学院学习，结果他没有成为神父，反而是在神学院开始怀疑上帝，成为宗教的叛逆者。他认为天主身居高处，以严格的律条主宰着世界，但人并非是上帝的附庸，人应该是自由的；人一旦深入地认识到这一点，作为独裁者的上帝就会丧失权力。

米盖尔·托尔加的作品自 1988 年开始被翻译成中文。1988 年第 2 期的《世界文学》发表了选自他的《动物趣事》和《山村新故事》中的 7 个短篇：《斗牛米乌拉》、《老狗奈罗》、《麻雀拉迪诺》、《金翅雀》、《倒霉的驴穆尔卡多》、《暮霭沉沉》和《边界小村》。1983 年由彭子珍翻译的《维森特》发表于 1983 年第 3 期《外国文艺》上，后又有《老狗奈罗》、《懒猫马戈》等 26 篇短篇小说收入《动物趣事与山村故事》，列入《葡萄牙文学丛书》，由社会科学文献出版社于 1992 年出版。1990 年，澳门文学司署出版了他的散文集《葡萄牙》、小说《山村新故事》和《文杜拉先生》。2000 年《边界小村》被纳入"葡语作家丛书"出版。他的一些诗歌也被收入姚京明、孙成敖翻译的《葡萄牙现代诗选》之中。

杜玛丽（Margarida Duarte）在为《边界小村》撰写的序言中指出："一般说来，米格尔·托尔加的作品由三部分构成，分别辩证地回应了他思考生活时所提出的问题：超然存在的问题，即从神学角度对上帝和人的地位进行最深刻、最具论战性的思辨，但这一点不能与另一问题分开，即为人类自由、为反对上帝以其至高无上的权力对人类施加的种种限制而进行的不懈斗争的问题；最后，是从宇宙的角度提出世界上地域影响的问题，宣布一切事物的自然规律至高无上。"[1]对上帝的蔑视使得托尔加更多地低下头颅，俯视人间，就像在这首《颂歌》中，诗人

1. 米盖尔·托尔加：《边界小村》，范维信等译，澳门文化局，海南出版社，2001 年，第 2—3 页。

以调侃的语气感谢神祇的恩赐，并歌颂人间的"爱欲"：

是爱情给我启迪，

让我热爱生活，这迷人的婊子。

她既是贤媛，又是荡妇，

从不给任何人以喘息。

我爱她，并歌唱这销魂的热恋

所散发的芬芳馥郁。

从混合着叹息和抽泣的

床上，

我抬高嗓门向尊贵的诸神致意，

感谢他们的圣明

赐予我他们不曾有的人之爱欲。[1]

1.《葡萄牙现代诗选》，姚京明、孙成敖译，北京：中国对外翻译出版公司，1992年，第47页。

　　托尔加是一位优秀的诗人、散文家和小说家，特别是散文和短篇小说最能代表他的风格，用词生动简洁，时常掺入形象化的口语，让作品包涵着一种质朴的力量，既不贫乏也不靡丽。已被译成中文的《葡萄牙》是一本具有强烈抒情风格的散文集，虽然篇幅不长，却俨如一部关于葡萄牙的微型百科全书。作者满怀对祖国的热爱以及对这块土地的熟知，以诗意的笔触描绘了葡萄牙的山川景色、人文历史，以及葡萄牙人的生活习惯和民族性格，字里行间贯穿着浓郁的情感；哪怕在批判他看不惯的事物，也表现出宽宏大爱的心怀。他的笔触时而像是激情四射的青年，时而像睿智深沉的长者，时而像知识渊博的向导，娓娓道出葡萄牙各地隐藏的历史文化的信息。在他的文字里，自然所呈现的是本质的力量，在险恶的自然中人可以显示出自己的伟大，而在人类的汗水中，即使是贫瘠的土壤也能产生面包。对葡萄牙北部名城波尔图，托尔加用一道当地著名的菜肴和美酒来描述：

1987 年 6 月号葡文版《澳门》杂志以托尔加在澳门的照片作封面

　　　我知道，牛肚并不是本地独有的食物，美酒也不是在波尔图的每一条街道上出产，可是，葡

萄牙本土和世界其他国家则把这两样东西结合起来称呼这座城市，就使牛肚和美酒的
联系变得显而易见而又合情合理。从远处，人们可以看到一种永久的两重性，像生活
一样辩证，永远处于一种此消彼长的状态之中，而这种变化则只会使她变得自然而伟
大。这就是精神与物质，这两种东西概括了所有生命。把它们融为一个整体，变成我
们生存的基础，一种是醇酒，另一种是牛肚，这不是羞耻，而是事实！ [1]

1. 米盖尔·托尔加：《葡萄牙》，吴志良、吕平义译，澳门：澳门文化司署，1990 年，第 128 页。

在里斯本，作者在那些记载辉煌历史的背后也看到苦难的记忆，也看到葡萄牙作为自恋者在这
个城市的深渊留下的痛楚，"那是一种包容全体国民的痛楚，共同的不肯忏悔的苦涩"[2]。玛丽

2. 米盖尔·托尔加：《葡萄牙》第 166 页。

娅·塞伊萨斯这样评论这本书："《葡萄牙》是一部有些忧郁和沮丧的书，这部分地是由于它
的出版时代正是萨拉查独裁时期，但是，在这部书里，我们可以读到关于葡萄牙文化和文艺复
兴时期的文学意义的一些最美的篇章。因为，对于米盖尔·托尔加来说，大发现不仅是对土地
的发现，因为它们实际已经存在，而是发现作为葡萄牙人的我们自身和我们真正的能力。"[3]

3. 中国西葡拉文学研究会编《中国首届葡萄牙文学研讨会论文集》，1998 年，第 42 页。

《边界小村》描写的都是他熟悉的乡村人物，揭示他们作为人的优点和缺点，它们的懦弱
和坚强。人与自然的矛盾，人与人的矛盾，甚至人与神之间的矛盾。《维森特》是一个象征性
的神话人物，它是一只乌鸦，敢于向上帝进行挑战，这是为争取自由而进行的最无谓的挑战。
最后，上帝在人类的意志面前让步了。这是作者的一个主体，张扬人在神面前的自主性。即
使像名为《上帝》的小说，我们看到，上帝的神力，也要通过人的行为来完成。而在《金丝
雀》中，孩子的心灵在对鸟巢的发现中而获得了爱的启示，正像他的父母对孩子的担心一样，
也是出于爱。

他的小说中的人物大多是小人物，但是他把他们视为英雄，正如他所说："我心目中的英
雄人物不是达·伽马一类的风云人物。我认为，最大限度地表现人类美德的人就是英雄。它不
见得遇到什么特殊环境而一时冲动做出惊天动地的业绩，甚至与那种特殊的环境无缘。我笔下
的英雄人物决不是生编硬造出来的，而是极为普通的人物。正因为平凡、低下，他们才真正具
有英雄气质和普遍性。"[4] 在《文杜拉先生》中，他把一个葡萄牙的农民这样的"小人物"塑

4. 米盖尔·托尔加：《山村新故事》，范维信译，澳门：澳门文化司署，1993 年，第 166 页。

造成一个无所畏惧的英雄。作者给主人公的名字叫 Ventura，意思是"冒险"，这个名字正是
主人公传奇经历的缩影。文杜拉并非高尚本分之人，相反狡猾自私、心狠手辣，在这个充满矛

盾的人物身上集中了农民式的狡黠、纯朴、软弱、坚强等品质，它们互为补充，使他本来平凡的生命发出异彩，同时性格的弱点又注定他是一个悲剧人物。他从乡村来到里斯本服兵役，只能任凭命运把他的一切身份都浓缩为兵营里的号码：158。后来他稀里糊涂被派遣到澳门服役，与中国女子的露水之欢竟然让他对中国产生了好奇，最后让他逃出兵营，只身来到了北平，并辗转内蒙古、南京、重庆等地，展开了他在中国的传奇经历。他幻想财富，为此不择手段，也一时得手；他是个文盲，但聪明地学会了识字；他为了谋生，做过走私的水手，开过餐馆，做过汽车生意和军火生意，甚至参与贩毒；他结识了一个"身份不明的女子"，与之相爱，并生下一子，但是对方却背叛了他。结果是他带着孩子回到故土乡村，以理想主义的激情承包土地，试图改变其他人的生活，但对背叛妻子的仇恨使他重新回到中国，找到了妻子，或者说妻子找到他，此时的他已经气息奄奄，在病床上由妻子合上了他的双眼。而在他的家乡，他的孩子被赶出学校，像他以前一样成了牧羊人。这是一个轮回，他最终还是没有摆脱命运的戏弄。他是一个英雄，但也是反英雄，他的身上折射着为了改变生活而移居他乡的葡萄牙人的性格特征。这些前赴后继的移民使得葡萄牙的边界从来没有固定过，就像托尔加所说："有的国家已经定型，有的国家正在形成，葡萄牙就是正在形成的国家，葡萄牙的边界从来没固定过，它的边界位于五大洲。"[1] 在这部小说中，故事背景虽然大部分发生在中国，在地理上写到香港、澳门、

1.Miguel Torga, *Diário XV*, Ed. do Autor, Coimbra, p.136.

北京、内蒙古、重庆等地，但由于作者写作这本书时并未来过中国，因此对中国的描述缺少真实性，中国不过为凸现主人公的冒险经历提供了一个个充满异国情调的场景而已。

　　1987 年，他应邀访问澳门，顺道游览了广州。他这样描写澳门："我努力了解这块土地，但是我还是不懂。这里的一切都如此的神秘，如此的捉摸不定，如此的朦胧，如此的不可思议，每走一步都可能迷失方向。痛苦地在此地寻找葡萄牙，却找不到，没有人讲葡文，尽管街道用的都是葡萄牙著名人物的名字，尽管达·伽马的雕像距离我住的酒店不足百米。"[2] 看来他对

2.Miguel Torga, *Diário Vols. XIII a XVI*, Leya, p.217.

澳门是失望的，这个城市不符合他预设的想象。

　　另一个来过澳门并以澳门为题材进行创作的作家是雅伊梅·多·恩索（Jaime do Inso，1881—1968）。作为一个葡萄牙海军军官，恩索游历甚广，先后到过多个国家，并多次到过澳门，最长的一次从 1926 年到 1929 年，指挥"祖国"号炮舰在中国地区服役。他总共在东方逗留 6 年的时间，这对他的人生产生了重要影响，他与东方，特别与澳门建立了非常紧密的联系。

　　虽然他身为海军军官，却对写作充满不懈的热情，而他游历世界的经历为他的写作提供了丰富而广阔的素材，其中中国和澳门是他特别关注和书写的对象。1993 年，他自费出版了小说《东方之路》。同年这部小说获得"第六届殖民地文学大赛"一等奖。1933 年，他又自费出版了《中国观察》，收入他写于 1929 年至 1932 年之间撰写的 16 篇文章，既有政论文章，也有虚构作品。在书中他除了介绍澳门的地理人口以及人物事件之外，还探讨了如何为澳门制定更适合的殖民政策。

　　1936 年，欧洲出版社出版了配有图片的大型书籍《中国》，这是一部概览式的著作，共分四部分，第一部分着重描述东方的神秘，以及中国大陆与香港的风光；第二部分介绍古代中国的地理、历史、神话、语言、艺术等；第三部分侧重描述 1939 年之前民国时代的中国；最后一部分留给了澳门，题为"东方之珠"，除描写澳门的风物之外，他抱怨葡萄牙政府对澳门这个殖民地的忽视。这部著作旨在向那些对中国一知半解的读者揭开中国神秘的面纱，除了自身的经验外，作者参阅了大量有关中国的资料，以图文并茂的形式比较详尽地介绍了中国的各个方面的情况。

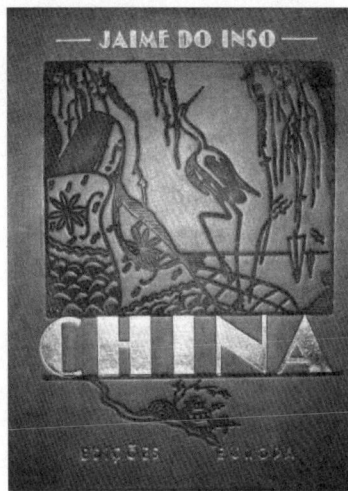

恩索 1936 年发表的《中国》一书的封面

作者不断强调中国难以捉摸的神秘："中国，对她了解越深，越是对她一无所知：看上去已经把她抓住了，但她又突然逃脱了。"[1] 在一个遥远而神秘的帝国，许多事物都是西方人无法理喻的。中国是一个巨大的矛盾体：既令人向往也令人失望；既年轻又古老得衰弱不堪；既浑身散发着香味，又像是毒药；既天真又邪恶。中国永远充满了矛盾，只有来到中国才可以解释中国。[2] 和当时许多谈及中

1.Jaime do Inso, *China*, Museu Marítimo de Macau/Livros do Oriente, 1992, p.9.

2.Jaime do Inso, *China*, p.132.

国的书籍一样，恩索增添了许多异国情调的描述，比如"三寸金莲"、风水、迷信，诸如此类。在那个中国被西方轻蔑的年代，恩索也不可避免地受到"欧洲中心主义"的影响，常常以欧洲人俯视的眼光来审视中国。

此书的目的是为了维护葡萄牙在东方的殖民事业，号召更多的青年人踏上东方的道路。全书的最后一章题为"葡萄牙在东方的问题"，作者就葡萄牙在东方的殖民地问题提出了自己的意见。他认为，由于距离遥远，葡萄牙没有能力给东方以更多的关注，没有能力发展与东方的贸易，开拓中国庞大的市场。因此，他建议葡萄牙应该在两个方面加强同东方的联系：文化和经济。他不主张使用武力，而是利用好葡萄牙在中国享有的声望。"在东方，声誉就是一切，而我们的声望比其他任何人都好。[1]"他批评葡萄牙对中国的忽视，呼吁捍卫葡萄牙在东方的特权。

1.Jaime do Inso, *China*, p.132.

恩索的另一部作品《东方之路》似乎难以归类，说是散文，但也有对人物形象的塑造；说是小说，但情节散漫，夹叙夹议，穿插着作者不少的议论。作品借两个人物来勾勒澳门的历史起源、风土人情，异国情调，比如中国新年和集市等，此外，书中的两个人物代表着两种葡萄牙人对中国的态度：罗多夫（Rodolfo）对中国感到好奇，由好奇而产生了解的意愿；弗拉桑（Frazão）则恰恰相反，他由于家庭的原因来到东方，但对东方毫无兴趣，甚至让他难以忍受，"一个欧洲人，生活在落后的文明之中，从来不会有良好的感觉[2]。"

2.Jaime do Inso, *Caminho do Oriente*, Instituto Cultural de Macau, p.22.

罗多夫对中国的痴迷是矛盾的，他被吸引又要排斥，但不由自主地越陷越深；中国像是一副毒药，让人产生依赖性，最后罗多夫彻底被中国所俘获，其结果是他抛弃了自己在船上认识的、身份不明的女朋友——缇妮娅（Tininha），转而结识了代表着东方诱惑的中国女子阿敏（A Mi）。而母亲从葡萄牙的来信抱怨自己对儿子失去了信心，这似乎代表着来自祖国的呼唤。戏剧性的结局是阿敏死于一场飓风，罗多夫从东方的诱惑中脱离出来，和缇妮娅结了婚，在澳门建立了家庭。

在为这本书的第二版撰写的前言中，作者林宝娜认为恩索的这部书"以一种浪漫主义的倾向执意述说那不可言说的神秘，把现实理解成一种小说，这无疑具有现代性，尽管他还没有摆脱出 20 世纪 30 年代欧洲中心主义的殖民视角以及作为在东方服役的葡萄牙海军军官的立场"[3]。这样的评价是中肯而客观的。

3.Jaime do Inso, *Caminho do Oriente*, Instituto Cultural de Macau, p.8.

阿古斯蒂娜·贝莎—路易斯（Agustina Bessa-Luís, 1922—　）是葡萄牙当代最有卓著的

小说家之一，甚至被视为"继费尔南多·佩索阿之后二十
世纪葡萄牙文学的第二次奇迹"[1]。她的小说具有独特的个

人标记，她常常不按照传统的叙事方式来安排故事情节，
似乎很难确定一条贯穿结构的有条不紊的主线，时空交错
更迭，"她的小说每时每刻都有相互交错的时间和空间，
但和法国的'新小说'又不相同。也就是说，在她的小说中，
相互交错的时间和空间不是表现在人物的意识中，而是每
个人物本身就客观地拥有自己的过去和未来，所以，这些
人物去过的或将要去的地点、度过的或将要度过的时间无
时不交替出现在小说中"[2]。因此，她在小说叙事中有一种

2. 安东尼奥·若泽·萨拉伊瓦：《葡萄牙文学史》，第177页。

天马行空的姿态，自由潇洒但又时刻驾驭着她笔下的人物；
她时而夹叙夹议，甚至自己也作为人物进入了故事之中。
阿古斯蒂娜·贝莎－路易萨迄今已发表60部作品，其中《第
五质》（A Quinta Essência）是她以澳门为题材创作的长
篇小说。小说中的人物形象塑造和故事情节的发展与澳门
历史的诸多事件相结合，构成了小说的叙事脉络，时间跨
度从葡萄牙人入踞澳门到澳门回归中国，可谓是洋洋洒洒
的鸿篇巨制，其中穿插大量有关澳门的历史事件、传说野
史、风俗习惯、各色人物的描述，比如鸦片战争、卡蒙斯、
费尔南·门德斯·平托、海盗、耶稣会传教士的笔记、妈
阁庙、吸食鸦片、圣保禄教堂、中国节庆，等等，同时也

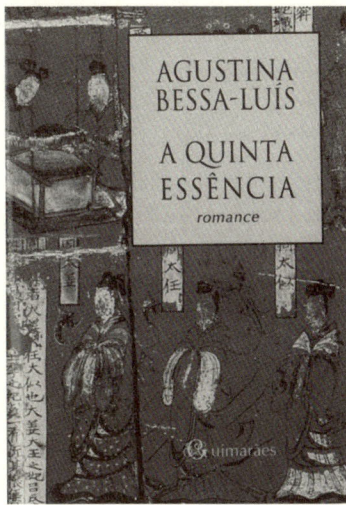

阿古斯蒂娜·贝莎—路易斯《第五质》
封面

并没有舍弃喷射飞船、赌场、机场启用、中葡《联合声明》
的发表等现当代事件，从而带领读者穿越时空，进入古今
往来的澳门语境之中。1999年，在澳门即将回归中国之际，
作者试图利用中葡各种史料以及众多西方旅行家的记录，
从葡萄牙人的角度展现澳门"独一无二"的历史。在书的

结尾她以"章回体"的语言展望澳门的将来："在一部谜底尚未揭开、神秘尚未洞悉的历史中，我们只能依循曹雪芹在〈红楼梦〉每一章结束时所说的那一句话：'欲知后事如何，且听下回分解。'"[1] 该书于 1999 年 6 月 25 日终稿，并于澳门回归当年出版。

1.Agustina Bessa-Luís, *A Quinta Essência*, Lisboa: Guimarães Editoras, 1999, p.374.

此外，值得关注的作家还有安杰亚（João Aguiar, 1943—2010），他虽未在澳门长期居住过，但为了寻找小说题材多次来过澳门，并以澳门为背景创作了两部小说：《吃珍珠的人》和《烟龙》。两部作品虽然完成的年份相隔数年，但存在着内在的关联性，它们在宏观上探讨的都是中葡两个国家因为澳门的存在而发生的微妙关系，特别是《烟龙》，更把背景置于澳门回归前夕。两本小说的主人公都是记者，《吃珍珠的人》采用了日记的形式讲述了作为主人公的记者在澳门的经历以及与一个中国女子的爱情的故事。作者对澳门历史上的所谓葡萄牙英雄，如总督阿马留等人的被遗忘而惋惜，并从葡萄牙人的角度对即将回归中国的澳门给出了悲观的预言：澳门如同一颗晶莹的珍珠，但即将被一杯醋所溶解。《烟龙》出版在澳门回归前夕，讲述了同样作为主人公的记者和她女儿在澳门的经历。小说试图得出这样的结论，即葡萄牙在澳门存在的四百年历史是正面的："我们在此做了不少蠢事，也有许多该做的事情还没有做。我们接受这个事实，继续向前走，不要妄自菲薄。不过怎么说，最后的结果是积极的。"[2]

2.João Aguiar: *Dragão de Fumo*, Macau: Livros do Oriente, 1998, p.94.

第五章　　从澳门看中葡文学交流

第一节　镜海扬波：中西文化交流的肇始

　　1513年，葡萄牙人欧维治到达中国地区，这是第一个踏上中国土地的葡萄牙人，随后更多的葡萄牙人东来，在珠江三角洲一带从事贸易。1553年，随着贸易的发展，葡萄牙人通过贿赂地方官员在澳门登陆，从此把澳门作为贸易活动的根据地。同时，由于得到明朝政府的默许，澳门的葡萄牙人逐渐垄断了中国和日本、中日两国与欧洲之间的贸易活动。17世纪，澳门吸引耶稣会传教士纷纷东来，他们以澳门为基地，向中国传播天主福音，宣扬基督教义，利玛窦、罗明坚等耶稣会士，最早就是通过澳门这个门户前往中国内地的。19世纪，澳门曾是苦力贸易的中心，被打上烙印的中国"猪仔"（苦力）源源不断地从澳门输送到世界各地，以满足廉价劳动力市场的需求。此外澳门和香港一样，还是向中国进行鸦片贸易的中转站，"葡萄牙人和英国人都在'贸易'的幌子下，从这些卑鄙的非法贸易中获得了巨大的利润。当欧洲在全球施行帝国主义和殖民主义期间，澳门和香港都被印上了'掠夺'这一丑恶的历史标记"[1]。进入

1. 郑妙冰：《澳门——殖民沧桑历史中的文化双面神》，北京：中央文献出版社，2003年，第35页。

20世纪80年代，中国就在澳门恢复行使主权问题开始与葡萄牙政府展开谈判，1999年12月20日澳门回归中国，"多少年来，我就在你身边，但离你的怀抱多么遥远"的分离状态成为昨天的历史。

　　在澳门历史上，尽管中葡之间出现过几次冲突，但基本上没有造成致命的危机，从而使得两个民族反目成仇，吴志良认为："四百多年以来，澳门华洋共处分治，两个社会共存并进，其包容宽宏之特性表现得淋漓尽致，在中外关系史上堪称典范，亦为当代政治家和学者所赞许。东西两个不同的民族和文化，集处于数平方公里的弹丸之地长达四个多世纪而未产生致命的碰撞，在每一个危机中都能化险为夷，不必付出沉重的代价，的确是历史的异数。"[2]

2. 吴志良：《东西交汇看澳门》，澳门：澳门基金会，1984年，第65页。

　　在耶稣会进入中国的过程中，澳门发挥了非常重要的作用。耶稣会成立后不久，便利用葡萄牙在海外的殖民地作为传教的基地，1567年澳门教区成立，1594年，远东第一所神学院——圣保禄修院（Colégio de São Paulo）在澳门创办，专门培养赴华传教的神职人员，利玛窦等大批传教士人都是从澳门进入中国的。从此澳门成一个中西文化交汇之地，从中国天主教"三大柱石"的徐光启、李之藻、杨廷筠到洋务运动时的著名人物郑观应、容闳，从民族英雄林则徐到身为基督徒的孙中山，都不同程度地受到来自澳门的文化的影响，澳门成了一批志士仁人

萌发变革思想的发轫地。

耶稣会由西班牙人罗耀拉创立，1540 年获得教皇保罗三世的批准，它是宗教改革的反对者，但却以普世主义的包容态度将文艺复兴时代的人文主义精神与天主教义同时带到了东方。在此过程中，葡萄牙传教士贡献卓著。葡萄牙一直是耶稣会热情的支持者，耶稣会也格外重视葡萄牙在海外开辟的疆域。1540 年，应当时葡萄牙国王若昂三世的邀请，耶稣会在葡萄牙设立学校，一年后葡萄牙耶稣会向印度派出第一个传教士团。1552 年，耶稣会在东方传教的先驱沙忽略（Francisco Xavier）神父游历了亚洲许多地区之后，决定从果阿出发，到中国传教。他抵达了广东沿海的上川岛，寻找机会进入中国传教，但不幸染上热病，死在那里。他根据一个到过中国的葡萄牙商人提供的资料，写了一份关于中国的报告，除了讲述中国的地理概况外，他认为需要确认中国人的宗教身份，因为根据那个商人提供的资料，有些中国人不吃猪肉。这些细节后来在曾德昭的《大中国志》中得到证实，中国确实有穆斯林教徒的存在。

继沙忽略后，耶稣会士们以坚忍不拔的毅力继续踏上前往中国的道路，终于走通了前人没有走通的道路，这主要归功于他们在中国采取的策略。起初，耶稣会在中国传教面临着两种完全不同的观念，一种是像他们在美洲所实施的那样，采取"彻底摧毁"的灭绝政策；另一种是尊重中国文化传统，采取利玛窦、范礼安等人倡导的"中国化"的策略来实现传教的计划。最终后一种策略得到了认同，并获得一定程度的成功，虽然也遭到了教廷和其他教会的抨击。耶稣会的策略主要依靠两个条件："第一是传教士必须在某些世俗方面使自己对中国政府有益，第二是尽可能避免攻击儒家认为对国家和家庭秩序具有根本重要性的那些尊孔和敬祖的礼仪。"[1]1583 年，住在澳门的利玛窦等人被允许在广东重要城市肇庆定居。他们剃去须发，

1. 赫德逊：《欧洲与中国》，第 253 页。

一身儒冠儒服的打扮，用流利的汉语开始在什么都信也可能什么都不信的中国进行传教。事实上，基督教是一神论，其骨子里是自高自大的，自视代表着普世的价值，并不容忍其他信仰，在东方逐渐被"东方主义化"的过程中，至高无上的基督文化充当了其思想基础。

在中国的传教工作相当艰难，利玛窦原本以为中国人会顺理成章地皈依天主时，"在传教士的笔下，中国酷似古罗马。他们认为中国人情操高尚，极容易接受布教。传教士们还发现中国人对西方科学，尤其是对科学原理表现得如饥似渴。这就很自然地使他们产生了一种幻想，

2. 雅克·布罗斯（Jacques Brosse）：《发现中国》（耿升译），济南：山东画报出版社，2002 年，第 110 页。

认为整个中国在瞬息间就可以变成一块基督的乐土了"[2]。但是他失望了，在大多数情况下，

中国人尊重他，是因为他是地图制作家、自鸣钟修理专家、西洋琴作曲家，人们称他为"西儒"，而他的主要职业——传教士，反倒被人们忽略了。

正是在这种和睦的环境下，澳门得以扮演中西文化交流中介者的角色，对中国近代社会的变革产生了积极的影响。通过澳门，西方的科学文化知识不断输入到中国内地，传教士带来的时钟和全新的时间观念；世界地图以及地域绘制技术改变了中国人对"天下"的地理观，然而更重要的是他们带来的人文主义思想让中国人窥见另外一种文明的光亮，影响了中国人的思想观念和行为方式。在向中国输入西方文化的同时，传教士也把中国文化经过澳门这个平台传入西方，使得西方人摆脱了对异国的奇思异想，对中国有了更深入的了解。

季羡林先生曾说过："在中国五千年的历史上，文化交流有过几次高潮。最后一次，也是最重要的一次，是西方文化的传入。这一次传入的起点，从时间上来说，是明末清初；从地域上来说，就是澳门……可惜的是澳门在中西文化交流中这十分重要的地位，注意者甚少。我说这话，完全是根据历史事实。明末清初传入西方文化者实为葡人，而据点则在澳门。"[1] 因此，

1. 转引自李长森：《明清时期澳门土生族群的形成发展与变迁》，北京：中华书局，2007年，第1页。

澳门被视为"中西文化交流的重镇"，此说法已成为家喻户晓的老生常谈，频繁地出现于有关澳门历史文化研究著作和旅游宣传手册中。

然而，我们必须清醒地认识到，所谓的文化交流，基本是传教士"一厢情愿"所为，文化交流只是他们"知识传教"的手段和途径。因此，早期的耶稣会传教士为中西两种文明之间的交流做出贡献虽然值得肯定，他们也被戴上"西学东渐"和"中学西传"使者的光环，但他们的本意是为了效忠罗马教皇，铲除异教，在中国扩大基督教的势力和影响，诚如利玛窦所言："有趣的东西，使得许多中国人上了使徒彼得的钩。"[2] 也就是说，文化交流只是他们为实现自身

2. 利玛窦：《利玛窦中国札记》，第18页。

目的而衍生的"副产品"而已。

几百年以来，澳门的文化虽然以中国文化占据绝对主流地位，但葡萄牙文化也得以输入，成为澳门文化"与别不同"的重要组成部分。正因为如此，澳门文化才呈现出丰富多彩的多元面貌，既有赛龙舟、拜天后、尊关帝、祭先祖等中式文化表征，也有做弥撒、庆圣诞、圣像巡游等西方文化元素。然而，中葡两种文化只是相容并存，各安其所，鲜有深入的交流与碰撞，甚至很少发生冲突，正如有论者认为，"文化没有流动很难产生冲突，一方面可以说中国文化的兼容性，礼仪之邦的文化风气在澳门华人社会仍然很好地保存下来；另一方面是葡民族的文

化精神失去了昔日的'海洋个性'，无法替代澳门华人社会的文化底蕴，所以葡文化就不可能

成为主流文化，对澳门的整个华人社会起着实际上的影响"[1]。青年学者吕志鹏从澳门的人口、

1. 庄文永：《澳门文化透视》，澳门：澳门五月诗社，1998 年，第 190 页。

葡语流通问题以其澳葡管治无法深化三个方面分析了葡萄牙殖民管治的特点，认为这种管治是

有限度的，"一种缺乏外力以及发展动力支持的殖民力量，与具有顽强生命力的中华文化在澳

门相遇，一种井水不犯河水的动态平衡仿佛在历史的长河中形成着"[2]。

2. 吕志鹏：《澳门中文新诗发展史研究，1938—2008》，北京／澳门：社会科学文献出版社、澳门基金会，2011，第 16 页。

　　至于说到澳门文学，回归前的澳门文学算是殖民地文学吗？如果澳门确实曾经是殖民地的

话，那么它也不同于安哥拉、莫桑比克等这些前葡属殖民地，有学者认为："从文化及文明的

层面分析，澳门从未成为葡萄牙的殖民地。"[3]事实上，尽管葡萄牙统治澳门逾 400 年，但澳

3. 参见金国平：《葡语世界的历史与现状》，载《行政》2003 年第 3 期，第 855 页。

门的文化主体依旧是中国文化，葡萄牙语虽然是官方语言，但从来没有普及到普罗大众当中去。

葡萄牙人带来了自己的文化，也使之成为澳门文化的一部分，但是澳门仍然较好地保持着中国

文化的传承，它仍然是澳门文化的主体，虽然葡萄牙文化在漫长的历史中依靠政治和行政手段

成为主导文化，但仅仅局限于精英阶层和行政管理层面，它始终没有能够统驭中国文化。学者

刘登翰把这种"共处"的文化生态比喻为一种'鸡尾酒'现象："从表面上看，澳门文化的多

元性如鸡尾酒一样因不同品种的相互勾兑而色彩斑斓；但深入细察，各种文化之间的相互对立，

又如鸡尾酒一样层次分明，而不互相混合或化合。"[4]不可否认，作为殖民管治者的澳葡政府

4. 刘登翰：《论中华文化在澳门的主体性和主导作用》，载《华侨大学学报》（人文社科版），2001 年第 2 期，第 100 页。

也成为制约这种交流的主要因素，它从来没有制定过长远的文化政策。因此，长期以来，澳门

的华人以冷漠，甚至抗拒的态度对待葡萄牙文化，他们很少关注遥远的葡萄牙所发生的一切，

对同居一城的葡萄牙人也是漠然处之，因此记述有关他们的文字屈指可数。与之相反，许多来

到或没有来过澳门的葡萄牙人，常常把澳门当作异托邦的载体，或者对充满异国情调的中国产

生了兴趣，留下了不少以澳门和中国为主题或背景的文本。尽管欧洲中心主义的优越感时常在

这些文本中流露，但也不乏倾慕中国文化或从人道主义角度关心中国人命运的作品，比如玛丽

亚 • 布拉嘉、江道莲和晴兰作品就是很好的例子。总而言之，澳门不是一般定义上的殖民地，

因此很难用"殖民地文学"和"后殖民地文学"的概念套用在澳门文学的身上，至少不适用每

一位作家，况且这里既有土生土长的本地作家，也有来自中国内地的作家，以及葡萄牙、法国、

澳大利亚等国家的作家，他们使用的语言可能是中文、葡语，也可能是土生葡语（patúa）、

英文或者法文，甚至是广东方言。

在 20 世纪 90 年代，郑炜明曾经提出划分澳门文学的两个标准，它们是："一、澳门人的任何作品，所谓澳门人的作品是指土生土长并长期居留澳门的作者的作品，以其在澳门写作的作品为准；二、任何人所创作的内容与澳门有关的或者以澳门为主题的作品。而且，澳门文学应向所有语文开放，包括葡文、英文、西班牙文等等。"[1] 也有其他学者持有类似开放的态度，认为

1. 郑炜明：《八十年代到九十年初的澳门华文文学活动》，《学术研究》1995 年第 6 期，第 98 页。

澳门文学应包含如下三个方面的内容，即：一、中西文学中与澳门有关的创作。中国从明代开始即有许多文人到过澳门，在文学创作中留下了"澳门形象"，著名的有汤显祖、魏源、康有为、丘逢甲等。西方文人到过澳门的则有贾梅士、庇山耶、奥登等人。二、澳门本土的汉语文学，包括从内地和东南亚等地区移居澳门的华人所创作的作品。三、澳门土生葡人葡文文学。[2]

2. 参见饶芃子、莫嘉丽等：《边缘的解读》，北京：社会科学出版社，2008 年，第 13 页。

无论是前者还是后者，他们的界定虽然宽容，但也显得过于宽泛，试想如果"中西文学中与澳门有关的创作"或者"任何人所创作的内容与澳门有关或者以澳门为主题的作品"都被纳入澳门文学，那么澳门文学的范畴似乎也太大了。例如，是否可以把闻一多的《七子之歌》、奥登以澳门为题材的诗歌或者奥斯汀·科蒂斯（Austin Coates）的《背信弃义的城市》（*City of Broken Promises*）都纳入澳门文学呢？其实，它们应该算作"关于澳门的文学"，而不应属于"澳门文学"。"澳门文学"作为区域性文学，虽然有其自身的特点，但它无法脱离其两个母体文学——葡萄牙文学和中国文学而孤立地存在。当然，澳门文学是开放的，不管是作者是什么国籍，使用什么语言，只要有居于澳门的经历并对澳门投入了足够的写作热情，他们的创作都应该纳入澳门文学的范畴，但不宜过于泛化而超越了区域性文学的范畴。

既然澳门文学无法脱离两个母体文化，那么澳门文学应该包括使用中文和葡文这两种官方语言的作品，但事实上，澳门以中文出版的文学选集大多没有包括使用葡文写作的作家和作品，比如郑炜明主编的《澳门新诗选》（澳门基金会 1996 年出版）、李观鼎主编的《澳门现代诗选》（澳门基金会 2007 年出版）以及澳门文化局与澳门基金会合作出版每年一度的《澳门文学作品选》等。

第二节　"互相错过"的文学

　　澳门因其独特的历史背景造就了自己独特的文化空间，中华文化与葡萄牙文化的相容共存使澳门摇曳出独有的风姿，而澳门文学也因此闪耀出不同文化元素的火花。然而，由于中葡文化并没达到深入交流的层面，尽管用葡文和中文写作的澳门作家都把澳门作为文学的主题，但是他们之间鲜有沟通与吸纳，基本上是自成一统，各自发展。如澳门文学研究者饶芃子、费勇所言："自 16 世纪开始，在澳门这个狭小空间之中就出现了中葡两国文学家书写澳门的诗篇，它们互不相关、各自发展，这些文学家之间未见有很直接的交流与吸纳。尽管葡萄牙人入踞、管治的时间很长，澳门本土汉语文学秉承的依然是中国文学的传统。"[1] 这种"互相错过"的

1. 饶芃子、费用：《文学的澳门与澳门的文学》，见李观鼎主编《澳门人文社会科学论文选》（文学卷），北京：社会科学文献出版社，2009 年，第 237 页。

文学现象，成为澳门文学史上一个特殊的风景。

　　两种文化井水不犯河水，沿着各自的河床向前流淌，没有找到交汇的入海口，从而互相补充，彼此壮大，以获得更辽阔的共同生长的空间。当卡蒙斯在白鸽巢山的石洞里苦思冥想写作史诗《葡国魂》时，汤显祖稍后也在他的诗歌中记载了他在"香澳逢贾胡"的新奇印象，两位伟大的作家先后来到澳门的时间只相差了几十年。虽然机缘不巧，历史未能让他们在澳门相遇，但如果相遇又能怎样了呢？在其后的澳门文化史中，中葡文人在这个狭小的空间里有过无数次的相遇，除了惊鸿一瞥的好奇目光，更多的是擦肩而过，并没有共同谱写出交汇的篇章。

　　值得一提的是魏源（1794—1857 年）这位被视为是近代中国"睁眼看世界"的清代政治家和文学家。1847 年，他游历了澳门和香港，收获甚丰，亲眼见到许多新鲜事物，还购得几幅地图来补充他的著作《海国图志》。在游历期间他即兴写下两首诗作：《澳门花园听夷女洋琴歌》和《香港岛观海市歌》。前者是他应邀到一位葡萄牙人家中做客，主人殷勤待客，特意请出夫人为魏源弹琴助兴，魏源听后颇有感慨，于是写下这首长诗：

　　　　天风送我大西洋

　　　　谁知西洋即在澳门之岛南海旁

　　　　怪石磊磊木千章

园与海涛隔一墙

墙中禽作百蛮语

楼上人通百鸟语

鸟声即作琴声谱

自言传自龙宫女

蝉翼纤罗发须鬈

廿弦能作千声弹

有如细雨吹云间

故将儿女幽窗态

写出天风海浪寒

似诉去国万里关山难

倏然风利帆归岛

鸟啼花放檐声浩

触碎珊瑚抚瑟声

龙王乱撒珍珠宝

有时变节非丝竹

忽又无声任剥啄

雨雨风风海上来

萧萧落落灯前簇

突并千声归一声

关山一雁寥天独

万籁无声海不波

银河转上西南屋

呜呼

谁言隔海九万里

同此海天云月耳

膝前况立双童子

一双瞳子剪秋水

我昔梦蓬莱

有人长似尔

鞭骑么凤如竹马

桃花一别三千纪

呜呼

人生几度三千纪

海风吹人人老矣

　　魏源在诗中通过描写主人的花园、琴声和主人的家人而勾勒出一个温馨而惬意的画面，在鸦片战争之际，魏源能不避嫌疑，欣然作客葡人家中听琴，并发出"谁言隔海九万里，同此海天云月耳"的感叹，说明他果真是思想开放、目光远大的政治家。有论者认为，魏源这首作品的"诗意的最高境界在于，与鸦片战争中侵略军烧杀抢掠，给人民带来痛苦和愤恨不同，在澳门，人民之间的友好关系，给魏源带来温暖和友爱。在这种气氛中，无形中缩短了两国之间的距离"[1]。这是中葡人民友好交往为数不多的文字记录之一，然而更多的是，彼此双方都没有走

　　1. 李瑚：《再论魏源——兼评〈魏源，尘梦醒否？〉》，《近代史研究》1997 年第 5 期，第 110 页。

近对方，探求对方隐秘的世界。

　　汤显祖、魏源、屈大均、丘逢甲等文人墨客虽然留下许多以澳门为题的诗作，但作为匆匆过客的他们，很少对澳门进行历史性的深入思考和诘问，正如有论者所言："尽管经历了异族管治漫长而坎坷的历史，在 20 世纪之前的大部分时间里，澳门默默扮演着实现中西贸易的'中转站'角色，即便后来也流传着形诸野史、稗史、正史关于文化交汇的传说与记载，无外乎公务官吏、冒险公子、落难文人的人生迹遇，不论是交往酬唱还是个人牢骚基本上都局限在个人经验世界里，而澳门作为一块殖民地以及栖居于此的华人与葡人的独特文化心理境况，始终未形成具有社会学、历史学或人类学、政治学意义的书写气候。"[2]他们的作品加

　　2. 龙扬志：《澳门文学：概念及其表述意义》，载《华南理工大学学报》（社会科学版）2012 年 8 月号，第 72 页。

起来还不及闻一多于 1925 年创作的那首《七子之歌》来得更加震撼人心，虽然他从未踏足过澳门：

你可知"妈港"不是我的真名姓？

我离开你的襁褓太久了，母亲！

但是他们掳去的是我的肉体，

你依然保管着我内心的灵魂。

三百年来梦寐不忘的生母啊！

请叫儿的乳名，叫我一声"澳门"！

母亲！我要回来，母亲！[1]

1. 转引自吴志良：《澳门土生葡人阿德》，见吴志良著《东西交汇看澳门》，澳门：澳门基金会，1984年，第125页。

虽然只是短短数行，但情绪饱满激烈，以"母亲与儿女"骨肉分离的拟人化比喻表达了失去领土的愤懑和对回归的期盼。这并非闻一多的上乘之作，如果没有澳门回归，它或许会被人所淡忘。虽然在闻一多之前，不乏弥漫爱国主义情绪的诗篇，比如屈大均的作品，但没有人像闻一多发出泣血一般的呐喊和呼唤。然而，这块土地上还生活着另外一个族群——土生葡人，他们继承了欧亚两种不同的血缘，长期在一块属于中国而由葡萄牙管治的土地上生存，复杂的历史和不断变化的现实塑造了他们复杂而充满矛盾的文化心埋。他们认为自己属于这块土地，自称为"大地之子"，对澳门怀有深厚的情感依赖，但与此同时，他们认同的却是葡萄牙文化，父系的遗传使他们成为葡萄牙文化天然的继承者。葡萄牙是他们的祖国吗？至少在文化上他们认同的是这个国家，就像土生葡人诗人阿德（Adé，1919—1993），虽然平生只去过那里一次，却把葡萄牙视为祖国。1986年5月20日，中国与葡萄牙政府联合宣布即将在北京展开澳门问题的谈判，以彻底解决澳门回归中国的问题。这一消息对生于斯长于斯的土生葡人来说，并不是一个好消息，他们不喜欢看到葡萄牙人离去，阿德在1987年创作的一首题为《未来》的诗中，忧心忡忡地写道：

何为澳门的未来？

中国人的未来？

葡国人的未来？

在澳门土生土长，葡萄牙儿子的未来？

……

土生葡人诗人阿德

因此，澳门还存在着另一个"澳门"，这是土生葡人所体认的澳门，他们把生命之根扎在这块土地上，但是根须连接的母体却是遥远的葡萄牙，就像阿德在诗中所说，虽然在澳门土生土长，但他却是葡萄牙的儿子，而一旦这种联系受到威胁，他便开始惶恐不安。澳门回归之前，土生葡人文学中确实出现了许多对自身文化处境和前途感到担忧和迷惘的文字。

而作为文学史意义上的"澳门华文文学"创作自从 20 世界 70 年代开始逐渐活跃，其中不乏反殖民主义的主题，韩牧在《教堂——教堂》一诗中这样写道：

占领每一个山顶和高岗的

不是炮台就是教堂

除了炮　你的钟最响

炮是肉体对肉体的命令

钟声　是一种悦耳的

神的命令

总有一个十字架立在顶端

像半出鞘的利剑　那十字

是落了帆的桅杆

2. 见黄晓峰编：《神往——澳门现代抒情诗选》，广州：花城出版社，1988 年，第 69 页。

一个舰队抛锚在松涛上 [2]

澳门主教山教堂

作者把天主教看作是殖民主义者征服中国人灵魂的工具，即使那象征耶稣受难的十字架也变成

了"半出鞘的利剑"。除了精神的征服，殖民暴力在澳门的历史中也曾经露出狰狞的面孔，曾

位于澳门市中心的澳门总督亚马留[1]铜像就是这种暴力的象征；亚马留对葡萄牙人来说是一个

1. 亚马留 (João Ferreira do Amaral)，又译作亚马喇、亚马勒，澳门第 79 任澳督。1846 年 4 月从里斯本抵澳门任澳督，上任后在澳门推行殖民扩张政策，

壮志未酬的英雄，但对中国人来说确实殖民主义残暴的代表，因此他的铜像成为诗人宣泄反殖

激起了中国居民的愤怒，1849 年 8 月 22 日在关闸附近，被望厦村民沈志亮等人刺杀。1940 年，澳葡政府在澳门市中心此设立纪念亚马留的骑马铜像。1992

民情绪的对应物：

年铜像被移走并运返葡萄牙。

将军

你本已够残朽的形体

你充满恐惧的利剑

连同你健壮的马儿

都冶铸成一个金属的惊跃了

从此关于你的历史

便静止为一个

危险而可耻的姿态

但在岁月公正的考据下

当年将干而未干的

鲜红血迹

如今

再次从已凝的金属里

　　渗出

　　溶为点点青色的斑驳 [1]

1. 苇鸣：《铜马像下，传自金属的历史感》。

　　从缅甸移居澳门的著名诗人陶里也写过《铜马像.在他的笔下，亚马留铜马像只是一个衬托，衬托着澳门作为赌城的景象，从一个侧面勾勒出澳门这座"东方蒙地卡罗"的众生相：

　　向夜空奔腾作势

　　给行人展现

　　一个老王朝衰落的标志

　　在那僵曲的蹄影之下

　　即使夜夜七夕

　　牛郎也不过鹊桥来

　　因为织女失足

　　爱情没了价值

　　还有那个豪赌的香港婆

　　输掉回港证

　　倒在台阶上

　　把自己廉卖给夜魔

　　梦里又是赌楼烟雾灯火

亚马留骑马铜像

他的另一首代表作《过澳门历史档案馆》，则脱离反殖民的视角，站在更开阔的历史空间里追溯远古，审视当下，在传统历史与现代文明的冲突和融合中抒发积蓄心中的怅惘和落寞。当诗人走过历史档案馆，历史的海浪便迎面打来："古代滚滚而来"、"穿黑衣的老祖母坐上"、"爱新觉罗的轿子远去"，他在蒙太奇式的追忆中感受到西方文化的海风"吹醒这一城文明"：

> 来自大西洋的海风
>
> 吹醒这一城文明
>
> 在它的历史档案里
>
> 有我族人的名字却光没有
>
> 我的卷宗　因为
>
> 我惯于长夜煮鹤焚琴
>
> 从未留下
>
> 我的名字于萍踪所过的城镇

这样的视角并不具有代表性，更多的作品是站在反殖民的角度，抨击或讽喻澳葡政府的管治；而在澳门回归前夕，民族主义话语空前高涨，甚至出现在仍然是以葡萄牙人为主导的官方《文化杂志》上：

> 我们正在凝神屏息儿谛听澳门回归祖国的倒计时钟滴嗒滴嗒、一分一秒接近零点的终止时刻。澳门居民终于在这种难以表达亦无法描摹的一弹指间、一霎眼间、一刹那间的历史关键时刻，亲身感受到并且真心领悟到如此和平而安宁地发生于澳门这一方莲花风水宝地对一次迅速而永远不可逆转的历史场景的迭变。

> 此时此刻，此情此景，一种近乎自天而降的十分庄严神圣的感觉，就像平缓起伏的大潮，在泪花闪亮的炎黄子孙的心灵深处涌动，连成一片，无涯无际，澎湃浩荡，不可遏制。那就是多灾多难不断抗争的中华民族百年来掀起的解放祖国走向统一和繁

荣富强的历史大潮在人们心中激起共鸣的划时代的感应和群起呼唤的振奋。[1]

1. 黄晓峰：《编者前言》，载澳门《文化杂志》中文版 1999 年夏季号。

笔者相信，如此诗意浓郁的抒情长句是很难迻译至葡文的，即使迻译也难以穷尽其词语之精妙，因此身为主编的葡萄牙人或许根本就没有触摸到其文字的炽热程度。事实上，鉴于语言的差异，翻译的困难，以及双方交流欲望的薄弱，澳门的中葡作家基本上各自表述，不太清楚自身的形象是如何被对方所描述和塑造的。

第三节　卡蒙斯：真实与传说

人们对卡蒙斯（也译作贾梅士）的生平所知甚少，其出生日期和出生地已难于查考，一般认为他是 1524 或 1525 年生于里斯本的一个小贵族家庭，父亲死于印度果阿，卡蒙斯由母亲抚养成人，曾进科英布拉大学学习。他勤奋好学，对历史、文学、特别是希腊和拉丁古典文学兴趣浓厚。1543 年左右，卡蒙斯来到里斯本，经常出入宫廷，并在几个贵族家庭担任教师。他写过许多非常出色的抒情诗、牧歌和几部喜剧。1549 年因与王后的侍女惹出风流韵事而被逐出里斯本，前往驻北非的军队中服役，在一次与摩尔人的战斗中失去右眼。不久他返回里斯本，但因帮助一位朋友而刺伤一名宫廷官员，被投入监狱。1553 年他获释出狱，被派往印度服役，期间开始创作史诗《卢济塔尼亚人之歌》。后来他写诗讽刺果阿的葡萄牙当权者而激怒了总督，被逐出果阿，据说他大约 1556 年来到了澳门。在东方辗转漂泊 17 年之后，他终于回到里斯本，行李里装的是流放和冒险唯一的收获——《卢济塔尼亚人之歌》的手稿。手稿在 1572 年得以出版，但没有引起太大的注意。当时年轻的国王塞巴斯蒂昂对诗歌没有兴趣，但还是授予了卡蒙斯一笔年金，不过这没有帮助他摆脱贫困。大约 1580 年他死去。两年之后，葡萄牙丧失独立，开始了依附于西班牙的历史，这种局面一直持续到 1640 年。如果他继续活下去，也没有勇气来承受这样的打击。卡蒙斯曾说："热爱你的祖国，祖国就会照顾你"，这句话至今还刻在澳门通往中国大陆的关闸的门楣上。他生前热烈地热爱祖国，但祖国并没有怎么照顾他，只有在

死后，他才受到推崇，他的石冢和达·伽马的一起，安放
在里斯本热罗尼莫修道院，供人景仰。

　　一个国家文化的繁荣往往是政治上大有作为的时期，
卡蒙斯这位"一手执剑，一手握笔"的诗人生活的年代，
正是葡萄牙辉煌时代的后期，也是文艺复兴运动的后期，
这是历史的十字路口，"到底是应该去迎接一个新的历史时
期（航海发现本身就是新时期来临的信号），还是应该退缩
到宗教和伦理的稳定的基础上，尽管文艺复兴在物质生活和
观念上的动乱已动摇了这个基础"[1]。实际上，海外发现并

卡蒙斯像

1. 爱德华多·洛伦索：《从一部民族的史诗升华为世界的共有神话》，载联合国科教文组织《信
使》中文版 1989 年 7 月号，第 27 页。

没有给葡萄牙带来深刻的社会变革和思想观念的改变，而
黑暗即将来临，正是在这一时期，卡蒙斯用最雄辩的语言
把这种谱写史诗的雄心公诸于世，及时地把葡萄牙的历史
辉煌记录下来，但是他已经看到国家走向衰败的先兆。

　　卡蒙斯一生颠沛流离、命运多舛，从来没有摆脱厄运
的追击。他是一个四海漂泊的行者，一个赋予"祖国"更
多含义的行吟诗人，一个仗义执言的侠士，一个吃不饱饭
的贵族，一个不知道熄灭火焰的情人，一个傲慢的民族主
义者。他为祖国冲上历史的浪尖而狂喜，但也体验了生命
中的不幸、矛盾和困惑，并试图以艺术创作来宣泄和摆脱。
在他的抒情诗和史诗中，并存着多种矛盾的成分，如对古
代生活模式的留恋和现代国家精神，神话与基督教，欢乐
与痛苦，秩序与动乱，崇高与荒谬，人类的伟大与渺小。
理想的爱情是灵魂的结果，但又如何解释对肉体的渴望？
他在火焰与灰烬、确定与不确定、现实与理想之间徘徊游
走，甚至在爱情这不见火焰的烈火中，以矛盾的方式体验
了创伤与喜悦。

与荷马史诗不同，荷马的《伊里亚特》和《奥德赛》取材于关于特洛伊战争的英雄传说，而卡蒙斯的史诗却取材葡萄牙真实的历史，虽然他受到荷马史诗的影响，并且糅合了古希腊罗马神话。《卢济塔尼亚人之歌》全诗长达 9000 多行，共分 10 章，规模宏大，内容丰富，神话和真实交织在一起，叙述在时空中巧妙地转换，充分显示出诗人谋篇布局的水平和广博的人文地理知识。卡蒙斯歌颂的是航海家达・伽马远航印度的事迹，但是他把葡萄牙民族的事迹上升到神话的高度，让上天的诸神以不同的态度参与了葡萄牙人的航海活动。大海、天空、陆地和宇宙构成了辽阔的空间，成为葡萄牙人显示英雄本色的舞台；在舞台上，达・伽马虽然是主人公，但只是一个被诗人利用的木偶，诗人借用他的印度之行来述说葡萄牙的辉煌历史，不惜笔墨为葡萄牙帝王歌功颂德，其最终目的是美化葡萄牙海外扩张的官方思想。卡蒙斯一方面表现出人文主义精神，借葡萄牙人的壮举赞扬人类非凡的探索精神，称颂他们对地球奥秘的揭示有了重大飞跃，以及他们面对神的破坏表现出来的毫不惧怕的勇敢精神，但另一方面他是一个十足的欧洲中心论者，或者更确切地说"葡萄牙中心论者"，他把葡萄牙人的航海发现看作是铲除异教、征服蛮族、传播基督的十字军远征；他强调骑士的黩武精神，鄙视商业思想，把葡萄牙人塑造成不怕流血牺牲、没有私心杂念、誓死为上帝效力的英雄：

> 任何危险也阻挡不了你们，
>
> 去征服污秽的蛮族和野人，
>
> 你们从来没有贪欲和野心，
>
> 更不违背体现天意的教廷。[1]

1. 卡蒙斯：《卢济塔尼亚人之歌》，张维民译，北京：中国文联出版社，1995 年，第 281 页。

诗人通篇把最美好的词汇献给了他的国王和航海家，而对其他异教的民族则不是贬抑就是嘲笑，甚至欧洲其他民族也无法与葡萄牙人相提并论。他们缺乏理智，自私懦弱，甘于堕落：傲慢的日耳曼人凭空臆造新教派，不去对抗奥斯曼帝国，却妄图挣脱教皇的统治；狠毒的英国人自称圣城的国王，却任圣城被穆斯林霸占；卑鄙的法国人自称最完美的天主徒，却不把天主捍卫；沉湎享乐的意大利人，白白耗费生命与财富。只有葡萄牙人肩负着重大的使命，他们品质高尚，人数虽少却十分坚强，他们将成为全世界的主宰：

> 在这渺小的卢济塔尼亚家族，
>
> 却从不乏英勇的基督的信徒。
>
> 阿非利加有他们的航海据点，
>
> 在亚细亚他们成为最高君主，
>
> 在美利坚他们把新土地耕耘，
>
> 世界更加广阔他们也能到达。[1]

1. 卡蒙斯：《卢济塔尼亚人之歌》，第 286 页。

不过，卡蒙斯是矛盾的，他既有强烈的民族自豪感，也目睹了他的同胞毫无节制的贪婪和对权力的野心。在第四章的结尾，他借一位老人之口把达·伽马的航海动机归结为"荒诞的贪欲"和"狂野的野心"。他提出这样的质询：

> 你究竟还想把要这个国家，
>
> 引向什么新的灾难的深渊？[2]

2. 卡蒙斯：《卢济塔尼亚人之歌》，第 191 页。

在最后一章，他忧虑重重，激情饱满的颂扬已经用尽，歌喉也已经变得嘶哑。他批评国家日益腐败，人们贪图享乐，追求金钱和财富，不思进取；国王周围尽是阿谀奉承之人，而贤人智者则备受冷落，其实他是在为自己怀才不遇而忿忿不平。他似乎已经看到，问题已经出现，而国家该向何处去？该如何解决这些问题？他并没有答案：

> 缪斯女神呵，我不愿再歌吟，
>
> 我的琴弦已失调，喉咙嘶哑，
>
> 可这并不是由于过度地歌唱，
>
> 只由于听众冷漠，不见知音。
>
> 祖国不肯稍稍赐我一点恩惠，
>
> 以鼓励我的灵魂和艺术才情，

她已沉沦于一味的贪欲之中，

一筹莫展野蛮愚昧死气沉沉。[1]

1. 卡蒙斯：《卢济塔尼亚人之歌》，第 459 页。

《卢济塔尼亚人之歌》被奉为葡萄牙文学史上的巅峰

之作，在以后的时间中，不同的人以不同的方式对它解读，

总能找到自己喜欢或不喜欢的东西。20 世纪葡萄牙的独裁

者萨拉查[2]在这部书中找到了对国家的狂热赞颂，对殖民

2. 安东尼奥·萨拉查（Ant ó nio Salazar，1932—1968 ），葡萄牙独裁者，1932 年就任葡萄牙总理，开始长达 30 多年的独裁统治，他对外实行殖民地政策，

扩张和征服的辩护；另一种解读则认为它强调对世界的开

对内依靠秘密警察实行高压管治，使得葡萄牙成为欧洲一个落后封闭的农业国。

启和融合，"不仅表现了天与地的和谐联系，而且表现了

迄今被空间、种族和成见割裂的人类的和谐联系"[3]。而法

3. 爱德华多·洛伦索：《从一部民族的史诗升华为世界的共有神话》，《信使》杂志 1989 年 7 月号，第 27 页。

国学者安田朴则对诗人自以为是的文字感到反感，认为这

部史诗是低级下流的："这部书中一些粗俗无理的做法引

起了我的反感，因为其中竟敢吹嘘使包括'东突厥人'在

内的各民族都屈服于一种'有辱人格的统治'。这里仅仅

是指'摩尔人的奸诈国王'、'具有丑恶的灵魂'和'背

信弃义的人'、穆罕穆德教派的'邪教徒'。总而言之，

其书中充满了诽谤性的贬义词：'狡猾的'、'作恶多端的'、

'喜欢骗人的'、'令人仇恨的'、'蒙昧无知的'，等等。"[4]

4. 安田朴：《中国文化西传欧洲史》，耿昇译，北京：商务印书馆，2000 年，第 13 页。

卡蒙斯被宗教虔诚和十字军的狂热捆住了手脚，他只能从

欧洲中心论，或者说更确切地说从"葡萄牙中心论"立场

看待自己的国家和民族在世界中的位置，他把葡萄牙人看

作担负基督教神圣使命的高贵民族，所以他们处处得到女

神们的庇护并最终赢得了她们的爱情，因此也成为欧洲其

他基督教民族学习的榜样。非基督教的其他民族要么落后

野蛮，要么缺少勇气和智慧，要么恭顺懦弱，是被征服的

对象，其中伊斯兰被卡蒙斯视为最凶恶的敌人，他用了大

守护澳门卡蒙斯洞的士兵，1901 年

量篇幅来描述狡猾残忍的"摩尔人"如何阻挠葡萄牙人的伟大事业。萨义德解释过为什么基督教欧洲如此仇视伊斯兰："伊斯兰之成为恐怖、毁灭、邪恶、乌合的野蛮人的象征不是无缘无故的。对欧洲而言，伊斯兰曾经是一个持久的创伤性体验。直到 17 世纪末，'奥斯曼的威胁'一直潜伏在欧洲，对整个基督教文明来说，代表着一个永久的危险；最终欧洲逐渐将这一危险及其传说、其重要的时间和人物、其善与恶包容并编制了自身之中，成为自身生命的一部分。"[1]

1. 萨义德：《东方学》，第 75 页。

卡蒙斯的"葡萄牙中心论"的基础是民族主义和基督教十字军精神的混合物，上帝代表了神意、真理和文明，只有上帝的"福音"才能拯救异教徒于罪恶之中。他居高临下地把非基督教的国家和地区都视为异端邪恶之地，必使之毁灭而后快，而葡萄牙人是天主最模范的使者。这种以基督教为核心的中心论后来充斥着欧洲的文化价值观，成为衡量他者世界的尺子。

卡蒙斯在《卢济塔尼人之歌》中有几次提到中国，但看不出他对中国有直接的经验，在他笔下，遥远的中国首先是一个地理上的形象，是葡萄牙人即将抵达的一个目标：

> 你的英雄们所点燃的战火，
>
> 是如何让大海熊熊燃烧呵，
>
> 他们俘获崇拜偶像的蛮人，
>
> 战胜摩尔人和不同的民族。
>
> 他们将夺取富饶的金光岛，
>
> 还将航行到最遥远的中国，
>
> 将抵达东方最偏远的岛屿，
>
> 将让整个大海都俯首听命。[2]

2. 卡蒙斯：《卢济塔尼亚人之歌》，第 286 页。

在史诗的最后一章，卡蒙斯描写到达·伽马从印度返国的途中，一直爱护葡萄牙人的爱神维纳斯为葡萄牙在大海中开辟了一座"爱情岛"，众神在岛上为葡萄牙水手举行庆功宴会，用美酒佳肴和爱情补偿他们所遭受的苦难。席间，海神特蒂斯（Thetis）唱起颂扬葡萄牙人的歌曲，她不仅歌颂葡萄牙人过去的功劳，也预示了葡萄牙人的未来所为：将有一支船队从里斯本出发，沿着达·伽马开辟的航道，再次抵达东方。然后女神带领葡萄牙人来到一个山洞，向他们展示一个宇宙的模型，描述世界的面貌，告诉他们将来要做的事情，于是葡萄牙人看到了地球，上面"生活着不同的国家和民族，／有各自的国王、宗教和风俗"[1]，但只有欧洲的文明强大昌盛，

1. 卡蒙斯：《卢济塔尼亚人之歌》，第 342 页。

其他地区尽管有辽阔的土地，蕴藏着金矿和财富，但尚未开化；人民蒙昧野蛮，只相信异端邪说，更有"食人生番，烧红烙铁纹身"的怪诞风俗。而对中国，虽然寥寥数语，却尽是赞美之词，他的中国形象没有脱离当时欧洲的社会集体想象，如同许多文本所描述的那样：国土辽阔富饶，君主道德高尚。比起他所描写的其他地方，他对中国的描述是肤浅的，有些说法并不准确。洛瑞罗认为："在《葡国魂》（即〈卢济塔尼亚人之歌〉——译者注）中提到中国的地方，并不像提及亚洲其他地区那样，比较详细具体，相反地对于如果在那里居住过的人来说，却显得过于空洞，而且很不准确，甚至出现了错误。"[2]

2. 洛瑞罗：《史学家之谜：贾梅士在澳门》，载《文化杂志》中文版 2004 年秋季号，第 133 页。

你看那么难以置信的长城

就修筑在帝国与帝国之间，

那骄傲而富有的主权力量，

这便是确凿而卓越的证明。

它的国王并非天生的亲王，

更不是父位子袭时代传递。

他们推举一位位仁义君子，

以勇敢智慧德高望重著名。[3]

3. 卡蒙斯：《卢济塔尼亚人之歌》，第 451—452 页

他提到了中国的长城，这没错，但是他错误地提及中国的皇帝不是世袭继承，这或许借用了当时皮莱资的历史著述《东方概说》中的说法。虽然诗人在诗中传递了有关中国的零星信息，但并不能说明他游历过这个国家。迄今还没有任何历史资料证明卡蒙斯曾经到过澳门或者中国的其他地方，然而却流传着他曾在澳门生活过的传说。根据传说，卡蒙斯辗转来到澳门，担任"死亡事物专员"的卑微职务；他经常在沙梨头的一个简陋的石洞里流连，写下了《卢济塔尼亚人

4. 万瑟斯劳·德·莫赖斯（Venceslau de Morais, 1854—1929）葡萄牙作家，曾在澳门小住，后前往日本生活，与当地人结婚，最后逝于日本，著有《日本信札》、《茶道》等。

之歌》的部分章节，如同作家万瑟斯劳·德·莫赖斯[4]所描述的那样："在夏季令人窒息的宁静中，他总是怀着惰夫对失业的厌恶之情，偷偷逃离他那卑贱的工作，来到三块巨石搭成的石洞里寻

找清凉世界。在这里，他重新整理，完成了一部以后轰动欧洲的巨作。"[1] 这部巨作险些与世

1. 万瑟斯劳·德·莫赖斯：《贾梅士洞的象征意义》，收入安文哲、何思灵编选《卡蒙斯与东方的回忆》，姚京明、宋彦斌译，澳门：纪念葡萄牙发现事业

人失之交臂，根据传说，卡蒙斯后来从澳门返回印度，途中船在湄公河遇难，他冒着生命危险

澳门地区委员会，1995年，第46页。

才救出诗稿。在文人墨客不断重复的描写和渲染下，这一传说变得生动起来，富于感染力，令人

不愿意怀疑其真实性。

　　然而，诗人从来没有在任何文字中提及过澳门，其实连葡萄牙人自己对传说的真实性也并

非深信不疑。庞山耶写道："多少年来，围绕贾梅士是否在澳门居住过，是否在这城里任过官

职，是否当过或可能当过死亡验尸官争论不休。这辩论总有一天还会重新热起来而最后的结论

很有可能是否定的。"[2] 那几块岩石构成的石洞简陋之极，很难相信卡蒙斯曾在这里流连忘返、

2. 庞山耶《贾梅士洞的象征意义》，见安文哲、何思灵编选《卡蒙斯与东方的回忆》，第46页。

埋头写作。另一位葡萄牙作家阿基利诺·雷贝格[3]说："如果我们谈论的贾梅士故居石洞确实

3. 阿基利诺·雷贝格（Aquilino Ribeiro，1985—1963），葡萄牙作家，著有《曲折之路》、《杀鬼人》等小说。

像参观者证实的那样仅为 1.35 米 X 3.2 米，那它用来住大猩猩比住一个文明人更合适。除了外

观上的不适，待在里面也极不舒服。把它美化成'工作室'，认为它满足了贾梅士这样一个知

识分子创作的要求的说法是十分荒谬可笑的。"[4]

4. 阿基利诺·雷贝格《贾梅士洞的象征意义》，见安文哲、何思灵编选《卡蒙斯与东方的回忆》，宋彦斌、姚京明译，澳门：纪念葡萄牙发现事业委员会，

　　实际上，如果 1558—1559 年间卡蒙斯真的游历过中国的沿海地区并在澳门居住过，那么澳

1995年，第50页。

门那时候还是一个荒僻的小渔村，只有几件临时搭建的木屋和茅草房，仅供渔民们落脚，或许

卡蒙斯在澳门上过岸，但是否在此居住过并进行史诗的创过却缺乏史料的佐证。罗瑞罗在《史

学家之谜：贾梅士在澳门》一文中得出以下结论："贾梅士'可能'进行了过一次中国海域之行，

'可能'在暹罗湾遭遇海难，也'可能'真有过一位中国女伴，但是，他肯定没有担任过所谓'死

亡事物专员'，没有在马交（即澳门——笔者注）长住过，更没有在一个所谓马交石洞写过他

的著名史诗，就连一部分也没有。"[5]

5. 洛瑞罗：《史学家之谜：贾梅士在澳门》，第135页

　　不管这个传说多么扑朔迷离，多么缺少根据，事实是"有关卡蒙斯到过中国，以及他在中国

的海域遭遇海难的故事早就迅速传播开了，尽管从未有过任何原始文献资料对此加以确认"[6]。传

6. 洛瑞罗：《史学家之谜：贾梅士在澳门》，第125页。

说不仅仅是为了传说，不仅仅是为了在旅游地图上增加一个风景点，它经过符号化和仪式化的

过程，已经上升为一个神话，成为殖民者确认在异国"存在"的一个标志性象征，这种"存在"

剔除了殖民主义的炮声和血迹，洋溢着普世主义的温情和诗意。在这一象征化的过程中，诗人

生前流连的地方被命名为"贾梅士公园"，在诗人曾经写作的石洞前竖立了一尊半身铜像，周

围是中国人和葡萄牙人颂扬诗人的石刻碑文。澳门回归之前，每年6月10日是"葡国日、贾

梅士日暨葡侨日"，这一天传说（又是传说）是卡蒙斯的冥日，后被定为葡萄牙的国庆日。这一天澳葡政府会在石洞前举行公祭活动，政府官员率领民众向诗人雕像敬献花环，华裔和葡裔学生共同吟咏诗人的作品。在官方的倡导和文人墨客的配合下，这一传说已成为殖民者宁可信其有不可信其无的事实，成为澳门历史记忆的一部分，成为殖民者塑造自我形象的一个重要符号。庇山耶写道："这就是卡蒙斯石洞，一个小得可怜但完全可以改进的地方。它极富魅力，是纪念卡蒙斯的地方，也是祭拜祖国的圣坛。只要还有葡萄牙，这种崇拜和声誉就不会消亡。它是胜过任何历史研究的明确的事实：葡萄牙最伟大的天才曾在澳门受难、恋爱、思考，也是在澳门写出了他部分不朽的诗篇。"[1] 因此，这个石洞的象征意义远远超过了真实的意义，一

1. 庇山耶：《贾梅士石洞的象征意义》，收入安文哲、何思灵编选《贾梅士与东方的回忆》，第 47 页。

个葡萄牙诗人缺乏历史根据的传说成为诠释葡萄牙在中国澳门存在四百多年的象征和隐喻。

为了让传说变为神话，仅仅有石洞是不足够的，神话需要注入浪漫的元素。因此，卡蒙斯和一位中国姑娘相恋的故事便为神话抹上了玫瑰的色彩：卡蒙斯在湄公河遇难，"虽然也幸免于难，但除了他随身携带的《卢济塔尼亚人之歌》手稿外，别无所有，就连同他一道上船并始终紧随身边的一位十分漂亮的中国姑娘也在这次意外中痛失了。因此他怀着沉重的心情写了一首十四行诗来悼念那位中国姑娘的逝世"[2]。卡蒙斯在诗中写道：

2. 玛丽亚·利马·克鲁兹：《迪奥戈·多·科托与亚洲 80 年代》，转引自洛瑞罗《史学家之谜：贾梅士在澳门》，第 128 页。

啊，迪娜梅，你怎可

将至死钟爱你的人轻抛！

啊，我的宁芙，你离我而去！

将这样的生活匆匆鄙弃！[3]

3. 贾梅士：《十四行诗》，见安文哲、何思灵编选《贾梅士与东方的回忆》，第 28 页。

诗人悲痛欲绝，真挚的感情充溢于字里行间。历史学家认为，按照当时葡萄牙人同亚洲人之间建立社会关系的通常模式，卡蒙斯和一位中国姑娘相识是完全可能发生的事情，虽然时至今日没有发现进一步的证据，只是停留在学者的讨论而已。[4] 在 16 世纪，大量葡萄牙男性来到

4. 洛瑞罗：《史学家之谜：贾梅士在澳门》，第 135 页。

东方，但几乎没有女性，这些人如何解决性的问题，至今尚无人研究。一般来说，他们会在殖民地的当地女子中寻求伴侣，其实这种"伴侣"大多处于女奴或者女佣的地位，因为"在当时的中国，那些贫困潦倒的家庭不得不出卖或无限期出租自己儿女的劳动力，以解决其最紧迫的

经济问题"[1]。卡蒙斯就曾写过一首《女奴之歌》，歌颂漂

1. 洛瑞罗：《史学家之谜：贾梅士在澳门》，第131页。

亮的女奴如何使他心神荡漾。尽管如此，把"Dinamene"（迪娜梅）这样的名字和一位中国女子联系起来显然是牵强的，况且在那个儒家学说根深蒂固的年代，一个跟随一个"番鬼"远走他乡的中国女子要面临多大的压力和阻力！罗瑞罗也认同在那个年代，"特别是社会地位高的中国妇女，都过着一种禁锢幽居的生活，尤其被禁止同外国人有任何接触"[2]。也就是说，假设卡蒙斯果真来过澳门，果真与一

2. 洛瑞罗：《史学家之谜：贾梅士在澳门》，第132页。

位中国的"Dinamene"有过接触或者交往，那么她的社会地位应该不高，但这依旧是"假设"而已。

　　神话并不重要，重要的是为什么要以历史真实的名义去制造一个神话。人们不知厌倦地谈论这段浪漫的异国情缘，用许多笔墨来渲染这位中国姑娘如何激发了诗人的灵感，这就变成一个值得探讨的问题了。在西方看来，东方常常被比作女性的化身，是一个弱者，而西方是强者和保护者。一个葡萄牙诗人对一位中国女子满怀深情的爱情神话，总会勾起人们对这个国家美好的想象和情感，缩小彼此之间的距离和隔膜，就像澳门大三巴牌坊下面那座中葡友谊塑像所展示的，一位强壮的葡萄牙男子含情脉脉，在仙鹤盘旋的天空下接受中国少女献出的圣洁莲花。尽管东方还是东方，西方还是西方，但是两者的相遇变为浪漫的交融，而不再是征服与被征服。殖民地的殖民化过程不仅仅是行使政治和经济权力的过程，还有与之配合的思想灌输和文化征服。葡萄牙人来到澳门的第一天起，就开始用各种文化策略和手段来重构这个异国空间。而卡蒙斯被传说所萦绕的一生，无疑是美化葡萄牙在东方扩张历史的一

位于大三巴牌坊前的中葡友谊雕像

个绝佳符号，它为这段历史增添了些许诗意。

一位葡萄牙文学专家在澳门的《文化杂志》上写过一段耐人寻味的话："谁都无法以文件证实这位作者曾在澳门生活过与写作过。事实就是他曾既被葡萄牙人也被中国人所敬仰。例如，据说有一段故事，两广总督耆英在 19 世纪时访问过那个岩洞（贾梅士洞），对那座半身像跪了下来，照孔夫子的礼仪向塑像叩拜，（并）下令修建一座'牌楼'来表示中国式的崇敬。这是两国人民联合起来敬仰这位诗人的事例（一个独特的事例）。说不定由于诗的缘故（将来还会如此吗？）我们本来可以达到真正的相互理解吧？（显然，'通商实用主义'是绝不允许这种互相理解的……）谈到诗，像贾梅士的诗，就必然谈到爱。是不是因为他在澳门有过一段'爱'，所以在中国人当中没有被忘却？"[1]

1. 瓦勒：《遇合的空间》，载澳门《文化杂志》中文版 1997 年秋季号，第 181 页。

这番话弥漫着葡萄牙人单方面意淫的味道。事实上，澳门的绝大部分华人对这个葡萄牙"单眼佬"[2] 的认识是肤浅的，对他是否澳门来过也没有太大的兴趣，尽管一些中文有关澳门历史

2. 澳门许多华人对卡蒙斯的称呼。

风物的书籍采纳了卡蒙斯来过澳门这样的说法，比如《澳门风物志》这样写道："贾梅士浪漫不羁，得罪于权贵，不容于葡国，流徙印度，1556 年来澳，居留两年之久，传说曾隐居'贾梅士洞'吟诗作文，并创作了史诗《葡国魂》。"[3] 诗人栖居过石洞所在地被官方命名为"贾梅

3. 唐思：《澳门风物志》，北京：中国友谊出版社，1999 年，第 159 页。

士花园"，但它在华人的日常口语中鲜有出现，他们宁愿把这个地方叫做"白鸽巢"，据说曾有富商在此地购得寓所，此人喜欢蓄养白鸽，遂得此名。现在每天朝九晚五，石洞前的空地上都会聚集着锻炼身体的老人，他们在卡蒙斯独目的注视下，一边谈天说地，一边活络筋骨，构成一道别有意味的风景。

萨义德指出："到 19 世纪初，欧洲已经开始了其经济的工业化——英国一马当先；封建的、传统的土地拥有结构正在发生变化；新的商业模式的海外贸易、海军力量和殖民主义移民正在建立；资产阶级革命正在进入胜利阶段。所有这些发展都是欧洲获得海外领地的进一步优势，建立了一个有压倒优势、令人生畏的力量形象。"[4] 虽然葡萄牙也位于欧洲大陆，但萨义德的

4. 萨义德：《文化与帝国主义》，李琨译，北京：三联书店，2003 年，第 315 页。

说法并不适用于葡萄牙，因为葡萄牙从来没有使其经济工业化，没有彻底地进行过资产阶级革命，也从来没有建立起新的商业模式。因此在澳门，葡萄牙人并没有建立"一个有压倒优势、令人生畏的力量形象"，他们审时度势，与中国政府和本地华人势力巧妙地周旋，甚至精于妥协的艺术，以保护自己的长远利益。不过，澳葡政府从未制定过长远的文化政策，因此未能在

华人当中普及葡萄牙的语言和文化，虽然葡萄牙人大肆渲染卡蒙斯的传说与神话，但不过是一厢情愿的热情，在华人当中影响甚微。

或许，这就是澳门，不同的文化长期共存，甚至可以说和平共处，但同时各自保持着自己的边界，没有深刻的碰撞与冲突，因此澳门的文化具有双面神的特征，正如学者郑妙冰所言："澳门在经历了帝国主义、殖民主义、基督团结主义、共产主义和资本主义之后，形成了独有的双面神似的文化特征。作为葡萄牙在亚洲最早的殖民地之一，澳门在某种程度上受到了文化混杂过程的影响，但也保存了两种对比鲜明的文化传统，彼此间不曾被对方所左右。这就是澳门的独特之处——它在展示外界强加的'生活方式'的同时，也保持了本地的'意义和价值'。同时，在文化架构的形成中，中国和葡萄牙基本上没有什么中心和边缘的关系，而是两种文化在殖民的环境中有融合又有区别。"[1]

1. 郑妙冰：《澳门：殖民沧桑文化中的文化双面神》，北京：中央文献出版社，2003年，第233页。

第四节　澳门文化学会与文学出版

澳葡政府在澳门没有制定过长期的文化语言政策，因此葡萄牙语始终是少数人的语言，不像英文在香港那样普及。澳门的绝大部分华人不懂葡文，对葡萄牙文化也是所知不多。澳门使用葡文者仅约为3%，而使用中文的人口则超过96%。葡萄牙的大学一直没有开设汉学系[2]，熟稔中文的人士也是屈指可数。尽管"四二五革命"之后澳葡政府因应本国政府的"非殖民化政策"而对澳门文化的本土性有所关注，但"重葡轻中"的倾向依然很显而易见。

2. 直到21世纪在葡萄牙的一些大学才陆续设立孔子学院和中国语言文化课程。

长期以来，澳门并没有一个专门的文化机构。1982年，澳葡政府决定成立澳门文化学会，其目的是为了"推行适应本地现状和特性的文化政策，具体而言，适应澳门中葡文化共存的特点"[3]。虽然文化学会成立的时间已属太迟，但亡羊补牢，仍是一个明智的决定，文化学会所制

3. 参见《九十年代文化纲领》，载澳门文化司署《文化杂志》中文版第1期，1987年，第110页。

定的《90年代文化纲领》为在20世纪90年代初预设了要达成的目标，领域包括文化遗产保护政策、文化活动政策、出版和发行政策以及培训和研究政策，可以说这是一份有先见之明的行动纲领，虽然其侧重点还是在于推广葡萄牙的语言和文化，但也强调"在亚太地区推广葡国文

化和中国文化精粹，尤其在使用葡语的地区和欧洲"[1]。

在"关于书籍、出版和读物发行政策"方面，《90 年代文化纲领》为文化学会制定如下任务：

一、用中文介绍葡语国家作家，及用葡文介绍中国作家，并出版其作品；

二、支持澳门作家和有关澳门作品，通过给予奖学金颁发和举办学术比赛，发掘人才和新的文化精品；

三、鼓励在葡国、巴西、非洲使用葡语的国家以及葡人社会传播澳门和来自中国葡文化根基作家的作品；

四、参加在葡国、中华人民共和国和讲葡语国家举办的书籍展销会；

五、通过宣传媒介推荐其作品；

六、鼓励研究澳门作家的文学遗产并收集该类书籍；

七、支持再版具有文化和历史意义的著作；

八、鼓励以葡文、中文、英文出版有关建筑和艺术文化遗产的书籍；

九、通过流动图书馆的形式和"何东"文化中心中文图书室，扩大对本地中国居民传播读物的计划；

十、促进和参加图书展览；

十一、组织传播国立图书馆的活动；

十二、出版一套汉译本的葡国文化丛书和葡译本的中国文化丛书；

十三、出版一本葡、中、英文的文化期刊。

这是一份相当全面的行动计划，文化学会成立后，确实在作家推介、出版翻译、阅读普及等方面大力开展活动，成果斐然。就文学出版而言，自 1982 年文化学会（后更名为"澳门文化司署"）开始出版第一本书——《葡萄牙文学史》，截至到澳门回归中国的 1999 年，用葡、中、英三种语言，大约出版了 200 种图书，其中文学书籍占有很大的比重，比如《葡萄牙文学史》，《佩索阿诗选》，佩索阿的诗集《使命·启示》，费雷拉·德·卡斯特罗的小说《羊毛与血》，《葡萄牙诗人二十家》，埃乌热尼奥·德·安德拉德的诗集《情话》，江道莲的《旗袍》，玛里亚·布拉加的《神州在望》，葡语版的《李白诗选》、《白居易诗选》、《王维诗选》、《艾青诗选》和《西厢记》，若热·德·森纳的小说《创世纪》，米格尔·托尔加的小说《文杜拉先生》和散文集《葡萄牙》，戈振动神父翻译的《道德经》、《易经》、《论语》、《诗经》、《尚书》，等等。1999 年澳门回归中国之后，"澳门文化司署"改名为"澳门特别行政区文化局"，由于文化政策的调整，翻译和出版活动曾一度陷入停顿状态，目前重又开始活跃起来。

在上述出版物中，值得特别提及的是中葡双语版的《澳门中葡诗歌选》(*Antologia de Poetas de Macau*)，这是迄今唯一一本收入了居住在澳门的华语诗人和葡语诗人的诗歌集，它由两位诗人编选，于 1999 年由澳门文化司署与葡萄牙卡蒙斯学会及东方葡萄牙学会共同出版。两位编者在前言中指出："这本选集是我们按照自己制定的标准编选出来的，入选的都是本世纪的作品，它们也许不全都出类拔萃，但也不是劣质之作。我们两位编者，以中文为母语的负责挑选中国诗人的作品，以葡文为母语的则负责挑选葡国诗人的作品，每种语言各选 20 位诗人，每位诗人两首作品。"[1] 1996 年，澳门曾出版过一部《澳门新诗选》. 虽然以"澳门"为名，但收

1. 姚京明、欧卓志编选：《澳门中葡诗歌选》，澳门：澳门文化司署、卡蒙斯学会和东方葡萄牙学会联合出版，1999 年，第 31 页。

入的均是以中文创作的澳门新诗，忽视了以葡语写作的澳门诗人，因此这本诗选是不全面的，它应该叫《澳门中文新诗选》。实际上，澳门许多以"澳门"为名的选集或者评奖活动，常常忽视以另外一种语言写作的群体。或许这就是澳门的现实，林宝娜在为《澳门中葡诗歌选》撰写的序言中不由感叹道："澳门的特色是以多种方式展现的。长期以来，在此居住的族群虽然相安无事，但相互之间少有了解，缺乏沟通，封闭在自己的语言世界里，当然个别情况例外，华人社团和葡人社团虽然共同生活在一块土地上，但双方没有真正的交流。"[2] 因此，这本书

2.《澳门中葡诗歌选》，第 23 页。

试图打破成见，把中葡诗人聚集在一起，第一次让华语诗人和葡语诗人彼此认识，加深了解。这本书反映了两个族群的诗人可以有不同的诗歌表达方式，但也证明无论诗人属于哪个种族，使用何种语言写作，事实上都生活在同一个部落里，他们的诗歌创作都源自心灵的生活和和血液的脉动。

根据《90 年代文化纲领》所提出"出版一本葡、中、英文的文化期刊"的目标，1987 年澳门文化学会创办了以葡、中、英三种文字出版的《文化杂志》(*Revista de Cultura*) 季刊。在为杂志创刊号撰写的前言中，当时的澳门文化学会主席彭慕治 (Jorge Morbey, 1948—) 表示：

我们的杂志不仅在澳门发行，同时，向中国、葡国、巴西和非洲讲葡语的国家的知识界开放，向散布在苏伊士运河以东至美洲西岸的葡中后裔传播。今天，澳门更是一个文化体，不仅是中国文化，葡国文化亦占重要一席。这个实体只有在下列情况下才能够在将来继续存在：以文化为主，政府为辅；两种独立共存的文化转为互相渗透；迅速、稳妥地改变语言分家现状，发展双语制社会；在各个阶层和领域，在政治、行政、司法、工业和第三行业，尽快扩充掌握两种文化的力量，不论是来自葡国还是中国。[1]

1.《文化杂志》，1987 年第 1 期，第 5 页。

1987 年，澳门文化司署出版了《艾青诗选》，这是首部中国当代诗人的作品被翻译成葡文，由金国平翻译，葡萄牙著名诗人韦博文作文字润色。艾青伉俪应邀访问澳门，参加《艾青诗选》的发行仪式。艾青是中国最优秀的现代诗人之一，他的早期诗歌以深沉、激越、奔放的诗风抨击黑暗，讴歌光明，同情人民的苦难，积极思考人生，这样一位诗人也令葡萄牙人对他充满敬意。值得一提的是，澳门文化司署不仅翻译出版了《艾青诗选》，还在《文化杂志》创刊号中呼吁提名艾青角逐诺贝尔文学奖。时任杂志主编的官龙耀（Luis de Sá Cunha）发表了《提名中国大诗人艾青为诺贝尔奖候选人》文章，他以充满感情色彩的文字，介绍艾青的诗歌贡献，并认为艾青是角逐诺贝尔文学奖的合适人选。他这样写道：

很荣幸地在它的创刊号，向葡语读者介绍中国目前最伟大的诗人——艾青。中国是一个大国，面积有欧洲那样大，人口达十亿之多。

在今后，我们还将更广泛、深入地介绍艾青的事迹，藉此实践我们的目标——为东西方文化架起桥梁。

在发表本文的同时，恰好澳门文化学会出版了艾青的葡文版诗集，此诗集已翻译成英文、法文及西班牙文出版，现在翻译成世界第五种最流行的葡文。艾青的诗将在全世界风行。

然而，艾青的诗所表现的气质，早已达到世界水平。

艾青的诗描写人民、劳苦大众和所有处于水深火热的人，以及在谎言和压迫下的牺牲者。艾青拥有不可抗拒的魅力，使我们和他紧紧地联系在一起。

在诗人的笔下，微不足道的农民成为人生舞台的主角。

读完了充满诗情画意的《大堰河》之后，每个人都被诗中的人物："妇人、褓姆、爱神、保护生命的天使、命运的预言者、永恒的模范母亲"的形象所震撼。

那位"吹号者"，以他的号角命令万物从黎明中苏醒，他是喧闹战争的指挥者，又以他的灵巧吹奏，使纷乱恢复平静。

在艾青的笔下，每天日出"是生活的叫喊着的海"、"人类再生"？还是"晨曦的信息"？

艾青是坚定而激昂的歌手，他唱出了："那最贫穷、最古老的国家"、"寒冷及饥饿"、"愚蠢与迷信"，世界上的悲痛，人类的堕落及人民被流放的情景。

他忠于传统文化的古老哲理。因此，在他的诗中保留着"阴"和"阳"两个相辅相成的极端。在他的诗里，那些借酒消愁的人在月光下唱着粗俗的小调，哗然而去。在艾青的诗集里，黑暗中孕育着光明。

他对美好的未来充满了信心——他是生命的忠实伴侣。

他更是一名"摘星罗汉"，不断地攀登和探索。

我们预言：艾青诗的世界性，将达到如柏拉图所说"手持伟大几何学的圆规"的境界。他从不墨守成规，以纯粹的灵感，使想象超越于考古学的循规蹈矩。他在题为《笑》这首诗中写道：

我不相信考古学家——

……

又有谁能在地层里

寻得

那些受尽了磨难的

牺牲者的泪珠呢？

那些泪珠

> 曾被封禁于千重的铁栅，
>
> 却只有一枚锁匙
>
> 可以打开那些铁栅的门，
>
> ……

艾青在他名为《公路》的一首诗里自信地说："……我如此明显地感到，我是站在地球的巅顶"。

他是一位文笔流畅的诗人，创作时有"思若涌泉"的即兴灵感，有诗人的才气及聂鲁达的自发性。艾青的诗每句都是精萃，闪烁着才华。为了直抒胸臆，表达内心世界，他采用自由体诗。他在巴黎居住过，在那个时期曾和象征主义者及本世纪初的潮流接触，之后他成为中国现代派诗的倡导者。

如果不熟悉艾青的生平，就不能理解他所写的诗。他的生命充满了波折和压抑。

命运很早就给他一枝奥尔飞(希腊神话中阿波罗之子，为音乐之鼻祖)断了的笛子，那枝会发出音乐的竹子埋藏在地下数年后，开始萌芽。艾青的生命旅程中曾途经阴暗的"地狱之站"，而他以内心涌出的诗照亮了这段阴暗的旅程。

在迷宫般的曲折路途中，艾青曾被三位魔鬼引诱：虚伪的艺术之路；政治上的诱惑；高官厚禄的吸引。但是他具有灵感，诗人的才华在他身上得到体现。

自十九至二十五岁，艾青在漂泊中浪费了人生中最宝贵的青春，这一点他并不耿耿于怀。然而，二十一年来的禁制及沉默，却永远在他的灵魂深处引起回响。

清静的环境下产生好作品。主要的区别是：我们不断追求清静，还是满足于现有的清静。我们共处同样的环境，但是对于"清静"每个人的理解不同，这里便涉及到个人感受的问题。

如果说艾青最伟大的诗篇是他那 21 年的沉默 (这也许是夸张之词)，但是这件事肯定无人受益，艾青曾遭到磨难和凌辱，而迫害艾青的那些人则遭到众人更大的指责和唾弃。

艾青今年 76 岁了，他已经用自己的作品建立了一座无形的纪念碑，他像一位缄默、平静的歌手，不需要歌唱他自己的胜利。他探索到超越死亡力量的艺术手法，他在流放生活中，建立起内心世界的自由王国，那是一座安放着圣火，接受灵感的神圣殿堂。

艾青奋斗的一生，默默地证明了他是一个反叛者，是一个海明威式的不屈不挠的无名英雄。

在智利，他曾经写了一首诗题为《礁石》，那矗立在惊涛骇浪中的巨石，正是他的自我写照。他又如处于隧道之中探索出路，在《化石鱼》中他说："活着就要斗争，在斗争中前进"，他将自己比喻为：一块煤，向生命呼吁："请给我以火，给我以火！"

因此，艾青像浮在洪水上的橄榄枝干一样，随时都能复活。

艾青的一生饱经沧桑。在生活道路的颠簸中；在喧闹噪音的干扰下，他处之泰然。他以诗人的胸怀和生命的活力度过了严寒的冬天，又在春天重生。

因此，他是生命力的象征，他代表了在漫长的困境中坚持信念的人们。

他是中国文化向西方开放的先驱者。今天，他是中华民族与世界各民族联系的代表人物。

他仍然活着，他是最古老文化大国的表者。这大国在数千年来，首次在封闭的城墙中，对外敞开了一道门。

艾青是世界性人物，他使最古老的文化能与全世界亲切地汇合——为了他的诗篇，他的工作，他的人品，为了所有这一切——我们认为艾青适合作为诺贝尔文学奖的候选人。

今天，我们在东方真诚地向大家呼吁，请给我们支持。[1]

1.《文化杂志》，1987 年第 1 期，第 47 页。

艾青在澳门

　　这一期杂志还刊登了艾青的写于 1987 年《我的创作生涯》一文，以及他的长诗《吹号者》和《大堰河，我的保姆》。在澳门提名艾青角逐诺贝尔文学奖之前，艾青已作为中国作家被提名为诺贝尔文学奖的候选人。1985 年西班牙诗人和翻译家阿尔弗雷多·戈麦斯·吉尔推荐艾青为诺贝尔文学奖候选者，并请求中国作家协会支持，但没有结果。澳门文化司署的呼吁得到了《艾青传》的作者周宏兴等 50 多位中外作家的响应，他们联名致函给致瑞典皇家学院诺贝尔奖评委会，呼吁把诺奖授予艾青，在海内外引起一定反响。

　　《文化杂志》是澳门学术水平比较高的杂志，该刊旨在推动东西文化交流、探讨澳门独特个性及中外文化互补的历史内涵，藉以促进澳门与海内外的学术交流。作者既有澳门本地人，也有居澳外来人士，但是大部分作者来自澳门以外的地方。除了介绍有关澳门历史、文化、社会等方面的文章，该杂志也会介绍本地的华人作家和葡萄牙作家的作品。这本杂志在推动中葡文化交流方面起到了非常重要的作用，除发表了大量介绍葡萄牙作家的文章，也介绍中国文化，采用"中文版"和"外文版"两种独立组稿的不同文本出版，以适合中、葡、英等多个语种的读者所需，涉及领域包括历史、文化、文学、文化、绘画、澳门本土艺术等，受到学术界的好评。

《文化杂志》国际版第 40 期封面

第五节　《葡语作家丛书》

1987 年 4 月 13 日《中葡联合声明》签署，根据中葡两国达成的协议，中国政府将于 1999 年 12 月 20 日对澳门恢复行使主权，但回归后澳门实行"一国两制"政策，葡萄牙语在澳门回归中国后 50 年内依旧是澳门的两种官方语言之一。由于澳门进入过渡期，澳葡政府意识到需要开始从文化、教育、经济、法律、政治及公共设施等层面进行系统的工程建设，从而给澳门留下一份遗产，以便向世界显示葡萄牙人在最后的历史时刻可以有尊严地离开澳门。因此，澳门政府实施了一系列的建设计划，除了基建、法律等方面，澳葡政府对文化领域也十分重视，在施政方针中指出："鼓励中国文化和葡国文化之间的对话和团结；继续用中文宣传葡国作家，用葡文宣传中国作家，并出版他们的作品；加强在中国、葡国以及以葡语为官方语言的国家向华人和葡人社会宣传用中文或葡文写的澳门作家作品；与葡萄牙文化和语言学会合作，确保在东方教授葡语的协调工作，并在该地区开设新的葡语班；为印度和太平洋地区的大学生举办第四期葡国语言和文化假期班；为了达到各准备出版收藏在国立图书馆的有关葡国文学的书籍汇编。"[1] 这些出现在政府施政方针中的纲领性文字清楚反映葡萄牙在维护以及加强其在澳门及

1. 参见 1989 年度澳门政府《施政方针》之"文化政策"。

东方影响的用心及努力。

根据澳门政府的施政方针，澳葡政府将促进传播书籍与阅读的活动，尤其是推广葡国作家中文版的著作，为此，将编辑《葡语作家丛书》，向澳门本地和中国内地发行。这套丛书在 1994 年正式启动，由时任东方葡萄牙学会主席的林宝娜博士负责统筹（笔者应邀参与后期的统筹工作），澳门文化司署与石家庄花山文艺出版社联合出版，合作模式是由澳门文化司署组织翻译并支付翻译和出版费用，花山文艺出版社负责印刷和发行，每一种书总印数为两万册，繁体版和简体版各为一万册。这是澳门文化司署自成立以来第一次与中国内地出版社合作出版文学作品，其目的是试图扩大澳门出版物的流通渠道，让更多的中国读者了解葡萄牙作家及其作品。出版书目由林宝娜博士选定，但也有译者把已经译好的作品向她推荐出版。丛书的文学体裁多样，既有小说、诗歌、散文，也有游记、民间故事等。林宝娜在丛书的后记中这样写道：

　　这套丛书旨在向中国读者介绍以葡萄牙语创

作的主要著作。正如葡萄牙民族本身从 1143 年

就从其他邻国独立出来一样，葡萄牙文学是欧洲

最古老的文学之一。从那时起葡萄牙就有着其特

有的语言和文化……葡萄牙被誉为诗人之国，这

一传统从十二世纪开始，至今犹存；但是，在小

说方面也历史悠久，尤其是在航海时代最为突出，

至今亦然。……我们希望这套丛书得到中国公众

的喜爱，有助于他们更好地了解葡萄牙及其文化

和历史，而澳门是历史和文化交汇与互相了解的

得天独厚的空间。"[1]

1. 林宝娜：《葡语作家丛书·后记》，见埃萨·德·盖罗斯《巴济里奥表兄》，澳门：澳门文化司署、石家庄：花山文艺出版社，1994 年，第 452—453 页。

　　《葡语作家丛书》从 1994 年启动到 2011 年结束，一
共出版了 27 部著作。这套丛书组织了中国当时最优秀的葡
语翻译人才，如范维信、孙成敖、王锁英、陈用仪、陈凤
吾、姚京明等人，他们都参与翻译工作，选目也都是葡萄
牙最优秀作家的作品，体现了葡萄牙文学的基本风貌，而
且每部小说都由葡萄牙著名评论家或者学者撰写精辟评介
文章。尽管如此，这套丛书并未在国内产生什么影响，甚
至若泽·萨拉马戈的《修道院纪事》也只是在他获得诺贝
尔文学奖之后，才引起媒体和读者的关注。究其原因，是
中国读者对葡萄牙文学还感到十分陌生，葡萄牙作为一个
小国，虽然曾因航海大发现在世界历史上辉煌一时，也产
生过一些优秀作家，但在佩索阿、萨拉马戈和安德拉德被
中国读者所认识之前，葡萄牙文学在中国一直处于十分边
缘的地位，没有哪一位作家可以持久地停留在中国读者的

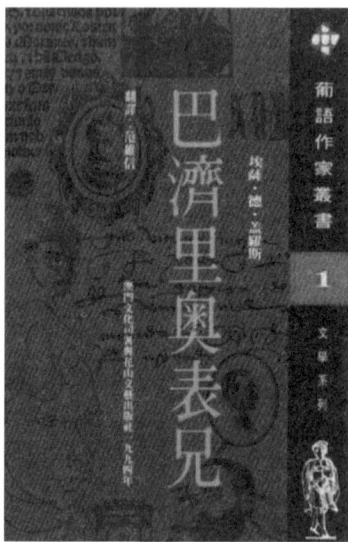

《葡语作家丛书》之一《巴济里奥表兄》
封面

视野之中，也就是说，还没有一位作家获得经典作家的地位，而葡萄牙语也被视为小语种，跟随在"英、法、德、日、俄"之后，殊不知它世界上有 8 个国家的官方语言为葡语，讲葡语的人口为 2 亿 5 千万，被视为世界第 6 大语言。在中国现代文学史中，"五四"时期许多作家虽然不精通小语种，却对"弱小民族"文学表现出极大的关注，冰心、茅盾、鲁迅、周作人等人都从第三种语言翻译了"弱小国家"的文学作品，其中包括葡萄牙和巴西作家的作品。新中国成立后到改革开放之前，世界文学的组成部分变成了亚非拉"第三世界"国家的反殖民、反帝国主义、反压迫革命文学，被翻译过来的作品往往重意识形态甚多于文学性。自从 20 世纪 80 年代中国开始实行改革开放，西方文学不再是资产阶级的"毒草"，重新进入中国人的视野中心，"西方的文学奖、文学史、文学批评均成为中国接受外国文学的先在视野——必须经过西方的筛选，在西方获得承认，才能在中国引起热烈的反响"[1]。假设若泽·萨拉马戈没有获得诺贝尔

1. 滕威：《"边境之南"——拉丁美洲文学汉译与中国当代文学（1949—1999）》，北京：北京大学出版社，2011 年，第 142 页。

文学奖，这位以葡萄牙语这一"小语种"写作的作家或许依旧徘徊在我们的视野之外。此外，中国对葡萄牙语文学的研究与批评十分薄弱，没有专门的研究机构，也没有专业的研究人员，这套丛书出版以后，除了一次由澳门方面资助的"首届葡萄牙文学研讨会"之外，相关批评与研究乏善可陈，再加上国内的合作方在丛书的推介和发行方面缺少应有的热情，也没有做过积极的努力，因此这套丛书尽管不乏佳作，但还是没有得到热烈的反响，这也并不出人意料。

澳门回归祖国之后，《葡语作家丛书》并没有受到影响而得到继续出版，不过它的出版机构有所变动，澳门东方葡萄牙学会加入其中，而内地的合作出版机构也由花山文艺出版社改为海南出版社，丛书也易名为"康乃馨译丛"。2001 年，前身为澳门文化司署的澳门特别行政区文化局决定停止出版丛书。下面为该套丛书出版的全部书目：

序号	书名	作者	译者	出版年月
1	《巴济里奥表兄》	埃萨·德·盖罗斯	范维信	1994
2	《新生》	埃乌热尼奥·德·安德拉德	姚京明	1994
3	《爱情与小脚趾》	飞历奇	喻惠娟	1994
4	《索菲娅诗选》	索菲娅·安德雷森	姚京明	1995

续表

序号	书名	作者	译者	出版年月
5	《两姊妹的爱情》	儒里奥·迪尼斯	陈凤吾 姚越秀	1995
6	《马亚一家》（上下卷）	埃萨·德·盖罗斯	任吉声 张宝生	1995
7	《痛苦的晚餐》	路易斯·蒙特洛	陈凤吾	1995
8	《一个天使的坠落》	卡米洛·布朗库	王锁英	1995
9	《短篇小说范例》	索菲娅·安德雷森	崔维孝	1995
10	《圣遗物》	埃萨·德·盖罗斯	周汉军	1996
11	《葡萄牙当代短篇小选说》	多个作者	孙成敖	1996
12	《滴漏》	庇山耶	陈用仪	1997
13	《修道院纪事》	若泽·萨拉马戈	范维信	1996
14	《旗袍》	江道莲	姚京明	1996
15	《大辫子的诱惑》	飞历奇	喻惠娟	1996
16	《恶与善及其他小说》	多明戈斯·蒙特罗	孙成敖	1998
17	《男儿有泪不轻弹》	路易斯·蒙德罗	孙成敖 王锁英	1997
18	《英国人之家》	儒里奥·迪尼斯	李宝均 陈凤吾	1997
19	《葡萄牙人在华见闻录》	费尔南·门德斯·平托	王锁英	1998
20	《还魂曲》	贾乐安	喻惠娟	1999
21	《猫》	菲阿略·德·阿尔梅达	刘正康	1999
22	《葡萄牙民间故事集》	多个作者	黄徽现	1999
23	《边界小村》	米盖尔·托尔加	范维信	2000
24	《火与灰》	马努埃尔·达·丰塞卡	范维信	1999
25	《盲人的峡谷》	阿尔维·雷多尔	吴志良等	1999
26	《首都》	埃萨·德·盖罗斯	范维信	2000
27	《毁灭之恋》	卡米洛·布朗库	王锁英	2001

第六节　戈振东神父与他的翻译

戈振东神父（Joaquim da Guerra）1908 年出生于葡萄牙封当市附近的一个小镇，1928 年进入耶稣会，1933 年远渡重洋来到中国澳门。他先在澳门神学院教授哲学，两年之后赴上海一所神学院学习神学，1937 年被任命为神父。1940 年他被派往天津，在那里一边传教一边开始研究汉语拼音，经过长达 30 年的潜心研究，终于发明了一套汉语拼音系统（混合了广东话、普通话、葡萄牙语等几种语言的汉语拼音系统，未能普及）。后来他自天津来到绍兴，在当地教会工作，1951 年因中国政局变化而被关进监狱，数月后被释放。之后辗转来到澳门，积极投入教会工作，开办学校和社区中心。1959 年因健康欠佳返回葡萄牙，身体稍有恢复，即参加救援团体远赴拉美，在那里工作了两年半的时间。返国之后，开始在非洲葡萄牙语言中心以自创的汉语拼音系统教授中文，同时研究汉语字义，发表有《汉语字义结构》一书，并编纂了《葡中通用词典》。

1973 年，戈振东神父开始以吐盛的精力和极大的耐心翻译四书五经，历时十年，先后出版了《诗经》（1979）、《尚书》（1980）、《春秋左传》（1981）、孔子的四书（1984）、《孟子》（1984）、《易经》（1984）、《礼记》（1986）、《道德经》（1987）。如此浩繁的工作，他竟在短短的十年之内完成，实在令人惊叹。

戈振东神父翻译中国古籍的热情，应该说首先来自于他对中国文化的热爱和对中国所怀有的敬意。他在《尚书》的译本序言中说："中国是一个奇迹，只有对这个国家一无所知的人才会在她面前无动于衷。"[1] 他认为中国漫长而灿烂的历史"反映出中国人的非凡的生命力和人

1. 戈振东：《尚书》序言，澳门：澳门耶稣会，1980 年，第 19 页。

文精神"[2]。而中国文化是一个丰富宝库，应该让全世界的人民来分享，"中国于公元前数百年

2. 戈振东：《尚书》序言，第 19 页。

问世的四书五经，是一直启发和指引中国人心灵的学说，中国应该继承这些学说，以保持自身的纯粹，保证国家的延续，维护国家的尊严和荣誉。不过其他国家，无论远近，都可以从这些学说中汲取教益"[3]。

3. 戈振东：《春秋左传·序言》，澳门：澳门耶稣会，1981 年，第 16 页。

然而，他作为一个有强烈宗教使命感的传教士，总是希望通过各种手段来传播他的信仰，因此他的翻译不由自主地受到了这种主观因素的影响，其中《道德经》的翻译受到的影响最为

明显。

莫尼(G. Mounin) 说："一个译者应该尽力去了解一个族群的语言所含有的内涵，尽可能完全地理解和翻译这个族群的语言所内含的意义，也就是说，译者要成为一个人类文化学者。"[1]

1.George Mounin, *Os Problemas Térnicas da Tradução*, São Paulo: Cultrix, 1975, p.89.

翻译不仅仅是一种语言的转换，更是两种文化的转换，是一种跨文化的活动，译者应该尽量传达出原文的内容含义和文化精神。在客观上，戈振东神父是朝这个方向努力的。为了使读者对每一部书的作者和产生的历史背景有所认识，他做了大量的资料搜集和研究工作，为每一部译著都撰写了内容丰富的引言和评注。他翻译的《道德经》多达 411 页，和他的其他译著一样，不仅配有中文原文、自创的汉语拼音和引言，而且每一章之后还附有两种英文译文和一种西班牙译文的评注，以对照自己的译文评说优劣。

译者选择这样的译文文本是耐人寻味的。他写的《道德经》引言洋洋洒洒，共 23 页，不仅介绍了老子的生平事迹、《道德经》产生的历史背景及其意义、不同的译本以及汉字结构与字义的关系，而且更重要的是向读者说明《道德经》是一部"中国版"的福音书。他惊叹"一个生活在遥远年代的中国人写出了福音书式的文字并以此教导后人"[2]。他认为《道德经》与《圣经》和《新约》这两部宗教经典的思想不谋而合，许多章节"对智慧、上帝的本体，特别是三位一体、创世纪、永远徘徊在快乐或悲伤之中的人类结局充满了深刻的神学思想。倘若作者没有受到《新约》的启发，对这些问题是解释不清的"[3]。因此，他推测公元前 578 年犹太人被

2. 戈振东：《道德经・引言》，澳门耶稣会，1987 年，第 19 页。
3. 戈振东：《道德经・引言》，第 34 页。

驱除到巴比伦，后来散居世界各地，部分犹太人可能带着《圣经》来到了中国，因而对《道德经》产生了影响。他甚至发挥想象，捕风捉影地推测老子假如不是一位从西方归来的犹太传教士，至少也是一个在西方受过熏陶的中国人，因为《道德经》反映了出来自西方的新思想。[4]

4. 戈振东：《道德经・引言》，第 28—35 页。

在《道德经》每一章的译文的长篇批注中，译者除了对自己和他人的译文进行对比评论外，还念念不忘心中的上帝。在第一章"道可道，非常道，名可名，非常名；无，名天地之始；有，名天地之母"的评注中，戈振东神父认为这一章无异于《圣经》中的创世纪，由此推断老子可能是生活在中国的犹太人，熟悉《圣经》的内容。[5]

5. 戈振东：《道德经・引言》，第 79 页。

在谈到译者的身份时，英国学者西奥・赫尔曼（Theo Hermans）说，译者在翻译中"必须说话，但他们千万不能发出声音"。译者要尽量掩盖自己的声音，不要在译文中介入自己的主观色彩。而在戈振东神父翻译的《道德经》中，引言和评注占有很大的篇幅，是译本的重要

组成部分，或许因为这是"自治区"，译者可以自由地站出来，以主人的身份高声阐述自己的观点。

　　然而，即使在译者不应该"发出声音"的译文中，戈振东神父也常常让自己的声音回荡于字里行间。《道德经》第五章曰："天地不仁，以万物为刍狗；圣人不仁，以百姓为刍狗。"根据孙雍长的注译．意思是说："天地无所谓仁爱，他看待万物如祭祀用的草狗，只是任其自生自灭；圣人无所谓仁爱，他看待百姓如祭祀用的草狗，只是任其自作自息。"而戈振东神父把"天地"看作是上帝的化身，因此不可能接受这样的解释：上帝岂能不仁？圣者岂能不义？而且他认为具有基督精神的老子不可能说出这样的话。他言称借助《康熙词典》，"不仁"的"不"可解作"pub"（这是他自创的拼音，似乎作"满"字解）。他的译文是这样的：

> O Céu a a Terra são extremamente benévolos: tratam as criaturas como se faz aos meninos.
>
> O Santo é extremadamente benévolo: trata os homens como meninos.

　　翻译过来的意思是：天地满怀仁慈，对待生灵如同对待小狗一样；圣人心地善良，对待百姓如同对待孩子。《道德经》有许多深奥难解之处，译者可以有自己的"阐释权"，但戈振东神父的译文时常带有基督化的宗教色彩，让读者感觉他仿佛是在向上帝的信徒讲经布道。

　　在《道德经》的序言中，戈振东神父并没有直接谈到自己的翻译标准，不过他指出："一个译者动手翻译一部作品时，应该认识和尊重译者应有的道德：既不要损害作者和原作，也要对得起读者的信任，然而许多《道德经》的译者并没有这样做，而是随意改动原文。"[1] 毫无疑问，这是人们可以接受的翻译准则。译者作为人类思想和细腻情感的传递者，既要认识主体（作者和原文），又要否定自己，甘心做作者的奴仆。因此，传统的翻译理论要求"翻译家克服自身因素（包括历史、心理、社会的因素）的局限，抛弃自己熟悉的信仰和期望，进入原文文本那个'陌生的世界'，把自己设想成原文文本的作者，并且进而设想作者在进入译文这个陌生的世界会如何写作"[2]。不过，翻译实践又告诉我们，没有完全"公正地"翻译．译者在进入作者文本的世界时，总是不可避免地背负着自己的世界，使译文留下译者的主观烙印。

　　戈振东神父主张"译者应该服从原文，而不是让原文服从自己的观点"，同时，他又把《道

1. 戈振东：《道德经·引言》，第20页。

2. 谢天振：《作者本意和本文本意——解释学理论与翻译研究》，载《外国语》2000年第3期。

德经》看作是一部非常特别的书，认为"一个没有体会这
种精神，不曾被福音书的气息所熏染的人，岂能领悟辞书
中真意？"[1] 虽然戈振东神父知道译者的主观因素不应该

1. 戈振东：《道德经·引言》，第 21 页。

去干扰原文，但是当他从这样的角度去翻译《道德经》时，
他总会举起十字架在我们眼前晃动。由此可见，既然译者
无法摆脱社会的制约，那么忠实的翻译也总是相对而言的。

第七节　土生葡人作家

　　土生葡人作家江道莲（Deolinda Conceição, 1914—
1957）出生于澳门，是中葡混血的后代，她在澳门利宵中
学读书，从小接受的是葡萄牙式的教育。后来她在香港做
过家庭教师。第二次世界大战期间，她担任香港葡萄牙难
民学校校长，同时为报刊选稿并为当地的葡文报纸《澳门
之声》翻译 BBC 电台的电讯稿。由于香港局势动荡，她不
得不去上海生活了一段时间，后来又返回澳门，成为《澳
门新闻报》编辑，负责编辑妇女副刊，业余时间撰写社论、
文艺评论和散文。

江道莲

　　1956 年，她以葡语写成的描写中国及澳门中国人生活
的小说集《旗袍》在里斯本出版，引起人们的兴趣和好奇，
因为书中的故事发生在中国和澳门，主要人物都是中国人，
作者讲述了他们的痛苦经历、希冀以及在不同于西方的文
化环境下所特有的情感世界。由于她的土生葡人的文化身
份，她可以从一个外国人的视角近距离地观察她身边的中

国人的世界。虽然她是一个旁观者，但她生活在两种文化杂糅的澳门，加上她从小接受人文主义价值观的熏陶，因此她可以管窥到那些对中国人来说司空见惯的故事所具有的特殊性。

《旗袍》共收入 27 篇短篇小说，其中一些篇幅很短。在这部她生前发表的唯一的作品中，可以看到她尝试越过种族与文化边界的努力，试图放下一个被动的旁观者的姿态，进入中国人生活的世界，了解她们生活中的悲苦和内心活动，并通过充满悲悯情感的文字向她所属的族群介绍。而她的土生葡人的身份，可以让她身在其中而又跳脱出来，以另外视角来观察和思考。澳门虽然是弹丸之地，不同的族群生活在十分狭小的地域，鸡犬相闻，但真正可以跨越边界，认真地去了解另一个族群生活的作家屈指可数。江道莲作为一个土生葡人，对中国文化有血缘上的联系，因此对中国人的世界所发生的一切也有切肤之感，而作为一个解放的女性，她更关注的是那些中国女性所遭受的痛苦和迫害，这成为《旗袍》一条贯穿始终的线索，就如书名所显示的，看到这一书名，人们会马上联想到这是一部关于中国女性的小说。题材大致分成三类：战乱、文化冲突以及传统习俗对女性的束缚。她心怀女性特有的悲悯之心，对中国女性这饱经痛苦的弱势群体表现出一种人文主义的道德观察和反思。也许是与她做过新闻记者有关，她的小说基本上是以叙事为主，带有新闻故事的特征。她大多采用第三人称叙事，由于大多是短篇，许多更是微型小说的形式，因此人物塑造也采用白描手法，并通过场景的转换和情节的递进来塑造人物，来揭示人物的命运。她没有太圆熟的写作技巧，但由于情感充沛，文字通俗，反而有一种朴素而真挚的力量。

《旗袍》可说是小说集中最重要的作品。女主人公渴望认识新鲜事物，去西方生活了一段时间回到故乡；后来战争爆发，命运逆转，她决心勇敢地面对，而她的丈夫却束手无策，任凭命运的摆布。最后故事以悲剧告终，昭示了逆来顺受的传统思想和渴望开创新生活两者之间的冲突和之间难以逾越的鸿沟。

类似的故事占了书中很大的比重，即讲述战乱和文化观念如何对人们所造成的悲剧；她也注意到中西文化冲突所造成的困惑和不幸，《情思所系》中洋建筑师与中国女子相爱，并为所爱的中国女孩在海边建造了一座漂亮别墅，但两人的爱情却未得到女子父母的同意，女子无奈之下只能殉情而死。她的小说大都以悲剧来结尾，但也有描写中国女性冲破束缚、寻求自身解放的故事，比如《内心的冲突》写一个具有新潮思想的女性，婚后发现丈夫还继续纳妾，终于

无法忍受，最后通过努力摆脱了这种生活。作者一方面以
饱蘸同情的笔墨讲述中国妇女的悲惨遭遇，同时也在中国
妇女身上看到了她们为争取更美好的未来而做的努力和自
立自强的信心。林宝娜在评介这本书时写道："虽然有些
故事讲得过于直白，内容也不够丰满，但就总体而言是饶
有兴味的。此外，这本书可以促进两个不同地界的相互了
解。澳门是一个独一无二的不同文化共存之地，因此她的
文学有其特有的光彩。"[1]评价得客观而中肯。而对中国

1. 江道莲《旗袍》，《葡语作家丛书》之十四，澳门：澳门文化司署、石家庄：花山文艺出版社，1996 年，第 5 页。

读者而言，它更大的意义在于一个生活在我们身边的"局
外人"以一颗充满柔情的心灵向我们投来关注的目光。
1996，《旗袍》被纳入《葡语作家丛书》之十四而被译成
中文出版。

飞历奇（Henrique de Senna Fernandes，1923—2010)
的家族是澳门最古老的家族之一，他的曾祖母是中国人，
他的妻子也是中国人。他在澳门出生，后前往葡萄牙科英
布拉大学法学院完成了法学课程。回到澳门后开始律师生
涯，直至逝世。除律师职业外，他担任过多年中学教师，
曾任商业学校校长、澳门土生教育促进会主席、澳门律师
公会主席及振兴学会会长等职务，是首届澳门特区政府颁
授的文化功绩勋章得主。

飞历奇

他虽然身为律师，但酷爱写作，大学期间已经凭短篇
小说《疍家女阿张》在大学举办的小说征文比赛中获奖。
作为一个土生葡人作家，飞历奇认同的是自己的葡萄牙人
身份，这使得他有时在作品中无法掩饰他以葡萄牙人自居
的优越感。在《疍家女阿张》这篇有典型东方主义倾向的
小说中，通过对逆来顺受的疍家女这一东方女性形象的塑

造，将这种优越感表现得淋漓尽致。如果萨义德读过这篇小说，会把它当作验证"东方主义"的范本。小说中，阿珍被描写得面目丑陋且毫无个性，她对与葡萄牙海员曼努埃尔的不期而遇抱有天真的爱情幻想，但对他的"始乱终弃"却丝毫没有怨言，只是默默地接受和忍受。而曼努埃尔呢，对抛弃阿珍仅仅感受到失去了一件不可估量的不可替代的"coisa"[1]。这是一

1. 在葡萄牙语中，coisa 有"东西、物件、事情"等意思。参见 Henrique de Senna Fernandes, *Nam Van*, Instituto Cultural de Macau, 1997, p.20.

个典型的东方主义文本，符合西方描写东方女性的固定模式：东方女性是柔弱的、逆来顺受的，甚至是被物化的。这样的男女关系根本不是平等的爱情关系，甚至缺乏起码的尊重。有论者评价这篇小说时，认为作者"热情赞美了这个疍家女勤劳、朴实、坚强的性格和内在的心灵美"[2]。

2. 饶芃子、莫嘉丽等：《边缘的解读》，北京：中国社会科学出版社，2008年，第212页。

这样的论断是不足够的，甚至是肤浅的。之后，飞历奇还发表了《南湾》、《望厦》、《爱情与小脚趾》和《大辫子的诱惑》等小说。后两部为长篇小说，分别被葡萄牙导演和中国导演改变成电影，后者由中国著名演员宁静和葡萄牙著名演员里夏杜（Ricardo Caniço）担纲主演，并被纳入《葡语作家丛书》而被翻译成中文。《南湾》后来也被翻译成中文在澳门出版。他是澳门为数不多善于创作与中国人有关故事的葡语作家。

飞历奇的小说讲述的大多是爱情故事。《爱情与小脚趾》男女主人公均为土生葡人，男主人公西科放荡放浪形骸，臭名远扬，挥金如土的他最后财富散尽，只得沦落到中国人居住的贫民区艰难度日。在其穷途潦倒、几乎断绝生路之际，他遇上了身材瘦薄、貌不惊人的女子维克托利娜。这个昔日被西科起了个诨名"骨头棒"的女子曾因此对自己失去信心，一直待字闺中。她以仁慈和宽广的心怀收留了西科，用她曾是个护士以及从外祖父处学得的中医药知识，治好了西科的烂脚，也挽救了他的灵魂，最后绽开爱情之花。小说通过讲述一个在爱情的感召下浪子回头的故事，以细腻生动的笔触展示了土生葡人这一独特族群的生活情景。

《大辫子的诱惑》的故事则把女主人公替换成中国的担水妹，讲述了一对来自不同世界的男女如何战胜种族的、文化的、社会的障碍而走到一起的故事。小说向读者展示了澳门这座城市的许多侧面，以作者独有的视角描写了葡萄牙人和中国人生活的世界和人物，反映了他们之间的融合与冲突。

几百年来，中国人和葡萄牙人基本上生活于各自所在的不同群体中，两个族群受制于政治、经济和文化的局限，各自都以种族为界，虽然谈不上排斥和怀疑另一个族群，但也是老死不相往来，当澳门土生阿多森杜和中国姑娘阿玲跳出各自的空间，冲突也就开始了，但最终爱情战

胜一切，故事是以大团圆为结局，两个相爱的人排除了两种社会的偏见，从而抵达了一种具有象征意义的和谐与圆满。

作为女主人公的担水妹虽然出身寒微，但美丽坚强，充满自尊，被塑造成一个引导男人向前的理想化女性。这部小说折射出作者生活的经历，因为他本人就是不畏社会和家庭的阻力，毅然和一位社会地位卑微的中国女性结为连理。因此，小说体现了在现实与虚构、文学与生活这种相互作用的结果，尽管结局并不带有普遍性，但作品中的人物还是真实而可信的。《大辫子的诱惑》无疑提供了一个令人皆大欢喜的文本，可以说这本已被译成中文并被中国导演拍摄成电影的小说是"澳门制造"的小说中知名度最高的，一个土生葡人青年和一个来自社会下层的中国担水妹在爱情的感召下，跨越文化、种族以及社会等级的障碍，喜结连理，它其实代表着作者对理想化族群关系的一种企盼。

作为是一位编织故事的高手，飞历奇的文笔生动活泼，善于谋篇布局和制造跌宕起伏的故事情节。《大辫子的诱惑》就是以独特的序言和后记来开始和结束，通过回忆自己的过往岁月，讲述一个他生命中刻骨铭心的故事。飞历奇制造了富有张力的情节，用这种手法引起并抓住读者的心，同时他的描述会让读者他们感到小说并非完全来自"虚构"与"杜撰"，因为他所创作的场景和描绘的细节具体而真实，甚至糅入了个人的经历。

飞历奇一家

文学评论家安娜·洛佩斯（Ana Lopes）评论说："事实上，尽管这部作品像这类区域性小说中常见的那样描写的是乡村地区，但却有许多自己的特点。或许这种假设也不能排除在本世纪初，澳门与其说是座城市，还不如说更具小镇的特点。尽管如此，小说还是展示出某些超越区域文学界限的方面，因为书中描写的一些问题是世界性的。书中展现的人与人之间的关系虽然因为具有澳门的特点而属于区域性的，但却在一定程度上超越这个范围。小说反映澳门土生葡人和中国人共同生活的方方面面，反映他们四百年来共有的不同寻常的故事和历史。不过，澳门也是多民族共处的范例，在任何这样的地方，我们都会遇到同样的难题，但也能看到同样的文化财富。"[1]

1. 安娜·洛佩斯为《大辫子的诱惑》中文本撰写的序言，澳门文化司署、花山文艺出版社出版，1996年，第8页。

小说所描述的爱情故事无疑代表着特定的历史环境中一种理想化的男女关系，事实上，土生葡人本身就是来到澳门葡萄牙男性和亚裔女性联姻的结果，但很少有人去表现联姻的过程中所产生的爱恨情仇，而这是澳门文学最为丰饶的灵感矿藏，遗憾的是关注这些故事的中葡作家并不多，因此从这个层面来说，《大辫子的诱惑》具有典型的启示意义。

从《南湾》、《望厦》到《爱情与小脚趾》和《大辫子的诱惑》，我们在飞历奇的作品中，看到的不仅仅是澳门往日的风情、习俗和场景，还可以触摸到作者以及他的族群所走过的心路历程。澳门虽小，却被不同的世界分割着，作者笔下的"基督城"和"中国城"虽然隔街相望，却互为疏离，跨越阻隔两者之间边界的人需要好奇的目光和心灵的护照。而飞历奇本人就是跨越边界的人物，或真实或虚构，在许多故事中我们隐约看到了作者晃动的身影，也感受到他对不同的种族和文化可以兼容相通的美好期盼。

在飞历奇描绘的人物画廊中，给人留下最深刻印象的是女性，这也是他倾注最多情感的角色。是她们把放浪的男人引向正途，给落魄的男人以前行的力量。她们是雾霭中闪耀的灯盏，是干涸的嘴唇上蔓延的柔情，是圣母马丽娅，是观音娘娘，是世界中真善美的化身，飞历奇无论在生活中，还是在写作中，都是把内心中最柔软最人性的部分留给了她们。

2004年，笔者和居澳葡萄牙摄影师露施雅携手出版了题为《凝眸——黑白影像中的飞历奇》大型影像集，由露施雅摄影，笔者配诗，用影像和诗歌的形式记录了作家的写作和日常生活。笔者在影像集为当时已届81岁高龄的飞力奇写下这样的诗句：

　　　　我向前走去，步履显得蹒跚

　　　　但我留给你们的，留给这个世界的

　　　　不仅仅是一个背影

　　　　阳光多么明媚

照在我的身上

我还没有把灿烂的部分用完 [1]

1. 姚风、露施雅：《凝眸——黑白影像中的飛歷奇》，澳門：澳門國際研究所、歐維治基金會，2004 年，第 9 页。

在土生葡人作家当中，李安乐（Leonel Alves，1920—1980）可以说是一个绝无仅有的例子——他热情地用诗句歌颂自己混合了中葡两个民族血液的身份，并为此深感自豪，正如他所说："我的胸膛装着葡国也装着中国／我的智慧来自中国也来自葡国。"他在澳门出生，父亲是葡国人，母亲是中国人；由于父亲很早去世，他和三个兄弟由母亲独自抚养成人。通过母亲，他比一般的土生葡人更多地受到中国文化的影响，也更亲近中国文化。李安乐从小喜欢读书，对诗歌尤为钟爱。中学毕业后他希望去葡萄牙修读大学，但限于家境窘困未能遂愿，令他终生遗憾。为分担母亲重担，他中学毕业后即开始工作，后来也服过兵役，此后进入澳门政府部门工作直至退休。李安乐晚年创作不辍，写下大量诗篇，但作品在他死后才由其子编辑成书，取名《孤独之路》，于 1983 年出版。

李安乐的不少诗歌抒发的是生活的悲苦，但也不乏赞颂中葡民族交融之作。在对待自己族群的身份上，恐怕没有任何一个土生葡人作家可以与他相比，绝大多数的土生葡人，虽然无可逃避地认同自己的混血身份，但在文化认同上通常对葡萄牙文化表出更大的亲和性，而像李安乐这样，自认为怀有"中国心、葡国魂"的土生葡人，并不多见：

我父亲来自葡国后山省，

我母亲是中国道家的后人，

我出生在这儿，欧亚混血，

百分之百的澳门人。

我的血液涌动着

葡国猛牛的勇敢，

又融合了中国

南方的温和。

我的胸膛装着葡国也装着中国，

我的智慧来自中国也来自葡国，

为此我感到骄傲，

言行却亲切谦和。

我继承了贾梅士的一些品质

也有普通葡国人的缺点，

但在某些场合，

却又满脑子的儒家思想。

…　…

确实，我一发脾气，

十足一个葡国人，

但也知道张弛有度，

表现出中国人的心平气和。

我有西方式的鼻子，

也有东方式的胡须；

我既上教堂作礼拜，

也进庙宇敬神上香。

既向圣母祈祷，

也念阿弥陀佛。

梦寐以求的是成为

一个优秀的中葡诗人。[1]

1. 李安乐：《你们知道我是谁》，见《澳门中葡诗歌选》，第75—76页。

我们不能说李安乐的诗歌达到了很高的文学水平，但是他的诗歌所反映的心态却为澳门文学提供了一个绝无仅有的文本。

此外，值得提及土生葡文作家还有高美士（Luís Gonzaga Gomes，1907—1976），他在澳门中学毕业后进入政府部门担任翻译员，后又做过教师、编辑、绿村电台台长、报社主编、图书馆馆长等职务。他潜心研习中国文化，精通汉语，著有《中国的节日》、《中国故事》、《澳门的中国传说》、《老澳门奇闻轶事》、《中国风物》，编有《粤葡词典》、《葡粤词典》、《葡粤英词典》等。他曾把《澳门纪略》、《三字经》、《道德经》等经典著作翻译成葡文，对中葡文化交流贡献良多。

另一位土生作家是诗人阿德（Adé），他原名若泽·费雷拉（José Inocêncio dos Santos Ferreira，1919—1993），担任过澳门多份葡文报纸的主编。他是坚持以澳门土语进行创作的土生葡人作家，共留下诗歌、散文、话剧剧本等 16 部用土生方言写作的作品，包括《千姿百态的斯堪的纳维亚》、《澳门本如斯》、《台球与慈善》、《昔日澳门》、《澳门诗篇》等。阿德坚持使用土生方言创作，通过这种语言倾诉了他对澳门以及这种几乎消失的语言的热爱。他把澳门比作"神圣的花园"，认为这里是自己的扎根之地。

第八节　文化活动促进交流

澳门地域狭小，人口密集，在大街窄巷遇见相熟面孔的概率比任何地方都要高，然而，由于华人和葡人族群之间存有阻碍，少有交集，文人雅士聚首交流的机会并不多。幸好还有一些致力于两个族群沟通的人士积极奔走，致力于通过文学活动来加深中葡作写作者之间的交流和了解。

1994 年 12 月 10 日，由澳门多位著名中葡文化人士组成组委会策划了一场别开生面的中葡诗歌朗诵会，朗诵会在典雅宁静的何东图书馆举行，数十位居住在澳门的葡语诗人和华语诗人参与。他们在戴着面具的演员以现代舞姿造型的陪衬下，各自以中葡文朗诵了自作或自选的诗歌作品。一时间葡语和汉语（广东话和普通话）交相辉映，余韵袅袅，在图书馆的过道、梯间、花园和楼厅荡漾着音节的回声。

参与此活动的有澳门文化团体有澳门中华诗词学会、澳门笔会、澳门比较文学学会、澳门五月诗社、澳门写作学会、中央图书馆、澳门文化体·现代画会、澳门文化研究会以及澳门面具话剧团，参与的社团之多也是史无前例的。组委会在宣传册的前言中这样写道：

> 我们有一想法，澳门在其漫长的四百五十年历史中未曾出现许多诗人，不知正确与否，这看法却无法改变。然而，突然间起了变化。近几年来，澳门诗坛人才辈出，诗作洋洋。莫非是为怀旧情感所触动？还是由于举足步入新时代兴奋所致？又或许这些生于斯、长于此的澳门当代诗人，葡萄牙人或者中国人，会是开创一个诗歌新纪元的先导者？是否有可能历史上的诗歌记载没缘传到我们手中，尤如其他档案记录一样，被白蚁、潮湿、台风以及人们的疏忽破坏而不见了踪影？是非曲直难定，但是有一点是无可置疑的，这莲花地对伟大的诗人特别具有吸引力。从贾梅士、博卡热到吴历、魏源；从庇山耶、安东尼·巴特里西奥到郑观应；近年来，访澳的还有韦博文、埃乌热尼奥·德·安德拉德和艾青。

> 多年来，有一件事一直使我们耿耿于怀：当今诗坛人才济济，然而诗人们却鲜有机会共聚一堂，对酒当歌，畅抒己情。

> 为此，我们决定将这酝酿已久的计划付诸实践，我们组织了本诗歌朗诵会，安排在赏心悦目的何东图书馆花园中进行。这是一个理想的环境，诗人与嘉宾们可以敞开胸怀，写诗作赋；认识澳门现代优秀诗人，共赏经已出版或尚未发表的诗作；发掘本地新秀，吟诵新诗与众分享。[1]

1.《中葡诗歌朗诵会·前言》，载澳门《文化杂志》中文版 1995 年冬季号，第 5 页。

这应该是有史以来居住在澳门的中葡诗人第一次雅集，他们吟诗作赋，抒发情怀，展开了一次名符其实的文学交流活动，为这座小城平添了浓郁的诗意。遗憾的是，这样活动的并没有延续下去。

澳门素有"诗人之城"的称呼,据说按每平方公里计算,诗人的比例名列世界前茅,因此诗歌活动是澳门最活跃的文学活动之一。2006年,由澳门国际研究所、欧维治基金会和葡国国家文化中心联合主办的"第一届葡语国家诗人与中国诗人交流会"于10月7日至11日在澳门举行,来自葡萄牙、巴西、安哥拉和莫桑比克等葡语国家著名诗人有费尔南多·埃切瓦利亚(Fernando Echevarria)、佩德罗·塔门(Pedro Tamen)、加斯坦·克鲁斯(Gastão Cruz)、费平乐(Fernando Pinto do Amaral)、安娜·路易萨·亚马拉(Ana Luísa Amaral)、阿尔曼多·卡尔瓦略(Armando Silva Carvalho)、费尔南多·桑巴约(Fernando Luís Sampaio)、安娜·塔瓦雷斯(Ana Paula Tavares)、安东尼奥·西塞罗(António Cícero)以及中国诗人多多、于坚、朵渔、严力、黄礼孩、蓝蓝、树才、卢卫平、田原、宇向等实力派人应邀参加了交流会。

葡萄牙诗人佩德罗·塔门和中国诗人蓝蓝
向卡蒙斯像献花

澳门国际研究所主席、活动组委会主席黎祖智(Jorge Rangel)在开幕仪式上致词时表示,由于中西文化在澳门融合,澳门的文化独具特点,长期以来澳门一直是中西文化交流的桥梁,中国与葡语国家的诗人可以利用澳门这一桥梁,更好地互相交流和学习。他相信,通过对话,中葡文化可以更好地交往,巩固友谊。这是中葡两国重要诗人第一次面对面地聚在一起交流,建立了友谊,加深了彼此之间的了解,而在这以前,除了李白、王维等少数古代诗人,葡萄牙诗人对中国当代诗歌了解十分肤浅,而中国诗人对葡萄牙诗歌也认知不多。是次活动准备充分,不仅举办了一些列的研讨会,座谈会,还以中葡双语出版了《诗歌与诗》一书,该书收入了所有与会诗人的双语简历和诗作,对彼此了解对方的诗歌无疑是十分重要的。

时隔七年，第二届"葡语国家诗人与中国诗人交流會"于 2013 年 8 月在澳门举行，应邀参加诗会的葡语国家诗人有费平乐、茵内斯·山度士 (Inês Santos)、曼努埃尔·科斯塔 (Manuel Afonso Costa)、迪亚戈·平托 (Diago Pinto)、路易斯·金泰达斯 (Luis Quitais)，来自中国的诗人有柏桦、潘维、郑单衣、黄礼孩、杨子、从容、舒丹丹、程一身等人，十余位居住在澳门的中葡诗人也参加了交流会。交流期间举办的研讨会上，中国诗人程一身宣读了《中国诗人眼中的佩索阿》的论文，分析了佩索阿诗歌的特性和对中国诗人的影响；葡萄牙诗人茵内斯·山度士以《葡萄牙当代诗歌概览》为题，勾勒葡萄牙当代诗歌的现状，特别是年轻一代诗人的创作情况；中国诗人柏桦则论述了中国当代诗歌的发展脉络以及与现实的关系；葡萄牙诗人迪亚戈·平托的论文《葡萄牙诗歌：通向革命性敏感的途径和构筑独特性的话语》从语言与敏感的角度分析了葡萄牙诗歌的风格特点；居澳的葡萄牙诗人曼努埃尔·科斯塔的论文题目是《我看中国古典诗歌》，他从翻译陶渊明诗歌的经验分析了中国古典诗歌与西方诗歌的差异和共同之处；中国诗人黄礼孩以《〈诗歌与人〉与诗歌传播》为题论述了富有中国特色的民间诗刊对诗歌传播所发挥的作用。

2012 年 1 月，"隽文不朽——澳门第一届文学节"在澳门举行，内地著名作家苏童，台湾作家胡晴舫、陈玉慧，香港作家素细，葡萄牙著名作家若泽·佩伊苏多 (Jose Luís Peixoto)、鲁伊·卡尔多索·马尔丁斯 (Rui Cardoso Martins)、若泽·桑托斯 (José Rodrigues dos Santos)，巴西作家塔蒂亚娜·雷维 (Tatiana Salem Levy)、若昂·昆卡 (João Paulo Cuenca) 等来自中国内地、澳门、巴西、安哥拉、佛得角、莫桑比克等四十多位小说家、诗人、音乐家、视觉艺术家参与盛会。文学节由澳门葡文报纸《句号报》发起和筹办，其目的是促进中国与葡语世界之间的文化交流，从而是把文学节办成世界上第一个让中国与葡语世界进行文学交流的盛事。活动发起人白嘉度 (Ricardo Pinto) 认为文学节可以是中国与葡语世界加强合作的一种认同，而合作不应该仅仅局限于政治和经贸层面，还需要加深彼此在文化上的联系和了解，"政治联系当然是首要任务，但是，如果不能从纯粹的经济和市场中脱离出来，中国与葡语国家世界的联系将会失去真正的动力和意义"[1]。这是一次跨领域的文学节，除了

1. 白嘉度：《澳门之身份》，见澳门第一节文学节场刊。

作家，文学节还邀请了出版人、翻译家、记者、音乐家、电影工作者和视觉艺术家共同参与，期间除了举办一系列的文学研讨会、座谈会之外，还举办了画展、书展、电影放映会、记者经

验分享会、演唱会等，丰富多彩，可谓一场全方位的文学盛宴。

2014 年 3 月 21 日，第三届澳门文学节在澳门大学举办题为"写作在我们日常生活中地位和意义"的讲座。右起为北岛、严歌苓、盛可以、姚风

　　继第一届成功举办之后，澳门文学节已成为澳门一年一度的文学盛事，并得到澳门特区政府的鼎力资助，现已成为政府机构与民间团体携手举办大型文学活动的典范。2013 年第二届和 2013 年第三届澳门文学节延续了第一届的举办模式，但也总结经验，改善不足之处，更加注重本地作家的参与和与受邀作家的交流互动，同时让文学走进社区和学校，让作家与民众和学生面对面地直接交流。文学节也变得更加有吸引力，除了受邀的葡语国家的著名作家，两岸三地著名华语作家北岛、余光中、毕飞宇、韩少功、席慕容、严歌苓、虹影、王刚、邱华栋、盛可以、王安忆、西川、伊沙、蒋方舟、郑保瑞等作家和电影导演也都积极参与，为文学节平添光彩和份量。

第九节　澳门的华文文学

　　从 16 世纪至 20 世纪初期澳门的华文文学大都以古典诗词为表现形式，作者主要是在澳门宦游或流寓的遗民、官员和文士。他们吟唱澳门风光，见物伤情，感慨身世。尽管如此，"他们都是澳门的'过客'，从各个不同的文化身份出发，在诗作中对澳门文学的自然风光人文景观作种种艺术的投射，而不是从澳门文化的土壤上孕育出来的"[1]。直至民国以后，本土化文学和土生土长的作家才开始生成发展起来。

1. 饶芃子、莫嘉丽等：《边缘的解读》，北京：中国社会科学出版社，2008 年，第 14 页。

20 世纪 30 年代末，澳门已经出现了《小齿轮》、《艺峰》文学刊物，也有华文新诗问世，作者为德宂、蔚荫、魏奉盘和飘零客等，内容主要是歌颂抗日英雄，反对日本侵略者。蔚荫的《在街上》为介入社会的长诗，批评社会上种种丑恶现象，对国家民族存亡攸关的时代背景来说，具有深刻意义。抗日战争期间，不少进步作家如茅盾、张天翼、夏衍、端木蕻良、杜埃、秦牧、紫风、于逢、华嘉等等，或路过澳门，或短暂居住，这些人对澳门本土文化教育界人士追求进步起了一定推动作用，也促进了澳门新文学的发展。

60 年代，澳门文坛先后有《红豆》、《澳门日报·新园地》等刊物创刊，这个时期出现了行心（余君慧）、李丹、汪浩翰、雪山草、江思扬、韩牧等诗人。1983 年，《澳门日报》创办了澳门历史上第一份纯文艺副刊"镜海"，它不仅为当时澳门的文学爱好者提供了发表文学作品的平台，也意味着整个社会开始认同澳门文学的存在价值。这一时期，诗人韩牧对澳门文学的推动起到重要作用。1984 年 3 月《澳门日报》主办港澳作家座谈会，韩牧发表讲话，他呼吁澳门人应该建立澳门文学的形象，对澳门文学的发展产生了很大的影响。

80 年代到 90 年代，澳门诗坛十分活跃，老中青三代诗人互相辉映。老诗人韩牧虽是香港人，曾在澳门长期生活，对澳门表现出强烈的民族感和历史意识，其诗集《伶仃洋》对澳门历史进行深刻反思，触摸到澳门历史中的精神和肉体的伤痕。陶里为澳门现代新诗的重要推动者，他大力提倡现代诗的艺术创作，在他个人的诗歌创作中他形成了独特的艺术风格，在诗歌理论构建上也有自己独到的见解。他的诗是中国古典诗歌传统与现代派诗歌技巧碰撞出来的奇妙火花，诗风酣畅深邃，个性明显，呈现出"现代诗具有语言的无序性、事物的变形性、意象的反常性和题旨的含糊性"这些特征，如"有人在街头叫卖自己撕裂伤口的痛苦（《风在澳凼大桥上》）"、"你从汉赋的最后一个句号走来／在烟雨繁华的边缘小立（《烟雨》）"、"雨果从来都比屈子幸运百倍／法兰西共和国的公民没有／流落异国的凄楚经验"（《乱章》）等等。他著作甚丰，著有诗集《紫风书》、《蹒跚》、《马交石》、诗歌评论集诗论集《逆声击节集》、《让时间变成固体》以及散文集和小说集等。汪浩翰、江思扬、胡晓风、云惟利、胡晓风等诗人古典文学修养深厚，倾向继承"五四"以来新诗传统，语言含蓄飘逸，意境蕴涵深远，追求音乐性。国内移民诗人也形成了澳门诗坛的中坚力量，如高戈、流星子、淘空了等人，他们受到朦胧诗派的影响，诗作大多以个人的生活体验为基础，以现代派的姿态抒发在澳门的生存际遇，凸现人的主体对生命意义的追问。

江思扬已出版的诗集有《向晚的感觉》，他的诗歌章法严谨，形式整饬，富于乐感。汪浩瀚的诗歌深受"五四"新诗传统的影响，讲究结构和意境的经营，语言明丽清朗，荡漾着唐宋余韵。淘空了著有诗集《我的黄昏》，他善于在纷繁意象中运用叠加手法捕捉美的张力，具有意象新奇、富于跳跃性以及语言无序等特点，常常创造出新颖奇崛的境界："好多霓灯闪烁语言／哑寂的追逼折断了几多埋怨枝／随着黑夜美丽诱惑／我沿着自我转轴拼命滚到天晓／这时怯怯仰头窥视／太阳和月亮都冻成两颗泪珠。"（《询问》）流星子已出版诗集《落叶的季节》、《生命剧场》以及评论集《二十世纪八十年代澳门文学评论集》，他把自己的生命体验上升为理性的思考，并用现代派的技巧加以表现，语言虽然浅白，但意蕴丰盈。苇鸣也是这一时期活跃的诗人，他对澳门诗歌的推介不遗余力，编有《澳门新诗选》及多篇介绍澳门诗歌的文章。他的诗歌常以敏锐的目光揭示现代文明中的畸形现象，并予以讥讽。他也是诗歌文体大胆的探索者和实验者，他的尝试拓展了诗体的领域，给人以新颖之感，这在他的诗集《黑色的沙与等待》、《血门外无血的思考》、《无心眼集》中都有所表现。懿灵1999 年出版了她的第一部《流动岛》，颇受好评。她的诗凸现了强烈的本土意识，对澳门人的身份、殖民主义管治以及澳门的政治现实都有自己深入的思考。她的诗歌往往以一种反讽的语调表达对现实的不满，具有思考性和实验性的特点。此外，凌钝、梯亚、王和、齐思也都是具有个人风格的诗人。

1993 年，澳门五月诗社出版了《镜海妙思》，收集了谢小冰、冯倾城、林玉凤、郭颂扬和黄文辉五位年轻诗人的作品，被视为澳门诗歌"新生代"的他们，给澳门诗坛吹入一阵清爽之风。他们在自己青春的季节中触摸生命的脉动，对社会、人生和情感抒发自己的感怀和思想，诗歌包含纯真、真诚和渐趋成熟的心智。黄文辉的《岁月》一诗仅有短短两句，却生动形象地写出了时间之刃的锋利："剃刀还是锋利无比／胡子却早已生锈。"而林玉凤的诗歌既有爱情带来的缠绵与感伤，也有对现实锋利的切入，呈现出敏感的女性意识、深切的生命体验以及观察生活的独特视角，她的作品是澳门诗歌一道亮丽的风景。林玉凤和黄文辉一直坚持诗歌创作，林玉凤出版了诗集《假如你爱上我》、《诗·想》，黄文辉则有《因此》和《我的爱人》问世。近些年来，涌现出更年轻的诗人，如贺绫声、凌古、袁绍珊、吕志鹏、卢杰桦等，他们起点不俗，都曾先后在澳门文学大赛中获奖，他们的作品为澳门诗歌带来了崭新的气象。

在澳门诗歌创作中，旧体诗词占有重要地位，它与新诗形成双水分流的态势。较具代表性的诗人和作品有马万祺的《马万祺诗词选》，佟立章的《晚晴楼诗》，梁披云的《雪庐诗稿》，冯刚毅的《天涯诗草》、《镜海吟》、《望洋兴叹集》、《冯刚毅诗词选》，谭任杰的《听雨楼诗词》，程祥征的《程远诗词初编》、《程远诗词二编》，陈颂声的《星月诗踪》等。

根据郑炜明的研究[1]，澳门本土的华文小说最早可追溯到 1920 年代，文学杂志《小齿轮》

1. 参见郑炜明：《澳门文学：1951—1999》，见《澳门史新编》（第四册），澳门：澳门基金会，2009 年，第 1174 页。

的创刊号刊有鲁衡的小说《煤》，其后相继有小说在杂志《艺锋》（文艺刊）上发表。本土作家余君慧 1950 年代起活跃于香港文坛，发表了不少短篇和极短篇小说，内容基本上反映澳门社会现实的侧面，情节浪漫，语言幽默。长篇小说则有以澳门炮竹工人悲惨生活为题材的《万木春》问世。至八九十年代，澳门华文小说创作渐有气象，出现了一些比较有影响的作品，像林中英的《爱心树》、《云和月》，周桐的《错爱》、鲁茂的《白狼》。周桐是多产作家，从 1970 年代开始共写了十多部长篇小说，其突出的作品是《错爱》，它写的是现代都市男女常见的错综复杂的恋爱关系，虽然没有摆脱言情小说的套路，但尽量避免一般通俗小说中人物性格类型化的弊病，深入刻画人物内心世界，使之真实可信。鲁茂是澳门最高产的小说家，自 1950 年代开始写作，发表了二十多部长篇小说。这些作品描写了澳门不同社会阶层的面貌，所塑造的人物形象也是丰富多彩，其中长篇小说《白狼》是鲁茂的代表作。作品借土生葡人青年误入歧途的故事来折射澳门社会的一个侧面，体现了鲁茂"劝人从善"一贯的创作宗旨。小说不仅触及了澳门重大而敏感的社会问题，而且扩展了澳门文学题材的领域。林中英的《爱心树》是儿童短篇小说，作者对儿童心理十分了解，用细腻的文笔描写了儿童世界的事物，颇具教育意义。《云和月》由 12 篇短篇小说，大多以女性的角度，聚焦都市的男女恋爱、婚姻、家庭、人与人之间关系等生存世相，呈现出理性的审视和人文的关怀。陶里除以诗歌闻名之外，在小说创作上也多有实践，其小说《百慕她的诱惑》吸取了魔幻主义等写作技巧，以荒诞的手法来营造现实的荒诞。此外，钟伟民、沙蒙、寂然等也尝试小说手法的创新，写出了各具特色的小说文本。寂然是颇具影响的青年小说家，著有《月黑风高》系列、与林中英合著的《一对一》以及《抚摸》等，其作品大胆借鉴现代派的艺术方法，以新的叙述视角来表现澳门社会生活现实。比如《抚摸》就是一个很有新意的文本，它采用意识流、跳跃、留白等技巧来聚焦都市青年男女的情欲世界，从而揭示了形形色色的人性。梁淑琪与寂然合著的《双十年华》，周毅如的《聚龙里轶事》、《阿莲》也是值得注意的小说作品。

　　澳门的散文创作比较活跃，原因之一是主要华文报刊大多设有副刊，为写作者提供了发表园地，因此各类散文多以专栏形式出现，主要华文报纸都拥有一批比较固定的散文作者。散文题材也很广泛，或写事抒情、感世忧时，或针砭时弊、怡情益智。代表作家和作品有李鹏翥的《澳门古今》，陶里的《静寂的延续》，叶贵宝、莘鸣、黎绮华合著的《三弦》，林中英的《人生大笑能几回》，鲁茂的《望洋小品》，林蕙、沈尚青、林中英、丁璐、梦子、玉文、懿灵、沙蒙七位女作者的《七星篇》，凌棱的《有情天地》，穆欣欣的《戏笔天地闲》，林玉风的《一个人影，一把声音》等。1996 年 9 月，林中英主编、由澳门基金会出版的《澳门散文选》问世，共收入 50 多位澳门作家的 114 篇散文作品，从作者年龄来看涵盖了老中青三代。此外，冬春轩、徐敏、王祯寶、谷雨、水月、冯倾城、未艾、王和、齐思等人也都是活跃的报刊专栏作者。

　　值得提及的是，在澳门大学任教的澳大利亚诗人客远文及其学生成立澳门故事协会，鼓励大学生进行文学创作，推动了澳门文学事业的发展。近年来，澳门故事协会已出版了数十种中、英文原创文学作品和翻译作品，培养了一批像黄珏、谭晓汶、樊星、黄励莹、刘钰馨、韩丽丽、宋子江等用中、英文写作的青年作者。

附录

1. 中葡文学交流大事记

1516 年

葡萄牙国王曼努埃尔向中国派遣使团，由皮莱资率领。他前往中国之前，根据所收集的资料撰写了《东方志》一书。

1518 年

皮莱资获准在广州登陆，不久抵达南京，最后辗转来到北京，后被押往广州，据说病死于广州监狱。

1552 年

若昂·德·巴洛斯开始发表《亚洲》又按年代分成四卷，《第一年代》和《第二年代》分别发表于 1552 年和 1563 年，《第三年代》发表于 1563 年，《第四年代》则发表于 1614 年。

1556 年

传说卡蒙斯来到澳门并担任"死亡事物管理"官员，在这里写下《卢济塔尼亚人之歌》部分章节。1558 年他开始回国，他的船在湄公河上失事，虽然救得他的手稿，却失去他的中国爱人。

1563 年

加里奥特·佩雷拉写出《中国报道》的手稿。该书在 1953 年才出现葡文版。

1570 年

加斯帕尔·达·克鲁斯神父的《中国志》在葡萄牙埃沃拉印行。

1580 年

费尔南·门德斯·平托完成《远游记》，该书直至 1814 年才出版。

1642 年

曾德昭《大中国志》一书出版。此书原用葡文写成，但最早以西班牙文出版，后来又被译成意大利文、法文版和英文版，并在欧洲各国多次再版。

1688 年

安文思《中国新史》在巴黎出版。

1789 年

葡萄牙诗人博卡热 3 月抵达澳门，1790 年 3 月返回葡国，期间创作了以澳门为题材的十四行诗。

1880 年

埃萨·德·克罗斯写于英国的《满大人》在里斯本出版。

1854 年

法兰西斯科·博尔达洛在里斯本出版《七千海里漫游》。

1890 年

葡萄牙诗人安东尼奥·费诺把《白玉诗书》翻译成葡文，取名为《中国诗选》，在葡萄牙北部城市波尔图出版。

1910 年

庞山耶以"中国美学"为题在澳门举办讲座，介绍他对中国文学和艺术的看法。9 月，黄世仲开始在报纸连载以葡萄牙共和革命为题材的小说《十日建国志》。

1928 年

埃米利奥·德·桑·布鲁诺著《福隆街事件：殖民地生活的场景》，这是澳门文学第一本侦探小说。

1945 年

高美士翻译的《澳门纪略》（Ou Mun Kei-Leok）出版，之后又发表或翻译多部著作，如《中国故事》、《孝经》、《道德经》等著作。

1925 年

玛丽亚·安娜·塔玛尼尼发表为澳门为灵感来源的诗集《莲花》（Lin Tchai Fá-Flor de Lótus）。

1932 年

雅伊梅·多·恩索的小说《东方之路》出版。1996 年澳门文化局再版。1933 年他又自费出版了《中国观察》。1936 年，欧洲出版社出版了配有图片的大型书籍《中国》。

1943 年

著名作家米盖尔·托尔加发表以澳门和中国为题材的小说《文杜拉先生》。1990 年该书中文版问世。

1951 年

弗兰西斯科·伊·雷戈他翻译多首中国诗歌，结集为《梅花》出版。

1956 年

江道莲以葡语写成的描写中国及澳门中国人生活的小说集《旗袍》在里斯本出版，引起人们的兴趣和好奇。该书现有两个中文版本。

1968 年

著名作家玛丽娅·昂迪娜·布拉嘉发表以澳门中国人的生活为题材短篇小说集《神州在望》。后来她又相继发表以澳门和中国北京为题材的作品《北京的苦闷》、《澳门夜曲》、《中式晚餐》等作品。

1971 年

著名诗人若热·塞纳编选的《26 个世纪的诗歌》在里斯本出版，收入李白数首诗歌。

1978 年

澳门土生葡人作家飞历奇出版《南湾》，之后他又相继发表了《大辫子的诱惑》、《望厦》等作品。

1979 年

戈振东神父翻译的《诗经》出版、之后他翻译的《尚书》（1980）、《春秋左传》（1981）、孔子的四书（1984）、《孟子》（1984）、《易经》（1984）、《礼记》（1986）、《道德经》（1987）也相继在澳门出版。

1983 年

安东尼奥·若泽·萨拉伊瓦著《葡萄牙文学史》中文版（路修远、林栎译）由中国社会科学院外国文学研究出版。

1985 年

澳门文化司署出版 安东尼·格拉萨·阿布勒乌戏剧《西厢记》。

1986 年

澳门文化学会出版由金国平翻译的佩索阿的诗集《使命》和金国平、谭剑虹翻译的《费尔南多·佩索阿诗选》。

1987 年

北京外国语大学主办的《外国文学》1987 年第 6 期发表姚京明题为《一颗痛苦灵魂的震颤》，第一次比较全面地介绍了佩索阿的创作过程和特点。

澳门文化司署出版金国平翻译、韦博文润色的《艾青诗选》，这是第一部当代中国诗人的作品被翻译成葡文。同年 5 月，艾青伉俪应邀访问澳门，参加《艾青诗选》的发行仪式。同年在《文化杂志》创刊号中，主编官龙耀 (Luis de Sá Cunha) 撰写《提名中国人诗人艾青为诺贝尔奖候选人》一文，推荐艾青为诺贝尔文学奖的候选人。

1988 年

由卡洛斯·桑托斯和奥兰多·内维斯共同编辑了《自远方抵达中国——葡萄牙文学和历史中的澳门》共 4 卷，开始由澳门文化司署陆续出版。

澳门文化司署以中葡双语版形式出版张维民翻译的《佩索阿选集》。

为纪念佩索阿诞辰一百周年，社会科学文献出版社出版张维民翻译的《佩索阿诗选》，收录诗作百余首。

1989 年

吉尔·德·卡尔瓦略翻译的《中国诗歌选》在里斯本出版。2010 年该书再版，增添了许多诗作。

1990 年

埃乌热尼奥·德·安德拉德双语诗集《情话》（Amo com as Palavras）由澳门文化司署出版，译者为姚京明。

安东尼·格拉萨·阿布勒乌翻译的葡文版《李白诗选》由澳门文化司署出版。

戈振东神父翻译的葡文版《诗经》、《易经》、《尚书》、《孟子》分别由澳门文化司署出版。

1991 年

吴志良的随笔集《葡萄牙印象》出版。

安东尼·格拉萨·阿布勒乌翻译的葡文版《白居易诗选》由澳门文化司署出版。

1992 年

中国首届西班牙语、葡萄牙语文学翻译研讨会于 8 月 21 日在无锡举行，会议由中国西班牙、葡萄牙、拉丁美洲文学研究会主办。

姚京明翻译的《葡萄牙现代诗人二十家》一书由澳门文化司署出版。

著名作家安亚杰以澳门为主题的小说《吃珍珠的人》在里斯本出版。

1993 年

安东尼·格拉萨·阿布勒乌翻译的葡文版《王维诗选》由澳门文化司署出版。

1994 年

由澳门文化司署和花山文艺出版社联合出版的"葡语作家丛书"开始启动，从 1994 年开始到 2011 年结束，一共出版了 27 部葡萄牙作家的小说、诗歌和散文作品。

12 月 10 日，由中葡诗人共同策划的"文学雅集"于 1994 年 12 月 10 日在澳门何东图书馆举行，数十位澳门的葡语诗人和华语诗人参与。合作的澳门文化团体或机构有澳门中华诗词学会、澳门笔会、澳门比较文学学会、澳门五月诗社、澳门写作学会、中央图书馆、澳门文化体·现代画会、澳门文化研究会和澳门面具话剧团。

1995 年

北京《世界文学》杂志 1995 年第 1 期发表 "葡萄牙当代短篇小说专辑"，由孙成敖、时耕和赵德明翻译，收入葡萄牙当代名家若·戈梅斯·费雷拉、若·罗德里格斯·米格斯、马·达·丰塞卡、维·费雷拉、索菲娅·安德雷森等 9 人的短篇小说。

澳门《文化杂志》（葡文版）刊出 "中国诗歌专辑"，内容包括程抱一的《中国诗歌艺术》一文以及李青翻译的中国诗歌小辑等。

1996 年

葡萄牙诗人韦博文的诗集《东方的东方》由澳门文化司署出版。

王锁英著《两个爱情悲剧的比较——〈红楼梦〉和〈被毁灭的爱情〉》由澳门文化司署出版。

上海文艺出版社出版韩少功翻译的《惶然录》，该书收入佩索阿以 "苏亚雷斯" 为异名而写的共 150 多篇随笔散文，在国内读者中引发 "佩索阿热"。

北京《世界文学》1996 年第 4 期刊发 "葡萄牙作家若泽·萨拉马戈专辑"，其中有《修道院纪事》（长篇选译，范维信译）、萨拉马戈诗歌 5 首、"若泽·萨拉马戈创作之路初探"（孙成敖著）、"一位有眼力的作家——访若泽·萨拉马戈" 等翻译作品及文章。

12 月 6 日，由西班牙、葡萄牙、拉丁美洲文学研究会、澳门文化司署、东方基金会以及葡萄牙驻华使馆联合在北京举办 "中国首届葡萄牙文学研讨会"。

1997 年

葡萄牙诗人欧卓志与姚风合著的中葡文诗集《一条地平线，两种风景》由澳门官印局出版，诗作均以葡文写成，再翻译成中葡文。

葡萄牙 Estampa 出版社出版葡文版《道德经》。

3 月 12 日，澳门文化司署、河北花山文艺出版社、葡萄牙驻华大使馆及中国西葡拉美文学研究会在北京联合举行若泽·萨拉马戈著作《修道院纪事》中文版首发仪式。

1998 年

里斯本乌鸦（Cotovia）出版社出版鲁迅葡文版《野草》，此书为《东方丛书》之一。

1999 年

由姚京明、欧卓志编选的《澳门中葡诗歌选》在澳门出版。

"世界诗人组织"在澳门举办会议，澳门为此出版了《葡萄牙当代诗歌选萃》一书。

2000 年

葡萄牙著名诗人卡西米罗·德·布里托的《沿着大师的足迹》由葡萄牙丽石出版社出版，这是受《道德经》的启发而创作的诗集。

葡萄牙丽石出版社出版题为《梅花》的苏东坡诗选。

2003 年

著名诗人安娜·西特莉从英文转译的寒山 25 首诗由葡萄牙铁马出版社出版。

2004 年

诗人杨子翻译的《佩索阿诗选》由河北教育出版社出版，引起诗歌爱好者的极大关注。

葡萄牙著名诗人埃乌热尼奥·德·安达拉德的《安德拉德诗选》（姚风翻译）由广州"诗歌与人"杂志社出版，引起国内诗歌界对这位诗人的极大关注。

6 月 19 日，深圳举办"用诗歌去爱——安德拉德诗歌朗诵会"，多位在国内有影响的深圳诗人到场参加。

2005 年

黄礼孩个人创立"诗歌与人·诗歌奖"，第一届奖项颁给埃乌热尼奥·德·安德拉德。

7 月 8 日，澳门国际研究所和东方葡萄牙学会联合举办"急需爱恋——安德拉德诗歌朗诵会"，来自中国大陆和香港的于坚、谢有顺、黄礼孩、杨克、郑单衣等著名诗人和本澳诗人参加了朗诵会，上海女诗人和琵琶演奏家王乙宴登台演奏。

2006 年

佩索阿《不安之书》（陈实译）由湖南文艺出版社出版。

10 月 7-11 日，澳门国际研究所、欧维治基金会和葡国国家文化中心联合主办的"第一届葡语国家诗人与中国诗人对话"在澳门举行。活动由诗人官龙耀和姚风策划统筹，于坚、朵渔、宇向、多多、严力、谷雪儿、蓝蓝、树才等著名诗人受邀参加，来自葡语国家诗人有佩德罗·塔门、安东尼奥·西塞罗等。为此活动，组委会翻译出版与会诗人诗选《诗人与诗》，并举办了"诗人镜头中的世界——于坚、姚风摄影展"。

2007 年

5 月 19 日，根据《失明症漫记》改编的话剧于在北大百年纪念堂首演，由王晓鹰导演执导。

2008 年

10 月，"文学中的澳门、关于澳门的文学"研讨会在里斯本举行，来自葡萄牙、法国、巴西、英国、中国的数十位学者参加。

2009 年

澳门 COD 出版社出版了安东尼翻译的《寒山诗选》。

2013 年

诗人韦白从英文转译的《我的心略大于整个宇宙》和闵雪飞翻译的《阿尔伯特·卡埃罗》出版。

11 月 7 日，澳门中之书出版社和葡人之家假葡国驻澳门领事馆举行了《五百首中国诗》的发行仪式。中之书出版社社长、该书主编之一左凯士（Carlos Morais José），称这是葡萄牙人送给中国人的一份礼物，也是向中国文化的一次致意。这是一份精美的礼物，装帧设计及插图均别具心思，典雅考究，看得出是一本精心做出来的书。该书共有 487 页，收入了从屈原到澳门诗人林玉凤总共 500 首中国古典及现当代诗歌。

9 月 9-10 号，"第二届中葡诗人对话"在澳门举行，中国诗人杨子、柏桦、丛容、黄礼孩、潘维、郑单衣、舒丹丹等，葡语国家诗人茵内斯·桑托斯、马斯达、费平乐、路易斯·金塔伊斯、迭戈·平托等受邀参加，期间举办了多场讲座和一场诗歌朗诵会。

2014 年

3 月 20-3 月 30 日，由葡文报纸《句号报》和澳门文化局合办的第三节文学节在澳门举行，余光中、北岛、盛可以、严歌苓、胡续东、蒋方舟等中国作家以及来自葡萄牙、巴西、莫桑比克等的作家应邀参加。

北京新经典文化出版萨拉马戈的《失明症漫记》和被称为其姐妹篇的《复明症漫记》，译者为范维信。

澳门作家邓晓炯的小说《迷魂》由澳门文化局翻译成葡文出版，译者为欧安娜。

卡蒙斯的抒情诗集《贾梅士十四诗人 100 首》由澳门文化局翻译出版，译者为张维民。

姚风葡语诗集《厌倦语法的词语》由葡萄牙著名的 Gradiva 出版社出版。

若泽·萨拉马戈的小说《双生》由作家出版社出版，译者为黄茜。

2. 中文里的葡萄牙作家　(译成中文的作品及其作者)

平托，费尔南·门德斯等

《葡萄牙人在华见闻录》，王锁英翻译，《康乃馨译丛——葡语作家丛书》文学系列之十九，澳门／海口：澳门文化司署／东方葡萄牙学会／海南出版社，1998 年。

平托，费尔南·门德斯等

《周游记》，金国平翻译，澳门／里斯本：澳门文化司署／东方葡萄牙学会／海南出版社，1998 年。

合著

《葡萄牙现代诗选》，姚京明、孙成敖编译，北京：中国对外翻译出版公司，葡萄牙文学丛书编委会，中国社会科学院外国文学研究所，1992 年。

合著

《葡萄牙当代短篇小说选》，孙成敖翻译，《葡语作家丛书》文学系列之十一，澳门／石家庄（中国河北）：澳门文化司署／花山文艺出版社，1996 年。

合著

《葡萄牙现代诗人二十家》，姚京明翻译，《葡中文化研究丛书》之二，澳门：澳门文化司署，1992 年。

安德拉德，埃乌热尼奥·德

《情话》，姚京明选编翻译，澳门：澳门文化司署，1990 年，双语版：葡萄牙文和中文。

安德拉德，埃乌热尼奥·德

《新生》，姚京明翻译，《葡语作家丛书》文学系列之二，澳门／石家庄（中国河北）：澳门文化司署／花山文艺出版社，1994 年。

安德拉德埃，埃乌热尼奥·德

《安德拉德诗歌选》，姚风翻译，广州："诗歌与人"，2004 年。

安德拉德埃，埃乌热尼奥·德

《白色上的白色》，姚风翻译，澳门：中之书出版社，2012 年。双语版：葡萄牙文和中文。

安德雷森，索菲娅·德·梅洛·布雷内

《短篇小说范例》，崔维孝翻译，《葡语作家丛书》文学系列之九，澳门／石家庄（中国河北）：澳门文化司署／花山文艺出版社，1995 年。

安德雷森，索菲娅·德·梅洛·布雷内

《索菲娅诗集 (1944-1989)》，姚京明翻译，《葡语作家丛书》文学系列之四，澳门／石家庄（中国河北）：澳门文化司署／花山文艺出版社，1995 年。双语版：葡萄牙文和中文。

布拉加，玛里亚·翁迪娜

《神州在望》，金国平翻译，《龙嵩街丛书》之二，澳门：澳门文化司署，1991 年。

布兰科，卡米洛·卡斯特罗

《失落的爱》，王全礼翻译，北京：中国对外翻译出版公司，葡萄牙文学丛书编辑委员会，中国社会科学院外国文学研究所，1992 年。

布兰科，卡米洛·卡斯特罗

《一个天使的堕落》，王锁英翻译，《葡语作家丛书》文学系列之八，澳门／石家庄（中国河北）：澳门文化司署／花山文艺出版社，1995 年。

布埃斯库，玛莉亚

《葡萄牙文学史》，陈用仪翻译，《葡萄牙文化丛书》，北京：中国文联出版公司／东方基金会，1998 年。

卡蒙斯，刘易斯·德

《卢济塔尼亚人之歌 (节选)》，张维民翻译，北京：中国社会科学文献出版社，葡萄牙文学丛书编辑委员会，中国社会科学院外国文学研究所，1992 年。

卡蒙斯，刘易斯·德

《卢济塔尼亚人之歌》，张维民翻译，北京：中国文联出版公司／东方基金会，1995 年。

卡蒙斯，刘易斯·德

《卢济塔尼亚人之歌》，张维民翻译，《葡萄牙文化丛书》，北京：中国文联出版公司／东方基金会，1998 年 (再版)。

贾梅士，刘易斯·德

《葡国魂》，李均报、王全礼翻译，澳门：嘉华印刷公司，1980 年。

卡蒙斯，刘易斯·德

《卢济塔尼亚人之歌》，若奥·巴洛索改编，高美士翻译，澳门：纪念《卢济塔尼亚人之歌》发表四百年执行委员会，1972 年。

卡蒙斯，刘易斯·德

《卡蒙斯诗选》，肖佳平——张维民，赵红英、李平集体翻译采用的笔名——翻译，王全礼校译，北京：中国社会科学院外国文学研究所／古本江基金会，1981 年。双语版：葡萄牙文和中文。

贾乐安

《还魂曲》，喻慧娟翻译，《康乃馨译丛——葡语作家丛书》文学系列之二十，澳门／中国：澳门文化司署／东方葡萄牙学会／海南出版社，1998 年。

卡斯特罗，费雷拉·德

《羊毛与雪》，李平翻译，澳门：澳门文化司署，1988 年。

卡斯特罗，费雷拉·德

《使命》，崔维孝翻译，澳门：澳门文化司署，1987 年。

科尔特桑，阿曼多

《欧洲第一个赴华使节》，李飞翻译，澳门：澳门文化司署，1990 年。双语版：葡萄牙文和中文。

迪尼斯，儒里奥

《英国人之家》，陈凤吾、李均报翻译，《葡语作家丛书》文学系列之十八，澳门／石家庄：澳门文化司署／花山文艺出版社，1995 年。

迪尼斯，儒里奥

《两姐妹的爱情》，陈凤吾、姚越秀翻译，《葡语作家丛书》文学系列之五，澳门／石家庄：澳门文化司署／花山文艺出版社，1995 年。

飞历奇

《爱情与小脚趾》，喻慧娟翻译，《葡语作家丛书》文学系列之三，澳门／石家庄：澳门文化司署／花山文艺出版社，1994 年。

飞历奇

《大辫子的诱惑》，喻慧娟翻译，《葡语作家丛书》文学系列之十五，澳门／石家庄：澳门文化司署／花山文艺出版社，1996 年。

热梅奥，刘易斯·门东萨、埃米里奥·雷梅列

《时间磨房》，傅玉莲（中文翻译），玛丽·麦克劳德（英文翻译），《集外集丛书》，澳门：东方文萃出版社，1997 年。三语版：葡萄牙文、英文和中文。

梅西亚，伊莎贝尔·特洛

《静寂的周界》，冯倾城、林韵妮翻译，澳门：作者出版，1997 年。双语版：葡萄牙文和中文。

蒙泰罗，刘易斯·德·斯塔乌

《痛苦的晚餐》，陈凤吾翻译，《葡语作家丛书》文学系列之七，澳门／石家庄：澳门文化司署／花山文艺出版社，1995 年。

纳莫拉，费尔南多

《行医琐记》，李宝钧、赵强、丁晓航翻译，北京：中国文联出版公司，1992 年。

何思灵、高绮珊

《贾梅士的故事》，姚京明翻译，澳门：纪念葡萄牙发现事业澳门地区委员会，1995 年。双语版：葡萄牙文和中文。

庇山耶

《滴漏》，陈用仪翻译，《葡语作家丛书》文学系列之十二，澳门／石家庄（中国河北）：澳门文化司署／花山文艺出版社，1988 年。双语版：葡萄牙文和中文。

佩索阿，费尔南多

《佩索阿选集》，张维民选编，注释并翻译，澳门：澳门文化司署，1988 年。双语版：葡萄牙文和中文。

佩索阿，费尔南多

《费尔南多·佩索阿诗集》，金国平、谭剑虹翻译，澳门：澳门文化司署，1986 年。双语版：葡萄牙文和中文。

佩索阿，费尔南多

《使命启示》，金国平、王伟翻译，澳门：澳门文化司署，1986 年。双语版：葡萄牙文和中文。

佩索阿，费尔南多

《佩索阿诗选》，张维民翻译，北京：中国社会科学院外国文学研究所、社会科学文献出版社，1987 年。

佩索阿，费尔南多

《惶然录》，韩少功翻译，上海：上海文艺出版社，1996 年。

佩索阿，费尔南多

《费尔南多·佩索阿诗选》，杨子翻译，石家庄：河北教育出版社，2004 年。

佩索阿，费尔南多

《不安之书》，陈实翻译，长沙：湖南文艺出版社，2006 年。

佩索阿，费尔南多

《我的心略大于整个宇宙》，韦白翻译，上海：文景出版社，2013 年。

佩索阿，费尔南多

《阿尔伯特·卡埃罗》，闵雪飞翻译，上海：上海商务印书馆，2013 年。

盖罗斯，埃萨·德

《城与山》，陈凤吾翻译，北京：中国社会科学文献出版社，葡萄牙文学丛书编辑委员会，中国社会科学院外国文学研究所，1991 年。

盖罗斯，埃萨·德

《阿马罗神父的罪恶》，顾逢祥、薛川东翻译，石家庄：河北花山文艺出版社，1985 年。

盖罗斯，埃萨·德

《阿马罗神父的罪恶》，翟象俊、叶扬翻译，上海：上海译文出版社，1984 年。

盖罗斯，埃萨·德

《马亚一家》（上、下），任吉生、张宝生翻译，《葡语作家丛书》文学系列之六，澳门／石家庄：澳门文化司署／花山文艺出版社，1995 年。

盖罗斯，埃萨·德

《巴济里奥表兄》，范维信翻译，《葡语作家丛书》文学系列之一，澳门／石家庄：澳门文化司署／花山文艺出版社，1994 年。

盖罗斯，埃萨·德

《圣遗物》，周汉军翻译，《葡语作家丛书》文学系列之十，澳门／石家庄（中国河北）：澳门文化司署／花山文艺出版社，1994 年。

萨，卡尔内罗，马里奥

《短篇小说选》，崔维孝翻译，澳门：东方葡萄牙学会，1992 年。双语版：葡萄牙文和中文。

萨拉依瓦，安东尼奥·若瑟

《葡萄牙文学史》，张维民翻译，澳门：澳门文化司署，1982 年。

萨拉依瓦，J. H

《葡萄牙简史》，王全礼、李均报翻译，《葡语作家丛书》文化系列之一，澳门／石家庄：澳门文化司署／花山文艺出版社，1994 年。

萨拉马戈，若泽

《修道院纪事》，范维信翻译，《葡语作家丛书》文学系列之十三，澳门／石家庄：澳门文化司署／花山文艺出版社，1996 年。

萨拉马戈，若泽

《修道院纪事》（节选），双月刊《世界文学》第 4 期，北京：《世界文学》出版社，1996 年（6 月 25 日）。

萨拉马戈，若泽

《修道院纪事》，范维信翻译，澳门／海口：澳门文化司署／东方葡萄牙学会／海南出版社，1998 年。

萨拉马戈，若泽

《失明症漫记》，范维信翻译，澳门／海口：澳门文化司署／东方葡萄牙学会／海南出版社，1998 年。

萨拉马戈，若泽

《复明症漫记》，范维信翻译，北京：新经典文化，2014 年。

萨拉马戈，若泽

《双生》，黄茜翻译，北京：作家出版社，2014 年。

希亚布拉，约瑟·奥古斯都

《神的名字》，吕平义翻译，澳门：澳门文化司署，1990 年。双语版：葡萄牙文和中文。

塞纳—马恩省，若热·德

《回春妙手》，金国平翻译，澳门：澳门文化司署，1988 年。双语版：葡萄牙文和中文。

塞纳—马恩省，若热·德

《创世纪》，吴志良翻译，澳门：澳门文化司署，1986 年。双语版：葡萄牙文和中文。

托雅尔，阿尔蒂诺

《浪子》，崔维孝翻译，澳门：澳门文化司署，1989 年。

托尔加，米格尔

《动物趣事》，范维信翻译，北京：中国社会科学文献出版社，葡萄牙文学丛书编委会，中国社会科学院外国文学研究所，1992 年。

托尔加，米格尔

《山村新故事》，范维信翻译，《葡中文化研究丛书》之三，澳门：澳门文化司署，1993 年。

托尔加，米格尔

《文杜拉先生》，崔维孝翻译，澳门：澳门文化司署，1989 年。双语版：葡萄牙文和中文。

托尔加，米格尔

《葡萄牙》，吴志良、吕平义翻译，澳门：澳门文化司署，1990 年。双语版：葡萄牙文和中文。

瓦莱，玛丽亚·玛努埃拉

《马里奥或我本人——他人》，金国平翻译，陶培信校译，澳门：澳门文化司署，1987 年。双语版：葡萄牙文和中文。

赞布雅尔，马里奥

《葡京群枭》，翔煜翻译，澳门：澳门文化司署，1986 年。

参考文献

说明:

一、中文书目以作者姓名的汉语拼音为序排列。

二、外文书目以作者姓氏的字母顺序排列

一、中文书目:

安德拉德、埃乌热尼奥·德, 姚京明选译 . 情话 . 澳门: 澳门文化司署, 1990.

安德拉德、埃乌热尼奥·德, 姚京明译 . 新生 . 澳门: 澳门文化司署、广州: 花山文艺出版社, 1994.

安德雷森、索菲娅·德·梅洛·布雷内, 崔维孝译 . 短篇小说范例 . 澳门: 澳门文化司署、广州: 花山文艺出版社, 1995.

安德雷森、索菲娅·德·梅洛·布雷内, 姚京明译 . 索菲娅诗集 (1944—1989). 澳门: 澳门文化司署、广州: 花山文艺出版社, 1995.

安田朴, 耿昇译 . 中国文化西传欧洲史 . 北京: 商务印书馆, 2000.

安文思, 何高济、李申译 . 中国新史 . 郑州: 大象出版社, 2004.

安文哲、何思灵编选, 宋彦斌、姚京明译 . 《贾梅士与东方的回忆》. 澳门: 纪念葡萄牙发现事业澳门地区委员会, 1995.

安文哲、何思灵编选, 姚京明、宋彦斌译 . 卡蒙斯与东方的回忆 . 澳门: 纪念葡萄牙发现事业澳门地区委员会, 1995.

巴列什、加斯东, 刘自强译 . 梦想的诗学 . 北京: 三联书店, 1996.

庇山耶, 陈用仪译 . 滴漏 . 澳门: 澳门文化司署、广州: 花山文艺出版社, 1988.

勃莱尔、雅克等, 郭定安译 . 欧洲书简 . 北京: 三联书店, 2004.

博克舍编注, 何高济译 . 十六世纪中国南部行记 . 北京: 中华书局, 2002.

布埃斯库、玛莉亚，陈用仪译.葡萄牙文学史.北京：中国文联出版公司、东方基金会，1998.

布拉加、玛里亚·翁迪娜，金国平译.神州在望.澳门：澳门文化司署，1991.

布兰科、卡米洛·卡斯特罗，王锁英译.一个天使的堕落.澳门：澳门文化司署、广州：花山文艺出版社，1995.

布兰科、卡米洛·卡斯特罗，王全礼译.失落的爱.北京：中国对外翻译出版公司、葡萄牙文学丛书编辑委员会、中国社会科学院外国文学研究所，1992.

布鲁姆·哈罗德，江宁康译.西方正典.南京：译林出版社，2006.

道森、雷蒙，常绍民、明毅译.中国变色龙.北京：中华书局，2006.

迪尼斯·儒里奥，陈凤吾、姚越秀译.两姐妹的爱情.澳门：澳门文化司署、石家庄：花山文艺出版社，1995.

迪尼斯·儒里奥，陈凤吾、李均报译.英国人之家.澳门：澳门文化司署、石家庄：花山文艺出版社，1995.

飞历奇，喻慧娟译.爱情与小脚趾.澳门：澳门文化司署、石家庄：花山文艺出版社，1994.

飞历奇，喻慧娟译.大辫子的诱惑.澳门：澳门文化司署、石家庄：花山文艺出版社，1996.

费正清，张沛译.中国：传统与变迁.北京：世界知识出版社，2002.

盖罗斯、埃萨·德，顾逢祥、薛川东译.阿马罗神父的罪恶.石家庄：花山文艺出版社，1985.

盖罗斯、埃萨·德，翟象俊、叶扬译.阿马罗神父的罪恶.上海：上海译文出版社，1984.

盖罗斯、埃萨·德，范维信译.巴济里奥表兄.澳门：澳门文化司署、石家庄：花山文艺出版社，1994.

盖罗斯、埃萨·德，陈凤吾译.城与山.中国社会科学文献出版社、葡萄牙文学丛书编辑委员会、中国社会科学院外国文学研究所，1991.

盖罗斯、埃萨·德，任吉生、张宝生译.马亚一家（上、下）.澳门：澳门文化司署、石家庄：花山文艺出版社，1995.

盖罗斯、埃萨·德，周汉军译.圣遗物.澳门：澳门文化司署、石家庄：花山文艺出版社，

1996.

古希腊罗马哲学 . 北京：商务印书馆，1961.

海德格尔，孙周兴译 . 荷尔德林诗的阐释 . 北京：商务印书馆，2000.

何芳川 . 中外文明的交汇 . 香港：香港城市大學出版社，2003.

何思灵、高绮珊，姚京明译 . 贾梅士的故事 . 澳门：纪念葡萄牙发现事业澳门地区委员会、

1995.

赫德逊、G.F，李申、王遵仲、张毅译 . 欧洲与中国 . 北京：中华书局，2004.

计翔翔 . 十七世纪中期汉学著作研究——以曾德昭《大中国志》和安文思《中国新志》为

中心 . 上海：上海古籍出版社，2002.

贾乐安，喻慧娟译 . 还魂曲 . 澳门：澳门文化司署、东方葡萄牙学会、海口：海南出版社，

1998.

贾梅士、刘易斯·德，李均报、王全礼译 . 葡国魂 . 澳门：嘉华印刷公司，1980.

金国平，吴志良 . 过十字门 . 澳门：澳门成人教育学会，2004.

金国平著译 . 西力东渐 . 澳门：澳门基金会，2000.

卡蒙斯、刘易斯·德，若奥 . 巴洛索改编、高美士译 . 卢济塔尼亚人之歌 . 澳门：纪念《卢

济塔尼亚人之歌》发表四百年执行委员会，1972.

卡蒙斯、刘易斯·德，肖佳平 —— 张维民，赵红英、李平集体译采用的笔名 —— 译、王

全礼校译 . 卡蒙斯诗选 . 北京：中国社会科学院外国文学研究所、古本江基金会，1981.

卡蒙斯、刘易斯·德，张维民译 . 卢济塔尼亚人之歌（节选）. 北京：中国社会科学文献

出版社、葡萄牙文学丛书编辑委员会、中国社会科学院外国文学研究所，1992.

卡蒙斯、刘易斯·德，张维民译 . 卢济塔尼亚人之歌 . 北京：中国文联出版公司、东方基金会，

1995.

卡蒙斯、刘易斯·德，张维民译 . 卢济塔尼亚人之歌 . 北京：中国文联出版公司、东方基金会，

1998 年（再版）.

卡斯特罗、费雷拉·德，崔维孝译 . 使命 . 澳门：澳门文化司署，1987.

卡斯特罗、费雷拉·德，李平译 . 羊毛与雪 . 澳门：澳门文化司署，1988.

科尔特桑、阿曼多，李飞译 . 欧洲第一个赴华使节 . 澳门：澳门文化司署，1990.

李伯庚、彼得，赵复三译 . 欧洲文化史（下）. 上海：上海社会科学出版社，2004.

利玛窦、金尼阁，何高济译 . 利玛窦中国札记 . 北京：中华书局，1983.

陆健 . 二十世纪外国著名短诗 101 首赏析 . 珠海：珠海出版社，2003.

伦特里恰、麦克劳克林编，张京媛等译 . 文学批评术语 . 香港：牛津大学出版社，1994.

梅西亚、伊莎贝尔·特洛，冯倾城、林韵妮译 . 静寂的周界 . 澳门：作者出版，1997.

蒙泰罗、刘易斯·德·斯塔乌，陈凤吾译 . 痛苦的晚餐 . 澳门：澳门文化司署、石家庄：花山文艺出版社，1995.

孟华编 . 比较文学形象学 . 北京：北京大学出版社，2001.

莫尔、托马斯，戴镏龄译 . 乌托邦 . 北京：商务印书馆，1995.

纳莫拉、费尔南多，李宝钧、赵强、丁晓航译 . 行医琐记 . 北京：中国文联出版公司，1992.

诺埃尔、查·爱，南京师范学院教育系译组译 . 葡萄牙史 . 香港：商务印书馆，1979.

派格登、安东尼，徐鹏博译 . 西方帝国简史 . 台北：台湾左岸文化，2004.

佩雷特拉，王国卿等译 . 停滞的帝国——两个世界的碰撞 . 北京：三联书店，1993.

佩索阿、费尔南多，金国平、谭剑虹译 . 费尔南多·佩索阿诗集 . 澳门：澳门文化司署，1986.

佩索阿、费尔南多，杨子译 . 费尔南多·佩索阿诗选 . 石家庄：河北教育出版社，2004.

佩索阿、费尔南多，韩少功译 . 惶然录 . 上海：上海文艺出版社，1999.

佩索阿、费尔南多，张维民译 . 佩索阿诗选 . 北京：中国社会科学院外国文学研究所社会科学文献出版社，1987.

佩索阿、费尔南多，张维民选编、注释并译 . 佩索阿选集 . 澳门：澳门文化司署，1988.

佩索阿、费尔南多，金国平、王伟译 . 使命启示 . 澳门：澳门文化司署，1986.

平托、费尔南·门德斯，王锁英等译 . 葡萄牙人在华见闻录 . 澳门：澳门文化司署、东方葡萄牙学会、海口：海南出版社、三环出版社，1998.

平托、费尔南·门德斯，金国平译 . 远游记 . 澳门：葡萄牙航海大发现事业纪念委员会、澳门基金会、澳门文化司署、东方葡萄牙学会，1999.

孙成敖译.葡萄牙当代短篇小说选.澳门：澳门文化司署、石家庄：花山文艺出版社，1996.

姚京明、孙成敖选译.葡萄牙现代诗选.北京：中国对外译出版公司、葡萄牙文学丛书编委会，中国社会科学院外国文学研究所，1992.

姚京明译.葡萄牙现代诗人二十家.澳门：澳门文化司署，1992.

钱林森、克里斯蒂尔·莫尔威斯凯主编.20世纪法国作家与中国.南京：南京大学出版社，2001.

饶芃子、莫嘉丽等.边缘的解读.北京：中国社会科学出版社，2008.

热梅奥、刘易斯·门东萨、埃米里奥·雷梅列，傅玉兰（中文译）、玛丽·麦克劳德（英文译）.时间磨房.澳门：东方文萃出版社，1997.

萨、卡尔内罗、马里奥，崔维孝译.短篇小说选.澳门：东方葡萄牙学会，1992.

萨拉马戈、若泽，范维信译.修道院纪事.澳门：澳门文化司署、东方葡萄牙学会、海口：海南出版社，1998.

萨拉马戈、若泽，范维信译.修道院纪事.澳门：澳门文化司署、石家庄：花山文艺出版社，1996.

萨拉伊瓦、安东尼奥·若泽，路修远、林栎译.葡萄牙文学史.北京：中国社会科学院外国文学研究所出版，1983.

萨拉伊瓦、若泽·赫尔曼诺，李均报、王全礼译.葡萄牙简史.北京：中国展望出版社，1988.

萨拉依瓦、若泽·赫尔曼诺，王全礼、李均报译.葡萄牙简史.澳门：澳门文化司署、石家庄：花山文艺出版社，1994.

萨拉依瓦、安东尼奥·若瑟，张维民译.葡萄牙文学史.澳门：澳门文化司署，1982.

萨义德、爱德华·W，王宇根译.东方学.北京：三联书店，2007.

萨义德、爱德华·W，李琨译.文化与帝国主义.北京：三联书店，2003.

塞纳—马恩省、若热·德，吴志良译.创世纪.澳门：澳门文化司署，1986.

塞纳—马恩省、若热·德，金国平译.回春妙手.澳门：澳门文化司署，1988.

史景迁，阮叔梅译.大汗之国.台北：台湾商务印书馆，2000.

史景迁，廖世奇，彭小樵译 . 文化类同与文化利用 . 北京：北京大学出版社，1997.

史景迁，黄纯艳译 . 追寻现代中国 . 上海：上海远东出版社，2005.

斯塔夫里阿诺斯，吴象婴、梁赤民译 . 全球通史——1500 年以后的世界 . 上海：上海社会科学院出版社，1999.

苏拉马尼亚姆、桑贾伊，何吉贤译 . 葡萄牙帝国 1500—1700. 澳门：纪念葡萄牙发现事业澳门地区委员会，1997.

孙基隆 . 中国文化的深层结构 . 桂林：广西师范大学出版社，2004.

唐思 . 澳门风物志 . 北京：中国友谊出版社，1999.

托尔加、米格尔，范维信译 . 动物趣事 . 中国社会科学文献出版社、葡萄牙文学丛书编委会、中国社会科学院外国文学研究所，1992.

托尔加、米格尔，吴志良、吕平义译 . 葡萄牙 . 澳门：澳门文化司署，1990.

托尔加、米格尔，范维信译 . 山村新故事 . 澳门：澳门文化司署，1993.

托尔加、米格尔，崔维孝译 . 文杜拉先生 . 澳门：澳门文化司署，1989.

托雅尔、阿尔蒂诺，崔维孝译 . 浪子 . 澳门：澳门文化司署，1989.

瓦莱、玛丽亚·玛努埃拉，金国平译、陶培信校译 . 马里奥或我本人 —— 他人 . 澳门：澳门文化司署，1987.

万明 . 中葡早期关系史 . 北京：社会科学文献出版社，2001.

《文化杂志》编 . 十六和十七世纪伊比利亚文学视野里的中国景观 . 郑州：大象出版社，2003.

吴志良 . 生存之道 . 澳门：澳门成人教育出版社，1998.

吴志良等 . 澳门——东西交汇第一门 . 北京：中国友谊出版公司，1998.

希亚布拉、约瑟·奥古斯都，吕平义译 . 神的名字 . 澳门：澳门文化司署，1990.

谢和耐，耿昇译 . 中国与基督教 . 上海古籍出版社，2003.

谢天振 . 译介学 . 上海：上海外语教育出版社，1999.

雅伊梅·科尔特桑，王庆祝等人译 . 葡萄牙的发现 . 澳门：纪念葡萄牙发现事业委员会出版，1998.

亚诺尔德、戴维，范维信译．大发现时代．澳门：澳门东方文萃出版社，1994.

姚风、露施雅．凝眸—黑白影像中的飞历奇．澳门：澳门国际研究所、里斯本：欧维治基金会出版，2004.

叶维廉．中国诗学．北京：三联书店，1992.

叶孝信主编．中国法制史．北京：北京大学出版社，1996.

余定国，姜道章译．中国地图学史．北京：北京大学出版社，2006.

赞布雅尔、马里奥，翔煜译．葡京群枭．澳门：澳门文化司署，1986.

曾德昭，何高济译．大中国志．上海：上海古籍出版社，1998.

张哲俊．中国古代文学中的日本形象研究．北京：北京大学出版社，2004.

张维华．明史欧洲四国传注释．上海：上海古籍出版社，1982.

张星烺编著．中西交通史料汇编．北京：中华书局，2003.

郑妙冰．澳门：殖民沧桑文化中的文化双面神．北京：中央文献出版社，2003.

中国首届葡萄牙文学研讨会论文集．上海：上海译文出版社，1998.

周宁．历史的沉船．北京：学苑出版社，2004.

周宁．契丹传奇．北京：学苑出版社，2004.

周宁．中西最初的遭遇与冲突．北京：学苑出版社，2000.

朱、伊丽莎白．当代英美诗歌鉴赏指南．成都：四川人民出版社，1987.

滕威．"边境之南"——拉丁美洲文学汉译与中国当代文学（1949—1999）．北京：北京大学出版社，2011.

吴志良．东西交汇看澳门．澳门：澳门基金会，1984.

二、外文书目：

Abreu Graça，António de: *Cálice de Neblina e Silêncios*，Lisboa：Nova Vega，2008.

Abreu Graça，António de: *Poemas de Li bai*，Macau：Instituto Cultural de Macau，1990.

Andrade，Eugénio de: *Poesia e Prosa*，Lisbon：Círculo de Leitores，1987.

Bordalo，Francisco Maria：*Um Passeio de Mil léguas*，Lisboa：na rua dos douradores，1854.

Buescu，Maria Leonor Carvalhão：*Literatura Portuguesa Clássica*，Lisboa：Universidade Aberta，1998.

Carvalho，Gil de：*Uma Antologia de Poesia Chinesa*，Lisboa：Assirio & Alvim，1989.

Catz，Rebecca：*A Satira Social de Fernão Mendes Pinto*，Lisboa：Prelo Editora，1978.

Catz，Rebecca：*Fernão Mendes Pinto—Sátira e Anti—cruzada na Peregrinação*，Lisboa：Instituto de Cultura e Língua Portuguesa，1981.

Correia，João David Pinto：*A Peregrinação de Fernão Mendes Pinto*，Lisboa：Editorial Comunicação，1983.

D'Intino，Raffaella Introdução：de *Enformações das Cousas da China：textos do século XVI*，Lisboa：Imprensa Nacional—Casa da Moeda，1989.

Duarte，Margarida：*As Traduções Portuguesas de Li Bai*，1996.

Harriet，Barry：*Os Portugueses*，Lisboa：Cosmo，1982.

Lopes，Óscar e António José Saraiva，*História da Literatura Portuguesa*，Porto：Porto Editora，1955.

Loureiro，Rui Manuel：*Fidalgos，Missionários e Mandarins—Portugal e a China no Século XVI*，Lisboa：Fundação Oriente，2000.

Loureiro，Rui：*A China de Fernão Mendes Pinto*，Macau：Instituto Português do Oriente，1995.

Martinho，Maria de Fátima：*A Poesia Portuguesa nos Meados do Século XX*，Lisboa：Caminho，1989.

Mounin，George：e *Os Problemas Térmicas da Tradução*，São Paulo：Cultrix，1975.

Pessanha，Obras de Camilo：Clepsidra Lisboa：Publicações Europa-América，1986.

Pessoa，Fernando：*O Rosto e as Máscaras*，Lisboa：Ática，1976.

Pimentel，Francisco：*A Embaixada de Manuel de Saldanha*，Macau：Imprensa Nacional，1947.

Queiróz，Eça de：*Chineses e Japoneses*，Lisboa：Fundação Oriente，1998.

Queiróz，Eça de：*Mandarim*，Lisboa：Lisboa Editora，2006.

Rêgo，Francisco de Carvalho e：*Mui Fá*，Macau：Revista de Cultura（edição português），1951.

编后记

随师兄去府上拜访钱林森教授，满怀激动与期望，已是九年前的事了。那天讨论的出版项目，占去此后我编辑生涯的主要时光，筹划项目、联系作者、一次又一次的编写会，断断续续地收稿、改稿，九年就这样在焦急的等待、繁忙的工作中过去了，而九年，是一位寿者生命时光的十分之一，是我编辑生涯中最美好的日子……每每想到这里，心中总难免暗惊。人一生有多长，能做多少事，什么是值得投入一生最好时光的事业？付诸漫长时光与巨大努力的工作，一旦完成，最好的报偿是什么呢？这些问题困扰着我，只是到了最后这段日子，我才平静下来。或许这些困惑都是矫情，尽心尽力、无怨无悔地做完一件事，就足够了。不求有功，但求告慰自己。

《中外文学交流史》17卷终于完成，钱老师、周老师和各卷作者们付出了巨大的努力，我心怀感激。在这九年里，有的作者不幸故去，有的作者中途退出，但更多的朋友加入进来。吕同六先生原来负责主持意大利卷，工作开始不久不幸去世。我们深深地怀念吕同六先生，他的故去不仅是中国学术界的巨大损失，也是我们这套丛书的损失。张西平先生慷慨地接替了吕先生的工作，意大利卷终于圆满完成。朝韩卷也颇多波折，起初是北大韩振乾先生承担此卷的著述，后来韩先生不幸故去，刘顺利先生加入我们。刘顺利先生按自己的学术思路，一切从头开始，多年的积累使他举重若轻，如期完成这本皇皇巨著。还有北欧卷，我们请来了瑞典的陈迈平（万之）先生，后来陈先生因为心脏手术等原因而无力承担此卷撰著。叶隽先生知难而上。期间种种，像叶隽所说，"使我们更加坚信道义的力量、人的情感和高山流水的声音"。李明滨、赵振江、郅溥浩、郁龙余、王晓平、梁丽芳、朱徽先生都是学养深厚的前辈，他们加入这个团队并完成自己的著作，为这套丛书奠定了坚实的学术基础，也提高了丛书的品位。卫茂平、丁超、宋炳辉、姚风、查晓燕、葛桂录、马佳、郭惠芬、贺昌盛先生正值盛年，且身当要职，还在百忙之中坚持写作，使这套丛书在研究的问题与方法上具备了最前沿的学术品质。齐宏伟、杜心源、周云龙都是风头正健的学界新秀，在他们的著述中，我们看到了中外文学关系史研究的美好前景。

这套书是个集体项目，具有一般集体项目的优势与劣势，成就固然令人欣喜，缺憾也引人羞愧。当然，最让人感到骄傲与欣慰的是，这套书自始至终得到比较文学界前辈的关心与指导，乐黛云教授、严绍璗教授、饶芃子教授在丛书启动时便致信编委会，提出中肯的指导意见，以后仍不断关心丛书的进展。2005 年丛书启动即被列入"十一五"国家重点图书出版规划项目，2012 年，本套丛书获得国家出版基金资助，这既为丛书的出版提供了保障，我们更认为这是对我们这个项目出版价值的高度肯定，是一种极高的荣誉，因此我们由衷地喜悦，并充满感激。

丛书是一个浩大的学术工程，也得到了我们历任领导的高度重视和大力支持。2005 年策划启动时，还没有现今各种文化资助的政策，出版这套丛书需要胆识和气魄。社领导参与了我们的数次编写会，他们的睿智敬业以及作为山东人的豪爽诚挚给我们的作者留下了深刻的印象。丛书编校任务繁琐而沉重，周红心、钱锋、于增强、孙金栋、王金洲、杜聪、刘丛、尹攀登、左娜诸位编辑同仁投入了巨大热情和精力，承担了部分卷次的编校工作，周红心协助我做了许多细致的工作，保证了丛书项目如期完成。

感谢书籍装帧设计师王承利老师，将他的书籍装帧理念倾注到这套丛书上。王老师精心打磨每一个细节，从封面到版式，从工艺到纸张，认真研究反复比较，最终将传统与现代、中国与世界、文学与学术和书籍之美完美地融合在一起。丛书设计独具匠心而又恰如其分。

《中外文学交流史》17 卷在历经艰辛与坎坷之后，终得圆满，为此钱老师、周老师付出了巨大的努力。钱老师作为项目的发起人、主持人，自然功德无量，仅他为此项目给各位老师作者发的电子邮件，连缀起来，就快成一本书了。2007 年在济南会议上，钱老师邀请周老师与他联袂主编，从此周老师分担了许多审稿、统稿的事务性工作。师兄葛桂录教授的贡献是独特而不可替代的，没有他的牵线，便没有我们与钱老师、周老师的合作，这套丛书便无缘发生。

大家都是有缘人，聚在一起做一件事，缘起而聚、缘尽而散，聚散之间，留下这套书，作为事业与友情的纪念，亦算作人生一大幸事。在中国比较文学学术史上，在中国出版史上，这套书可能无足轻重，但在我自己的职业生涯中，它至关重要。它寄托着我的职业理想，甚至让我怀念起 20 多年前我在山东大学的学业，那时候我对比较文学的憧憬仍是纯粹而美好的，甚至有些敬畏。能够从事自己志业的人是幸福的，我虽然没有从事比较文学研究，但有幸从事比较文学著作的出版，也算是自己的志业。此刻，我庆幸自己是个有福的人！

祝　丽

图书在版编目（CIP）数据

中外文学交流史．中国 - 葡萄牙卷 / 姚风著．-- 济南 ：山东教育出版社，2014
ISBN 978－7－5328－8492－6

Ⅰ．①中… Ⅱ．①姚… Ⅲ．①文学—文化交流—文化史—中国、葡萄牙 Ⅳ．① I109

中国版本图书馆 CIP 数据核字 (2014) 第 152847 号

中外文学交流史　　中国 - 葡萄牙卷
钱林森　周　宁　主编
姚　风　著

总 策 划：祝　丽
责任编辑：祝　丽
装帧设计：王承利

主　管：山东出版传媒股份有限公司
出版者：山东教育出版社
　　　　（济南市纬一路 321 号　　邮编：250001）
电　话：（0531）82092664　传真：（0531）82092625
网　址：http://www.sjs.com.cn
发行者：山东教育出版社
印　刷：济南大邦印务有限公司
版　次：2015 年 12 月第 1 版第 1 次印刷
规　格：787mm×1092mm　16 开本
印　张：19 印张
字　数：315 千字
书　号：ISBN　978－7－5328－8492－6
定　价：49.00 元